Farina Eden

Die Seifenmanufaktur – Der Duft des Neubeginns

PIPER

Zu diesem Buch

Voller Zuversicht blickt Helen nach der Hochzeit in die Zukunft: Gemeinsam mit ihrem Mann Anton will sie der Seifenmanufaktur zu neuem Glanz verhelfen. Und sie hofft, dass auch ihr Wunsch nach einem Kind sich bald erfüllt. Doch es kommt anders: Helen erleidet eine Fehlgeburt, die sie umso härter trifft, als sie erfährt, dass Anton sie betrogen hat. Trotz des Verrats bleibt Helen bei ihm und stürzt sich in die Arbeit. Als ihr Mann nach dem Krieg verletzt heimkehrt, nähern sie sich langsam wieder an. Helen schöpft neue Hoffnung. Aber noch sind nicht alle Geheimnisse der Vergangenheit ans Licht gekommen …

Farina Eden, 1977 in Berlin geboren, entdeckte bereits als Kind ihre Begeisterung für Bücher und für das Schreiben. Historischer Roman, Liebesroman, Jugendbuch oder Kurzgeschichten – die Autorin schreibt nieder, was sie nicht mehr loslässt.

Farina Eden

DIE SEIFEN MANUFAKTUR

Der Duft des Neubeginns

Roman

PIPER

Mehr über unsere Autorinnen, Autoren und Bücher:
www.piper.de

Wenn Ihnen dieser Roman gefallen hat, schreiben Sie uns unter Nennung des Titels »Die Seifenmanufaktur – Der Duft des Neubeginns« an *empfehlungen@piper.de*, und wir empfehlen Ihnen gerne vergleichbare Bücher.

Von Farina Eden liegen im Piper Verlag vor:
Zigeunermädchen
Das Findelkind

Die Seifenfabrikantin:
Band 1: Die Seifenmanufaktur – Die Rezeptur der Träume
Band 2: Die Seifenmanufaktur – Der Duft des Neubeginns
Band 3: Die Seifenmanufaktur – Die Essenz des Glücks

Unser Versprechen für mehr Nachhaltigkeit
• Klimaneutrales Produkt
• FSC®-zertifiziertes Papier
• Hergestellt in Europa

FSC www.fsc.org
MIX
Papier aus verantwortungsvollen Quellen
FSC® C083411

Originalausgabe
ISBN 978-3-492-31732-0
Oktober 2021

Redaktion: Sandra Lode
Umschlaggestaltung: Teresa Mutzenbach
Umschlagabbildung: Ildiko Neer / Trevillion Images; Shutterstock.com
Satz: psb, Berlin
Gesetzt aus der Palatino
Druck und Bindung: CPI books GmbH, Leck
Printed in the EU

Prolog

Ansbach, Montag, 2. Juni 1872

Sie erkannte den Mann sofort. Aus einer anderen Zeit, einem anderen Leben. Einem Leben, das sich längst nicht mehr wie ihr eigenes anfühlte.

Mit klopfendem Herzen blieb sie stehen und wandte ihren Blick ab, doch dieser kurze Moment des Verschnaufens würde ihr nicht helfen. In der Hoffnung, dass sie so unerkannt blieb, zog sie ihre Haube tief ins Gesicht und steckte die Haare, die herausgerutscht waren, wieder darunter.

Es war sinnlos, jetzt darüber nachzudenken, warum die Aufseherin ausgerechnet sie geschickt hatte, um die Kleider zu holen, und nicht eine der anderen Waschfrauen. Ob sie wollte oder nicht, sie musste diesen Moment überstehen, denn sie war bereits entdeckt worden und konnte schlecht in Panik davonrennen.

Sie zerrte den Leiterwagen über das Kopfsteinpflaster. Die Kirchturmuhr hatte noch nicht einmal acht geschlagen, und für Anfang Juni war der Morgen empfindlich kalt. Trotzdem schwitzte sie, dabei lag die wirklich schwere Arbeit im dampfend heißen Waschhaus noch vor ihr.

»Da sind Sie ja.« Der Mann stand auf den Eingangsstufen des Gasthofes *Schwarzer Bock* und winkte sie mit ausladenden Armbewegungen zu sich. Seine Stimme war ein wenig tiefer, als sie sie in Erinnerung hatte, die Haare aber vom gleichen strohigen Gelb. Beim Näherkommen erkannte sie auch die vorwitzigen Sommersprossen, die ihr schon damals gefallen hatten, auch wenn sie das nie zugegeben hatte.

»Sie haben nach einer Wäscherin schicken lassen?« Sie senkte den Blick in der Hoffnung, unerkannt zu bleiben.

»Ich bitte vielmals um Verzeihung«, antwortete er. »Unter normalen Umständen würde ich selbst das Waschhaus aufsuchen und Ihnen nicht einen solchen Weg aufhalsen. Doch ich habe wichtige Termine mit Beamten des Norddeutschen Postbezirkes wahrzunehmen.«

Natürlich. Er war schon vor vier Jahren dabei gewesen, in die Fußstapfen seines Vaters zu treten. Er hatte immer davon gesprochen, dass es ihm mit einer solch respektablen Aufgabe ganz sicher gelingen würde, in bessere Kreise aufzusteigen.

»Sie müssen sich nicht erklären«, murmelte die Waschfrau. »Es ist mir eine Ehre, zu Diensten zu sein.« Sie deutete einen Knicks an und nahm einen gut gefüllten Leinensack entgegen.

Noch ehe sie sich abwenden konnte, beugte sich der Mann leicht nach vorn und versuchte, ihr ins Gesicht zu sehen.

»Wir kennen uns doch.« Er riss ihr den Sack wieder aus den Händen und belud den Leiterwagen selbst, ganz so, als wäre ihm gerade aufgegangen, dass sie niemand war, der anderer Leute Kleidersäcke schleppen sollte.

»Sie müssen mich mit jemandem verwechseln«, unterbrach ihn die Wäscherin sofort. »Ich habe Ansbach noch nie verlassen.« Das war zwar eine glatte Lüge, jedoch der leichteste Weg, um ihn zum Schweigen zu bringen.

»Ich könnte schwören …« Obwohl er davon absah, das Thema zu vertiefen, verrieten seine in die Hüften gestemmten Fäuste, dass er ihr nicht glaubte. Zum Glück war er höflich genug oder auch selbst zu verlegen, um sie noch weiter zu bedrängen. »Wann darf ich die Wäsche zurückerwarten?«

»Zum Ende der Woche, denke ich.«

Er seufzte und wedelte ablehnend mit den Händen. »Ich bin leider wie so häufig spät dran und habe nur noch Garnituren für die nächsten zwei Tage.«

»Verstehe. Für einen entsprechenden Aufpreis kann ich mich darum bemühen, dass Ihr Auftrag den weniger dringlichen vorgezogen wird. Heute ist Montag. Bis Mittwoch könnte ich zumindest einen Teil Ihrer Kleidung fertigstellen. Sollte das Wetter nicht mitspielen, dürfte es allerdings schwierig werden, die Wäsche zu trocken. Zu den üblichen Leistungen zählen Waschen, Trocknen, Bleichen, Stärken und Bügeln. Wünschen Sie sonst noch etwas?«

»Das wäre dann alles, danke.«

Mit dem Unterarm wischte sie sich die Schweißperlen von der Stirn und lief zurück zum Waschhaus. Ihre Gedanken schweiften in die Vergangenheit, und Schwermut und Kummer holten sie ein. Vier Jahre waren ins Land gegangen, seit sie ihrer Heimatstadt und den wenigen Menschen, die ihr wirklich etwas bedeutet hatten, den Rücken gekehrt hatte. Inzwischen verstand sie längst nicht mehr, wer sie damals gewesen war und warum sie Hanna und Sophie das Leben so schwer gemacht und deren Glück fast zerstört hatte. Sie war dankbar dafür, dass ihre gemeinen Ränkespiele nicht von Erfolg gekrönt waren und dass beide Frauen ihre Intrigen halbwegs folgenlos überstanden hatten. Sophie hatte ihren Bruder Theodor bereits im Jahre 1866 geehelicht, und zu Beginn des Jahres 1868 hatten sich auch Louis und Hanna verlobt. Etwa zu dieser Zeit hatte sie erfahren, dass sie ein Kind unter dem Herzen trug, ein uneheliches Balg von einem Mann, den sie kaum kannte und der längst fort war. Diese Tatsache hatte ihr Schicksal besiegelt: Sie hatte die Heimat verlassen.

Sie ließ den Griff des Leiterwagens los, bog ihren Rücken durch und mahnte sich zur Eile. Die Aufseherin hasste jede Trödelei. Außerdem würde die Arbeit im Waschhaus sie auf andere Gedanken bringen, und das war dringend nötig, wenn sie nicht noch einmal in dieselbe tiefe Schwermut fallen wollte.

Damals hatte sie die ersten Monate ihrer Schwangerschaft damit zugebracht, die Menschen Rothenburgs zu hassen, allen voran Hanna, Sophie und Louis. Erst die Geburt ihrer Tochter hatte sie weicher werden lassen und dazu geführt, dass sie ihr eigenes Verhalten hinterfragt hatte. Heute wusste sie, dass nicht alle anderen, sondern einzig und allein sie das hartherzige Scheusal gewesen war.

Es hatte Momente in den vergangenen Jahren gegeben, in denen sie davon geträumt hatte, in den Schoß der Familie zurückkehren und sich entschuldigen zu können. Doch diesen Mut hatte sie nie aufgebracht, war sie doch zu dem geworden, was sie selbst stets verachtet hatte: ein gefallenes Mädchen. Es war ausgeschlossen, dass sie ihrer Familie, allen voran ihrem Bruder, einem inzwischen hoch angesehenen Advokaten, eine solche Schande bereiten würde.

Die zwei Jahre mit ihrer Tochter Gertrud waren von Armut und Entbehrungen geprägt gewesen, doch sie wollte heute keine Minute davon missen. Sie konnte aus tiefstem Herzen sagen, dass die Zeit mit ihrem Kind die glücklichste und selbstloseste ihres Lebens gewesen war. Dass ausgerechnet ihr wunderschönes Mädchen vom Würgeengel der Kinder und kurz darauf vom Tod heimgesucht wurde, hatte ihr das Herz gebrochen. Sie war zu einer Frau geworden, die sich ihrem Schicksal ergab und es als das annahm, was es vermutlich auch war: die Ernte dessen, was sie selbst gesät hatte.

In den letzten Jahren hatte sie jede Erinnerung an Rothenburg, ihre Eltern und ihren Bruder verdrängt. Sie war heute ein anderer Mensch, was nicht nur an dem falschen Namen lag, den sie sich zugelegt hatte. Als Wäscherin Barbara schuftete sie tagein, tagaus und verdiente gerade genug, um sich die Miete für ein Zimmer leisten zu können, das nur wenige Schritte vom Waschhaus entfernt lag und das sie sich seit fast zwei Jahren mit Margarethe teilte, die ebenfalls eine Anstellung im Ansbacher Waschhaus hatte.

Jetzt ausgerechnet auf diesen Boten der Vergangenheit zu treffen, war nicht mehr als ein dummer Zufall, eine Laune des Schicksals. Sie würde sich darum bemühen, dass Margarethe oder eine der anderen Frauen ihm die Kleider zurückbrachte, und schon bald würden die schmerzhaften Erinnerungen wieder verblassen.

*

Sie hatte kein Glück. Die Aufseherin bestand darauf, dass sie die Kleider selbst auslieferte. Ihr blieb also nichts weiter übrig, als sich zwei Tage später erneut auf den Weg zum *Schwarzen Bock* zu machen. Diesmal hatte sie sich allerdings darauf vorbereitet und ein Halstuch umgebunden. Stand sie erst vor ihm, konnte sie Mund und Kinn dahinter verstecken und so hoffentlich verhindern, dass ihre wahre Identität noch einmal zur Sprache kam.

Ihre Sorge war allerdings unbegründet, denn es war die Wirtin, die den Kleidersack entgegennahm. Die rundliche Frau reichte ihr einen Umschlag, dessen Inhalt die Wäscherin mit einem diskreten Blick kontrollierte.

»Er war viel zu großzügig mit dem Trinkgeld«, wetterte die Wirtin, die unverschämterweise nachgezählt haben musste. Sie sah die Wäscherin neugierig an und schien dabei auf ihre Haare zu starren.

»Kann ich sonst noch etwas für Sie tun?«, fragte Barbara mit einem demütigen Knicks.

»Rote Haare. Gut. Dann ist das hier für Sie.« Die Wirtin drückte ihr ein zusammengefaltetes Blatt Papier in die Hand.

»Ich verstehe nicht?«

»Ich auch nicht. Machen Sie damit, was Sie wollen. Der feine Herr bat mich, Ihnen das zu übergeben, sollte ich rote Locken unter der Haube erkennen. Weitere Erklärungen habe ich nicht für Sie.«

Die Wäscherin nickte und schob das Papier in die Tasche ihrer Schürze. Kurz bevor sie das Waschhaus erreichte, hielt sie es vor Neugier nicht mehr aus. Sie blieb stehen und holte das Blatt wieder hervor.

Ihr erster Eindruck hatte sie nicht getäuscht. Sie hielt einen Artikel aus dem *Rothenburger Tagblatt* in Händen, der auf den 7. April diesen Jahres datiert war. Schon beim Überfliegen der Schlagzeile blieb ihr die Luft weg. Haltsuchend lehnte sie sich gegen ihr Gefährt und las, was man ihr, in dem offensichtlichen Wissen um ihre wahre Identität, hatte zukommen lassen:

Tödlicher Unfall auf der Kobolzeller Steige in Rothenburg

Besitzer des renommierten Hotels Traube stirbt bei dem Versuch, mit seinem Fuhrwerk ins Tal zu gelangen.

Die Waschfrau presste ihre Hand gegen den Mund und schnappte entsetzt nach Luft. Der Mann, um den es hier ging, war niemand anderes als ihr Onkel Ludwig Traub. In reißerischer Ausführlichkeit berichtete der Schreiber, was vorgefallen war: Lang anhaltende Nässe hatte das Seil, mit dem Personenfuhrwerke aus Sicherheitsgründen an einer Hauswand befestigt und langsam ins Tal gelassen wurden, erst völlig durchweicht, spät einsetzender Nachtfrost hatte dann dazu geführt, dass das Seil brüchig geworden und unter der Last des Pferdekarrens gerissen war. Unkontrolliert hatte das Gefährt bergab an Fahrt aufgenommen. Das Pferd, das mit dieser Geschwindigkeit nicht hatte mithalten können, war vom Wagen überrollt worden.

Ihr Onkel wurde dabei vom Kutschbock geschleudert und war auf dem Kopfsteinpflaster aufgeschlagen. Für ihn und das Tier kam jede Hilfe zu spät. In einem letzten Satz wies der Schmierfink nicht ohne Schadenfreude darauf hin, dass dieses Unglück möglicherweise das Ende des Hotels bedeuten könnte, da die Eheleute keine direkten Nachkommen hatten und die Witwe nun in tiefer Trauer gefangen war.

Barbara starrte auf das Papier und kam erst wieder zu sich, als ihre eigenen Tränen auf das Blatt tropften und die

Druckerschwärze verschmierten. Mit dem Ärmel wischte sie sich über die Wangen, knüllte den Zeitungsartikel zusammen und stopfte ihn zurück in ihre Tasche.

Sie dachte an ihre Eltern, und ein eisiger Schauer kroch ihr vom Nacken über die Schultern bis in die Fingerspitzen. Ihr Vater Christian verdankte seine Anstellung und damit das auskömmliche Leben, das er Weib und Kindern hatte bieten können, einzig und allein Ludwig Traub. Bei der Vorstellung, dass schon bald jemand die Geschicke des Hotels leiten würde, der möglicherweise keine Verwendung für ihren Vater hatte, wurde ihr schwer ums Herz. Sie konnte und wollte sich nicht vorstellen, dass dieses wunderschöne und mondäne Hotel in Zukunft nicht mehr im Besitz der Familie sein würde. Ihr Bruder kam ihr in den Sinn. Doch seine Leidenschaft für die Jurisprudenz war viel zu ausgeprägt. Er würde seine Arbeit als Advokat und seine wohltätigen Ambitionen kaum aufgeben, um ein Hotel zu leiten.

Während sie den Karren wieder in den Unterschlag hinter dem Waschhaus zerrte, liefen ihr die Tränen. Wie gern hätte sie sich eingeredet, dass ihr das eben Gelesene gleichgültig war, doch das war es nicht. Ihr Magen verkrampfte sich, und weil sie das Gefühl hatte, nicht genug Luft zu bekommen, atmete sie hektisch. Sie sollte ihre Habseligkeiten packen, sich auf den Weg nach Hause machen und ihrer Familie, allen voran ihrer Tante und ihrer Mutter, in dieser schweren Stunde zur Seite stehen. Doch auch nach all der Zeit war ihre Scham noch immer größer als ihr Heimweh. Sie würde wohl niemals mehr den Mut aufbringen, nach Rothenburg zurückzukehren.

1

Sonntag, 31. Mai 1903

Helen Auf den tosenden Applaus war Helen nicht vorbereitet. Sie stand auf der Bühne des Kaisersaals zwischen all den anderen Darstellern, ihr Herz schlug dröhnend im Rhythmus der klatschenden Hände, und sie konnte nicht aufhören zu lachen. Links von ihr griff jemand nach ihrer Hand und bedeutete ihr, das Gleiche mit ihrem Nebenmann zu tun. Kurz darauf verbeugten sie sich alle ein letztes Mal, dann fiel der Vorhang.

Helen setzte sich auf die Holzbank, die in der Garderobe für die Schauspieler aufgestellt worden war. Ruhig atmete sie ein und aus und wartete darauf, dass ihr Puls sich beruhigte. Das Lächeln verschwand trotzdem nicht aus ihrem Gesicht.

Nach all der Aufregung und Nervosität, die ihr bereits Tage vor ihrem Auftritt den Schlaf geraubt hatten, ertrank sie nun förmlich in einem Meer aus Glücksgefühlen.

Sie erinnerte sich noch genau daran, wie sie selbst zum ersten Mal unter den Zuschauern gesessen hatte. Es war die Pfingstaufführung des Jahres 1893, und sie war gerade zehn Jahre alt gewesen. Schon damals hatte sie sich in ihrer kindlichen Begeisterung geschworen, irgendwann eine Rolle im *Meistertrunk* zu spielen.

Und genau dieser Wunsch war heute in Erfüllung gegangen. Sie wäre auch mit einer Statistenrolle zufrieden gewesen, doch nach den ersten zwei Proben hatte man ihr die weibliche Hauptrolle übertragen. Mit großem Eifer hatte sie den Text der Bürgermeisternichte Magdalena Hirsching auswendig gelernt und wochenlang vor sich hin gemurmelt. Der minutenlange Applaus und die Menschen, die sich dabei von ihren Stühlen erhoben hatten, war all die Mühen wert gewesen. Helen wusste, dass sie auch im nächsten Jahr wieder mitspielen würde, sollte das Festspielkomitee sie darum bitten.

Sie verschwand hinter einem der provisorischen Vorhänge, zog ihr Kostüm aus, schlüpfte in Bluse und Hose und seufzte. Der Beifall, in dem sie sich eben noch gesonnt hatte, würde verstummen, wenn die Zuschauer sie erst in diesem Aufzug sahen, doch damit konnte sie leben.

Die Lästereien der Tauberstädter ob ihrer Kleidung würde sie genauso ignorieren wie die entsetzten Blicke, die sie mit ihrer neuesten Errungenschaft auf sich zog. Ohnehin kam keine der gehässigen Bemerkungen auch nur annähernd an die ausufernden Kämpfe heran, die sie mit ihrer Mutter Henriette hatte ausfechten müssen.

»Wir sind die Eigentümer des *Hotels Traube*. Unser Name zählt etwas in diesem Ort. Kleide und benimm dich gefälligst deiner Stellung entsprechend«, hatte sie gezetert.

»Ich trage Hosen, weil ich sonst stürzen würde.« Die Erklärung hatte ihre Mutter nicht verstanden. Im Nachhinein war Helen klar geworden, dass es schonendere Wege gegeben hätte, sie auf ihr neues Gefährt vorzubereiten. Auf ihre Nachfrage, was das bedeuten würde, hatte sie sie in den Innenhof des Hotels gebeten. Aus Neugier war auch ihr Vater mit hinausgelaufen.

»Im Rock könnte ich wohl kaum damit fahren.« Stolz hatte Helen auf ihr neues Niederrad gezeigt, das sie gegen die Hauswand gelehnt hatte.

Die Reaktion ihres Vaters war eine Erleichterung für Helen gewesen. Er war in schallendes Gelächter ausgebrochen, hatte dann mit hochgezogener Augenbraue seine Gemahlin angesehen und auf das Donnerwetter gewartet, das unvermeidlich war.

»Du findest das witzig?« Henriette warf ihrem Gatten einen vernichtenden Blick zu und wandte sich dann an Helen. »Willst du mich ins Grab bringen?«, fauchte sie. »Hosen und ein Fahrrad? Vielleicht schneiden wir gleich noch deine wunderschönen Locken kurz? Ich weiß nicht, warum du mir so etwas antust. Auf diesem affigen Gestänge auf Rädern wirst du mir nicht unter die Leute gehen.« Sie wandte sich an Helens Vater. »Ich weiß genau, was du jetzt tun wirst.«

»Ich werde etwas tun?«

»Aber ja. Du nimmst den Einspänner, packst deine Tochter und dieses Drahtding ein und bringst es zurück.«

»Nein.« Helen hatte nur dieses eine Wort gesagt, doch es hatte dazu geführt, dass ihre Mutter fast zwei Wochen nicht mehr mit ihr gesprochen hatte.

Henriettes Versuch, ihren Mann auf ihre Seite zu ziehen, war erfolglos geblieben. »Du kannst ihr nicht vorschreiben, was sie mit ihrem Geld tut«, hatte er eingewendet. »Sie spricht seit ihrem siebten Lebensjahr davon, einmal wie ein echter Velozipedist durch Rothenburg zu rasen.«

Helen hatte bekräftigend genickt. Sie wusste, dass ihre Mutter ihre Schwärmerei für diese Art der Fortbewegung stets als Kinderei abgetan hatte. Das war sie mitnichten.

Die Ersten, die mit diesem Gefährt die Stadt erobert hatten, waren noch auf Hochrädern gekommen. Eine Fahrt damit grenzte an einen akrobatischen Akt. Inzwischen gab es die weit bequemeren Niederräder. Sie waren weniger gefährlich und die Handhabung ein Kinderspiel.

Helen hatte das Ziel, eines davon zu besitzen, nie aus den Augen verloren, zugestecktes und später im Hotel selbst verdientes Geld gespart und sich schließlich angeschafft, wovon sie so lange geträumt hatte.

Und natürlich hatte sie den Kampf gegen ihre Mutter gewonnen und ihr Gefährt behalten.

Helen stand lächelnd auf. Mit erhobenem Kopf und Beinen, die in Hosen steckten, verließ sie Kaisersaal und Rathaus. Auf der breiten Außentreppe kam ihr Lisbeth entgegen.

»Du warst einfach unglaublich!«, rief sie und riss ihre Freundin an sich. »Mit diesem Talent solltest du auf großen Theaterbühnen stehen!«

»Und meine Mutter endgültig in den Wahnsinn treiben?«, lachte Helen. »Besser nicht.«

»Kommst du später in den *Bären*? Wir brauchen jede Hand, die wir kriegen können.«

»Aber ja, ich freue mich schon darauf«, antwortete sie und meinte es genau so, wie sie es sagte. Lissis Mutter Sophie, die das Waisenhaus in St. Leonhard leitete, hatte bereits vor Jahren damit begonnen, das Festspielwochenende der Tauberstadt zum Anlass zu nehmen, um auch den Ärmsten der Armen etwas Gutes zu tun. Mithilfe ihrer Tochter und ihres Mündels Jacob versorgte sie die Bedürftigen der Stadt im *Gasthaus Bären* mit einer warmen Mahlzeit. Die Gelder, die dafür nötig waren, beschaffte ihr

Gatte Theodor. Sein tadelloser Ruf reichte bis weit über die Stadtmauern hinaus. Jahr für Jahr bat er die wohlhabenden Rothenburger bei verschiedensten wohltätigen Anlässen zur Kasse und die Armenspeisung im *Bären* gehörte dazu.

Nachdem sie sich von Lisbeth verabschiedet hatte, lief Helen stadtauswärts. Sie roch das Spektakel, noch bevor sie es sah. Zu den Festspieltagen gehörten neben *Meistertrunk* und Festumzug auch die Darstellung von Lagerszenen. Es hatte den Anschein, als wäre die gesamte Einwohnerschaft aus der Zeit gefallen. Kostümiert, zu Fuß, zu Pferd und auf bunt geschmückten Wagen zog die schillernde Heerschar durch die Straßen, um sich dann auf den Wiesen vor den Stadtmauern zu versammeln und das Lagerleben des Dreißigjährigen Krieges nachzustellen. Dabei wurde zwischen Galgentor und Klingentor nicht nur gewaltig gezecht, sondern auch Fleisch und Geflügel in übergroßen Töpfen gekocht. Das Kesselfleisch roch appetitlicher, als es aussah, was sicher mit den unzähligen Knoblauchzehen zu tun hatte, die in die Töpfe geworfen wurden. Und so, wie diese Speise angeblich zu einem realistischen Lagerleben gehörte, so gehörte auch ein durch die Straßen wabernder Knoblauchgeruch zu den Pfingsttagen.

Helen legte die flache Hand an die Stirn und sah zum Himmel hinauf. Obwohl das Lager in strahlendem Sonnenschein lag, waren die dunklen Gewitterwolken in einiger Entfernung nicht zu übersehen. Mehr als eine Runde um die Festtagswiese würde ihr nicht bleiben, wenn sie nicht völlig durchnässt im *Bären* eintreffen wollte.

Gut gelaunt und neugierig schlenderte sie an Zelten und Feuerstellen vorbei. Um eines der Feuer saßen Burschen, die sie nur zu gut kannte: Da waren die Brüder Sebastian, den alle Welt nur Wastl nannte, und Maximilian, die verwöhnten Söhne des Rothenburger Lateinschullehrers Peters. Unter normalen Umständen waren sie zwar laut und kindisch, aber auch witzig und ziemlich schlau. Helen wusste sie zu nehmen. Sie war mit ihnen aufgewachsen und hatte so manches Fest in der *Traube* Versteck spielend, in späteren Jahren dann scherzend und tanzend mit ihnen zugebracht.

Sollte sie die jungen Männer jetzt beschreiben, würde ihr Urteil allerdings nicht ganz so gnädig ausfallen, denn sie waren sturzbetrunken. Wastl war zwei Jahre älter als Max, trotzdem studierten die Petersbrüder gemeinsam an der Ludwig-Maximilians-Universität in München. Sie hatten sich den Naturwissenschaften verschrieben und ließen sich nur noch dann in Rothenburg blicken, wenn sie sich von Festen wie dem heutigen feucht-fröhliche Nächte versprachen.

Neben ihnen saß Anton, der Sohn der Schmiegerschen Seifensiederei. Er sah nicht ganz so ramponiert aus wie die Brüder, doch auch er amüsierte sich offenkundig prächtig.

Helen war nun auf einer Höhe mit ihnen. Ihr stand nicht der Sinn nach derben Albernheiten, deswegen vermied sie es, die jungen Männer anzusehen. Leider dachten die drei nicht daran, sie kommentarlos ziehen zu lassen. Wastl entdeckte sie zuerst. Schwankend erhob er sich, gab etwas von sich, das nach »Wenn das nicht unser aller Traumweib Helen ist« klang, und stimmte grölend *Die Gedanken sind frei* an. Sein Bruder Max fiel lachend ein. Sie nahmen Anton in ihre Mitte und schunkelten singend und feixend hin und her.

Anton hob entschuldigend beide Hände, doch Helen winkte lachend ab. Immerhin machten sie sich nicht über ihre Hosen lustig – eine Tatsache, die sie ihren benebelten Sinnen zusprach.

Als sie das Ende des Festplatzes erreicht hatte, begann ihr Magen zu knurren. Vor Aufregung hatte sie am Morgen nichts heruntergebracht. Das rächte sich nun. Sie dachte gerade darüber nach, ob sie im *Bären* oder doch lieber an einem der Essensstände etwas zu sich nehmen sollte, als ihr der Himmel buchstäblich auf den Kopf fiel. Von einer Sekunde auf die nächste schüttete es aus Kübeln, und innerhalb weniger Minuten hatte sich die große Festwiese in eine Schlammgrube verwandelt. Einmal mehr war Helen froh, dass sie Hosen trug.

Sie warf ihre Haare zurück und begann zu laufen. Aus dem Augenwinkel sah sie, dass die Brüder vergeblich versuchten, die schlammige Wiese zu verlassen und auf den befestigten Weg zu gelangen. Sie stolperten über ihre eigenen Füße, rutschten im Schlamm aus und fielen lachend in den Dreck. Das Bild, das die beiden abgaben, war zu köstlich, und Helen konnte sich ein Lachen nicht mehr verkneifen.

»Machst du dich lustig über die beiden Trunkenbolde?«, ertönte eine Stimme neben ihr. Anton hatte sie erreicht, zog im Laufen seine Weste aus und hielt sie schützend über ihrer beider Köpfe. Dankbar griff sie nach einer Ecke der Weste und schnaufte, was nicht nur daran lag, dass sie nun bergauf eilen mussten, sondern auch daran, dass sie nicht aufhören konnte zu lachen. Antons Freunde hatten gerade eingesehen, dass sie kaum nasser oder noch schmutziger werden konnten, und es darum keine Rolle mehr spielte, ob sie sich vor dem Gewitter in Sicherheit brachten oder nicht. An Ort und Stelle setzten sie sich auf die nasse Wiese und griffen nach ihren Bierkrügen.

»Würde mir im Traum nicht einfallen, mich über die Peters-Brüder lustig zu machen«, feixte Helen.

»Nicht einmal dann, wenn sie sich selbst verschuldet zum Narren machen?« Anton grinste.

»Nicht einmal dann.«

»Schade«, sagte er und setzte eine bedauernde Miene auf. »Dieses herzhafte Lachen ist nämlich wunderschön an dir.«

Helen hatte plötzlich das Gefühl, seinem forschen Blick nicht standhalten zu können. Anton war für sie stets nur der Seifensieder-Sohn gewesen. Freundlich und höflich zwar, aber auch zurückhaltend und distanziert. Dass er jetzt neben ihr herlief, ihr völlig unerwartet ein Kompliment machte und darauf bedacht war, sie vor dem Regen zu schützen, verwirrte sie.

»Soll ich dich nach Hause begleiten?« Anton brüllte gegen den peitschenden Regen und den heftigen Wind an, der jedes Wort sofort davontrug.

»Zu weit«, entgegnete Helen. »Gehen wir hierhinein.« Sie deutete auf die *Bierhalle,* das Stammhaus des Braumeisters Hans Gräber.

Anton hielt ihr die Tür auf. Helen schüttelte ihre nassen Locken und strich Bluse und Hose glatt, was nichts daran änderte, dass sie nass war bis auf die Haut. Sie nahm den Geruch von Braten und frischem Brot wahr und beschloss, ihren Hunger sofort zu stillen.

»Ich muss unbedingt etwas essen«, erklärte sie und fragte dann ohne jede Scheu: »Leistest du mir Gesellschaft?«

Anton strahlte. »Gern.«

Um der gefräßigen Menge, die an diesem Wochenende aus Tauberstädtern und Touristen bestand, Herr zu werden, war die Speisekarte in der *Bierhalle* zusammengestrichen worden. Wer essen wollte, musste mit der einen Speise vorliebnehmen, die heute aus der Küche kam: Fränkische Schäufele und Knödel. Während sie aßen, kamen immer wieder Menschen an ihren Tisch, um Helen die Hand zu schütteln. Irgendwann hatte auch Anton verstanden, was es mit den Glückwünschen auf sich hatte.

»Du hast im *Meistertrunk* mitgespielt?« Ehrfurcht schwang in seiner Stimme mit. »Ich kann nicht glauben, dass ich das verpasst habe!« Bedauernd verzog er seine Mundwinkel.

»Einer meiner zwei Kindheitsträume«, gab sie zurück.

»Was war der andere?«

Helen sah Anton ruhig an, pikste das letzte Stück Knödel auf ihre Gabel, wischte damit die Bratensoße vom Teller und schob sich den Bissen in den Mund. Während sie kaute, warf sie einen Blick aus dem Fenster. Das Gewitter war inzwischen vorübergezogen. Da sie seine Nähe genoss – eine Tatsache, die sie noch immer nicht ganz einordnen konnte –, antwortete sie mit einer Gegenfrage.

»Hast du noch etwas Zeit? Dann zeige ich es dir.«

Ehe Anton antworten konnte, trat Hans an den Tisch. Helen schätzte den Brauereimeister auf Ende zwanzig. Er war das, was man wohl als gut aussehend beschreiben würde, allerdings hatte er einen Bauchansatz, der darauf schließen ließ, dass er dem eigenen Gerstensaft nicht abgeneigt war. Seine dunklen Haare trug er gescheitelt, der Schnauzbart war sorgsam gezwirbelt und verlieh seinem Gesicht etwas Erhabenes. Seine Späße waren derb, gingen aber bei der weiblichen Kundschaft niemals zu weit. Mit

Männern hingegen waren grobe Scherze der Türöffner für ein oft üppiges Trinkgeld.

»Die Nichte des Bürgermeisters. Eben noch auf der Bühne und nun bei mir in der *Bierhalle*. Ich fühle mich geehrt, liebste Helen.« Er duzte sie ganz selbstverständlich, so wie er es eben bei all seinen heimischen Gästen hielt. »Ich danke dem Herrn dafür, dass ich in den Genuss kommen durfte, dich heute auf der Bühne zu erleben. Und was bin ich froh, dass ich mir ausgerechnet dieses verschlafene Städtchen für meine Brauerei ausgesucht habe.« Er sah sie lange an, und Helen stutzte. Er hatte nicht den üblichen leutseligen Ton angeschlagen, sondern schien jedes einzelne Wort ernst zu meinen.

»Dankeschön«, sagte sie unsicher.

»Für den Star des Tages«, er sah Anton kurz an und schob etwas widerwillig »und Begleitung« hinterher, »geht das Essen heute aufs Haus. Ich würde mich sehr freuen, dich von nun an öfter zu sehen.«

Helen spürte, dass sie errötete. Es war ihr unangenehm, dass er ihr trotz Antons Anwesenheit so offensichtlich den Hof machte, und sie war erleichtert, als Gäste vom Nebentisch nach ihm riefen.

»Gehen wir.« Anton hatte während des gesamten Gesprächs geschwiegen, doch Helen bildete sich ein, so etwas wie Unwillen aus seiner Stimme herauszuhören.

Sie nickte und schenkte ihm ein strahlendes Lächeln. Anton hatte noch immer kein Wort darüber verloren, dass sie in Hosen steckte.

Nun würde sich herausstellen, was er von einer Frau hielt, die sich wie ein Mann auf ein Rad schwang. Helen war nervös. Sie erkannte in diesem Moment, dass ihr plötzlich wichtig war, was Anton Schmieger von ihr hielt.

2

Sonntag, 31. Mai 1903

Anton Das Essen war die Rettung gewesen, denn der Alkoholnebel verschwand langsam aus Antons Kopf. Wenn er gewusst hätte, welchen Verlauf dieser Tag nehmen würde, hätte er sich beim Trinken zurückgehalten, doch sein Plan für heute war ein völlig anderer gewesen. Er hatte sich auf Sebastian und Max gefreut, kamen sie doch inzwischen immer seltener zu Besuch in die Heimat. Zu dritt hatten sie sich als Laiendarsteller für das Feldlager gemeldet, denn das bedeutete unbegrenzten Zugang zu Bier. Die Pfingsttage waren eben Ausnahmezustand in der Stadt, und den wussten vor allem die jungen Leute zu nutzen.

Doch dann war Helen in diesem seltsamen Aufzug ins Tal geschlendert und er hatte die Augen nicht von ihr abwenden können. Ihre langen Beine steckten in Pluderhosen, deren Bündchen kurz unter dem Knie endete und schlanke Waden in Strümpfen freigaben. Das weite Beinkleid täuschte nicht darüber hinweg, wie zierlich die Hotelierstochter war. Ihre Bluse hatte sie in die Hose geschoben, und der eng geschnallte Gürtel betonte ihre schmale Taille. Die roten Locken, die sie eindeutig ihrer Mutter zu verdanken hatte, waren nur zur Hälfte am Oberkopf zusammengebunden.

Er hatte versucht, sich einzureden, dass seine plötzliche Verzückung wohl dem Bier geschuldet war. Doch sein Kopf war längst klarer, und er konnte sich noch immer nicht sattsehen an ihrem Anblick.

Dabei half es auch nicht, dass er sich Evas Gesicht ins Gedächtnis rief. Er war seit Kindertagen mit ihr befreundet und immer davon überzeugt gewesen, dass er die Tochter des Rothenburger Krämers irgendwann heiraten würde. Ihre und seine Eltern mochten sich, und auch die Verbindung beider Geschäfte würde für alle Beteiligten von Vorteil sein. Warum also lief er nun neben Helen her und hatte das Gefühl, der Boden unter ihm würde schwanken? Und warum störte es ihn, wenn jemand wie Hans Gräber offenkundig seine Verzückung für sie ausdrückte?

Anton mahnte sich zur Ruhe. Helen würde ihm etwas zeigen, und danach würden sie wieder ihrer Wege gehen. Nicht mehr und nicht weniger.

Sie liefen durch überfüllte Straßen, vorbei an lachenden und völlig durchnässten Menschen, und obwohl ihm auffiel, dass seine Begleiterin immer wieder kritisch beäugt wurde, fühlte er sich wohl in der Gegenwart dieser selbbewussten, schönen Frau.

»Da wären wir.«

Sie standen vor der Turnhalle, in der Festspieltouristen ihre Fahrräder unterstellten, und Anton verstand nicht recht. »Und hier möchtest du mir etwas zeigen?«

Anstelle einer Antwort lächelte sie, griff nach seiner Hand und zog ihn hinter sich her in die Halle. Ihre Hand zu spüren, machte ihn zwar nervös, gleichzeitig begeisterte ihn die Tatsache, dass sie überhaupt keine Berührungsängste zu haben schien. Mit großen Schritten lief sie vorbei an unzähligen Rädern und blieb dann vor einem davon stehen.

»Das ist meins.«

»Ist nicht wahr!«

So wie sie ihren Stolz nicht verstecken konnte, gelang es ihm nicht, seine Überraschung zu verbergen. Eva wäre nie im Traum eingefallen, in aller Öffentlichkeit nach seiner Hand zu greifen – allenfalls hakte sie sich bei ihm unter. Von Hosen und eigenem Fahrrad ganz zu schweigen. Er hätte sich gern eingeredet, dass ihm ihre Offenheit zu weit ging, doch das Gegenteil war der Fall: Helen überraschte ihn an diesem Tag, und genau das faszinierte Anton.

Er hätte sie gern gefragt, wie sie auf nur zwei Rädern das Gleichgewicht halten konnte, doch natürlich war diese Frage dumm. Er hatte Augen im Kopf und sah selbst, dass die Velozipedisten von Jahr zu Jahr mehr wurden. Die Tatsache, dass er bisher nur Männer auf den Zweirädern gesehen hatte, bedeutete wohl kaum, dass Frauen dazu nicht in der Lage waren.

»Willst du es ausprobieren?«

Antons erster Impuls war Abwehr, doch dann packte ihn der Ehrgeiz. Er wollte vor Helen nicht als Feigling dastehen, auch wenn er nicht glaubte, dass diese unbekümmerte Frau solche Gedanken hegte.

»Ich weiß nicht«, antwortete er zögernd. »Bisher habe ich es noch nie versucht.«

»Dann wird's Zeit! Es sei denn, der Vormittag auf der Wiese ist dir mit all dem Bier zu Kopf gestiegen.« Helen machte einen Schritt auf ihn zu, sah zu ihm auf und zog neckisch ihre Augenbrauen in die Höhe, während sie auf seine Reaktion wartete.

»Oder hast du etwa Angst?« Ihr Gesicht war seinem so nah, dass er nicht nur ihre hübschen Sommersprossen auf der Nase, sondern auch ihre Augenfarbe erkennen konnte. Es war eine unergründliche Mischung aus Blau und Grün, und er sah neben den dunklen Sprenkeln auch den Schalk darin funkeln.

»Wohl kaum«, gab er zurück und stupste ihr, ohne darüber nachzudenken, mit dem Zeigefinger gegen die Nasenspitze.

»Brauchst du auch nicht«, gab sie sich gönnerhaft. »Ich halte dich und sofern du fallen solltest, verspreche ich dir hoch und heilig, dass ich dich auch wieder aufhebe und falls nötig verarzte.« Sie gluckste leise und griff nach dem Lenker ihres Rades.

»Zu gütig, danke«, brummte Anton. Sein Herzschlag beschleunigte sich, und er wusste, dass das nicht nur daran lag, dass er sich gleich todesmutig auf dieses Drahtgestell schwingen würde. Es lag an Helen. Sie rief eine Nervosität in ihm hervor, die er so noch nicht erlebt hatte. Sein Magen rebellierte, und in diesem Augenblick hätte er Stein und Bein schwören können, dass er nie wieder etwas würde essen können. Zumindest nicht, solange diese Frau in seiner Nähe war.

Sie traten in nun wieder strahlenden Sonnenschein hinaus, und Helen schob das Gefährt hinter die Halle, wo es eine freie Fläche gab, die während der alljährlichen Feier des Turnervereins als Festplatz diente.

»Bereit?«

Er nickte, obwohl ihm genau jetzt eher nach Davonlaufen zumute war. »Machst du es mir erst einmal vor?«, bat er, um Zeit zu schinden und seinen Puls unter Kontrolle zu bringen. Dann beobachtete er sie dabei, wie sie aufstieg. Dazu setzte Helen ihr linkes Bein auf ein Pedal und schwang das rechte hinten über den Sattel, ganz so, als würde ein Reiter auf sein Pferd steigen. Dummerweise hatte ihr Rad keine vier Beine. Er würde selbst dafür sorgen müssen, dass er nicht umfiel, und das gelang nur, wenn er sofort losstrampelte. Doch wie sollte das funktionieren, wenn er noch nicht einmal das Gleichgewicht halten konnte?

»Du denkst zu viel!«, rief Helen, die sein Schweigen zu deuten wusste. In Form einer Acht fuhr sie immer wieder um ihn herum, als wäre das alles ein riesengroßer Spaß und die einfachste Sache der Welt.

»Das sieht so leicht aus bei dir«, sagte er, als sie vor ihm zum Stehen kam. »Und es erklärt deine Kleiderwahl«, schob er grinsend hinterher.

Helen nickte. »Lange Röcke verfangen sich in Rad oder Kette, glaub mir, das herauszufinden, war sehr schmerzhaft.«

Sie warf ihre roten Locken über die Schulter und verzog das Gesicht, als spürte sie den Schmerz vom Sturz noch heute. »Schau her«, bat sie, deutete auf die Lenkstange und zeigte auf einen weiteren Hebel. »Damit bremst du. Siehst du, dieser Klotz drückt auf das Vorderrad und bringt dich zum Stehen.«

Anton nickte, obwohl ihm tausend Fragen durch den Kopf schwirrten: Wie sollte er den Lenker halten und gleichzeitig den Bremsgriff betätigen? Was, wenn er nicht rechtzeitig zum Stehen kam und gegen die Hallenwand fuhr? Und wie – um alles in der Welt – hielt man auf diesem wackligen Ding das Gleichgewicht?

»Stell dich erst einmal über das Rad.«

Er kam ihrer Bitte nach.

»Und nun setz dich. Und sobald du so weit bist, gibst du dem Rad einen kleinen Schubs und nimmst für einen Moment die Beine hoch. Roll ein bisschen, damit du ein Gefühl dafür bekommst.«

Roll ein bisschen, dachte Anton. *Natürlich, was auch sonst?* In diesem Moment bedauerte er fast, dass er ihr seine Weste als Schutz vor dem Regen geboten hatte. Wäre er bei Wastl und Max auf der Wiese geblieben, wäre er nun zwar vermutlich ebenso sturzbetrunken, aber er müsste sich wenigstens nicht auf dieses mörderische Gefährt setzen.

Anton atmete einige Male ein und aus. Auf keinen Fall wollte er sich vor Helen die Blöße geben und jetzt einen Rückzieher machen. Er gab dem Rad einen Schubs und zog die Füße an. Tatsächlich blieb das Zweirad umso ruhiger, je schneller es rollte.

»Sehr gut«, rief Helen, die neben ihm herlief. »Und jetzt die Beine auf die Pedalen und treten. Na, los doch!«

Ihre Worte motivierten ihn, und die Tatsache, dass sie sich die Mühe machte, neben ihm herzulaufen, um den Sattel zu halten, beruhigte ihn.

Er fuhr wirklich auf einem Niederrad! Ein Glücksgefühl machte sich in ihm breit, und in diesem Augenblick verstand er, warum so viele Menschen inzwischen auf Zweirädern unterwegs waren. Die Geschwindigkeit und das Gefühl, diese mit eigener Körperkraft hervorzurufen, waren unbeschreiblich.

»Du kannst es!«, rief Helen. Sie klatschte übermütig in die Hände, und Anton begriff, dass sie ihn wohl nicht mehr hielt, wenn sie doch klatschen konnte.

Instinktiv drehte er den Kopf, um nachzusehen, eine dumme Idee, wie er sofort feststellen musste. Er verzog den Lenker, und anstatt nach der Bremse zu greifen, sah er dabei zu, wie er, noch immer radelnd, auf einen Busch zusteuerte.

»Bremse«, brüllte Helen, doch es war zu spät. Anton verlor das Gleichgewicht und landete fluchend im Gebüsch.

Immerhin löste sie ihr Versprechen ein. Sie kam zu ihm geeilt und griff nach dem Rad, unter dem er begraben lag. Er sah in ihre fröhlich funkelnden Augen und verzog schmollend die Lippe.

»Retten, Helen. Von Lustigmachen war nicht die Rede.«

Sie gab einen schnaubenden Lacher von sich und warf sich theatralisch neben ihm ins Gras. »Ich rette dich doch«, sagte sie und sah ihn ernst an, während sie, auf den Knien hockend, Blätter aus seinen Haaren zupfte. »Das war sehr schlau, Anton Schmieger.«

»Ach ja?«

»Du hast dir eindeutig den besten Platz für deinen Sturz ausgesucht. Ich meine, es hätte auch die Mauer sein können, dann müsste ich jetzt womöglich blutende Wunden versorgen oder statt der Blätter Dachziegel von dir herunterheben. Was für ein Glück, dass da ein Busch stand, um das Bremsen für dich zu übernehmen. Büsche und Blätter sind gut, mit denen kann ich umgehen.«

Anton konnte nicht anders und gab lachend seine gespielte Ernsthaftigkeit auf. »Bis eben dachte ich noch, dass die Beschreibung *unverschämt hübsch* die passendste für dich wäre.«

»Ach, dachtest du?«

»Nun muss ich mich korrigieren.«

»Und was passt wohl jetzt zu mir?«, neckte sie weiter.

»Unverschämt. Punkt. Mehr nicht.«

»Damit kann ich leben.« Sie stand auf, reichte ihm die Hand und zog ihn hoch. »Ab aufs Rad, du Abenteurer.«

»Du beliebst zu scherzen!« Diesmal war Antons Entsetzen nicht gespielt. Sie wollte doch nicht wirklich, dass er noch einmal auf dieses Monstrum stieg?

»Nein. Du warst ganz kurz davor. Zwei Kurven mehr und ein paarmal das Bremsen üben und du kannst es. Selbst meine Mutter sagt, dass ein gestürzter Reiter sofort wieder aufs Pferd muss. Also los. Und diesmal halte ich dich nicht fest, dann drehst du dich auch nicht um vor Schreck, weil du merkst, dass ich loslasse.«

Anton lächelte und schwieg. Sie hatte genau erkannt, wie es zum Sturz gekommen war. Offenbar war sie einfühlsamer, als es ihre freche Art glauben machte. Sie stand vor ihm und wartete darauf, dass er auf das Niederrad stieg, dabei hatte sie die Sonne im Rücken. Und jetzt, wo ihr Gesicht im Schatten lag, glänzten ihre Augen plötzlich grün.

Anton schluckte. Er musste dringend damit aufhören, sie so aufmerksam zu studieren, denn alles, was er jetzt mit ihr erlebte, brannte sich in sein Gedächtnis ein und würde, wenn er nicht aufpasste, von dort aus den direkten Weg in sein Herz finden. Doch genau das hatte er lange vor der heutigen Begegnung für Eva reserviert.

Helen behielt recht. Er schaffte es beim zweiten Mal tatsächlich, das Gefährt zu steuern und zu bremsen, ohne sich dabei erneut zu blamieren.

»Du bist sehr viel schneller eins mit dem Rad als ich«, gab sie schließlich zu, und er bildete sich ein, so etwas wie Bewunderung aus ihren Worten herauszuhören. Den Wunsch, dass er gern dabei gewesen wäre, als sie sich das Radfahren beigebracht hatte, behielt er allerdings für sich.

3

Sonntag, 31. Mai 1903

Lisbeth Im *Bären* gab es so unfassbar viel zu tun, dass ihr gar nicht aufgefallen war, wie spät Helen eintraf. Als sie das Gasthaus betrat, waren ihre Wangen gerötet und einzelne Haarsträhnen aus ihrem Zopf gerutscht.

»Wo hast du dich denn herumgetrieben?«, fragte Lisbeth und lief mit Tellern in der Hand an Helen vorbei, ohne auf eine Antwort zu warten.

»Ich höre?«, sagte sie, nachdem Teller und ein weiteres Tablett voll mit Bierkrügen seine Abnehmer gefunden hatte.

»Wurde aufgehalten«, murmelte Helen, und das seltsame Leuchten im Gesicht der Freundin ließ Lissi aufhorchen.

»Bevor ich nicht alle Einzelheiten kenne, verlässt du diesen Ort nicht«, kommandierte sie. Dann zog sie Helen in die Küche und wies sie gemeinsam mit ihrer Mutter in die Dinge ein, die es zu tun gab.

»Es passt dir doch, diesmal in der Küche zu bleiben?« Im vergangenen Jahr hatten Lissi und Helen gemeinsam bedient, doch der erste Ansturm an hungrigen Gästen war inzwischen vorüber, und es half den Wirtsleuten und ihrer Mutter sicher am ehesten, wenn Helen ihr bei der

Vorbereitung der Speisen für die Abendgäste zur Hand ging.

Helen gab ihr mit einem Nicken zu verstehen, dass das in Ordnung war, und Lissi wandte sich einem kleinen Tisch zu, der sich direkt neben der Küchentür befand und gerade genug Platz für eine Person bot.

Lisbeth kannte das Gesicht der Frau, konnte in diesem Moment jedoch nicht sagen, woher. »Herzlich willkommen. Entschuldigen Sie, dass wir nur noch diesen undankbaren Platz neben der Küchentür haben.«

»Das macht doch nichts. Ich bleibe ohnehin nicht allzu lange. Ein schnelles Essen und ich gebe den Platz für den nächsten Gast wieder frei. Sie sind das Fräulein Lisbeth Hartmann, richtig?«

Überrascht hob Lissi die Augenbrauen. Wie unangenehm, dass die Frau ihren Namen wusste, während ihr noch immer nicht eingefallen war, woher sie dieses Gesicht kannte.

»Ja, aber ich …«

»Keine Sorge, wir wurden uns noch nicht vorgestellt. Mein Name ist Elise Mahler, mir gehört die hiesige Malschule.«

»Freut mich sehr.« Lisbeth nahm die Bestellung der Frau auf und gab sie in die Küche weiter. Da kein Gast nach ihr rief, blieb ihr eine kurze Verschnaufpause, die sie dazu nutzte, die Künstlerin zu beäugen. Es war schwer, das Alter der Frau zu schätzen. Ihre dunklen Haare waren kunstvoll hochgesteckt, und soweit Lissi das im schummrigen Licht des Gasthauses ausmachen konnte, waren sie noch nicht von silbernen Strähnen durchzogen. Ihr Gesicht strahlte Ruhe aus, und so, wie sie dort in der Ecke saß, wirkte es, als gehörte sie genau dorthin. Sie dachte nämlich nicht daran, den Blick scheu zu senken. Weder die Tatsache, dass sie allein speiste, noch ihr Sitzplatz schienen sie zu stören. Ihre Augen wirkten offen und interessiert, und es hatte den Anschein, als würde sie alles, was es in diesem Wirtshaus zu sehen gab, in sich aufnehmen.

Sie trug ein schwarzes Sonntagskleid. Das Mieder war vorn geschnürt und der v-förmige Ausschnitt mit schwarzer Spitze abgesetzt. Sie wirkte, als wäre sie selbst einem Gemälde entsprungen.

»Sie malt im Kopf sicher schon ihr nächstes Bild«, unterbrach Helen Lissis Gedanken.

»Du hast sie erkannt?«

»Natürlich! Du etwa nicht?« Helen lachte und rammte ihrer Freundin den Ellbogen in die Seite. »Wie könnte ich die Gründerin der ersten und einzigen Rothenburger Malschule nicht kennen?«

»Das Gesicht kam mir schon bekannt vor, aber …«

»Aber«, unterbrach Helen, »deine Mutter legt eben nicht wie meine so viel Wert darauf, dass du alle vermeintlich wichtigen Menschen der Stadt kennst. Für mich«, Helen machte eine theatralische Pause und imitierte die Stimme ihrer Mutter, »ist es lebensnotwendig, die Prominenz zu kennen und mich ihr gegenüber entsprechend zu benehmen.«

Lissi rollte ihre Augen und lachte. Helen hatte recht. Ihrer Mutter Sophie war es herzlich egal, wem was gehörte oder welchen Ruf jemand hatte. Nicht umsonst hatte sie sich mit noch nicht einmal zwanzig zur Krankenschwester ausbilden lassen und später die Leitung des Waisenhauses übernommen.

Lisbeth seufzte. Die Jugend ihrer Mutter Sophie war

schwer gewesen. Sie wusste vom Tod ihrer Eltern, Lissis Großeltern, und davon, dass sie anschließend im Hause Hartmann aufgewachsen war. Trotzdem beneidete sie ihre Mutter, denn sie hatte schon in jungen Jahren gewusst, was sie mit ihrem Leben anfangen würde. Davon war Lisbeth weit entfernt. Sie hatte nicht einmal den Hauch einer Idee, wohin sie ihr Lebensweg führen würde.

»Träumst du im Stehen?« Die ungehaltene Stimme ihrer Mutter holte sie in die Realität zurück. »Das Essen zum Fräulein Mahler an den Tisch, husch, husch.«

»Sie ist unverheiratet?« Lisbeth war überrascht.

»Soweit ich weiß, ja.«

Lisbeth griff nach dem Teller. Es war mehr der Wunsch nach einem belanglosen Gespräch, der sie diese Frage stellen ließ, als ernsthaftes Interesse. »Was genau muss ein Schüler denn können, um bei Ihnen aufgenommen zu werden?«

»Schülerin, nicht Schüler«, verbesserte Elise Mahler sofort. »Meine Schule ist für die höheren Töchter der Stadt gedacht. Und ich sag es, wie es ist: Viele von ihnen können rein gar nichts.«

Lissi hätte sich fast die Hand vor den Mund geschlagen, so überrascht war sie über die Taktlosigkeit der Künstlerin.

»Schau doch nicht so erschrocken. Dafür ist eine Schule doch da, richtig? Stell dir nur vor, all die Mädchen könnten schon malen. Was sollte ich ihnen dann noch beibringen? Außerdem wissen wissende Schülerinnen immerzu alles besser. Anstrengend, sage ich dir. Sehr, sehr anstrengend. Da beantworte ich doch lieber Fragen und verbessere den einen oder anderen Pinselstrich.« Elise Mahlers linke Augenbraue schoss in die Höhe, als würde sie ihre Aussage mit einem »genau so ist es eben«

unterstreichen wollen. Dann lachte sie plötzlich herzlich, und Lissi fiel ein.

»Versteh mich nicht falsch, Lisbeth«, bat Elise und duzte sie, als wäre das eine Selbstverständlichkeit. »Ich liebe die Arbeit mit meinen Schülerinnen. Es macht mich glücklich, dass die eine oder andere ein wirkliches Händchen für die Kunst entwickelt. Wer nicht mit Talent gesegnet ist, dem bietet meine Schule eine Abwechslung zu dem oft langweiligen Leben, zu welchem die Frauen von Ehemännern oder Vätern verdammt werden.«

Lisbeth war fasziniert von der unbekümmerten Art der Frau. Sie schien weder Ehrfurcht vor der Macht eines Mannes zu haben, noch nahm sie die Motivation der Frauen, die ihre Schule besuchten, allzu ernst. Erstaunlich klar und objektiv sah sie der Realität ins Auge und nahm sie hin als das, was sie eben war: unabänderliche Tatsache.

»Möchtest du dir meine Schule ansehen?«

Lisbeth hatte sich gerade zum Gehen gewandt, drehte sich nun jedoch noch einmal um. Sie schwieg einen langen Moment, denn sie wollte die Künstlerin nicht kränken. Doch wenn sie ehrlich zu sich selbst war, hatte sie keine Ahnung, was sie in einer Malschule sollte. Sie hatte noch nie den unbändigen Drang gehabt, Dinge zu Papier zu bringen – sei es in Form von Buchstaben oder als Zeichnung.

»Ich weiß nicht«, murmelte sie und spürte Hitze in sich aufsteigen. Verlegen wandte sie den Kopf zur Seite. Sie konnte einer so begabten Künstlerin doch schlecht sagen, dass sie mit ihren zwanzig Jahren noch nie ernsthaft versucht hatte, ein Bild zu malen.

»Du solltest kommen. Wer weiß: Vielleicht schlummern ja noch nicht entdeckte Talente in dir. Ehe du es nicht versucht hast, wirst du es nicht wissen. Und ich verspreche dir im Gegenzug, ehrlich zu sein. Wenn ich kein Können in deiner Kritzelei entdecke, musst du deine Zeit nicht länger an meiner Schule vergeuden.«

Lisbeth lachte auf. In diesem Moment wusste sie, dass sie das Angebot der Malerin annehmen würde. Und wenn es nur deshalb war, weil ihr die forsche Art der Künstlerin gefiel. Sie hatte nichts zu verlieren und noch weniger zu tun.

»Warum nicht?«, sagte sie und nickte schließlich.

Lisbeth lief zurück zur Küche und bemerkte, dass ihre Mutter der Künstlerin zunickte. Sie stutzte, dann wurde ihr klar, was da gerade passiert war. »Das haben Sie eingefädelt«, raunte sie ihr zu.

»Ich habe keine Ahnung, wovon du sprichst«, gab Sophie zurück und zuckte lächelnd mit den Achseln.

Den Rest des Abends über blieb kaum Zeit für Gespräche, denn der Zulauf an hungrigen Gästen nahm kein Ende. Gegen elf fanden auch die völlig betrunkenen Peters-Brüder ihren Weg in den *Bären*.

Lisbeth redete mit Engelszungen auf Max und Wastl ein, und es gelang ihr, sie davon zu überzeugen, etwas Vernünftiges zu sich zu nehmen, statt mit dem Trinken fortzufahren. Um kurz nach eins leerte sich der Gastraum endlich, und die beiden Studenten waren schließlich die Letzten.

Erschöpft ließ sich Lissi neben Helen auf einen Stuhl fallen und dankte ihrer Mutter im Stillen dafür, dass sie eine Portion Kartoffelsuppe für sie aufgehoben hatte.

»Esst, habt ihr euch verdient. Jacob und ich helfen den Wirtsleuten noch dabei, das Schlachtfeld in der Küche zu beseitigen.«

Eine Weile aßen sie schweigend ihre Suppe, dann fiel ihr wieder ein, dass Helen ihr Zuspätkommen noch nicht erklärt hatte. »Du wurdest also aufgehalten«, begann sie ohne jede Einleitung. Helen lächelte verklärt, dachte jedoch nicht daran, irgendetwas zu erklären. »Ich höre!«, bohrte Lisbeth weiter.

»So war es.« Sie löffelte ihre Suppenschüssel leer und wischte dann auch noch die Reste mit einem Stück Brot auf. Lissi wusste genau, dass ihre Freundin sie ärgern wollte, also geduldete sie sich und wurde schließlich belohnt. Helen berichtete von ihrem Zusammentreffen mit Anton, Max und Wastl und davon, wie Anton ihr erst Schutz geboten und sie dann zum Essen und zur Turnhalle begleitet hatte.

»Und er ist nicht geflüchtet, als er dich mit diesem Ungetüm von Rad gesehen hat?« Lisbeth nahm kein Blatt vor den Mund, denn Helen wusste längst, dass sie ihrem Fahrrad nichts abgewinnen konnte. Die Vorstellung, auf dem Weg ins Tal auf einem Zweirad zu sitzen, dessen Bremse womöglich versagte, trieb ihr immer wieder Schauer über den Rücken.

»Im Gegenteil. Er ist sogar aufgestiegen.«

»Und lebt noch?«

Helen lachte und erzählte dann, wie Anton sich bei seiner Jungfernfahrt gemacht hatte. Als sie geendet hatte, sah Lisbeth die Freundin aufmerksam an und zog die Augenbrauen zusammen. »Das gibt's doch gar nicht!«, rief sie. »Du magst ihn ja!« Dann schob sie ein empörtes »Und ich wusste nichts davon« hinterher.

»Ich bis heute Nachmittag doch auch nicht«, wandte Helen ein. »Ich hatte ja nichts davon geplant. Das alles kam in der Tat unerwartet.«

»Nun gut. Dann gedulde ich mich und harre der Dinge, die da kommen. Aber ich erwarte natürlich, dass du mich auf dem neuesten Stand hältst.«

»Wen, wenn nicht dich?«, gab Helen lachend zurück.

»Bei mir gibt es auch Neuigkeiten zu berichten«, erklärte Lissi und erzählte der Freundin in kurzen Worten, dass sie wohl bald Schülerin einer Malschule sein würde. Sie wollte gerade darüber berichten, wie fröhlich die Künstlerin von ihren Schülern berichtet hatte, doch in diesem Moment traten Wastl und Max an ihren Tisch.

Ihr Gang war etwas geradliniger als auf dem Weg hinein in die Wirtschaft, trotzdem war den Peters-Brüdern noch immer anzusehen, dass sie zu tief ins Glas geschaut hatten.

»Wenn es denn genehm ist, bringen wir die Damen jetzt nach Hause.« Wastl machte eine alberne Verbeugung und stieß sich beim Aufrichten den Kopf an der hohen Stuhllehne an. Die Mädchen sahen sich an und lachten. Lissi legte den Arm fürsorglich um den jungen Mann, der sich den Kopf rieb.

»Weißt du, Wastl, wir sind fortschrittliche Frauen. Heute Abend drehen wir den Spieß einfach um und bringen euch nach Hause.«

»Ihr erkennt am Ende die eigene Haustür nicht, fallt beim Nachbarn ein und werdet womöglich als Einbrecher verhaftet«, pflichtete Helen ihr kopfschüttelnd bei.

Lissi sagte ihrer Mutter Bescheid, dann machten sie sich zu viert und fröhlich scherzend auf den Weg durch die noch immer vollen Gassen Rothenburgs.

Helen hatte alle Hände voll mit Sebastian zu tun. Laut singend lief er durch die Straßen, blieb zwischendurch stehen und sah fremden Röcken pfeifend hinterher, während

Helen sich lachend und schulterzuckend bei den jungen Damen für sein Verhalten entschuldigte.

Lissi hatte es besser getroffen. Max war der ruhigere der Brüder. Er hatte sich bei ihr untergehakt, und obwohl seine Zunge schwerer war als gewöhnlich, bemühte er sich darum, eine anständige Unterhaltung mit ihr zu führen.

»Es war verrückt. Plötzlich stand die ganze Wiese unter Wasser«, erzählte er. »Und ehe wir es richtig bemerkten, war Anton auf und davon, um Helen vor dem Regenguss zu retten. Er benahm sich, als hätte ihr Anblick ihn verzaubert.«

Lisbeth nickte, doch da sie wusste, dass selbst Helen die Ereignisse des Tages noch nicht einordnen konnte, wollte sie weiteren Klatsch darüber vermeiden.

»Er ist eben ein echter Kavalier«, sagte sie und lenkte dann vom Thema ab. »Wie lange werdet ihr bleiben?«

Max grinste plötzlich von einem Ohr zum anderen. »Eine oder zwei Wochen, vielleicht auch etwas länger. Wir werden sehen. Würdest du mir denn erlauben, dich auszuführen?«

Lisbeths Puls beschleunigte sich. Es gab offensichtlich Dinge, die sich auch dann nicht änderten, wenn man erwachsen und angeblich reifer wurde. Er hatte sie auch ohne viele Worte sofort richtig verstanden, denn genau das wollte sie: Zeit mit ihm verbringen.

Max war der erste und bisher einzige Junge gewesen, den sie je geküsst hatte. Das lag inzwischen vier Jahre zurück, und wie heute war er auch damals Teil des Lagerlebens auf der Festwiese gewesen. Anschließend hatte er ihr regelrecht aufgelauert, war ständig in den *Bären* gekommen, um zu sehen, ob sie noch immer helfen musste. Irgendwann hatte er es nicht mehr ausgehalten und ihre Mutter direkt gefragt, ob Lissi denn nicht entbehrlich wäre. Der Abend wäre doch so wunderschön, und er würde sie gern nach Hause begleiten.

Sie lächelte, während sie an den verdreckten Jungen von damals dachte. Nicht, dass es einen Regenschauer ähnlich dem heutigen gegeben hätte, doch ein ganzer Tag unter den raufenden Trunkenbolden auf der Wiese hatte auch damals schon dazu geführt, dass am Ende des Tages keiner von ihnen noch sauber war. Schüchtern hatte er ihre Hand genommen und sie den ganzen Weg bis zum letzten Haus auf der Kobolzeller Steige begleitet.

Zwischendurch hatten sie sich vor irgendwelchen Haustüren auf die Stufen gesetzt und miteinander geredet und gelacht. Er hatte ihr über die Wange gestreichelt oder ihr Haar zurückgestrichen – jede noch so winzige Möglichkeit, ihr näherzukommen, hatte er genutzt. Vor ihrem Haus hatte er all seine Zurückhaltung abgelegt und ihr erklärt, dass er sie küssen müsste. Auf ihre Frage nach dem Warum hatte er mit feierlichem Ernst geantwortet: »Weil ich nicht anders kann. Der Gedanke, es nicht zu tun, macht mich noch ganz verrückt.«

»Und das wollen wir doch nicht«, hatte Lissi geantwortet. Und dann hatten sie sich geküsst. Endlos und immer wieder, bis irgendwann die Sonne aufging. Weder ihre Mutter noch ihr Vater hatten je danach gefragt, was sie in dieser Nacht getan hatte. Es gab auch nicht wirklich etwas zu erzählen. Sie hatten die Zeit vergessen, so einfach war das. Hinter dem Haus ihrer Eltern hatten sie sich ins Gras gelegt und in die Sterne gesehen. Dabei hatten sie geredet und gelacht und sich geküsst, als hätten sie gewusst, dass nach dieser einen magischen Nacht alles vorüber sein würde – denn genau so war es gekommen. Max war eben nicht Wastl. Er war niemand, der Dinge laut aussprach, sie zerredete oder sich angestrengt darum bemühte, sie zu wiederholen. Sie hatten den Augenblick genossen und waren am nächsten Tag miteinander umgegangen, als wäre nichts passiert.

Lisbeth war nicht enttäuscht gewesen. Es war, als wüssten sie beide, dass ihre gemeinsame Geschichte noch längst kein Ende genommen hatte.

»Warte«, bat sie plötzlich. Sie hatte nicht über die Worte nachgedacht, die sie nun sagte. Sie hatte ja nicht einmal gewusst, dass sich diese Gelegenheit heute bieten würde.

»Was hast du?«, fragte Max.

»Nichts. Ich möchte nur herausfinden, ob es sich noch so anfühlt wie damals.«

Augenblicklich strahlte er übers ganze Gesicht, und das Lächeln seiner Lippen erreichte seine Augen sofort. »Du kennst die Antwort«, sagte er selbstbewusst, als hätte er nicht den geringsten Zweifel daran, dass ein einziger Kuss ausreichte, um den Zauber von damals zurückzuholen.

»Schon möglich. Aber ich will es nicht wissen, sondern fühlen«, sagte Lisbeth und wunderte sich selbst über den fordernden Ton in ihrer Stimme.

Als sich ihre Lippen fanden, ahnte sie, dass es diesmal keine vier Jahre dauern würde, bis sie fortführen würden, was in dieser Sekunde von Neuem begann.

4

Mittwoch, 19. Juni 1872

Henriette

Die Wäscherinnen betraten die winzige Behausung, die sie unter dem Dach bewohnten, wie üblich gemeinsam. Das Haus war in die Jahre gekommen und der Besitzer zu geizig und zu bequem, um überfällige Reparaturen in den Wohnungen oder im Hausflur vorzunehmen. Das Treppengeländer war nur noch in Teilen vorhanden, ebenso fehlten hier und da vereinzelt Stufen, da das Holz in eisigen Wintern von den Bewohnern zum Heizen benutzt worden war. Durch die geschlossenen Fenster, sofern es überhaupt welche gab, zog es. Henriette war nie in den Genuss einer unversehrten Glasscheibe gekommen, denn schon bei ihrem Einzug war das, was einmal ein Fenster gewesen war, mit Brettern vernagelt gewesen.

Trotzdem beschwerten sie sich nicht, hatten sie doch fast zwei Zimmer zur Verfügung. Den größeren Raum nutzten sie als Schlafstätte. Es gab zwei Betten, einen großen Schrank, einen Tisch und zwei Stühle. Das andere Zimmer war so winzig, dass nur eine von ihnen es betreten konnte. Hier stand der gusseiserne Kohleherd, den sich die Frauen vor einem Jahr gemeinsam angeschafft hatten und der dafür sorgte, dass sie nicht nur warme

Speisen hatten, sondern auch eine halbwegs warme Stube, wann immer sie sich die Kohle zum Befeuern leisten konnten.

Henriette legte sich rücklings auf ihr Bett und starrte in den inzwischen dunklen Himmel hinauf. Die Fensterlatten hatten Margarethe und sie mit Beginn der warmen Jahreszeit entfernt, um nach einem langen Arbeitstag in der Wäscherei wenigstens etwas frische Luft zu bekommen.

Henriette war erschöpft, ihre Hände waren von der harten Arbeit wund und rot, und sie konnte die Augen kaum noch offen halten. Schweigend lag sie auf ihrer schmalen Pritsche, um einen Moment auszuruhen. Anschließend würden die Frauen ein gemeinsames Essen zu sich nehmen.

»Müde?«, fragte Margarethe, die entgegen ihrer Gewohnheit das Gespräch zu suchen schien.

»Hmm.«

»Wann willst du mir endlich sagen, was dich bedrückt?«

Henriette schluckte. Ihr war nicht bewusst gewesen, dass die Wäscherin, die ihr inzwischen zur Freundin geworden war, ihren Kummer bemerkt hatte. »Gar nicht?«

Margarethe saß auf ihrem Bett und starrte sie so lange an, bis ihr nichts weiter übrig blieb, als sich ebenfalls aufzurichten.

»Ich werde nicht aufhören zu fragen. Du kannst ebenso gut gleich mit der Wahrheit herausrücken.«

Henriette seufzte, und da sie nicht um eine Erklärung herumkommen würde, dachte sie darüber nach, wie viel von ihrer Vergangenheit sie preisgeben wollte. Dass sie einmal Mutter gewesen war, wusste Marga, denn sie hatte einst eine Puppe gefunden, die Gertrud gehört hatte und von der sich Henriette nicht trennen konnte. Doch wer sie vor ihrer Flucht gewesen und was sie getan hatte, wusste hier in Ansbach niemand.

»Ich bin auf jemanden gestoßen, der zu meinem alten Leben gehörte.« Sie versuchte, vage zu bleiben, doch sie hätte wissen müssen, dass Marga sich damit nicht zufriedengeben würde. Die verschränkte jetzt ihre Arme vor dem Körper, zog die Augenbrauen in die Höhe und wartete darauf, dass sie weitersprach.

»Mein wirklicher Name ist nicht Barbara. Ich habe nicht nur mein altes Leben, sondern auch meinen Namen hinter mir gelassen.«

Margarethe zuckte mit den Schultern, als wäre ihr das Gehörte völlig gleichgültig. »Du bist nicht die Einzige, die Dinge verbirgt.« Sie erhob sich, streckte ihr die Hand hin und deutete einen albernen Knicks an.

»Ich bin Margarethe Hölzing. Sehr erfreut, Fräulein …«

»Henriette Hartmann«, antwortete sie und ergriff lächelnd die Hand. Und dann sprudelten die Worte aus ihr heraus, als hätte sie nur darauf gewartet, ihre wahre Identität endlich preisgeben zu können. Sie erzählte, dass es ausgerechnet Carl gewesen war, dessen Wäsche sie hatte entgegennehmen müssen. »Er stammt wie ich aus Rothenburg, und ich habe vor Jahren ein übles Spiel mit ihm getrieben.« Sie machte eine kurze Pause und seufzte. »Dabei hatte ich ihn wirklich gern. Doch statt ihn anständig zu behandeln, habe ich ihn vor meinen Karren gespannt.«

Henriette berichtete, wie sie sich eingeredet hatte, dass ihre Freundin Hanna nicht gut genug für einen Mann namens Louis gewesen wäre, nur weil sie selbst ein Auge auf ihn geworfen hatte und nicht ertragen konnte, dass er sie nicht wollte. Sie ließ auch nicht unerwähnt, wie sie seine Briefe für Hanna abgefangen und so die Beziehung fast zerstört hätte.

»Und als wäre das nicht schon schlimm genug, habe ich mich auch noch in das Liebesleben meines Bruders eingemischt.« Henriette erzählte von Theo und Sophie und schließlich auch davon, dass sie, nachdem sie all ihre Freundschaften unwiderruflich zerstört hatte, selbst zu einem gefallenen Mädchen geworden war, das sich von einem Soldaten hatte schwängern lassen.

»Und jetzt treffe ich ausgerechnet hier auf Carl, der wohl inzwischen sein Ziel erreicht hat und ein ehrbarer Postbeamter geworden ist. Er hat mich sofort erkannt, obwohl ich unsinnigerweise darauf hoffte, ihn täuschen zu können. Was mich allerdings am meisten betrübt, ist der Inhalt des Zeitungsartikels, den er mir zukommen ließ. Er ist aus diesem Frühjahr.« Sie reichte Margarethe das zerknüllte Papier, das sie noch immer bei sich trug. »Der Verunglückte war mein Onkel.«

Marga las die Zeilen sorgfältig. »Wenn du mich fragst, hast du mehr als genug für das gebüßt, was du als junges und einfältiges Ding getan hast. Zugegeben: Was du erzählst, klingt nicht nach jemandem, den ich gemocht hätte. Aber das ist lange her. Du warst dumm und verwöhnt und dachtest, was immer du willst, würde dir auch zustehen. Aber dieser Mensch bist du heute nicht mehr, Barba… Henriette. Du hast alles zurückgelassen, hast von vorn begonnen. Und du hast deine wunderschöne Gertrud verloren. Wenn der liebe Gott dir das zur Strafe auferlegt hat, so bin ich sicher, dass er jetzt besänftigt ist.«

Unsicher sah Henriette die Wäscherin an, denn sie

wusste nicht recht, was sie ihren Worten entgegenhalten sollte.

»Ich begleite dich«, sagte Margarethe plötzlich.

»Begleiten?«

»Nach Rothenburg. Du musst das alte Leben nicht wieder aufnehmen. Aber du solltest das Grab deines Onkels aufsuchen und dich anständig von ihm verabschieden. So etwas wie eine Reise in die Vergangenheit. Und danach entscheidest du, ob es nicht doch an der Zeit wäre, die alten Dämonen hinter dir zu lassen und Kontakt zu deiner Familie aufzunehmen.«

Henriette sah ihre Mitbewohnerin ruhig an, obwohl es in ihr brodelte. Sie hatte nicht erwartet, je ein solch ernstes Gespräch mit Marga zu führen. Und noch mehr überraschte sie, dass sie sich erleichtert fühlte. Sie hatte plötzlich eine Vertraute, die von nun an ihre Verstimmung oder Traurigkeit verstehen und ihr zuhören würde. Allerdings wurde ihr flau beim Gedanken daran, nach Hause zurückzukehren.

»Ich halte das für keine gute Idee«, sagte sie deswegen.

»Ich schon. Schlaf drüber. Und morgen bitten wir dann die Aufseherin um zwei oder drei freie Tage. Sie wird nicht begeistert sein, aber es geht immerhin um eine wichtige Familienangelegenheit.«

»Und womit begründen wir, dass du mich begleiten musst?«

»Ich gebe auf dich acht. Ein Trauerfall sollte niemals unterschätzt werden.«

Obwohl an Ausruhen plötzlich nicht mehr zu denken war, blieb Henriette noch eine ganze Weile auf ihrer Schlafstatt liegen. Sie malte sich aus, wie ihr Bruder oder ihre Eltern wohl auf sie reagieren würden. Und je klarer die Bilder in ihrem Kopf wurden, desto größer war die Gewissheit, dass sie diesen Schritt nicht würde gehen können. Womöglich konnte ihr Bruder ihr verzeihen. Hanna, Sophie und Louis konnten es sicher nicht. Hinzu kam, dass sich in den Augen ihrer Eltern immer der Schmerz widerspiegeln würde, den ihr Weggang verursacht hatte.

Henriette liefen plötzlich Tränen über die Wangen, denn so deutlich wie nie zuvor sah sie das gütige Gesicht ihrer Mutter vor sich. Es war sicher besser, nicht mehr an den Wunden, die sie all diesen Menschen zugefügt hatte, zu rühren. »Wir brauchen nicht nach freien Tagen zu fragen«, sagte sie in die Stille hinein. »Ich werde nicht nach Rothenburg zurückkehren.«

5

Sonntag, 7. Juni 1903

Helen

Sosehr Helen sich auch darum bemüht hatte, ihrer Mutter einen Hinweis zu entlocken, sie war gescheitert. Ohne zu wissen, was auf sie zukommen würde, saß sie nun in ihren Sonntagsstaat gekleidet da und wartete auf einen ihr unbekannten Verehrer, der offenbar bereits den Segen ihrer Eltern hatte.

Sie hatte Müdigkeit und Unwohlsein vorgeschützt, doch ihre Mutter hatte sich nicht erweichen lassen und ihr erklärt, dass es nicht infrage käme, den jungen Mann aus einer Laune heraus, nicht anders deutete sie das ablehnende Verhalten ihrer Tochter, zu versetzen.

Helens Hoffnung darauf, dass ausgerechnet Anton dieser Mann sein würde, war lächerlich. Niemand außer Lisbeth wusste, was sich am Pfingstsonntag zugetragen hatte, und sie hatte Anton seit diesem Tag auch nicht mehr gesehen. Dabei kreisten ihre Gedanken ständig um ihn. Sie hatte sein Gesicht vor Augen, wenn sie aufwachte, hoffte auf seinen Besuch, wenn die kleine Klingel an der Hotelrezeption einen weiteren Gast ankündigte, und schlief schließlich mit dem Gedanken an ihn ein. Sie verstand diese Gefühle selbst nicht recht, hatten sie und Lissi sich in den vergangenen Jahren doch eher mit den Peters-Brüdern umgeben, wenn sie männliche Gesellschaft gesucht hatten. Anton war bisweilen als guter Freund der beiden dabei, die meiste Zeit allerdings in der Siederei seiner Eltern beschäftigt gewesen und hatte auch sonst nie sonderlich viel Interesse an gesellschaftlichen Ereignissen oder großen Veranstaltungen gezeigt, bei denen nicht nur angesehene Bürger Rothenburgs, sondern auch deren Söhne und Töchter zugegen waren.

Helen saß in der Empfangshalle des Hotels und ließ das Geplapper ihrer Mutter über sich ergehen, ohne ihr wirklich zuzuhören. Ihr Blick schweifte durch den Raum, und trotz der Anspannung musste sie plötzlich lächeln, denn sie liebte diesen Saal. Schon als Kind hatte sie Stunden an diesem Ort zubringen können. Durch bodentiefe Fenster konnte man auf die große Terrasse blicken, die über dem Taubertal zu schweben schien. Kleine Tische und bequeme Ohrensessel, die mit hellblau geblümtem Samt bezogen waren, luden zum Verweilen ein, Kellner huschten leise zwischen plaudernden Gästen hin und her und servierten Tee, Kaffee und duftendes Gebäck. Zeitungen wurden gelesen, Geschäfte und sicher auch so manche familiäre Verbindung geschlossen, und seit einiger Zeit traf sich sogar der erste Rothenburger Buchzirkel für Frauen in dieser Empfangshalle. Helen wäre gern beigetreten, doch nachdem sie ihrer Mutter mit dem Niederrad einen solchen Schock versetzt hatte, wollte sie mit dieser Ankündigung lieber noch etwas warten.

Als sich die Drehtür des Hotels endlich bewegte, hatte sie sich doch von der Nervosität ihrer Mutter anstecken lassen. Ihre Hände waren eiskalt, und sie starrte gebannt auf die Person, die in diesem Moment noch von einem anderen Gast verdeckt wurde.

»Welch eine Freude, Sie in unserem bescheidenen Hotel begrüßen zu dürfen«, tönte Henriette Ludwig überschwänglich. Dann endlich erkannte ihn auch Helen. Sie ließ enttäuscht die Schultern fallen und seufzte. Der Mann, den ihre Mutter fast schon unterwürfig willkommen hieß, war Hans Gräber.

»Die Freude ist ganz meinerseits. Ich kann Ihnen gar nicht genug dafür danken, dass Sie diesem Spaziergang mit Ihrer Tochter zugestimmt haben.«

Helen schluckte die aufkommende Wut hinunter. Es kostete sie einige Anstrengung, ein freundliches Gesicht aufzusetzen, immerhin hatten ihre Mutter und Hans Gräber hinter ihrem Rücken eine Entscheidung getroffen, die ihnen nicht zugestanden hätte, zumindest nicht ohne ihre Einwilligung. Natürlich war sie zu höflich, um ihn jetzt durch Ablehnung vor den Kopf zu stoßen.

»So eine Überraschung! Es wäre nicht nötig gewesen, aus Ihrem Besuch ein solches Geheimnis zu machen«, sagte sie trotzdem und hoffte, dass zumindest er den Hinweis verstand und sie zukünftig in Pläne, die sie betrafen, einweihen würde.

»Waren wir nicht schon beim Du, liebste Helen?«, fragte er, griff, ohne auf eine Antwort zu warten, nach ihrer Hand und deutete einen Handkuss an. »Ich bitte um Verzeihung. Die Geheimniskrämerei war meine Schuld, denn der heutige Tag sollte etwas Besonderes werden.«

Helen schenkte es sich, ihn nach dem Warum zu fragen, da es doch offensichtlich war, mit welcher Absicht der Brauereimeister gekommen war.

»Wollen wir dann?«, fragte sie knapp. Stünde jetzt Anton vor ihr, hätte sie neugierig gefragt, wie er sich diesen Tag vorgestellt hatte. Doch auch diese Frage verkniff sie sich. Wenn sie ehrlich war, wollte sie den Nachmittag so schnell wie möglich hinter sich bringen. Danach stand ihr wohl ein ernstes Gespräch mit ihrer Mutter bevor. Auf keinen Fall würde sie ihr ein weiteres Mal gestatten, eine Verabredung mit einem Verehrer ohne ihr Wissen zu treffen.

Das, was Hans Gräber so hochtrabend als etwas Besonderes bezeichnet hatte, war nicht mehr als ein Spaziergang auf der Stadtmauer. Helen ahnte, warum er sich ausgerechnet diesen Weg ausgesucht hatte: Sonntag für Sonntag flanierten hier Eheleute oder Paare, die es in naher Zukunft werden würden, aber auch Familien mit Kindern oder Freunde. Ganz eindeutig wollte Hans mit ihr gesehen werden.

Sie war froh, dass sie noch im letzten Augenblick nach ihrem Spazierschirm gegriffen hatte. Obwohl die Stadtmauer überdacht und der Weg eng war, öffnete sie ihn und versteckte sich dahinter vor den neugierigen Blicken der Tauberstädter. Denn anders als ihrem Begleiter war ihr gar nicht wohl bei dem Gedanken, dass diese sich nun ihre Mäuler zerrissen und über eine mögliche Verbindung zwischen dem *Hotel Traube* und der *Gräber Brauerei* tratschten.

Hans ließ sich gerade über den großartigen Gewinn aus, den die Pfingstfestspiele ihm beschert hatten, als ihnen ein weiteres Paar entgegenkam.

»Herr Schmieger, Fräulein Liebermann«, grüßte Hans und tippte sich kurz mit dem Finger an die Hutkrempe. Wie gern hätte sich Helen wieder hinter ihrem Schirm versteckt, doch nachdem ihr Begleiter die beiden bereits mit Namen gegrüßt hatte, wäre ein solches Verhalten lächerlich. Außerdem mussten sie sich auf dem schmalen Weg Platz machen, um aneinander vorbeizulaufen. Und so blieb ihr nichts anderes übrig, als ihren Schirm zusammenzuklappen und Anton und seiner Begleitung freundlich zuzulächeln. Die Tatsache, dass die Tochter des Rothenburger Krämers noch hübscher anzuschauen war, als sie sie ohnehin schon in Erinnerung hatte, versetzte ihr einen schmerzhaften Stich. Helens Augen blieben an Anton hängen, und auch er sah sie länger an, als eigentlich nötig gewesen wäre. Dann ging sein Blick zu Hans und er kniff die Lippen zusammen.

Helen stutzte. Es hatte fast den Anschein, als störte es ihn, dass sie mit dem Brauereimeister über die Stadtmauer flanierte. Trotzig zog sie die Schultern zurück und lächelte dann, als würde sie diesen herrlichen Tag in vollen Zügen genießen. Anton sollte sich bloß nicht einbilden, dass sie keine Verehrer hatte. Außerdem war ja ganz offensichtlich, dass er keinen weiteren Gedanken an sie verschwendet haben konnte, wenn er doch hier und jetzt mit Fräulein Liebermann spazieren ging.

Helen bemerkte, dass Evas Augen skeptisch zwischen ihr und Anton hin- und herwanderten. Als wollte sie ihren Besitz verdeutlichen, legte sie jetzt auch noch behutsam ihre Hand auf Antons Arm. Die Vertrautheit zwischen ihnen war nicht zu übersehen. Anton bot Eva den Arm, den sie mit einem strahlenden Lächeln annahm.

All das spielte sich innerhalb weniger Sekunden ab, und im Gegensatz zu Hans, der von alldem nichts mitzubekommen schien, bemerkte Helen sehr wohl, welche sonderbare Stimmung zwischen ihnen herrschte. Eva schien ein ebenso feines Gespür zu haben. Sie zog Anton hinter sich her, als wollte sie diese Begegnung schnellstmöglich hinter sich bringen. Helen verstand, dass die

Tochter des Krämers sie soeben als Konkurrentin wahrgenommen hatte.

Nach diesem Zusammentreffen kam die Unterhaltung zwischen Helen und Hans völlig zum Erliegen. Eine Weile versuchte er noch, sie mit Anekdoten aus der Brauerei aufzumuntern, doch ihre wortkargen Reaktionen ließen auch ihn irgendwann verstummen. Vermutlich bedauerte er bereits, dass er sie überhaupt ausgeführt und seine Zeit mit ihr vergeudet hatte.

Als sie kurz darauf wieder vor dem Hotel standen, musste Helen allerdings erkennen, dass Hans mehr Hartnäckigkeit besaß, als sie ihm zugetraut hatte. Er war weder enttäuscht noch gekränkt. Vielmehr gab er sich selbst die Schuld daran, dass sie nun so niedergeschlagen war.

»Ich hätte am Pfingstsonntag schon etwas sagen sollen. Dann wüsstest du inzwischen längst, wovon bereits die ganze Stadt Kenntnis hat. Bitte glaube mir, das tut mir aufrichtig leid.«

»Ich verstehe nicht recht.«

»Die Spatzen pfeifen es von den Dächern. Anton Schmieger und Eva Liebermann – nun, du weißt schon. Verlobt sind sie zwar noch nicht, wie ich inzwischen in Erfahrung gebracht habe, aber es gibt wohl eine unausgesprochene Übereinkunft, dass der Sohn der Seifensiederin die Krämertochter ehelichen wird.«

Helen schluckte und sah an Hans vorbei. Sie wusste nicht, was in diesem Moment schlimmer war: die Tatsache, dass sie Anton mit einer anderen Frau gesehen hatte, oder aber, dass ein ihr fast fremder Mann sie und ihr Gefühlsleben so einfach durchschaut und ihr auch noch auf den Kopf zugesagt hatte, dass sie wohl die einzig Unwissende in dieser Sache war.

»Deine Gefühle müssen dir nicht unangenehm sein«, sagte Hans und legte ihr gönnerhaft eine Hand auf die Schulter.

Helen hatte genug. Sie wollte mit dem Brauer weder über sich noch über Anton sprechen, und es wurde höchste Zeit, dieses Thema zu beenden.

»Ich kenne Anton und seine Freunde seit Kindertagen«, sagte sie und bemühte sich um einen unbekümmerten Ton. »Er hat mich vor dem Gewitter beschützt, und wir haben gegessen. Mehr gibt es dazu nicht zu sagen.« Sie machte eine kurze Pause und fügte dann hinzu: »Und natürlich weiß ich von seiner Freundschaft zu Eva.«

Die Augen ihres Begleiters strahlten plötzlich, und Helen ging auf, dass er ihre Bemerkung völlig falsch gedeutet hatte.

»Es freut mich ungemein, das zu hören. Dann darf ich also darauf hoffen, dass sich ein solcher Tag wiederholen wird?«

»Darüber habe ich noch nicht nachgedacht.«

Sie verabschiedete sich hastig und floh regelrecht ins Hotel. Nach diesem fürchterlichen Nachmittag wollte sie nichts mehr, als sich in ihrem Zimmer verkriechen, doch ausgerechnet ihre Mutter erwartete sie neugierig am oberen Treppenabsatz.

»Nicht jetzt«, fauchte Helen im Vorbeigehen, doch Henriette dachte nicht daran, ihren Wunsch zu respektieren.

»Selbstverständlich jetzt. Bitte geh noch einmal hinunter in die Empfangshalle. Dein Vater erwartet uns bereits mit einer köstlichen Tasse heißer Schokolade.«

Helen sah ihre Mutter ruhig an, zuckte mit den Schultern und lief dann die Treppe wieder hinunter. Das Foyer des Hotels war an diesem späten Nachmittag gut besucht –

eine Tatsache, die ihr entgegenkam, denn nichts hasste ihre Mutter mehr als unangenehme Szenen in der Öffentlichkeit. Für das, was sie ihr nun zu sagen hatte, war die Anwesenheit weiterer Gäste sicher von Vorteil, würde es doch ihre Streitsucht im Zaum halten.

Helen griff nach ihrer Tasse und rührte schweigend darin. Sie erinnerte sich noch gut daran, dass Tante Sophie vor Jahren einmal davon gesprochen hatte, dass es doch an der Zeit wäre, den Gästen des Hotels neben teurem Kaffee und gutem Tee auch Trinkschokolade anzubieten. Bevor ihr Onkel Theodor um die Hand ihrer Tante angehalten hatte, hatte es wohl einen Verehrer gegeben, dessen Familie eine eigene Schokoladenmanufaktur in Dresden besaß. Ihre Mutter war begeistert auf Sophies Vorschlag eingegangen, waren sie doch nun das erste Hotel in Rothenburg, das den Gästen dieses bittersüße Heißgetränk anbot.

»Unsere Tochter wollte sich weigern, von ihrem Ausflug mit Hans Gräber zu berichten, kannst du dir das vorstellen?«

»Ja«, antwortete Helens Vater Carl. »Welche erwachsene junge Dame möchte schon ihr Privatleben vor Vater und Mutter ausbreiten? Ich hätte dich sehen wollen, damals. Hast du etwa nach dieser Neujahrsnacht bei deinen Eltern Bericht erstattet?«

»Sei still, Carl! Es geht hier um unsere Tochter und …«

»Und die«, unterbrach Helen barsch, »verbittet sich, jemals wieder von Ihnen zu einem Stelldichein genötigt zu werden.«

Henriette schnappte nach Luft. »Stelldichein? Als würde ich so ein ordinäres Verhalten dulden! Hans Gräber ist ein angesehener und wohlerzogener Mann mit ernsthaftem Interesse an dir.«

»Das mag schon sein«, antwortete Helen und nippte an ihrer Schokolade. Ihr Puls beschleunigte sich, als bereitete ihr Körper sich auf das vor, was nun kam. »Aber dieses Interesse ist einseitig. Sollten Sie erneut den Wunsch hegen, eine Verabredung ohne mein Wissen in die Wege zu leiten, dann seien Sie sich gewiss, dass ich beim nächsten Mal nicht so gehorsam einlenken werde. Selbst wenn mir der nächste Kandidat gefiele, würde ich aus Trotz nicht mitgehen.«

»Der nächste Kandidat?« Henriette japste erneut nach Luft und griff sich theatralisch an die Brust. »Ja glaubst du denn, ich will dich meistbietend verhökern?«

Carl lachte auf, wurde aber sofort wieder ernst und versteckte sein Gesicht hinter einer Ausgabe des *Rothenburger Tagblattes*.

»So hatte es den Anschein, liebe Mutter. Halten Sie mich nicht für dumm. Wir führen das *Hotel Traube*, Hans Gräber besitzt die größte und rentabelste Brauerei der Stadt. Mir leuchtet ein, dass diese Verbindung in Ihrem Interesse sein dürfte. Aber ich muss Sie enttäuschen.«

Entgegen Helens Erwartung sprang ihre Mutter vom Sessel auf und lief unruhig vor dem Tisch hin und her. Sie setzte sich erst wieder, als die Gäste neugierig ihre Hälse reckten.

»Carl Ludwig«, zischte sie und zog die Zeitung vor seinem Gesicht herunter. »Ich erwarte, dass du ein Machtwort sprichst!«

»Selbstverständlich, meine Liebste.« Er zwinkerte seiner Tochter kurz zu und sah anschließend seiner Gattin fest in die Augen. »Henriette, du und ich wissen, welches Unglück geschehen kann, wenn du dich in Herzensangelegenheiten anderer einmischst. Ich habe es einmal erlebt. Noch einmal wird mir das nicht passieren, schon gar nicht, wenn es dabei um unsere Tochter geht.«

»Aber …«

»Hab Vertrauen zu unserem Kind«, unterbrach Carl sie sofort. »Sie wird beizeiten eine Entscheidung treffen, die richtig ist. Oder eben nicht. Aber diese Entscheidung obliegt nicht dir. Und das, mein Liebling, ist mein Machtwort!«

Helen zog überrascht ihre Augenbrauen hoch. Sie konnte sich nicht daran erinnern, wann ihr Vater je so mit ihrer Mutter gesprochen hatte. Er hatte sich auf ihre Seite und gegen seine Frau gestellt. Seine Worte waren deutlich, duldeten keinen Widerspruch und zeigten außerdem, dass es etwas in der Vergangenheit ihrer Eltern geben musste, von dem sie nichts wusste.

6

Sonntag 7. Juni 1903

Anton Als er mit Eva an diesem Nachmittag die Seifensiederei in der Georgengasse erreichte, war die Stimmung zwischen ihnen angespannt, und sie sprachen kaum ein Wort miteinander. Anton hätte ihr nur zu gern die Sorgen genommen, die sie sich unübersehbar machte, doch er schaffte es nicht. Ihr jetzt zu versichern, dass alles gut wäre und sich seine Gefühle für sie nicht geändert hätten, wäre schlichtweg nicht mehr die ganze Wahrheit. Es stimmte schon: Er schätzte und mochte Eva von Herzen. Doch seit dem Pfingstfest ging ihm Helen nicht mehr aus dem Kopf.

Wieder und wieder hatte er sich Erklärungen überlegt, um seine Faszination für die Hotelierstochter vor sich selbst zu rechtfertigen. Einmal redete er sich ein, dass es nur das Fahrradfahren war, das ihn so beeindruckt hatte, dann wieder sagte er sich, dass auch sie nur ein gewöhnliches Rothenburger Mädchen war. Er kannte sie lange und hatte nun eben eine Seite an ihr entdeckt, die neu und aufregend war.

Bei all seinen Überlegungen kam Anton bis an den Punkt, an dem sich in seinem Kopf der Gedanke »Da war doch nichts weiter« formte. Dann schob sein Gewissen »Du machst dir etwas vor« hinterher, und er gestand sich ein, dass er das rothaarige Mädchen nicht aus dem Kopf bekam.

»Anton!«

Er wandte sich um und sah seine Mutter in der Tür ihres Ladenlokals stehen. Über ihr prangte ein breites Holzschild, auf dem »*Schmieger Seifen- und Lichterfabrikant*« zu lesen war. Vor seiner Geburt hatte dort wohl noch der Mädchenname seiner Mutter gestanden, da sie das Seifenhandwerk von ihren Eltern gelernt hatte, wohingegen Antons Vater Louis der Sohn des noch immer gelegentlich praktizierenden Rothenburger Wundarztes war.

»Hörst du mir zu?« Eva griff nach seinem Oberarm und schüttelte ihn kurz, als müsste er aufgeweckt werden. »Deine Mutter spricht mit dir«, sagte sie und klang dabei fast vorwurfsvoll.

»Entschuldigen Sie bitte, Mutter. Ich war in Gedanken.«

Hanna Schmieger lächelte ihren Sohn nachsichtig an und bat dann: »Ich brauche dich heute noch, bitte komme in die Siederei, wenn du dich von Eva verabschiedet hast.«

Anton nickte. Und er fühlte Erleichterung, war der Wunsch seiner Mutter doch eine willkommene Ausrede, um sich jetzt nicht weiter erklären zu müssen. Doch ein Blick in Evas Augen reichte, um zu erkennen, dass sie ihn nicht einfach so davonkommen lassen würde.

»Deine Mutter wird sich einen Moment gedulden müssen«, sagte sie und bestätigte, womit er bereits rechnete: Sie erwartete eine Erklärung. Anton spürte das Ziehen im Bauch, das er aus Kindertagen kannte. Wann immer er ungehorsam gewesen war und seine Eltern anschließend angeschwindelt hatte, war es dieses Gefühl gewesen, das sein schlechtes Gewissen ankündigte. Er sah Eva schweigend an und wartete darauf, dass sie weitersprach.

»Vielleicht hast du gehofft, dass ich die seltsame Spannung zwischen dir und Helen nicht bemerkt habe. Aber ich muss dich enttäuschen, ich habe sehr wohl gespürt, dass da irgendetwas ist.« Eva sah ihn an, doch er wusste noch immer nicht, was er darauf antworten sollte. »Erklärst du es mir, oder werde ich es selbst herausfinden müssen?«

Anton schluckte und zwang sich zu einem Lächeln. Er würde bei der Wahrheit bleiben, das Durcheinander seiner Gefühle aber verschweigen, zumindest so lange, bis er selbst wusste, was es zu bedeuten hatte.

»Sei unbesorgt«, sagte er und griff nach ihren Händen. »Am Pfingstsonntag sind Helen und ich zufälligerweise ins gleiche Gasthaus geflüchtet. Um Schutz vor dem Gewitter zu finden, landeten wir in der *Bierhalle*, und sie hat mir davon erzählt, dass sie ein eigenes Niederrad besitzt.«

»Das wusstest du nicht? Sie fährt damit regelmäßig in halsbrecherischer Geschwindigkeit durch die Straßen.«

»Nun, ich wusste es nicht. Und ich habe den Fehler gemacht, ein solches Können zu unterschätzen.« Er bemühte sich um einen unbekümmerten Ton und erzählte ausgelassen, wie er sich dazu überreden ließ, selbst aufzusteigen.

»Ich habe mich ganz fürchterlich blamiert und endete im Gebüsch. Vielleicht verstehst du nun, warum die heutige Begegnung etwas unangenehm für mich war«, schloss er seinen Bericht.

Eva strich ihm mit einem mitleidigen Lächeln im Gesicht über die Wange. »Mein armer Draufgänger. Da wolltest du mutig sein und machst dich stattdessen zum Gespött.«

Anton schluckte. Evas Wortwahl kränkte ihn, und er war drauf und dran, ihr zu erklären, dass er sich mitnichten zum Gespött gemacht, sondern dass Helen ihn vielmehr noch wegen seiner Geschicklichkeit gelobt hatte – zumindest nach seinem zweiten Versuch. Doch er behielt die Worte für sich, denn sicher war es besser, sie glauben zu lassen, dass es die Peinlichkeit war, die zwischen ihnen stand, und nicht etwa eine plötzliche Anziehung, die er sich noch immer nicht erklären konnte.

»Dann ist also alles in Ordnung zwischen uns«, stellte sie fest. Das Lächeln, das er noch bis vor Kurzem für das schönste in ganz Rothenburg gehalten hatte, war jetzt wieder da. Eilig zog er Eva an sich und küsste sie sanft auf die Wange.

»Aber natürlich«, sagte er. »Was dachtest du denn?«

Sie lächelte, hob abwehrend die Hände und schüttelte den Kopf. »Das behalte ich lieber für mich. Es waren törichte Gedanken, und ich bin froh, dass ich mich umsonst gesorgt habe. Und nun geh, sonst bekomme ich noch Ärger mit deiner Mutter.«

*

Nachdem Anton sich von Eva verabschiedet hatte, lief er geradewegs in die Siederei. Sein Vater arbeitete unverkennbar an der Grundseife, während seine Mutter damit beschäftigt war, einen bereits durchgetrockneten, parfümierten und eingefärbten Seifenblock an der Schneidemaschine in gleich große Stücke zu zerschneiden.

»Kannst du dir vorstellen, dass wir das früher alles von Hand gemacht haben?«

Anton stellte sich neben sie. Nacheinander legte er die

einzelnen Seifenstücke, die seine Mutter ihm übergab, unter die Presse und drückte den Prägestempel in die erkaltete Seifenmasse. Er ging behutsam vor, denn bei der Charge handelte es sich um *Lavendel Luxus*, einer Toilettenseife, die der reichen Kundschaft vorbehalten war, die stets auch auf ein perfektes Äußeres achtete.

»Das möchte ich mir lieber nicht vorstellen«, gab er zurück. Aus den Erzählungen seiner Mutter wusste er, dass sein bereits verstorbener Großvater mütterlicherseits seine liebe Not mit fortschrittlichen Verfahrenstechniken gehabt haben musste. Sie hatte immer wieder betont, dass, wenn es nach ihrem Herrn Vater gegangen wäre, das wichtigste Utensil der Siederei wohl noch heute ein einfacher Kupferkessel wäre und Seife aus billigem Rindertalg und Asche der Rothenburger Haushalte gewonnen würde.

»Es gibt etwas, das wir besprechen müssen.« Antons Mutter beendete die Arbeit an der Schneidemaschine, griff nach den mit Prägestempel versehenen Seifenstücken und schlug diese in hellblaues Seidenpapier ein, auf dem mittig ein Ornament mit dem Bildnis einer Frau in hellblauem Ballkleid prangte. Die feine Dame trug eine gepuderte Perücke und roch an einem Lavendelzweig, den ein Kavalier ihr gereicht hatte, der hinter ihr stand. Vor allem bei der weiblichen Kundschaft jüngeren Alters fand diese Seife reißenden Absatz. Sicher waren Rothenburger Mädchen fest davon überzeugt, dass sie an einen ebensolchen Kavalier geraten würden, wenn sie erst die Seife benutzten.

»Ich bin ganz Ohr, Mutter.«

»Du weißt, wie dein Vater und ich über den Fortbestand der Siederei denken. Mit spätestens …«

»… zwanzig«, unterbrach Anton, »soll ich die Leitung der Geschäfte übernehmen und Entscheidungen fällen.«

»So ist es. Und das heißt?«

Anton konnte sich ein Grinsen nicht verkneifen. Es gab eben Tage, an denen seine Mutter ihn noch immer wie einen Bub behandelte. »Das heißt, das wäre jetzt. Quasi vorgestern. In dreiundzwanzig Tagen ist mein zwanzigster Geburtstag. Also, wo ist das Papier, das ich zur Firmenübernahme unterzeichnen muss?«

»Mach dich nicht lustig!«

»Das tue ich doch gar nicht, Mutter. Sie wissen, dass ich für diesen Schritt bereit bin, wann immer Sie es wünschen.«

»Gut, dann sorge ich dafür, dass Theodor die Papiere vorbereitet.«

Anton bemerkte, dass seine Mutter keineswegs erleichtert war und ernst blieb, entgegen ihrem sonst fröhlichen Wesen. Da er nicht wusste, worauf sie noch hinauswollte, unterbrach er das Prägen der letzten Seifenstücke und sah sie direkt an. »Worum sorgen Sie sich, Mutter?«

»Um nicht weniger als unser Überleben.«

Anton horchte auf. Es kam äußerst selten vor, dass seine Mutter Dinge übermäßig dramatisierte. Die schwerwiegenden Worte, die sie gewählt hatte, mussten also begründet sein.

Sie seufzte und unterbrach das Einschlagen der Seifen. »Ich möchte, dass du die Bücher nochmals durchgehst und dir Gedanken darüber machst, welchen Weg wir gehen müssten, um mit Konkurrenten wie etwa *Henkel* gleichziehen zu können.«

Anton kannte die bisherige Erfolgsgeschichte der ehemals in Aachen angesiedelten Waschmittelfabrik, die schon vor Jahren wegen besserer Verkehrsanbindung nach Düsseldorf an den Rhein und von dort ein weiteres

Mal umziehen musste, um einen eigenen Bahnanschluss zu erhalten.

Und natürlich wusste er auch um den Wunsch seiner Mutter, die zwar gut gehende, aber noch immer verhältnismäßig kleine Seifenmanufaktur in eine große Fabrik umzuwandeln.

»Nun«, begann Anton zögerlich, »ich fürchte, aufgrund der baulichen Gegebenheiten inmitten der Rothenburger Altstadt ist an eine Erweiterung unserer Produktion derzeit nicht zu denken.«

»Sehe ich genauso«, gab seine Mutter zurück, und es machte den Anschein, als wartete sie auf weitere Vorschläge.

»Wollen wir deinen Traum von einer echten Fabrik Realität werden lassen, müssen wir den Kauf von Grund und Boden in Betracht ziehen.«

»Überlegungen dieser Art trage ich bereits seit Jahren mit mir herum«, pflichtete seine Mutter ihm bei.

»Ich weiß. Und das ist längst nicht alles, denn ein neues Grundstück käme für unser Vorhaben nur dann infrage, wenn es über einen eigenen Gleisanschluss verfügt oder dieser an Ort und Stelle realisierbar wäre.«

»So ist es.«

Sie schwiegen einen Augenblick, und Anton grübelte darüber nach, wie ein solches Großprojekt wohl zu bewerkstelligen wäre. Es gab weder wohlhabende Verwandte, die mit Einlagen zur Seite stehen konnten, noch war der Gewinn ihrer Seifen- und Lichterfabrikation derart hoch, dass sie entsprechende Rücklagen hätten bilden können. Sie hatten ein gutes Auskommen, doch an eine Investition dieser Größenordnung war nach Antons Kenntnisstand über die Bücher nicht zu denken.

»Wir werden nicht um einen Kredit herumkommen«, sagte er schließlich.

»Es sei denn, du heiratest eine reiche Frau«, gab Hanna lachend zurück. Anton grinste und schüttelte den Kopf. Wenn in diesem Augenblick etwas in weite Ferne gerückt war, dann eine Hochzeit.

»Warum schüttelst du den Kopf? So abwegig dürfte eine Heirat in deinem Alter doch wohl nicht mehr sein.«

»Ach, Mutter, wenn Sie wüssten.« Er seufzte aus tiefstem Herzen, und erst das erstaunte Aufreißen ihrer Augen machte ihm klar, dass er soeben mehr preisgegeben hatte als beabsichtigt.

»Möchtest du mir diese trübsinnige Andeutung vielleicht erklären?«

Als wäre eine solche Frage durch die eigene Mutter nicht schon peinlich genug, kam in diesem Moment auch sein Vater hinzu, der inzwischen das Anrühren der Grundseife für eine neue Charge beendet hatte.

»Ist die *Lavendel Luxus* noch nicht fertig eingeschlagen? Die Auslage ist inzwischen völlig leer.«

»Sofort, Louis«, gab Antons Mutter zurück. »Unser lieber Sohn wollte mir gerade sein Herz ausschütten.«

Anton senkte den Blick. Er kannte das ironisch-fröhliche Grinsen seines Vaters nur zu gut, und obwohl es nie abfällig oder gar geringschätzig war, ertrug er es in diesem Moment nicht.

»Wollte ich nicht. Es gibt nichts dazu zu sagen.«

»Klärst du mich auf, Liebste?«, bat Louis, gab seiner Frau einen schnellen Kuss auf die Wange und sah abwartend zwischen ihr und Anton hin und her.

»Es ging um die Investitionen, über die wir bereits gesprochen hatten, und darum, wie sich die in die Realität umsetzen ließen. Ich habe eine scherzhafte Bemerkung über eine einträgliche Ehe gemacht, die uns helfen könnte. Die Reaktion deines Sohnes ließ mich aufhorchen.«

Anton atmete hörbar aus, um seinen Unwillen kundzutun. Er wusste, dass er seinen Eltern irgendeine Art von Erklärung geben musste, wenn er Ruhe vor ihren Fragen haben wollte.

»Ich war mir mit Eva immer so sicher«, sagte er vage.

»Und nun bist du es nicht mehr?«, hakte sein Vater nach.

Anton schüttelte den Kopf und stellte überrascht fest, dass offenbar weder Mutter noch Vater vorhatten, ihn weiter auszuhorchen. Sein Vater legte ihm lediglich die Hand auf die Schulter und sagte: »So eine Entscheidung will wohlüberlegt sein. Bist du nicht sicher, so vertage sie, bis du es bist.«

Anton nickte und lenkte eilig vom Thema ab. »Möchten Sie, dass ich das Gespräch mit unserem Anwalt übernehme?«

»Ein großartiger Einfall«, stimmte Antons Mutter zu, die seit Kindertagen mit Sophie, der Gattin des Familienanwalts Theodor Hartmann, befreundet war. »Theodor ist im Bilde. Du könntest ihn heute Abend noch aufsuchen und darum bitten, die Verträge bis Monatsende aufzusetzen. Dann nutzen wir deinen zwanzigsten Geburtstag für diesen besonderen Moment.«

Anton nickte erleichtert. Ein abendlicher Spaziergang zur Kanzlei würde ihm und seinen verworrenen Gedanken sicher guttun. Er lief das kurze Stück bis zum Marktplatz, durch die Obere und Untere Schmiedgasse und von dort hinunter ins Tal. Das Haus der Hartmanns war eines der letzten auf der Kobolzeller Steige. Aus Erzählungen seiner Mutter wusste Anton, dass Sophie Hartmann einst in St. Leonhard unter dem Dach der Pfarrei gewohnt und als Schwester die Kranken und Schwachsinnigen versorgt hatte, bevor es dank ihrer Mühen zu einem Armen- und Waisenhaus wurde. Erst nach der Hochzeit mit Theodor zog das frisch vermählte Paar zurück in den alten Stadtkern, da den Klienten des Herrn Hartmann der weite Weg hinaus bis nach St. Leonhard nicht zuzumuten war.

Anton hingegen kam dieser Weg nun gerade recht. Mit jedem Schritt, den er lief, schien sein Verstand aufzuklaren wie der Himmel nach einem Sommergewitter. Als er den Türklopfer der Hartmanns schließlich betätigte, wusste er, dass er all die Pläne, die er für die Zukunft mit Eva geschmiedet hatte, so lange aufschieben musste, bis er seine Gefühle für Helen durchschaut hatte.

Diese eine große Frage, die er Eva an seinem Geburtstag hatte stellen wollen, würde er auf keinen Fall aussprechen.

Eva hatte Aufrichtigkeit verdient, und wenn er jetzt um ihre Hand anhielte, käme keines seiner Worte aus tiefstem Herzen. Trauer schnürte ihm die Kehle zu. Die Zukunft, die er vor einer Woche noch ganz klar vor Augen gehabt hatte, war nun hinter einem schweren, undurchsichtigen Vorhang verborgen. Und vor diesem Vorhang stand Helen.

7

Montag, 29. Juni 1903

Lisbeth Der Monat Juni war fast vorüber, ehe Lisbeth endlich den Weg in Elise Mahlers Schule fand. Nach dem Pfingstfest war ihr diese Idee plötzlich lächerlich erschienen. Müsste sie, wenn das Herz einer Künstlerin in ihr schlug, nicht einen unbändigen Drang zum Malen verspüren? Und wenn sie diesen Drang doch nicht hatte – was sollte sie dann in einer solchen Schule?

Es war schließlich ihre Mutter, die ihr ins Gewissen redete und darauf verwies, dass sie dem Fräulein Mahler ein Versprechen gegeben hatte, das sie auch halten sollte.

»Außerdem«, hatte Sophie ihr erklärt, »ertrage ich es nicht mehr, dir dabei zuzusehen, wie du gelangweilt in den Tag hineinlebst.«

Lisbeth hatte halbherzig widersprochen. Die letzten Tage waren dank Max nur so dahingeflogen. Doch natürlich wusste sie, dass sich das ändern würde, sobald die Peters-Brüder die Stadt wieder verließen, um ihr Studium fortzusetzen.

»Ich bestehe darauf, dass du am Montag dem Unterricht beiwohnst«, hatte Sophie Hartmann schließlich bestimmt, und Lisbeth hatte sich um des lieben Friedens willen gefügt.

Nun war sie also auf dem Weg in die Malschule. Sie hätte sich gern eingeredet, dass ihr der Eindruck, den sie dort hinterlassen würde, gleichgültig war. Doch ihre kalten Hände und das nervöse Kribbeln ihres Magens straften sie Lügen.

Das letzte Mal, als sie einen Unterrichtsraum betreten hatte, war viele Jahre her. Natürlich war sie ihrer Mutter in dieser Zeit im Waisenhaus zur Hand gegangen und hatte sich in das Führen der Bücher und in alle weiteren Aufgaben einweisen lassen, die in einer solchen Einrichtung anfielen. Doch trotz der nützlichen Arbeit hatte sie nie das Gefühl verspürt, das zu tun, was sie wirklich wollte. Dummerweise war sie allerdings auch noch immer nicht dahintergekommen, was das wohl sein könnte.

Mit klopfendem Herzen betrat Lisbeth den Ochsenbau im Spitalhof. In dem sechsstöckigen Gebäude lagen die Ateliers der Künstlerin, sie selbst wohnte im Hegereiterhaus direkt daneben. Die ausgetretenen Holzdielen und Treppenstufen knarrten unter ihren Füßen und kündigten ihr Kommen sicher bereits an, lange bevor sie das vierte Stockwerk erreicht hatte. Doch entgegen ihrer Befürchtung waren nicht gleich alle Augen auf sie gerichtet, als sie die Tür zum Malsaal öffnete.

Sie blieb im Türrahmen stehen und sah sich staunend um. Was sie erwartet hatte, wusste sie selbst nicht so genau, doch das war es nicht. Statt an klobigen Pulten saßen adrett gekleidete Damen im Kreis vor großen Staffeleien. In der Mitte stand ein Tisch und darauf ein großer Topf mit einem Bäumchen, das zur gleichen Zeit ausgewachsen und doch zu klein geraten schien und den Schülerinnen als Zeichenvorlage diente.

Die bodentiefen Fenster waren weit geöffnet, und das

Sonnenlicht fiel hell und gleißend in den Raum. Elise Mahler schritt bedächtig hinter ihren Schülerinnen im Kreis umher und begutachtete die Werke.

Leise schloss Lisbeth die Tür hinter sich. Der Windhauch, der dabei entstand, wehte ausnahmslos alle Zeichenblätter von den Staffeleien. Das war die Art von Aufmerksamkeit, die Lissi gern vermieden hätte. Sie murmelte eine Entschuldigung und machte sich dann hastig daran, beim Auflesen der Blätter zu helfen.

»Ich bitte Sie alle vielmals um Verzeihung«, sagte sie dabei immer wieder. Und obwohl sie die meisten jungen Frauen zumindest dem Sehen nach kannte, half alles Entschuldigen nicht, um die verbissenen Mienen aufzuhellen.

Je länger Lisbeth in die verärgerten Gesichter sah, desto wütender wurde sie. Die Frauen in diesem Raum taten gerade so, als hätte sie einen Eimer rote Farbe über die Bilder gekippt. Außerdem waren die meisten Zeichnungen, soweit sie das beurteilen konnte, alles andere als preisverdächtig.

Sie zuckte zusammen, als sie plötzlich eine Hand auf ihrer Schulter spürte. In all der Aufregung hatte sie gar nicht bemerkt, dass Fräulein Mahler inzwischen hinter sie getreten war. Im Gegensatz zu ihren Schülerinnen schien sich die Künstlerin über alle Maßen zu amüsieren.

»Nun«, sagte sie laut. »So weht uns also endlich mal ein frischer Wind ins Haus. Meine Damen«, sie hob ihre linke Augenbraue und sah von einer Schülerin zur nächsten, »dies ist Lisbeth Hartmann. Ich erwarte von Ihnen, dass Sie ihr mit der gleichen Freundlichkeit entgegentreten, wie Sie sie umgekehrt als neue Kunststudentin erwarten würden. Fräulein Lisbeth konnte nicht ahnen, dass wir bei geöffneten Fenstern zeichnen und eine geöffnete Tür – nun ja, zu einem solch winzigen Missgeschick führen würde.«

Mit einem breiten Grinsen wandte sich die Künstlerin an Lisbeth und flüsterte: »Bei dem einen oder anderen Kunstwerk ist es nicht schade drum, wenn der Schmutz des Bodens die Kohlestriche überdeckt.«

Lissi lachte auf und schlug sich hastig die Hand vor den Mund, damit niemand sie hörte. Den speziellen Humor der Künstlerin hatte sie völlig vergessen. Das fröhliche Gemüt von Elise Mahler ließ Lisbeth befreit aufatmen. Ganz gleich, was die anderen Schülerinnen von ihr dachten – die unverfrorenen Kommentare der Lehrerin waren den Besuch dieser Kunstschule allemal wert.

Mit einer einladenden Handbewegung bat Fräulein Mahler Lisbeth, ihr zu folgen. »Dann führe ich dich jetzt herum«, sagte sie, während sie mit energischen Schritten vorauslief und eine Tür öffnete, die gegenüber des Malsaals lag. »Das ist unsere Werkstatt mit Webstuhl und alter Töpferwerkbank. Bisher konnte ich die Damen allerdings weder für das eine noch für das andere begeistern. Ich fürchte, sich für die Kunst schmutzig oder gar die Finger wund zu arbeiten, steht ganz weit unten auf der Wunschliste.«

Staunend sah Lisbeth sich in dem Raum um und blieb dann vor der Töpferbank stehen, die aussah, als wäre sie erst in Mehl getaucht und dann mit Wasser übergossen worden. Die weißgrauen Tonreste verrieten, dass irgendwann einmal an dieser Werkbank gearbeitet worden war.

»Setz dich ruhig dran«, forderte Fräulein Mahler sie auf. »Ich hätte das alte Ding längst entsorgen müssen, aber mir fehlte dazu bisher einfach die Zeit.«

»Also können Sie auch noch töpfern?«

Die Künstlerin hob abwehrend die Hände. »Können wohl eher nicht. Ich habe es eine Zeit lang mit mäßigem Erfolg, aber viel Freude versucht. Radierungen und das Weberhandwerk sind meine große Leidenschaft. Irgendwann vielleicht …« Der Blick der Künstlerin ging ins Leere, und sie beendete ihren Satz nicht.

Lisbeth hatte plötzlich das Gefühl zu stören. Sie wollte in Richtung Tür laufen, doch Elise hielt sie zurück.

»Nicht doch. Setz dich.« Sie legte Lissi beide Hände auf die Schultern und drückte sie sanft auf die Holzbank. »Die Drehscheibe gehört zwischen deine Beine. Eine Hose wäre bei dieser Arbeit wohl von Vorteil. Auf der rechten Seite gibt es ein Pedal. Da stellst du deinen Fuß ab.«

Lissi tat, was die Lehrerin ihr sagte, und trat dann auf das Pedal.

»Jetzt noch ein Tonklumpen auf die Platte und einen Wasserkrug neben dich, und du könntest sofort beginnen.«

»Ich weiß nicht«, wehrte Lisbeth ab und erhob sich eilig.

Fräulein Mahler schüttelte lachend den Kopf. »Nun, ich auch nicht. Aber du wirst es auch nicht herausfinden, wenn du es nicht versuchst.«

Lissi antwortete nicht, denn sie wollte die fröhliche Künstlerin nicht mit ihren eigenen Zweifeln behelligen. Sie konnte sich einfach nicht vorstellen, dass sie jemals die Geschicklichkeit entwickeln würde, um aus einem feuchten Tonklumpen so etwas Hübsches wie Vasen, Krüge oder gar kleine Figuren zu erschaffen.

»Ach herrje«, unterbrach Elise ihre Gedanken. »Ich habe noch nie eine junge Frau getroffen, die sich selbst so im Wege steht. Nun, dann bin ich einmal so frei und nehme dir diese schrecklich schwere Entscheidung ab: Für heute tut's die Staffelei. Dazu gehen wir gleich wieder zu den anderen hinüber in den Zeichensaal. Und ab morgen wird dein Platz hier sein. Ich stelle dir Ton zur Verfügung, du tobst dich aus, und dann sehen wir weiter.«

Lisbeth schluckte. Sie war erst zweimal mit Elise Mahler zusammengetroffen, und schon hatte die resolute Frau, deren Alter sie noch immer nicht einzuschätzen wusste, die schlimmste ihrer Charaktereigenschaften durchschaut: Lisbeth war bisher durchs Leben gekommen, ohne sich um irgendetwas ernsthaft Gedanken machen zu müssen. Wichtige Entscheidungen waren ihr ein Leben lang abgenommen worden, und es fehlte ihr an Entschlossenheit und Tatkraft, solange sie sich zurückerinnern konnte. Wann immer eine Wahl zu treffen war, wog sie stunden-, wenn nicht gar tagelang das Für und Wider gegeneinander ab, und so kam es am Ende nicht selten vor, dass jemand anderes ihrem Leben eine neue Richtung gab.

Nun hatte Fräulein Mahler diese Schwäche durchschaut, was ihr mehr als unangenehm war. »Ein großartiger Einfall«, sagte sie deswegen eilig und setzte ein fröhliches Lächeln auf. Elise griff nach ihrer Hand und drückte sie erfreut.

»Na also. Dann hätten wir das geklärt. Und nun nimm dir eine Staffelei. Ich bringe Papier und Kohle, und dann gesellen wir uns wieder zu den Damen nach nebenan.«

Die Schülerinnen schienen sich inzwischen beruhigt zu haben, denn als Lisbeth zum zweiten Mal an diesem Tag den Zeichensaal betrat, wirkten die Gesichter, in die sie sah, neugierig und aufgeschlossen und ganz und gar nicht mehr verärgert. Sie stellte ihre Staffelei in den Kreis und linste verstohlen auf das Papier ihrer rechten Nachbarin.

»Du bist die Tochter unserer heiligen Sophie, oder?«

Lisbeth wollte sich schon rechtfertigen, doch da sie in der Mimik der jungen Frau keinerlei Geringschätzung erkennen konnte, nickte sie nur zurückhaltend.

»Meine liebe Mutter lobt die Aufopferungsbereitschaft der deinen in den allerhöchsten Tönen. Ohne euch würden wir der hungrigen Kinderaugen in dieser Stadt wohl nie Herr werden.«

Lisbeth schluckte gerührt und war innerlich dankbar, dass sie nicht ihrem ersten Impuls gefolgt war und der jungen Frau eine patzige Antwort gegeben hatte. Sie meinte offenbar jedes Wort von Herzen ehrlich.

»Danke«, erwiderte sie leise. »Das richte ich meiner Mutter gern aus.«

»Ich bin Anastasia, meine Mutter Klara ist die Wirtin des *Goldenen Greifen.*«

»Freut mich. Ich bin Lisbeth«, gab sie zurück und behielt für sich, dass sie selbstverständlich wusste, in welche Familie die junge Frau mit den üppigen dunklen Locken und der ebenso üppigen Oberweite gehörte.

»Und was hat dich hierher verschlagen, Lisbeth Hartmann?«

»Das weiß ich selbst noch nicht so genau. Aber Anlass war wohl ein geheimes Komplott meiner Mutter. Ich schätze, ihr ist mein Müßiggang inzwischen ein Dorn im Auge.«

»Müßiggang?«, fragte Anastasia erstaunt. »Ich sehe dich bei jeder Gelegenheit an der Seite deiner Mutter Gutes tun. Wie könnte das Müßiggang sein?«

Lissi dachte einen Moment über die Worte nach und

kam zu der Einsicht, dass Anastasia damit recht hatte. »Dann ist es vielleicht Mutters Versuch, mich beim Erkennen meiner Talente zu unterstützen.« Sie erzählte in kurzen Worten, wie Elise Mahler am Pfingstfest das *Gasthaus Bären* betreten und erst wieder verlassen hatte, nachdem Lissi ihr zugesichert hatte, sie in der Malschule zu besuchen.

»Und du?«, fragte sie die Wirtstochter.

»Ich vertreibe mir hier die Langeweile bis zu dem Moment, in dem mein heimlicher Verehrer endlich offen zu seinen Gefühlen steht.« Ein zartes Rosa kroch über Anastasias Wangen, und sie legte lächelnd ihren Zeigefinger auf die Lippen. Die unbekümmerte Art, mit der sie darüber sprach, dass sie nur darauf wartete, eine Ehefrau zu werden, brachte Lissi dazu, über ihre eigenen Wünsche und Ziele nachzudenken. Es mochte ja sein, dass sie noch nicht wusste, wo sie hingehörte. Doch sie wusste auch, dass das noch lange nicht bedeutete, dass ihr einziges Lebensziel darin bestand, eine Ehefrau zu sein.

Schweigend starrte sie auf das Bäumchen in der Mitte des Raumes und begann dann endlich, mit ungelenken Bewegungen den Topf zu skizzieren. Und obwohl sie konzentriert zwischen Blatt und Topf hin- und hersah, waren ihre Gedanken seltsam schwerelos und weniger trüb. Es schien fast so, als hätte sie kein Kohlestück, sondern einen Schlüssel in der Hand und als öffnete ihr ebendieser Schlüssel nun die Tür zu ihrer eigenen Vorstellungskraft.

Mit kleinen kurzen Strichen skizzierte sie nicht nur Topf und Pflanze, sondern setzte beides auf eine Terrasse, die den Blick auf schroffe Felsen und ein tobendes Meer freigab. Lissi wusste nicht recht, woher das Bild in ihrem Kopf plötzlich gekommen war, denn sie war in ihrem kurzen Leben noch nie weiter als bis nach Ansbach gekommen. Vor ihrem inneren Auge sah sie jedes Detail, als würde sie selbst auf dieser Terrasse stehen und in die Ferne schauen.

»Nun, das nenne ich eine echte Überraschung.«

Lisbeth zuckte zusammen, als würde sie aus einem Traum aufwachen. Unsicher wandte sie sich um und blickte in das breit lächelnde Gesicht von Elise Mahler. Dann trat sie einen Schritt zurück und starrte das Papier auf ihrer Staffelei an. Sie wollte etwas sagen, doch ihr fehlten die Worte. Sie hatte weder für das Motiv eine Erklärung noch für die Art und Weise, wie sie so etwas zu Papier bringen konnte, ohne das Zeichnen je geübt oder gelernt oder wenigstens ausprobiert zu haben.

»Ich bin mir nicht sicher, ob wir den Ton noch brauchen«, murmelte Elise.

»Doch, bitte! Ich möchte das Töpfern zumindest einmal ausprobieren.« Einen Moment lang dachte sie daran, die Idee auszuplaudern, die gerade in ihrem Kopf Gestalt annahm, aber sie entschied sich dagegen. Zuerst musste sie herausfinden, ob der heutige Tag und das Bild, auf das sie noch immer fassungslos starrte, nicht eine Ausnahme waren. Nicht mehr als ein zufälliger Erfolg, der Glücksgriff einer Anfängerin.

Doch vielleicht, überlegte Lissi zaghaft, war es ja mehr als das. Womöglich schlummerte tatsächlich eine Gabe in ihrem Innern, die sie irgendwann sogar mit der Töpferei verbinden konnte. Es war nicht mehr als ein vager Traum. Doch so, wie sich die Bilder mancher Träume, in die man immer wieder fiel, im Kopf manifestierten, so setzte sich auch diese Idee in ihren Gedanken fest, und je länger sie darüber nachdachte, desto euphorischer wurde sie. »Ich werde morgen töpfern!«, sagte sie noch einmal mit Nachdruck.

Als sie die Malschule am Nachmittag verließ, konnte sie es kaum erwarten, Maximilian von diesem besonderen Tag zu berichten.

8

Donnerstag, 19. Dezember 1872

Henriette Kurz vor dem Heiligen Abend fiel Schnee in Ansbach. Die weiße Pracht legte sich auf schmutzige Straßen und halb verfallene Häuser und gab dem heruntergekommenen Teil der Stadt ein fast schon romantisches Aussehen. Die Schneedecke schluckte den Lärm der Außenwelt. Kein Klappern hölzerner Karren, die über das Kopfsteinpflaster gezerrt wurden, kein Getrappel von Hufen, selbst das Geschrei der Kinder war verstummt. Jeder, der ein Dach über dem Kopf hatte, verzog sich bei diesen eisigen Temperaturen darunter.

Trotz bellendem Husten, unerträglicher Kopfschmerzen und einer laufenden Nase war Henriette auch an diesem Morgen im Waschhaus erschienen, doch die schwere Arbeit war zu viel gewesen. Geräusche und Bilder waren irgendwann vor ihren Augen verschwommen, und als sie wieder zu sich kam, lag sie auf dem harten Steinboden, umringt von Wäscherinnen, die besorgt auf sie hinunterstarrten.

»Beiseite!«, hatte die Aufseherin befohlen und ihre flache Hand auf Henriettes Stirn gelegt. »Sie fiebert.«

Wie durch eine dicke Nebelwand hörte Henriette, dass die resolute Frau nach Margarethe rief. »Du bringst Barbara nach Hause. Anschließend gehst du in die Apotheke und holst ihr etwas, um das Fieber zu senken. Was ist sie nicht für ein Glückskind! An jedem anderen Tag im Jahr hätte ich Ersatz für sie finden und sie hinauswerfen müssen. So kann sie die freien Tage nutzen, um zu genesen.«

Henriette schloss die Augen und dachte verbittert darüber nach, wie hartherzig die Aufseherin war. Sie meinte jedes Wort genau so, wie sie es sagte. Zwischen dem Heiligen Abend und dem Neujahrsfest war die Wäscherei geschlossen. Weil die Menschen während dieser Tage zu Hause bei ihren Familien blieben, lohnte es sich schlichtweg nicht, sie offen zu halten. Der morgige Tag wäre ihr letzter Arbeitstag vor der kurzen Festtagspause gewesen.

Nun musste Henriette also nur noch dafür sorgen, dass sie schnellstmöglich zu Kräften kam, andernfalls würde sie sich nach einer neuen Anstellung umsehen müssen.

»Sie sind zu gütig«, murmelte sie benommen.

Die Aufseherin scheuchte die übrigen Waschfrauen wieder an die Arbeit.

»Diese alte Hexe«, schimpfte Margarethe. »Tut gerade so, als wäre sie eine Samariterin, weil sie dir gnädigerweise erlaubt, gesund zu werden. Seitdem du hier arbeitest, warst du nicht einmal krank, hast keinen Tag versäumt. Sie müsste dir dankbar sein, nicht umgekehrt!«

»Lass gut sein«, gab Henriette mit matter Stimme zurück. »Wir brauchen diese alte Hexe, also verscherzen wir es uns besser nicht mit ihr.«

Margarethe presste ihre Lippen fest aufeinander. Wütend schüttelte sie den Kopf, dann griff sie Henriette unter die Arme und half ihr dabei, sich aufzurichten. »Dann schaffen wir dich mal in die gute Stube«, sagte sie und lachte trocken auf.

Henriette wusste genau, was in Margarethes Kopf vorging. Nichts an dem Zimmer, das sie bewohnten, kam auch nur annähernd einer guten Stube gleich. Schon im September waren die Nächte so kalt geworden, dass sie die Fenster wieder mit Holzbrettern vernageln mussten. Um wenigstens etwas Wärme im Zimmer zu halten, hatten sie zusätzlich Decken und Tücher über die Holzlatten gespannt. Trotzdem war es kalt und zugig und zu allem Überfluss auch noch zu jeder Tageszeit dunkel.

Am heutigen Tag war sie froh darüber gewesen, dass sie so nah bei der Wäscherei wohnte. Was sie sonst verfluchte, konnte sie doch beim ersten Schritt auf die Straße schon ihre Arbeitsstätte sehen, war heute ein Segen. Mühsam hatte sie sich nach Hause geschleppt und lag nun immerhin unter wärmenden Decken.

*

Margarethe hatte das Haus erst verlassen, nachdem die kranke Freundin mehrere Kleiderschichten übereinandergezogen und sich dann unter die einzigen zwei Wolldecken gelegt hatte, die sie besaßen. »Du bleibst genau so liegen«, hatte sie befohlen. Und mit den Worten: »Wenn du schläfst, brauchst du kein Licht«, hatte sie die Petroleumlampe zurückgedreht.

»Ich gehe zur Apotheke und besorge auch gleich noch einige Lebensmittel. Wenn ich zurück bin, mache ich uns eine heiße Suppe, damit du zu Kräften kommst.«

Als Margarethe auf die Straße trat, schlug ihr eisiger Wind entgegen und dicke Flocken tanzten um ihre Nase. Es war kein Wunder, dass Henriette sich so schwer erkältet hatte – es war eher verwunderlich, dass sie nicht auch längst darniederlag.

Sie schlug den Kragen ihres Mantels hoch und hielt ihn unter dem Kinn zusammen. Sosehr sie sich auch nach Ruhe und Wärme sehnte, sie musste jetzt durchhalten und ihren Plan in die Tat umsetzen, wollte sie nicht dabei zusehen, wie die Freundin endgültig jeden Lebensmut verlor. In den letzten Monaten hatte sie wieder und wieder versucht, Henriette davon zu überzeugen, wenigstens nach Hause zu schreiben, wenn sie schon nicht den Mut aufbrachte, in ihre Heimat zurückzukehren. Erst vor zwei Tagen war sie endlich zu ihr durchgedrungen. Sie hatte das bevorstehende Weihnachtsfest erwähnt und Henriette ins Gewissen geredet: Nichts wäre doch schöner für die Familie, als wenn sie wenigstens ein kleines Lebenszeichen von ihr erhielten.

Zu Margas Erstaunen hatte Henriette sich tatsächlich im Licht der schummrigen Petroleumlampe an den Tisch gesetzt und einen Brief an ihren Bruder geschrieben. Fast zwei Stunden hatte sie nach den richtigen Worten gesucht, nur um das Papier am Ende in winzige Schnipsel zu zerreißen und wegzuwerfen.

Das war der Moment gewesen, in dem Marga einen Entschluss gefasst hatte: Sie würde die Zeilen abschicken und dem Leid ihrer Freundin damit hoffentlich ein Ende setzen. In einem unbeobachteten Moment, Henriette war gestern wie jeden Abend noch einmal auf den Abort im Hinterhof gegangen, hatte sie die Schnipsel zusammengeklaubt und eingesteckt.

Ihre Unpässlichkeit erschien Margarethe nun wie eine glückliche Fügung. Sobald Henriette heute nach dem Essen eingeschlafen war, würde sie sich an den Tisch setzen und die zerrissenen Zeilen mit Mehlkleister auf einen neuen Briefbogen kleben. Am morgigen Freitag wollte sie den Brief im Ansbacher Postamt aufgeben. Eine winzige Unsicherheit blieb dabei allerdings bestehen: Sie hatte keine genaue Anschrift. Doch mit etwas Glück würde es reichen, den Brief an *Theodor Hartmann, Advokat in Rothenburg ob der Tauber* zu adressieren. Wenn der Mann so angesehen war, wie Henriette behauptete, würde das dortige Postamt sicher wissen, wohin die Zeilen zu gehen hatten.

Margarethe betrat das Lebensmittelgeschäft, das sich unweit des *Gasthofes Schwarzer Bock* in der Pfarrstraße befand, und erledigte die Einkäufe. Dann machte sie sich eilig auf den Heimweg.

Als sie die Wohnung betrat, schlief Henriette tief und fest. Sie wachte auch nicht durch die Geräusche oder Gerüche auf, die Margarethe beim Kochen verursachte.

»Dann essen wir eben später«, murmelte Margarethe.

Sie nahm eine Tasse aus dem Schrank, gab einen Löffel Mehl hinein und schüttete etwas Wasser dazu. Dann setzte sie sich an den Tisch, legte Henriettes Papierschnipsel vor sich und begann damit, diese zu sortieren.

»Was machst du da?«

Marga wandte sich hastig um und schob ihren Oberkörper vor die ausgelegten Papierfetzen.

»Ist es das, was ich denke?«, wollte Henriette wissen und richtete sich langsam auf.

»Ich habe gekocht. Hast du Hunger?«, versuchte Marga abzulenken, doch Henriette ließ sich nicht beirren. Ächzend erhob sie sich und schlug die Bitte, in ihrem Zustand besser liegen zu bleiben, aus.

»Gib her«, sagte sie und streckte die Hand aus.

Margarethes Puls beschleunigte sich, und sie glaubte fast, ihren eigenen Herzschlag im Kopf hören zu können.

»Lass ihn mich doch abschicken«, flehte sie. »Dir geht es zusehends schlechter, daran müssen wir etwas ändern.«

»Ich weiß, dass du es gut meinst, aber diese Entscheidung steht dir nicht zu. Gib mir meinen Brief oder das, was davon übrig ist.«

Ungehalten schüttelte Margarethe den Kopf, doch sie wagte es nicht, ihrer Freundin die Bitte abzuschlagen. Es war eine Sache, etwas hinter ihrem Rücken zu tun, solange sie davon nichts wusste. Doch ihr nun gegenüberzustehen und ihren unmissverständlichen Wunsch zu ignorieren, war etwas gänzlich anderes. »Du machst einen Fehler.«

Henriette antwortete nicht. Sie lief auf zittrigen Beinen zum Kochherd und warf die Papierfetzen in die Glut unter der Herdplatte.

»Lass uns essen«, sagte sie dann, ohne das Geschehene noch weiter zu kommentieren. »Und dann werde ich schlafen und erst wieder aufwachen, wenn das Fieber vorüber ist.«

Margarethe nickte. Was blieb ihr auch anderes übrig? Sie war gescheitert, und es half nichts, in diesem Augenblick auf eine Kranke einzureden. Also aßen sie. Anschließend verabreichte sie Henriette die Arznei, die der Apotheker ihr mitgegeben hatte.

Als Marga an diesem Abend in ihr Bett kroch, lächelte sie in die Dunkelheit hinein. Henriette war sicher überzeugt davon, dass sie in dieser Sache endgültig gewonnen hatte, doch sie täuschte sich. Während sie inzwischen einiges über die unglückliche Frau aus Rothenburg wusste, hatte diese umgekehrt keine Ahnung davon, wer ihre Mitbewohnerin war und welch grausame Schicksalsschläge sie schon gemeistert hatte. Sie wäre heute nicht am Leben, wenn Aufgeben je eine Option gewesen wäre.

Dann hatte sie den Brief eben nicht abgeschickt. Aber sie hatte in den nächsten Tagen ebenso frei wie alle anderen Waschfrauen. Henriette würde das Bett hüten müssen, um gesund zu werden, und diese Zeit würde Margarethe nutzen. Sie würde das Ersparte, das sie eigentlich im Frühjahr für ein neues Kleid ausgeben wollte, dazu benutzen, sich eine Fahrkarte nach Rothenburg zu kaufen.

9

Dienstag, 30. Juni 1903

Helen Die letzten Junitage waren unerträglich heiß gewesen. Ihre Eltern hatten sich verständnisvoll gezeigt und ihr gestattet, der wenigen Arbeit, die sie im Hotel verrichten musste, fernzubleiben. Statt sich also um die Hotelpost zu kümmern und die täglich eintreffenden Buchungen aufzunehmen, wollte sie die Tage mit Lisbeth genießen.

Doch ausgerechnet die Freundin schien neuerdings mit anderen Dingen beschäftigt zu sein. Seit gestern war sie Schülerin der hiesigen Malschule und aus jedem einzelnen Wort, mit dem sie von ihrem ersten Tag berichtet hatte, sprach die Begeisterung. Vor allem Gründerin Elise Mahler schien es Lissi angetan zu haben, weswegen Helen sich sogar zu der Frage hatte hinreißen lassen, ob sie sich Sorgen machen müsste, ihre beste Freundin an die Künstlerin zu verlieren. Lisbeth hatte lachend abgewunken und erklärt, dass sie eben endlich eine Tätigkeit gefunden hatte, die sie wenigstens für den Moment begeisterte.

»Aber es stimmt schon, wir sollten wieder etwas gemeinsam unternehmen«, hatte sie schließlich zugegeben. »Wenn nur diese unerträgliche Hitze nicht wäre. Mir ist inzwischen jede Bewegung zu viel. Was immer wir tun, es muss irgendeine Form der Erfrischung beinhalten.«

Helen hatte einen kurzen Moment darüber nachgedacht. Die Tauber kam nicht infrage, denn der Wasserstand war in diesem Sommer viel zu niedrig und reichte gerade aus, um die Flusssteine zu benetzen.

»Da fällt mir nur noch das Volksbrausebad ein«, überlegte sie laut.

Lissi war augenblicklich Feuer und Flamme und steckte Helen mit ihrer übersprudelnden Begeisterung an. Seit ihren gemeinsamen Kindertagen war die Badeanstalt im Hof der Schrannenscheune ein besonderer Ort für sie gewesen. Rothenburgs Bürgermeister Karl Mann hatte persönlich den Bau veranlasst, und seit der Eröffnung vor nunmehr acht Jahren erfreute sich das Brausebad wachsender Beliebtheit. Es schien fast so, als hätten die Tauberstädter nur auf eine solch moderne Waschanstalt gewartet. An drei Tagen in der Woche standen die Menschen Schlange, um sich in den zwei Zellen mit Badewanne und sechs weiteren Duschzellen der Körperhygiene zu widmen.

Als sie das Volksbrausebad erreichten, atmete Helen erleichtert auf. Die heutige Schlange war bei Weitem nicht so lang wie an manch anderen Tagen.

»Es gibt wohl nicht viele Narren wie uns, die freiwillig in der prallen Sonne ausharren, bis die Kleider am Leib kleben«, mutmaßte Lissi.

»Ich hoffe, ich kriege eine Badewanne.«

»Du willst dich doch bei der Hitze nicht wirklich stundenlang in warmes Wasser legen?« Lissi schüttelte sich und zog theatralisch ihre Augenbrauen hoch.

»Von wegen stundenlang. Du übertreibst maßlos! Als würde der Wagmeister mir so viel Zeit gönnen.« Helen dachte daran zurück, wie sie im Alter von sechzehn Jahren einmal die in der Badeordnung für Wannenbäder festgeschriebene Zeit überschritten hatte. Es waren weniger als sieben Minuten gewesen, die sie zu spät aus der Duschzelle kam. Der strenge Mann hatte trotzdem darauf bestanden, dass sie eine Karte nachlöste. Noch einmal würde ihr das sicher nicht passieren.

Heute hatte Helen allerdings kein Glück, denn die Wannen waren besetzt, und weder sie noch Lissi brachten die Geduld auf, in der Hitze weitere vierzig Minuten zu warten.

»Dann eben eine erfrischende Brause«, knurrte Helen, winkte Lissi kurz zu und betrat ihre Duschkammer. In aller Ruhe legte sie ihre Seife zurecht, drehte das Wasser auf und quiekte laut, als der erste kalte Wasserstrahl sie traf.

Eilig schlug sie sich die Hand vor den Mund, denn sie wusste nur zu gut, dass die Badeordnung jeden unnötigen Lärm verbot. Natürlich hätte sie auch das warme Wasser aufdrehen können, doch ihr Körper sehnte sich nach einer Abkühlung, und so ließ sie sich stattdessen einfach etwas Zeit, um sich an das kühle Nass zu gewöhnen.

Sie hatte gerade damit begonnen, sich einzuseifen, als sie von schrägem Gesang aufgeschreckt wurde. »Wer immer du bist – das geht schief«, murmelte Helen grinsend vor sich hin.

Der grölende Badegast dachte offenbar nicht daran, sich an das bestehende Sing- und Pfeifverbot zu halten. Stattdessen wurde er noch lauter, und inzwischen erkannte Helen auch, welches Lied da zum Besten gegeben wurde. Das lag allerdings nicht an der völlig schiefen Melodie, sondern nur an dem Text, den sie jetzt klar und deutlich hören konnte. Erst an Pfingsten hatte sie die Zeilen *Die Gedanken sind frei* zum letzten Mal gehört. Die Peters-Brüder hatten das Stück allerdings selbst mit Unmengen Rothenburger Bier im Magen und vernebeltem Kopf noch erkennbarer vorgetragen.

Wer immer sich da in der Nasszelle für den nächsten Stern am Opernhimmel hielt, würde innerhalb der nächsten Minuten sicher hinausbefördert werden.

Helen spülte sich die Seife von der Haut, und während sie sich abtrocknete, wiegte sie ihren Körper im Takt hin und her und summte nun ihrerseits die Melodie des Volksliedes mit. Obwohl der Sänger im Nachbarraum ganz und gar kein Gespür für die richtigen Töne hatte, so hatte er ihr doch einen Ohrwurm verpasst.

Ein lautes Hämmern ließ sie zusammenzucken. Nach dem ersten Schreck schmunzelte Helen vor sich hin. Nun war es also so weit: Der Wagmeister würde den Badegast vor die Tür setzen. Sie hörte die tiefe und durchdringende Stimme des Mannes, dessen Aufgabe eigentlich das Wiegen des Getreides im Kornspeicher, der Schranne, gewesen war und der nun an drei Öffnungstagen in der Woche auch noch die Aufgabe des Badewärters übernommen hatte.

»Junger Mann, ich muss Sie auffordern, auf der Stelle die Badekammer zu verlassen.«

»Aber meine Zeit ist noch nicht abgelaufen«, tönte es zurück.

Einen Moment lang war Helen überzeugt, Antons Stimme zu erkennen, doch sie schob den Gedanken schnell wieder beiseite. Die Häufigkeit, mit der sie ihn zu sehen oder zu hören glaubte, war inzwischen schlichtweg lächerlich.

»Daran hätten Sie denken müssen, bevor Sie gegen die

Regeln verstoßen haben. Bitte trocknen Sie sich auf der Stelle ab, und verlassen Sie das Städtische Brausebad!«

Helen presste ihre Faust gegen die Brust und lauschte mit klopfendem Herzen an der Tür. Da auch ihre eigene Zeit fast abgelaufen war und sie den wütenden Wagmeister nicht noch weiter reizen wollte, schlüpfte sie eilig in ihr blassgelbes Sommerkleid und band sich ihre noch immer nassen Locken mit einem Haarband zusammen.

Sie griff nach ihrer Badetasche und lief hinaus. Auf der Straße sah sie sich nach Lisbeth um und entdeckte sie neben Max und Wastl. Alle drei hatten nasse Haare, und alle drei waren auffällig gut gelaunt. Helens Herzschlag beschleunigte sich. Konnte es sein, dass es doch Anton gewesen war, den sie gerade gehört hatte?

»Da bist du ja endlich«, begrüßte Lissi sie lachend.

»Ich bin gerade noch rechtzeitig geflüchtet, bevor der Oberaufseher auch noch auf mich losgeht.«

»Bitte sag mir, dass du das nicht mitbekommen hast«, hörte Helen Antons Stimme hinter sich. Sie drehte sich um und sah in sein Gesicht. Er kratzte sich verlegen am Kopf, hielt seinen gespielt betretenen Gesichtsausdruck jedoch nur für genau drei Sekunden aus. Dann brach auch er in schallendes Gelächter aus, und Wastl, Max, Lissi und Helen stimmten mit ein.

»Weißt du«, begann Helen, nachdem sie sich wieder beruhigt hatten, »beim nächsten Mal sollten wir uns besser abstimmen. Wenn wir alle gleichzeitig singen, überblickt der griesgrämige alte Mann vielleicht nicht mehr, woher der grässliche Gesang kommt. Möglicherweise gibt er dann einfach überfordert auf.«

Anton griff sich theatralisch an die Brust und beugte den Oberkörper nach hinten, als hätte ihn eine Kugel getroffen. »Helen, du brichst mir das Herz und triffst mich in meiner Sängerehre.«

»Muss man nicht singen können, bevor man die Ehre eines Sängers besitzen kann?«, gab sie kichernd zurück.

Von einer Sekunde auf die nächste erstarb Antons Lachen. Er sah sie lange und schweigend an und schüttelte dann mit einer Mischung aus Fassungslosigkeit und Begeisterung im Gesicht den Kopf.

Helen biss sich auf die Lippe. Sie wusste nicht, wie sie diesen plötzlichen Wandel seiner Mimik deuten sollte, doch ehe sie weiter darüber nachdenken konnte, war der seltsam intensive Moment zwischen ihnen auch schon wieder vorüber.

»Du solltest wirklich netter zu ihm sein«, sagte Wastl plötzlich. »Ist immerhin sein zwanzigster Geburtstag heute, und es ist schon Schande genug, dass der Arme aus der Badeanstalt geflogen ist, weil er so schrecklich schief singt, dass nicht einmal der fast taube Wagmeister es noch erträgt.«

Helen hob die Augenbrauen und lächelte Anton an. Einer spontanen Eingebung folgend trat sie auf ihn zu, legte ihre Arme um seinen Hals und drückte ihm einen winzigen Kuss auf die Wange. »Herzlichen Glückwunsch, Anton. Hätte ich das vorher gewusst …«

»… hättest du mich ebenso verspottet«, flüsterte er leise und lachte ihr rau und kehlig ins Ohr.

Helens Herz schien plötzlich völlig aus dem Takt zu geraten. Statt sie wieder loszulassen, zog er sie einen winzigen Moment lang noch fester an sich. Dann ließ er sie los, als wäre nichts gewesen, und in der nächsten Sekunde umarmte ihn und gratulierte ihm auch Lisbeth herzlich.

»Warum nehmen wir sie nicht mit in den *Bären*?«, fragte Wastl plötzlich.

Lisbeth strahlte sofort übers ganze Gesicht und schenkte Wastls Bruder Max einen gekonnten Augenaufschlag, doch Anton schien verunsichert. »Ich weiß nicht, natürlich hat niemand was gegen die Gesellschaft wunderschöner Damen«, stammelte er, »aber sollte das nicht ein feucht-fröhlicher Abend unter Freunden werden?«

Helen schluckte enttäuscht. Dann zwang sie sich zu einem Lächeln und schalt sich innerlich. Was hatte sie denn auch erwartet? Vermutlich hatte Anton seine Geburtstagsfeier von langer Hand geplant und zu diesem Anlass auch Eva eingeladen. Wie sähe es da aus, wenn er mit weiteren Frauen im Schlepptau ankäme?

»Gib dir einen Ruck, Anton. Du redest doch ohnehin seit Tagen nur noch von …« Wastl schluckte den Rest seines Satzes herunter, und Helen bemerkte den mahnenden Blick, den Anton ihm zuwarf. Wastl hob beschwichtigend die Hände. »Schon gut, ich bin ja still. Ich möchte nur anmerken, dass es doch ganz lustig werden könnte.«

Anton sah zwischen Lissi und Helen hin und her. »Das wird es sicherlich. Ich würde mich freuen, wenn ihr uns in den *Bären* begleiten würdet«, sagte er schließlich. »Aber ich warne euch. Max und Wastl sind ziemlich trinkfreudig.«

»Ach, und du nicht?«, feixte Max.

»Keine Sorge, wir waren diejenigen, die die Peters-Brüder nach den Pfingstfestspielen sicher nach Hause geleitet haben.«

Anton lachte, und Lisbeth und Helen fielen ein. Lissi hakte sich links und rechts bei Max und Wastl unter, und zu dritt liefen sie voraus.

»Darf ich bitten?«, fragte Anton leise und hielt Helen ebenfalls den Arm hin. Sie hakte sich bei ihm unter, und all die vorlauten Sprüche, die ihr eben noch ganz einfach über die Lippen gegangen waren, lösten sich in nichts auf. Ihr Mund war trocken, und es schien fast so, als ginge von der Stelle, an der Anton ihren Arm berührte, eine glühende Hitze aus. Sie breitete sich in ihrem gesamten Körper aus und ließ ihre Wangen jetzt sicher verräterisch erröten. Helen wusste sehr genau, was gerade passiert war. Sie hatte sich in den Sohn des Seifensieders verguckt, und obwohl sie wusste, dass Eva Liebermann in irgendeiner Weise zu seinem Leben gehörte, wollte sie nichts mehr, als diesen Nachmittag und Abend mit ihm zu genießen.

Eine Weile liefen sie schweigend nebeneinanderher. Sie hörte Lissi plappern und bemerkte, dass deren Bluse durch die nassen Haare inzwischen am Rücken durchgeweicht war. Helen überlegte, dass es bei ihr sicher nicht anders war. Sie stupste ihre Freundin an der Schulter an und wartete darauf, dass sie sich umsah.

»Sollten wir nicht wenigstens unsere Haare trocknen und uns frische Kleider anziehen? Unser Aufzug ist sicher nicht für einen Abend im Gasthaus gemacht«, gab Helen zu bedenken.

Lissi zuckte die Achseln. Sie schien weder die nassen Schultern noch ihren nassen Rücken bemerkt zu haben, und Helen wusste genau, an wem das lag.

»Ich begleite dich natürlich zum Umziehen nach Hause, wenn du möchtest«, sagte Lisbeth zögerlich.

Helen spürte Antons Arm in ihrer Taille. Er stand noch immer rechts neben ihr und zog sie jetzt sanft an sich. »Es ist perfekt so«, sagte er so leise, dass nur sie ihn hören konnte. Unsicher sah sie zu ihm auf, doch nichts in seinem Gesicht deutete darauf hin, dass er sich über sie lustig machen wollte.

Helen wünschte sich, sie hätte die Reaktion ihres Körpers besser unter Kontrolle gehabt, doch sie konnte die Gänsehaut nicht verhindern, die sich jetzt über ihren Nacken und ihre Arme ausbreitete. Ein Blick in Antons Augen reichte, um ihr zu zeigen, dass er das Erschaudern ihres Körpers bemerkt hatte. Sein Blick glitt an ihren Armen herunter, dann lächelte er und rückte endlich ein Stück von ihr ab, sodass sie wieder Atem holen konnte.

»Also gut. Dann eben in diesem Aufzug ins Gasthaus.«

10

Dienstag, 30. Juni 1903

Anton

Anton ahnte, dass Helen ihm nicht glaubte. Doch er hatte jedes Wort, das er ihr auf dem Weg in den *Bären* zugeflüstert hatte, genau so gemeint.

Er hatte auf dem Treppenabsatz des Brausebades gestanden, sie entdeckt und für einen Augenblick das Gefühl gehabt, er müsste träumen. Ihre Haare leuchteten nicht rot wie üblich. Nass erschienen sie tiefbraun und wirkten aufgrund der Schwere ein ganzes Stück länger. Sie hatte mit dem Rücken zu ihm gestanden und sein Kommen zunächst nicht bemerkt. Durch ihr luftig-gelbes Sommerkleid schien die Sonne hindurch, und ihr schlanker Körper zeichnete sich darin als dunkler Schatten ab. Nie zuvor hatte ihn etwas so in den Bann gezogen wie ihr Anblick in dieser Sekunde. Sie wirkte zerbrechlich und zart, und er konnte seine Gefühle selbst kaum beschreiben. Sie lagen irgendwo zwischen Verlangen und Begehren auf der einen Seite und dem Drang, sie beschützen zu wollen, auf der anderen. Dabei wusste er längst, dass sie seinen Schutz nicht brauchte.

Helen hätte auch dann nicht zauberhafter sein können, wenn sie gar keine Kleider am Leib getragen hätte, doch den Gedanken daran verdrängte er sofort wieder. Die aufkommenden Bilder brachten ihn nur noch mehr aus dem Konzept.

Die letzten Meter bis zum *Bären* liefen sie schweigend nebeneinanderher. Anton sah Helen verstohlen von der Seite an. Sie war nicht nur schön, sondern auch so schlagfertig, dass ihm immer wieder die Worte fehlten und er sich fühlte wie ein Schuljunge. Nachdem sie ihm keck erklärt hatte, dass er doch wohl Sänger sein müsste, um in der Ehre eines solchen verletzt zu werden, war ihm keine Erwiderung mehr eingefallen, und er war davon überzeugt, dass sich all seine Gefühle in diesem Moment in seinem Gesicht widergespiegelt hatten.

Als sie das Gasthaus betraten, dachte Anton fieberhaft darüber nach, wo er sich am besten platzieren sollte. Ihr gegenüberzusitzen, würde vermutlich dazu führen, dass er sie unentwegt anstarrte. Andererseits würde ihre Nähe ihn völlig aus dem Konzept bringen, wenn er sich direkt neben sie setzte. Noch ehe er in dieser lächerlich einfachen Frage entschieden hatte, hatten Lissi und die Peters-Brüder die ersten Stühle in Beschlag genommen und machten jede weitere Grübelei überflüssig. Es war weder das eine noch das andere: Sie saßen über Eck nebeneinander, was die Sache nicht gerade erleichterte, denn nun war er ihr so nah, dass sich ihre Knie unter dem Tisch fast berührten, und noch dazu hatte er ihr wunderschönes Gesicht direkt vor sich. Anton beschloss, sich trotz seines Ehrentages mit dem Trinken zurückzuhalten. Es war mehr als ausreichend, wenn Helen seine Sinne benebelte.

»Seltsamer Zufall, dass wir uns ausgerechnet heute im Brausebad begegnet sind«, begann er das Gespräch hölzern.

Helen kam gar nicht dazu, ihm zu antworten. Das übernahm der vorlaute Wastl. »Zufall? Wohl eher Schicksal!«

Anton warf seinem Freund einen mahnenden Blick zu, doch anders als zuvor dachte der ältere der Peters-Brüder jetzt nicht mehr daran, sich zurückzuhalten. Er zuckte unbekümmert mit den Schultern und schob »Du wirst mir noch dankbar sein« hinterher.

Natürlich hatte Sebastian recht. Anton war ihm dankbar dafür, dass er darauf bestanden hatte, Helen und Lisbeth einzuladen. Was immer dieser Abend auch bringen würde, Anton war nun zumindest einen kleinen Schritt weiter: Er wollte die Aussprache mit Eva nicht weiter hinauszögern. Sie hatte Ehrlichkeit verdient – und er ebenso. Die Wahrheit war, dass Helen sein Herz in dem Moment geentert hatte, in dem sie in Hosen und mit wehendem Haar ins Taubertal hinuntergelaufen kam. Es war sinnlos, sich etwas anderes einzureden.

»Alles in Ordnung?«, unterbrach Helen seine Gedanken. »Du bist auf einmal so still. Meine Plänkelei hat dich doch nicht verletzt?«

Anton lachte auf. »Nein, ganz im Gegenteil. Ich habe jede Sekunde genossen, seit ich hinter dir das Volksbad verlassen habe.« Er rieb sich mit der flachen Hand über die Stirn. Es war nur ein kurzer Moment, in dem er sich fragte, ob er wirklich laut aussprechen sollte, was ihm gerade in den Sinn kam.

Wirt Josef Huber, der den *Bären* in dritter Generation gemeinsam mit seiner Gattin Berta führte, trat an den Tisch und stellte die Weinkrüge ab, die Wastl schon beim Betreten des Gasthauses bestellt hatte.

Laut und fröhlich stießen die Freunde an, und als

Wastl und Max sich wieder Lissi zuwandten, gab Anton sich einen Ruck.

»Bitte verzeih, dass ich vorhin so zögerlich reagiert habe. Du musst mir glauben: Es gibt niemanden, mit dem ich jetzt lieber hier säße als mit dir.« Ruhig sah er Helen an und wartete auf ihre Reaktion. Doch die Hotelierstochter sagte gar nichts, und das unsichere Flackern ihrer Augen verriet ihm, dass sie längst noch nicht sicher war, ob sie ihm glauben sollte.

»Seltsam, ich weiß«, fuhr er fort und beschloss in dieser Sekunde, alles auf eine Karte zu setzen. Er hatte nichts zu verlieren, und wenn er sich jetzt mit seinen Worten zum Gespött machte, dann wusste er anschließend wenigstens, woran er war. »Du hast mich mit Eva gesehen, und es ist kein Geheimnis, wie lange wir schon befreundet sind.«

»Es ist doch viel mehr als das«, warf Helen leise ein.

Anton nickte und schüttelte dann plötzlich den Kopf. »Ja, das war es lange. Ich war mir so sicher. Aber jetzt …«

Wieder sah sie ihn nur schweigend aus ihren türkisblauen Augen an. Sie hakte nicht nach, sondern ließ ihm die Zeit, die er brauchte, um die richtigen Worte zu finden.

»Eva Liebermann ist eine wundervolle Frau, daran besteht überhaupt kein Zweifel. Aber …« Er richtete sich auf und atmete tief ein. »Aber sie ist nicht du.«

Er griff nach Helens Hand, und es kümmerte ihn nicht mehr, ob seine Freunde oder Lissi ihn dabei sahen. »Ich verstehe es selbst nicht. Es ist, als hätte das Pfingstwochenende alles verändert. Ich habe lange versucht, die Gedanken an dich zu verdrängen, aber es will mir nicht gelingen.«

Helen starrte auf seine Hand, die noch immer auf ihrer lag, und lächelte. Antons Herz schlug so heftig, dass er davon überzeugt war, dass sie seinen Puls spüren musste. So wie ein Ertrinkender darauf wartete, aus dem Wasser gezogen zu werden, so wartete er darauf, dass sie etwas erwiderte, um ihn von dieser Ungewissheit zu erlösen.

»Ist nur gerecht so«, sagte sie, und von einer Sekunde auf die andere war das verschmitzte Lächeln wieder auf ihr Gesicht zurückgekehrt. »Dann weißt du wenigstens, wie sich das anfühlt.« Ihr Daumen strich sanft über seinen Handrücken. »Wie ich mich fühle«, schob sie hinterher. Dann zog sie ihre Hand zurück, und als sie nach ihrem Krug griff, bemerkte Anton, dass sie zitterte.

Ein wohliges Glücksgefühl durchströmte ihn. Lächelnd griff auch er nach seinem Wein, und dann stießen sie alle ein weiteres Mal an diesem Abend an. Ihm entging nicht, dass Max und Wastl ihm verschwörerisch zublinzelten, und er war sich sicher, dass auch Helen die Grimassen seiner Freunde bemerkte. Doch nichts von alledem war noch unangenehm. Sie hatte soeben zugegeben, dass sie ebenso empfand wie er. Es gab keinen Grund mehr, sich zu verstecken.

Dieser Geburtstag war mit Abstand der schönste, an den Anton sich erinnern konnte, wenn man von ganz besonderen Überraschungen in der Kindheit einmal absah.

Es floss reichlich Wein an diesem Abend, und irgendwann gaben sie alle der Reihe nach Geschichten zum Besten. Lissi berichtete von ihrem ersten Tag in der Malschule und dem Malheur, das sie durch einen einzigen Windhauch angerichtet hatte. Max und Wastl erzählten von ihrem Studium und von diversen Unfällen und Explosionen, die ein bestimmter Professor immer wieder im Chemielabor anrichtete.

Irgendwann kamen sie auch auf Helen und ihr Niederrad zu sprechen, und natürlich erfuhr der gesamte Tisch von seinem ersten kläglichen Versuch.

»Zur Rettung seiner Ehre«, endete Helen lachend und legte Anton tröstend die Hand auf den Oberarm, »muss ich zugeben, dass seine Fahrkünste um einiges vielversprechender sind als seine Gesangskünste.«

Die Freunde lachten und prosteten sich zu. Anton beugte sich zu Helen. »Ich verlange Genugtuung. Dafür, dass du einen meiner peinlichsten Momente ausgeplaudert hast.«

Die Hotelierstochter zog halb spöttisch, halb fragend die linke Augenbraue hoch. »Und wie sollte diese Genugtuung wohl aussehen?«

»Du musst mir gestatten, dich nach Hause zu begleiten.«

Sosehr Anton den Abend mit seinen Freunden auch genossen hatte – er war nun froh, mit Helen allein zu sein. Er hatte längst jedes Zeitgefühl verloren, doch die menschenleeren Straßen verrieten ihm, dass es inzwischen nach Mitternacht sein musste.

Viel zu schnell erreichten sie das *Hotel Traube*. Noch ehe Anton sich überlegen konnte, wie und in welcher Form er sich von Helen verabschieden wollte, bat sie ihn hinein.

»Ich würde dir gern etwas zeigen.«

Wie schon damals vor der Turnhalle griff sie übermütig nach seiner Hand und zog ihn hinter sich her. Sie betraten das verwaiste Foyer des Hotels. Die großen Kronleuchter an der Decke waren ausgeschaltet, doch kleinere Leuchten an den Seitenwänden des Flurs, durch den Helen ihn nun lotste, flackerten schummrig gelb.

»Hübsch, nicht?«, fragte sie, als sie seinen Blick auf die kleinen, traubenförmigen Leuchten bemerkte. »Dass nicht wir, sondern das *Goldene Lamm* als erstes Gasthaus am Platz vor inzwischen sieben Jahren elektrisches Licht eingeführt hat, lag meiner Mutter lange schwer im Magen. Vermutlich dachte sie, dass besonders hübsche Leuchtexemplare diesen Makel wieder aufheben würden.«

»Das wolltest du mir zeigen?«

»Nein. Komm mit in den Salon und lass dich überraschen.« Über einen verwinkelten Flur liefen sie in einen weiteren Saal, der um einiges kleiner war als das Foyer. Ein dicker Teppich lag auf dem Boden und dämpfte ihre Schritte. An zwei von vier Wänden standen Bücherregale bis unter die Decke, und auf flachen runden Tischen, die zwischen Ohrensesseln mit hoher Rückenlehne standen, lagen verschiedene Tagblätter aus.

»Willkommen im Herrensalon«, sagte Helen mit verstellter Stimme und betätigte einen Lichtschalter neben der Saaltür. Sie verneigte sich, zwinkerte ihm zu und ergänzte: »Bevor Sie danach fragen, werter Herr: Die Antwort ist nein. Nein, wir haben keinen Damensalon als Pendant zu diesem Raum. Die Damen müssen sich mit dem Glück ihres Gatten begnügen, der hier rauchen und Cognac trinken und über Politik diskutieren darf, während die Dame Tischwäsche zu sticken oder über Belanglosigkeiten zu tratschen hat. Selbstverständlich geschieht dies in anderen Räumlichkeiten als diesen.«

Anton lachte leise, verschränkte die Arme vor der Brust und sah Helen abwartend an.

»Wenn ich Sie bitten dürfte, Platz zu nehmen.« Sie machte einen Schritt auf ihn zu, legte beide Hände auf seine Schultern und drückte ihn sanft in einen der Ohrensessel. Dann trat sie an einen Tisch unter dem Fenster, auf dem ein Kasten stand. Anton war viel zu neugierig, um sitzen zu bleiben.

»Ist es das, was ich denke?«, fragte er und trat neben sie.

»Kommt ganz darauf an, was du denkst«, gab sie zurück und hob den hölzernen Deckel.

Anton pfiff bewundernd durch die Zähne. »Ein echter Edison Phonograph!« Mit geschickten Handgriffen setzte Helen die Metallkurbel ein und drehte daran. Dann schraubte sie das goldschimmernde Horn fest und schob einen Wachszylinder, den sie aus einem beistehenden Kästchen nahm, über die Walze.

Mit weit aufgerissenen Augen sah sie ihn an, hielt dabei den einen Zeigefinger an ihr Ohr und den anderen vor ihre Lippen. Am liebsten hätte Anton sie an sich gezogen und den Finger vor ihrem Gesicht durch seine Lippen ersetzt.

Die Begeisterung, der Helen sich völlig hingeben konnte und die er schon im Zusammenhang mit ihrem Fahrrad an ihr bemerkt hatte, verzauberte ihn einmal mehr.

Ein kurzes Rauschen erklang, dann die tiefe Stimme eines Ansagers, und im nächsten Moment setzte die Musik ein. Anton schüttelte staunend den Kopf. Er hatte von diesen Tongeräten gelesen, doch nie selbst vor einem gestanden – von Anhören ganz zu schweigen.

Helen lachte übers ganze Gesicht. Übermütig griff er nach ihrer Taille und zog sie an sich. Er wusste nicht, ob es der Wein war, der ihn mutig werden ließ, oder Helens Euphorie. Das Stück war eindeutig ein zackiger Marsch, also griff Anton nach Helens Hand, schob den Arm starr in Laufrichtung und lief mit schnellen Schritten drauflos. Helen begann zu kichern, doch schon bald lachte sie aus vollem Hals. Weil sie immer wieder Möbelstücken ausweichen mussten, verloren sie schließlich das Gleichgewicht. Schwungvoll plumpste sie auf einen Zweisitzer und rutschte von der Sitzfläche auf den Boden hinab.

Anton ließ sich neben sie fallen. Nach Luft schnappend saßen sie nebeneinander, den Rücken an das Sofa gelehnt, und versuchten, wieder zu Atem zu kommen.

»Anton Schmieger«, begann Helen schließlich feierlich. »Du bist ein ganz wunderbarer Mensch, aber ich muss dir leider mitteilen, dass dein Rhythmusgefühl ähnlich zu wünschen übrig lässt wie deine Gesangskünste. Vermutlich hängt ja das eine mit dem anderen zusammen. Sollten wir je gemeinsam auf eine Tanzveranstaltung gehen, bitte ich heute schon um Verzeihung.«

»Verzeihung wofür?«

»Dafür, dass ich statt deiner lieber andere Herren auf meine Tanzkarte setze.«

Anton setzte eine grübelnde Miene auf. »Nun, damit kann ich leben. Unter einer Bedingung.«

Statt nachzufragen, hob Helen leicht ihr Kinn, als wollte sie sagen: »Ich höre!«

Obwohl der Wein längst seine Zunge gelöst hatte, musste Anton für die nächsten Worte all seinen Mut zusammennehmen. Er griff nach ihrer Hand, die auf ihren lang ausgestreckten Beinen lag.

»Wenn ich am Ende des Abends derjenige bin, der dich«, er schluckte, »der dich küssen und nach Hause begleiten darf.«

Anton spürte das Hämmern seiner eigenen Schläfen, und mit jeder Sekunde, die verstrich, wurde er nervöser.

Er wollte sich schon für seine Worte entschuldigen, doch dann reagierte Helen endlich.

Mit einer schnellen Bewegung schwang sie ihr rechtes Bein über seine und setzte sich auf seinen Schoß, als wäre es eine Selbstverständlichkeit, hier im Herrensalon des Hotels auf dem Boden und seinem Schoß zu sitzen.

Sie sah ihn mit gespieltem Ernst an und legte ihre Hände um seinen Hals. »Ich mache keine Versprechungen, solange ich nicht weiß, was mich erwartet.«

Antons Herz machte einen Satz. Tausende Schmetterlinge schienen plötzlich durch sein Innerstes zu tanzen, denn er verstand ihre Andeutung sehr genau. Er nahm Helens Gesicht zwischen seine Hände und kam ihr so nahe, dass sich ihre Nasenspitzen fast berührten.

»Glücklicherweise stelle ich mich nicht in allen Dingen so ungeschickt an wie beim Singen und Tanzen.«

»Beweis es«, forderte sie ihn kühn auf.

Anton griff nach ihren Händen. Behutsam und ohne Eile verhakten sie ihre Finger ineinander und sahen sich an. Dann hielt er es nicht mehr aus. Sanft küsste er sie. Er spürte das Beben ihres Körpers und legte seine Arme fest um sie, um ihr Halt zu geben. Mit seiner Zunge öffnete er zärtlich ihren Mund. Helen seufzte kehlig. Ihre Hände wanderten über seinen Rücken, und er spürte, dass sie sich gierig an ihn presste.

Anton versank vollkommen in diesem Augenblick. Er kam kaum dazu, Luft zu holen, so groß war sein Verlangen. Kein Kuss, den er je zuvor erhalten oder gegeben hatte, kam an das heran, was Helen in ihm entfachte.

Als sie sich endlich voneinander lösten, waren ihre Haare zerzaust und ihre Wangen tiefrot. »Was immer da noch ist«, sagte sie leise, »ich will das alles!«

Mit beiden Händen strich Anton ihr die Haare aus dem Gesicht und küsste sie sanft auf die Nasenspitze. Er hätte ihr gern gesagt, dass es ihm genauso ging. Er wollte ihren Körper erkunden und ihr zeigen, zu welchen Empfindungen sie noch fähig war. Doch er schwieg. Nichts, was er jetzt sagte, würde auch nur annähernd an das heranreichen, was er fühlte. Er hatte sich Hals über Kopf in Helen Ludwig verliebt, und er begehrte sie mehr als alles andere auf der Welt.

*

Am folgenden Nachmittag suchte Anton Theodor Hartmann auf, denn wenn er wollte, dass der Traum seiner Mutter von einer Seifenfabrik irgendwann Wirklichkeit wurde, waren Investitionen unausweichlich, und diese mussten besprochen werden.

Zu Fuß machte er sich auf den Weg in die Kobolzeller Steige. Theodors Gattin Sophie bat ihn in den Salon des Hauses, und kurz darauf saß Anton dem zurückhaltenden Advokaten gegenüber.

»Wir haben Großes vor«, erklärte er, und Aufregung ergriff ihn, noch während er die Worte sprach. In dieser Sekunde ahnte er, dass sich sein bisheriges Leben vollständig ändern würde, denn sollte die Fabrik ein Erfolg werden, würde nichts mehr so sein wie zuvor.

Theodor Hartmann lachte wohlwollend. »Ich bin ganz Ohr, Herr Schmieger.«

»Meine Mutter Hanna spricht schon lange davon, nun ist der Zeitpunkt endlich da. Aus unserer familiären Manufaktur soll eine echte Seifenfabrik werden.«

Herr Hartmann nickte bedächtig und sah ihn abwartend an. Als Anton nicht weitersprach, hakte er nach: »Wenn ich Ihnen bei der Gründung in rechtlichen Fragen beistehen soll, werden Sie mir schon sagen müssen, was genau Ihnen vorschwebt.«

Anton schluckte. In diesem Augenblick wäre er am liebsten im Erdboden versunken. Völlig unvorbereitet hatte er sich auf den Weg gemacht – um was zu tun? Theodor Hartmann konnte kaum erraten, welche Anschaffungen nötig waren. Kopflos und naiv war er in diese Besprechung hineingestürmt wie ein übermütiger Junge, der ahnungslos den großen Geschäftsmann herauskehren wollte.

Herrn Hartmann schien das allerdings nicht abzuschrecken. Er goss ihm und sich einen klaren Schnaps ein, nippte daran und erklärte: »Ich gebe Ihnen recht. Der Aufbau einer Fabrik wäre der nächste logische Schritt. Doch um diesen Weg zu gehen, brauchen Sie einen detaillierten Geschäftsplan. Maschinen, Gebäude, Fuhrpark, neue Grundstücke – was immer nötig wird, muss genau benannt und beziffert werden. Erst dann kann ich für Sie und die Seifenmanufaktur tätig werden und Angebote einholen, mit deren Hilfe das benötigte Kapital errechnet werden kann. Ist das geschafft, steht die nächste große Hürde bevor: Sie müssen Geldgeber und Kreditinstitute davon überzeugen, dass Sie mit Ihrem Konzept erfolgreich sein werden. Und dann, Herr Schmieger, erst dann werden Sie Großes bewerkstelligen können.«

Anton kniff die Lippen zusammen und nickte. Obwohl der Advokat überaus freundlich zu ihm sprach, fühlte er sich vorgeführt. In diesem Moment nahm er sich vor, niemals wieder so unvorbereitet und ungestüm in eine geschäftliche Unterredung zu gehen.

»Ich danke Ihnen für die ehrlichen Worte, Herr Hartmann.« Anton erhob sich, ohne den Schnaps angerührt zu haben. »Ich war doch sehr voreilig, wie mir scheint.«

Der Anwalt lächelte verständnisvoll und begleitete Anton zur Tür. »Seien Sie nicht zu streng mit sich. Ihre Eltern haben Ihnen gerade erst die Geschäfte übertragen. Meine Tür steht Ihnen jederzeit offen.«

Noch am selben Abend bat Anton seine Eltern um eine Unterredung, denn er hatte beschlossen, in dieser Sache nicht noch mehr Zeit verstreichen zu lassen.

»Was ist so wichtig, dass es nicht auch bis morgen warten kann?«, fragte Louis, der den Abend offenbar lieber am Kamin verbracht hätte.

Anton berichtete mit knappen Worten von seiner Besprechung mit dem Advokaten.

»Es war beschämend«, beendete er seine Ausführungen. »Auf der anderen Seite haben mir Herrn Hartmanns Worte die Augen geöffnet. Wenn es recht ist«, wandte er sich nun direkt an seine Mutter, »würde ich die Liste der dringend benötigten Maschinen gern mit Ihnen besprechen. Auf keinen Fall möchte ich jemals wieder den Eindruck erwecken, ich handelte als Geschäftsführer kopflos.«

Zu seiner Überraschung erkannte Anton Stolz im Gesicht seiner Mutter. »Nun, dann lass doch mal hören. Ich werde ergänzen, wenn du erlaubst.«

»Gut. Beginnen wir bei den Siedekesseln. Die vorrätigen Eisenkessel haben ein viel zu geringes Fassungsvermögen.«

»Richtig«, unterbrach Hanna ihn. »Ich denke an einen zylindrischen Kessel mit fünfzehntausend, womöglich sogar zwanzigtausend Litern Fassungsvermögen.«

Anton nickte erleichtert. Er war dankbar für ihre Erfahrenheit, denn er wusste zwar um die Arbeitsschritte, tat sich jedoch noch schwer damit, Mengen und Größen richtig abzuschätzen.

»Der Kessel braucht außerdem ein Abflussrohr zum Ablassen der Unterlauge und eine direkte Zuleitung zum Schornstein«, wandte Louis ein und strich sich über den längst ergrauten Bart. »Ähnliches habe ich schon vor Jahren bei Procter & Gamble in Amerika gesehen.«

Anton machte sich einige Notizen und fuhr schließlich fort: »Kommen wir zu den Kühlbehältern. Ich dachte an eine nagelneue Cressonières-Kühlmaschine. Was meinen Sie, Mutter?«

Hanna nickte konzentriert. »Je nach Größe können darin bis zu dreitausend Kilo Seife am Tag getrocknet werden. Während der Kühl- und Trocknungsprozess sonst zwei Wochen dauert, benötigen wir mit dieser Apparatur nur wenige Stunden.«

»Diese enorme Investition rentiert sich allerdings nur«, warf Louis ein, »wenn wir uns eine Tagesleistung von tausend Kilo zutrauen.«

Anton sah zu seiner Mutter, und das selbstsichere Lächeln, das sich in ihrem Gesicht breitmachte, beantwortete seine Frage danach, ob dies wohl zu schaffen wäre.

»Kommen wir zur Formmaschine«, sagte er.

Im nächsten Moment klatschte seine Mutter übermütig in die Hände. Ihre Wangen glühten inzwischen, und es war ganz offensichtlich, dass sie lieber heute als morgen mit dem Aufbau der Fabrik beginnen wollte.

»Beim Pressen mit einer Formmaschine gilt es, Vorsicht walten zu lassen«, erklärte sie fachmännisch. »Verbleibt Luft in der Masse, bilden sich unschöne Blasen in den Seifenstücken. Eine einfache Peloteuse kommt darum nicht mehr infrage.«

»Also die modernere Boudineuse-Peloteuse?«, fragte Anton.

»Aber ja. Nur sie arbeitet mit Schneckenwellen, die den Seifenstrang über den vorn verengten Konus derart fest zusammenpressen, dass auch die letzte Luftblase entweicht.«

Anton schrieb eifrig mit, während seine Mutter bereits weiterdachte. »Blieben noch eine neue Pilliermaschine in entsprechender Größe, Mischmaschinen, um Farben und Düfte beizumengen, Schneidemaschinen und schließlich Prägemaschinen für unsere neue Marke – die es selbstverständlich noch zu entwickeln gilt.«

Anton rauchte bereits der Kopf, doch sein Vater brachte noch eine weitere wichtige Neuerung zur Sprache. »Der ganze Betrieb muss selbstredend auf Dampf umgestellt werden, was uns weitere dreitausend Mark kosten wird.«

»Grundstücke, Gebäude, Gleisanschluss und Mitarbeiter nicht zu vergessen«, ergänzte Anton und ließ sein Schreibgerät erschöpft aus der Hand rollen.

Erst in diesem Augenblick ging ihm auf, wie viel Wahrheit in seinen Worten, er hätte Großes vor, tatsächlich steckte, und zum ersten Mal, seit er voller Enthusiasmus der Leitung der Geschäfte zugestimmt hatte, kam ihm der Gedanke, dass ihm diese Aufgabe möglicherweise über den Kopf wachsen könnte.

11

Montag, 17. August 1903

Lisbeth

Wie so oft, wenn es um weitreichende Entscheidungen ging, hatte Lisbeth lange mit sich gerungen. Zunächst hatte sie versucht, ihre Gedanken selbst zu ordnen, doch ihre Mutter Sophie hatte ihre Grübeleien irgendwann nicht mehr ertragen und gefragt, was sie auf dem Herzen hätte. Das Gespräch mit ihrer Mutter lag nun zwei Wochen zurück, und heute würde sie ihre Entscheidung mit Elise besprechen.

Auf dem Weg zum Ochsenbau sang Lissi leise vor sich hin. Zum ersten Mal seit Tagen war sie guter Dinge. Der Abschied von Max war ihr schwerer gefallen, als sie vermutet hätte. Vor seinem Weggang hatte er ihr seine Gefühle offenbart und ihr erklärt, dass er ihr regelmäßig schreiben wollte. Die Wochen, die sie mit ihm verbracht hatte, waren traumhaft gewesen, und sie wollte nichts mehr, als ihn immer bei sich zu haben. Doch natürlich war das undenkbar, solange er sein Studium in München nicht beendet hatte.

Die Kirchenglocken hatten noch nicht neun geschlagen. Da sie wie so häufig zu früh im Spitalhof eintraf, setzte sie sich noch einen Augenblick auf eine der Holzbänke, die Elise für Malstunden im Freien hatte aufstellen lassen, und dachte voller Sehnsucht an diese eine besondere Nacht mit Max zurück.

Ihre Eltern waren zu einem Juristen-Bankett nach Nürnberg eingeladen worden, und die Einladung hatte auch für sie als Tochter des angesehenen Juristen Theodor Hartmann gegolten. Doch bei dem Gedanken, ein Wochenende mit stets höflichen, aber auch reservierten Rechtsgelehrten verbringen zu müssen, hatte sich ihr die Kehle zugeschnürt. Sie hatte ihre Eltern so lange bekniet, bis diese schließlich einwilligten, dass sie allein in Rothenburg zurückbleiben konnte. Allerdings hatte ihre Mutter auf ein Gespräch der ganz besonderen Art bestanden.

»Die Dinge zwischen Maximilian und dir werden ernster, richtig?«, hatte sie gefragt, und Lissi hatte ihre Vermutung bestätigt.

»Nun, dann ist es Zeit für das hier«, hatte Sophie erklärt und ihr eine kleine Schachtel überreicht, auf deren Inhalt sich Lisbeth keinen Reim machen konnte.

»Es nennt sich *Le Parisien* oder einfach Pariser. Wir verteilen diese schützenden Hüllen unter den Ärmsten der Armen und natürlich auch unter den fast erwachsenen Waisen.«

Lisbeth hatte noch immer nicht verstanden, und so war ihre aufgeschlossene und pragmatisch veranlagte Mutter deutlicher geworden. »Zur Verhütung einer Schwangerschaft. So könnten Frauen, die sich nicht einmal selbst durchbringen können, Nachwuchs verhindern.«

»Könnten?«, fragte Lissi und drehte die Schachtel nervös in ihren Händen hin und her.

»Nun, es müsste beim Akt selbst schon benutzt werden, und zu dieser Einsicht gelangen leider nur wenige.« Ihre Mutter hatte nach der Schachtel gegriffen und Lisbeth mit wenigen Worten erklärt, wie diese Pariser anzuwenden waren.

»Solltest du noch nicht Mutter werden wollen, dann benutz diesen kleinen Helfer«, schloss sie ihren Vortrag, ohne ihrer Tochter in irgendeiner Weise Vorschriften darüber zu machen, was richtig oder falsch war, und einmal mehr hatte sie ihre Mutter bewundert. Sie war nicht nur gütig und opferte sich für andere auf, sie war auch das, was man wohl als aufgeklärt und modern bezeichnen würde. Und sie war eine Mutter, die ihre Tochter außerordentlich gut einzuschätzen wusste, denn natürlich hatte Lisbeth Max zu sich eingeladen, als die Eltern in Nürnberg weilten.

Was sich Lisbeth in ihren Träumen schon unzählige Male ausgemalt hatte, war passiert. Erst war sie enttäuscht gewesen, denn statt völlige Ekstase zu erleben, war es schmerzhaft gewesen. Doch Maximilian und sie hatten ein ganzes Wochenende gehabt, um sich auch auf diese besondere Weise kennenzulernen, und am Ende hatte Lisbeth verstanden, warum alle Welt so einen Wirbel um den Akt zwischen Mann und Frau machte. Wusste man erst, wie, war es ein einziger Rausch, und nach kurzer Erschöpfung folgte die Gier nach mehr.

Ein tiefes Seufzen ließ Lissi zusammenschrecken. Sie öffnete ihre Augen.

»Guten Morgen«, sagte Anastasia und sah sie aus wässrigen Augen an. »Entschuldige, ich wollte dich nicht erschrecken.«

»Schon gut.« Lisbeth spürte, dass sie lächerlicherweise errötete, dabei konnte die Malschülerin, mit der sie sich inzwischen angefreundet hatte, wohl kaum ahnen, woran sie gerade gedacht hatte.

Anastasia schnäuzte sich die Nase, und Lisbeth ging auf, dass sie geweint haben musste. »Geht es dir gut?«

Anastasia zuckte mit den Schultern, nickte dann aber. »Ich bin eben dumm und kann nicht aufhören zu hoffen. Seit er wieder fort ist, warte ich vergeblich auf Nachricht von ihm. Vermutlich vergnügt er sich längst mit einer anderen.«

»Könntest nicht einfach du ihm schreiben?«, fragte Lissi, die noch immer nicht wusste, wer der geheimnisvolle Mann im Leben der neuen Freundin war.

Anastasia gab ein empörtes Zischen von sich. »Er soll sich bloß nichts einbilden. Am Ende denkt er noch, dass ich mich nach ihm verzehre.«

Lisbeth griff nach Anastasias Hand und drückte sie. »Aber das tust du doch auch. Und vielleicht wartet er ja ebenso vergeblich auf Nachricht von dir und hat genau die gleichen, quälend eifersüchtigen Gedanken.«

Mit einem Ruck bog Anastasia ihren Rücken durch. »So habe ich das noch nie betrachtet«, gab sie zu. »Dabei ist er so laut und wild und selbstbewusst. Wie passt das zusammen?«

»Nun, wer weiß schon genau, wie es im Innern eines Menschen aussieht«, murmelte sie, doch ehe sie ihr Gespräch weiter vertiefen konnten, gesellten sich auch die restlichen Malschülerinnen zu ihnen.

Eigentlich hatte Lisbeth sich vorgenommen, zunächst den Unterricht abzuwarten und erst anschließend mit Elise zu sprechen. Doch jetzt, da ihre Entscheidung feststand, fehlte ihr die Geduld. »Dürfte ich Sie einen Augenblick stören?«, fragte sie Fräulein Mahler.

»Du störst doch nicht«, antwortete Elise lächelnd.

»Ich habe über Ihr Angebot nachgedacht …«

Elise lachte laut auf und warf den Kopf dabei in den Nacken. »Dann hast du dich nach Wochen des Überlegens also endlich zu einer Entscheidung durchringen können?«

Lisbeth überhörte die Spitze und strahlte übers ganze Gesicht. »Ja. Ich möchte zu den anderen Mädchen in die Bronnenmühle ziehen. Es wird Zeit, auf eigenen Füßen zu stehen. Doch bei den Eltern auszuziehen ist ein großer Schritt. In Ihrer Pension wäre ich nicht gleich ganz auf mich allein gestellt, hätte die fröhliche Gesellschaft der anderen und wäre trotzdem selbstständiger, als ich es jetzt bin.«

Elise Mahler nickte langsam und lächelte schließlich. »Ein weiser Entschluss. Ich bin heute Nachmittag ohnehin in der Pension, um nach dem Rechten zu sehen. Wenn du möchtest, zeige ich dir bei der Gelegenheit gleich dein Zimmer und übergebe dir deine Schlüssel.«

Lisbeth schluckte. Dass es so schnell gehen würde, hatte sie nicht erwartet. Andererseits wusste sie nicht, worauf sie noch warten sollte. Ihre Eltern hatten die Entscheidung, das Elternhaus zu verlassen, um in Elise Mahlers Pension für Schülerinnen zu ziehen, sofort unterstützt. Lisbeths erste Skizzen hatten bewiesen, dass sie ihre Berufung endlich gefunden hatte. Anders stand es um ihre Töpferversuche, die immer wieder zu Heiterkeit unter den Mädchen geführt hatten, aber nicht von Talent zeugten.

»Ich konzentriere mich wohl besser auf mein Zeichentalent und lasse die Töpferei bleiben«, hatte sie entschieden, und Elise hatte mit einem lauten »Na, Gott sei Dank« reagiert und ihr anschließend erklärt, dass sie längst noch nicht alles könnte. »Du hast eine Begabung, daran besteht kein Zweifel. Aber Kunst ist auch Handwerk, und das gilt es nun zu lernen. Im Mädchenpensionat bist du gut aufgehoben. Das Leben dort wird deinen Fokus auf die Kunst lenken. Du wirst sehen: Aus dir wird noch eine große Malerin.«

Der Umzug in die Pension gestaltete sich unkomplizierter als gedacht. Da Max und Wastl inzwischen wieder in München weilten, hatten sich neben Lisbeths Eltern auch Helen, Anton und Anastasia zum Helfen bereit erklärt.

Lissi freute sich für Helen und Anton, die inzwischen unzertrennlich waren. Allerdings wusste sie auch, dass Eva unter der frischen Trennung litt. Von dem einst strahlenden und stets freundlichen Fräulein Liebermann war nicht mehr viel übrig. Als Lissi *Liebermann's Lebensmittel und Kurzwaren* vor wenigen Tagen aufgesucht hatte, um sich mit Nähzeug für ihre eigenen vier Wände auszustatten, hatte sich Eva erst verstohlen die Tränen aus den Augenwinkeln gewischt, ehe sie sie mit zitternder Stimme nach ihren Wünschen gefragt hatte.

Natürlich hatte Lissi diese Begegnung für sich behalten. Helen davon zu berichten, würde nur dazu führen, dass die Freundin sich am Ende schlecht fühlte, obwohl sie doch keine Schuld daran trug, dass sie und Anton Gefühle füreinander entwickelt hatten.

Lisbeth stemmte die Hände ins Kreuz und drückte den Rücken durch. Ihr Vater und Anton hatten soeben ihre wertvollste Kleidertruhe auf die Kutsche geladen, während sie zusammen mit den anderen Frauen ihre Schränke ausräumte und allerlei Krimskrams, Malutensilien, Geschirr und Schmuck erst in Kisten packte und dann aus dem Haus trug. Da nicht alle auf dem Kutschbock Platz fanden, entschieden sich die Frauen für einen

Spaziergang ins Tal hinunter. Ihr Vater und Anton wollten vorfahren und schon mit dem Ausladen beginnen.

»Vielleicht haben wir ja Glück und die Männer sind fertig mit dem Ausladen, bis wir die Bronnenmühle erreichen«, kicherte Lissi, die sich in diesem Augenblick eingestand, dass sie noch nie zuvor in ihrem Leben echte körperliche Arbeit hatte verrichten müssen. Sie hatte nur die leichten Gepäckstücke aus dem Haus getragen und war trotzdem völlig geschafft. Sie schwitzte und sehnte sich nach einer ausgiebigen Dusche im Volksbrausebad, doch die würde warten müssen, bis all die Kisten wieder ausgepackt waren und ihr Zimmer in der Pension halbwegs bewohnbar war.

Die Mädchen in der Pension bereiteten Lisbeth einen herzlichen Empfang. Ihr erster Tag in der Malschule hatte etwas holprig begonnen, doch inzwischen waren ihr viele der Frauen ans Herz gewachsen. Im Erdgeschoss des Hauses befand sich eine große Wohnküche, in der die Mädchen sich selbst versorgten und in deren Ecke sogar ein Klavier stand. Es sah ganz so aus, als wäre dies der Begegnungsort der Frauen.

Nachdem sämtliche Kisten in den dritten Stock getragen waren, verabschiedeten sich Lisbeths Eltern mit den Worten, dass sie jetzt ja in guten Händen wäre, und auch Anton entschuldigte sich.

»Ich werde die Gunst der Stunde nutzen und noch einiges mit deinem Vater besprechen. Du kommst doch ohne mich klar?«

Lisbeth nickte und winkte ab. Natürlich war ihr nicht entgangen, dass Anton in den letzten Wochen häufig den Rat ihres Vaters einholte. Von ihm wusste sie, dass Antons Familie daran dachte, die Siederei zu vergrößern, und dass dazu juristischer Beistand ebenso nötig war wie das Ausloten finanzieller Spielräume. In all diesen Dingen unterstützte Lissis Vater Familie Schmieger nach Kräften.

Gedankenverloren sah Lissi der Kutsche ihrer Eltern hinterher. Sie hatte damit gerechnet, dass dieser Tag mit großer Schwermut verbunden sein würde, immerhin hatte sie doch gerade ihr Elternhaus endgültig verlassen. Sie war selbst überrascht, dass sie nicht von Traurigkeit übermannt wurde. Vielleicht lag es daran, dass Helen und Anastasia hier waren und die anderen Mädchen ihr plappernd und lachend erzählten, welches Leben sie in dieser Pension erwartete. Nach einer fröhlichen Teestunde zogen sich die Malschülerinnen schließlich zurück, während Helen, Anastasia und Lissi gemeinsam vor die Haustür traten.

»Ein bisschen beneide ich dich ja«, seufzte Anastasia. »Meine Mutter hat mir den Einzug in diese Pension rundheraus verboten. Es wäre überhaupt nicht einzusehen, warum sie Miete für ein Zimmer zahlen sollte, wo ich im *Goldenen Greifen* doch das ganze obere Stockwerk für mich hätte.«

»Womit sie nicht ganz falschliegt«, wandte Lisbeth ein.

Anastasia verzog schmollend ihre Lippen. »Ginge es danach, dürftest auch du nicht hier wohnen. Soweit ich mich erinnere, hattest auch du genug Platz in deinem Elternhaus.«

»Ebenso wie ich«, stimmte Helen zu.

»Mutter ist eben anders als andere«, entgegnete Lissi. »Für sie war es das Wichtigste überhaupt, dass ich endlich auf eigenen Füßen stehe. Kein Wunder, wenn man bedenkt, was sie in meinem Alter schon alles erreicht hatte.«

»Es ist nur so«, begann Anastasia, »ich hätte einfach gern einen Ort für mich, einen, an dem ich nicht immer unter Beobachtung stehe. Wenn ich irgendwann doch Besuch von Wastl …« Sie brach ab und schlug sich die Hand vor den Mund.

»Nein!« Lissi packte Anastasia bei den Schultern und zwang sie so, sie anzusehen. »Wastl ist der Mann, um den du ein solches Geheimnis gemacht hast?«

»Ich weiß überhaupt nicht, wovon du sprichst.«

Helen und Lisbeth lachten gleichzeitig auf. »Lass es gut sein, jetzt ist es raus«, sagte Helen. »Aber keine Sorge, von uns erfährt niemand irgendetwas.«

»Aber es erstaunt mich schon ein wenig«, sagte Lissi. »Max hat mit keinem Wort erwähnt, dass sein Bruder und du …«

»Max weiß davon auch nichts«, sagte Anastasia leise, und die Traurigkeit in ihrer Stimme war nicht zu überhören. »Wastl Peters hat nicht vor, sich jetzt schon fest zu binden. Er genießt die Zeit mit mir. Sehr. Und wehe, er bemerkt, dass ein anderer Mann mir schöne Augen macht. Dann wird er zornig und poltert herum, als wären wir einander versprochen. Trotz allem will er das, was uns verbindet, nicht in die Welt hinausposaunen. Denn – und ich zitiere ihn jetzt – dann würde sich ja auch die ganze Welt einmischen.«

Einer spontanen Gefühlsregung folgend, nahm Lisbeth die Freundin in den Arm. »Er wird sich schon besinnen«, sagte sie tröstend. »Er schaut gerne Röcken hinterher, das wissen wir alle. Aber ich habe ihn noch nie mit einer anderen Frau gesehen. Und jetzt weiß ich auch, warum. Sein Herz gehört ganz offensichtlich längst dir, auch wenn er sich das noch nicht eingestehen will.«

Anastasia schniefte lächelnd. »Dann soll er nur achtgeben, dass ich nicht irgendwann die Geduld verliere.«

Nachdem auch Helen und Anastasia gegangen waren, machte Lisbeth sich daran, die Kisten auszupacken, um der Unordnung in ihrer Kammer irgendwie Herr zu werden. Doch weiter als bis zum Einräumen ihrer Kleider kam sie nicht, denn kurz nach dem neunten Glockenschlag, der von der Standuhr in der Wohnküche aus zu hören war, klopfte es an ihrer Tür.

»Herein!«

»Ach du liebe Güte, wie sieht es denn hier aus?«

»Fräulein Mahler, so eine Überraschung«, gab Lisbeth zurück. Sie spürte die Röte, die ihr in die Wangen schoss. Es war ihr unangenehm, dass die Künstlerin, die nun auch so etwas wie ihre Herbergsmutter war, dieses Durcheinander zu Gesicht bekam.

»Ich bin leider noch nicht fertig geworden.« Bedauernd hob Lissi die Schultern und sah betreten zu Boden.

»Solange ich hier drin nicht schlafen muss, ist mir das schnurzegal. Ist doch nicht meine Aufgabe, die Zimmer meiner zahlenden Gäste auf Sauberkeit und Ordnung zu kontrollieren. Es gibt Türen. Die lassen sich schließen, und schon werde ich von diesem Anblick verschont. Und nun komm. Du hast dir deinen Feierabend heute redlich verdient.«

Elise Mahler öffnete Lissis Zimmertür und deutete in den Flur hinaus.

Lissi sah die Künstlerin fragend an, ohne sich auch nur einen Millimeter zu bewegen. Da Fräulein Mahler offenbar nicht daran dachte, irgendetwas zu erklären, folgte Lisbeth ihr hinaus. Sie liefen um das Haus herum. Auf der Rückseite gab es eine große Wiese mit schmiedeeisernen Gartenstühlen und Tischen. Dahinter schlängelte sich glitzernd und träge die Tauber.

Lisbeth sah die Weinkaraffe und die zwei Gläser auf einem der Tische und setzte sich, während die Künstlerin erst einschenkte und dann das Glas hob.

»Herzlich willkommen, Lisbeth«, sagte sie und wartete darauf, dass auch sie ihr Glas in die Hand nahm. »Ich möchte, dass du das Fräulein Mahler lässt und mich Elise nennst. Du bist meine beste Schülerin, was überraschend ist, wenn man bedenkt, dass du vorher nie auch nur das geringste Interesse an Kunst gezeigt hast.«

»Aber …«

»Kein Aber. Ich nenne dich beim Vornamen, da ist es nur recht und billig, wenn ich dir das umgekehrt ebenso gestatte.«

Lisbeth murmelte ein leises Dankeschön und nippte an ihrem Wein. Sie behielt für sich, dass der Vergleich hinkte, immerhin hatte keine der anderen Schülerinnen je die Erlaubnis erhalten, Elise beim Vornamen zu nennen.

»Also dann Elise«, sagte sie trotzdem lächelnd. Sie hatte in diesem Moment beschlossen, ihre Grübeleien aufzugeben. Vielleicht war die Erklärung ja ganz einfach. Vielleicht hatte auch Elise die besondere Verbundenheit zwischen ihnen gespürt. Schon bei ihrer ersten Begegnung im *Gasthof Bären* war sie von der offenen und unbekümmerten Art der Künstlerin beeindruckt gewesen. Was sprach schon dagegen, dass es sich umgekehrt genauso verhielt?

»Dieser Ort ist wunderschön. Ich werde ihn malen«, sagte Lisbeth, während sie in die Weite blickte.

»Mach das. Niemand wird den Zauber dieses Gartens

so gut einfangen wie du mit deinen Bildern. Und wenn ich mir die Bemerkung erlauben darf: Ich bin deiner Mutter unendlich dankbar dafür, dass sie dich zu mir geführt hat. Du glaubst, du lernst von mir, aber in Wirklichkeit ist es genau andersherum.«

Elise erhob sich, und Lisbeth tat es ihr gleich.

»Für mich wird es Zeit. Bringst du Gläser und Karaffe noch in die Küche? Ich komme nicht mehr mit hinein.«

Völlig selbstverständlich machte Elise zwei Schritte auf Lissi zu, hielt sie an den Oberarmen und küsste sie behutsam links und rechts auf die Wange.

»Gute Nacht, Lisbeth. Wir sehen uns morgen im Ochsenbau.«

12

Montag, 23. Dezember 1872

Henriette

Als Margarethe am Morgen des dreiundzwanzigsten Dezembers am Ansbacher Postamt in die Kutsche nach Rothenburg stieg, war sie mindestens genauso aufgeregt wie vor drei Jahren bei ihrer eigenen Flucht. Sie wollte sich nicht erinnern, doch da sich auf der Kutschfahrt kein Gesprächspartner fand, ließen sich die beklemmenden Gedanken nicht verdrängen.

Damals war sie als gerade Vierzehnjährige in letzter Sekunde in Würzburg in einen der Züge gesprungen, bevor dieser losfuhr. Sie hatte nicht einmal gewusst, dass dieser sie nach Ansbach bringen würde, denn sie war damit beschäftigt gewesen, den Polizisten zu entwischen. Margarethe schloss die Augen, doch da die Bilder nicht verschwinden wollten, öffnete sie sie schnell wieder und sah zum Fenster hinaus.

Sie war froh, als sie am späten Nachmittag endlich in Rothenburg ob der Tauber eintraf. Die Erinnerungen hatten eine Schwermut in ihr ausgelöst, die sie sich in all den Jahren immer verboten hatte. Sie hatte weder Zeit noch Lust, sich weiter mit ihrer Vergangenheit zu beschäftigen. Jetzt ging es darum, einen Advokaten namens Theodor Hartmann und einen Postbeamten namens Carl zu finden.

Doch zuallererst musste sie nach einer geeigneten Unterkunft Ausschau halten.

Sie nahm die Tasche, die der Kutscher ihr reichte, und sah sich um. Dann lachte sie plötzlich. Konnte es wirklich so einfach sein? Sie war mit der Postkutsche gekommen und stand nun vor dem Rothenburger Postamt. Sie lief die fünf Stufen hinauf und rüttelte an der Tür. Sie war verschlossen.

»Das Amt öffnet erst nach den Weihnachtstagen wieder«, hörte sie eine Stimme hinter sich.

Margarethe wandte sich um und sah in das Gesicht eines Jungen. Es war schwer, sein Alter zu schätzen, denn er hatte die harten Züge eines Mannes mit bewegter Vergangenheit. Andererseits lächelte er verschmitzt, und seine Arme hingen so schlaksig an ihm herunter, dass er ebenso als gerade Fünfzehnjähriger hätte durchgehen können.

»Nun, dann werde ich mich noch ein wenig gedulden. Darf ich um eine weitere Auskunft bitten?«

»Selbstverständlich«, gab der Knabe zurück, zog seine Kappe vom Kopf und deutete eine ungelenke Verbeugung an.

»Ich bin auf der Suche nach einer respektablen, aber nicht allzu teuren Unterkunft.«

»Wenn Sie erlauben, begleite ich Sie.«

»Das wird nicht nötig sein«, wies Marga den Jungen ab, doch der ließ sich nicht beirren.

»Aber natürlich ist das nötig. Sie kennen sich hier nicht aus, könnten sonst wo enden. Einige Straßen in dieser Stadt sind nicht ungefährlich.«

Marga musste sich zusammenreißen, um nicht zu kichern. Würde der junge Bursche ihre Vergangenheit kennen, wären seine Sorgen sicher nicht halb so groß.

»Mein Name ist Jacob. Ich werde Sie zum *Goldenen Greifen* begleiten.« Er griff nach ihrer Tasche, lächelte freundlich und deutete die Straße hinunter.

»Margarethe Hölzing. Sehr erfreut und vielen Dank.«

*

Henriette erwachte erst in den Mittagsstunden. Sie fühlte sich erholter als noch am Abend zuvor, was sicher daran lag, dass sie lange geschlafen hatte.

Es war seltsam ruhig. Wenn sie an die Weihnachtstage der vergangenen Jahre zurückdachte, sah sie Marga, die schon in den Morgenstunden vor ihrem Herd stand und allerlei Gebäck zubereitete. Henriette drehte die Petroleumlampe auf und sah sich um. Das Bett ihrer Mitbewohnerin war fein säuberlich gemacht. Es lagen weder Kleider herum, noch sah die Küche benutzt aus.

Eilig streifte Henriette Kleid und Mantel über, schlüpfte in ihre Pantoffeln und lief hinaus zum Abort. Die Tür stand sperrangelweit offen, von Margarethe fehlte jede Spur.

Henriette wollte gerade zurück in die Wohnung laufen, als der Hauswirt die Tür im ersten Stock öffnete, um seine fette Katze hinauszulassen. Unter anderen Umständen wäre sie dem schmierigen alten Mann einfach aus dem Weg gegangen, doch heute war ihre Sorge um Margarethe wichtiger als die Abscheu vor dem Mann.

»Guten Morgen, dürfte ich Sie fragen, ob Sie den Weggang von Fräulein Hölzing bemerkt haben?«

Der Alte grinste gehässig und zeigte dabei seine braunen Zahnstummel. »Ja, das Getrampel ihrer Schritte ließ sich ja nicht überhören.«

»Ich frage mich, ob sie wohl nur frische Luft brauchte oder für länger …«

»Sie trug eine Tasche bei sich«, fiel ihr der Hauswirt ins Wort, ehe er grußlos in seiner Wohnung verschwand.

Zurück in ihren vier Wänden bereitete sich Henriette einen Tee zu. Sie überlegte, ob sie möglicherweise im Fieber etwas überhört haben könnte, das Marga ihr gesagt hatte. Während ihr Tee zog, suchte sie nach einer Mitteilung, doch da war nichts. Beim Blick in den Schrank bemerkte sie, dass nur zwei ihrer vier Wäschegarnituren fehlten. Sie war also nicht spurlos verschwunden, sondern verreist.

Henriette kam ein Verdacht, und es gab nur einen Weg, um ihn zu prüfen. Sie schob den Stuhl vor den Kleiderschrank, kletterte hinauf und tastete mit der rechten Hand das Möbelstück ab. Sie fand den Umschlag, in dem Margarethe neben alten Papieren und Zeitungsausschnitten, über die sie nie sprechen wollte, auch ihre Ersparnisse versteckt hielt, und öffnete ihn. Vermutlich ahnte Marga, dass Henriette das Versteck kannte. Doch noch nie zuvor hatte sie sich dazu hinreißen lassen, Margas sorgsam gehütete Vergangenheit zu durchwühlen.

Das Geld fehlte. Henriette ließ sich auf ihr Bett fallen und spürte Wut in sich aufsteigen. In dieser Sekunde wusste sie ganz genau, was die Freundin vorhatte, und es erzürnte sie, dass sie sich in ihre Angelegenheiten einmischte.

»Es wäre nur gerecht, wenn ich mich dafür auch durch deine Vergangenheit wühle«, überlegte Henriette laut, verwarf diesen rachsüchtigen Gedanken jedoch sofort wieder. Sie hatte sich vor Jahren geschworen, nie wieder in dieses niederträchtige Verhalten zurückzufallen, und daran würde sie sich halten. Wollte sie allerdings verhindern, dass Marga statt ihrer selbst ihre Zukunft lenkte, musste sie handeln.

Trotz des schweren Hustens, der sie noch immer quälte, begann Henriette zu packen. Die Wäscherin, mit der sie seit zwei Jahren unter einem Dach lebte, hatte ihr keine Wahl gelassen: Sie musste nach Rothenburg zurückkehren, wenn sie nicht wollte, dass stattdessen ihre Familie herkam und sie in diesem schäbigen Loch fand.

Henriette erreichte ihre Heimatstadt erst in den späten Abendstunden des Folgetages. Die Fahrt hatte länger gedauert als üblich. Schneetreiben hatte die Sicht getrübt und ohnehin schlechte Straßen fast unpassierbar gemacht.

Und obwohl jeder Schritt beschwerlich werden würde, bat Henriette den Kutscher darum, schon vor den Stadttoren Rothenburgs aussteigen zu dürfen. Nichts wäre schlimmer, als vor dem Postamt als Allererstes Carl in die Arme zu laufen. Sie betrat den Stadtkern durch das Galgentor, doch statt sich auf direktem Weg in eines der Gasthäuser zu begeben, lief Henriette die Klingenschütt an der Stadtmauer entlang. Ihre Kehle war zugeschnürt, ihr Herz raste, und aus Angst, auf altbekannte Gesichter zu treffen, hielt sie den Kopf gesenkt.

Das Wetter spielte ihr allerdings in die Hände, denn weit und breit war kein Mensch zu sehen. Mit etwas Glück würde es ihr gelingen, unerkannt einzukehren. Dann blieb genug Zeit, um die sich überschlagenden Gedanken zu sortieren und sich einen Plan zu überlegen.

Henriette kannte sämtliche Gasthäuser dieser Stadt und wusste, dass man sie überall erkennen würde. Sie erinnerte sich aber auch daran zurück, dass Tamara Huber, einstige Wirtin des *Gasthofes Bären*, schon vor langer Zeit ihrem Sohn die Geschäfte übertragen hatte. Und Josef Huber war blind wie ein Maulwurf. Er hatte die eigenen Gäste immer nur dann erkannt, wenn sie ihre Namen nannten.

In der Hoffnung, dass auch andere Gäste sie dort nicht erkennen würden, machte sie sich schließlich auf den Weg in die Hofbrunnengasse.

Als sie den *Bären* betrat, schlugen ihr lautes Stimmengewirr und der vertraute Duft von Leberknödelsuppe entgegen und erinnerten sie daran, dass sie schon lange nichts mehr zu sich genommen hatte. Der Gastraum war zum Bersten gefüllt. Henriette zog sich ihre Haube in die Stirn, trat an den dunkel gebeizten Tresen und wartete angstvoll darauf, wer sie hier wohl empfangen würde.

Schon das Öffnen der Tür geschah zu schwungvoll für den eher trägen Josef Huber. Henriette sah auf und schluckte. Noch ehe sie sich panisch umwenden konnte, hatte die Frau sie erkannt. »Henriette!«

Der Raum schien sich plötzlich um sie zu drehen. Vor ihr stand niemand anderes als Sophie.

Henriette brachte kein Wort heraus. Auf dem Absatz machte sie kehrt und stürzte wieder nach draußen. Doch Sophie folgte ihr. »So warte doch! Bitte, bleib nur einen Moment.« Die Stimme ihrer alten Freundin klang vertraut, die Art und Weise, wie sie sie beim Vornamen nannte, fast liebevoll.

»Ich werde nicht zulassen, dass du verschwindest. Wenn du jetzt gehst, werde ich sofort zu Theo eilen und ihm sagen, dass du wieder zurück bist. Oder du setzt dich zu mir in die Wirtsstube und isst etwas. Such es dir aus.«

Henriette wandte sich um. Sie hatte Wut und Ablehnung

erwartet, doch Sophie schien weit davon entfernt. Ihre Augen leuchteten, und sie streckte ihr erwartungsvoll beide Hände entgegen. »Nun?«

Henriette gab sich geschlagen und ließ zu, dass Sophie sie wieder hineinzog. Dann lief sie in die Küche, als wäre sie selbst die Wirtin, und kehrte mit einem dampfenden Teller Suppe zurück. »Du siehst aus, als hättest du lange nichts Vernünftiges gegessen.«

»Danke«, flüsterte Henriette.

»Nicht dafür. Warst ziemlich überrascht, mich hier zu sehen, was? Solange du isst, werde ich es dir erklären. Das *Gasthaus Bären* hat sich auf mein Anfragen hin sofort bereit erklärt, die Armenspeisung zu übernehmen. Als du uns vor Jahren verlassen hast, ließ ich mich zur Krankenschwester ausbilden. Doch inzwischen leite ich das Waisenhaus und kümmere mich um die Tauberstädter, die es nicht mehr schaffen, sich um sich selbst zu kümmern. Pfingsten, Ostern, Weihnachten und allerlei andere Tage nehmen wir zum Anlass, um warme Mahlzeiten auszugeben. Dein Bruder Theo ist dabei eine wunderbare Stütze. Er ist sehr hartnäckig, wenn es darum geht, reicheren Tauberstädtern Gelder aus den Rippen zu leiern.«

Henriette wusste nicht, was sie dazu sagen sollte. Es sah ihrem Bruder zwar nicht ähnlich, rigoros aufzutreten, doch er hatte schon früher ein gutes Herz besessen. Vermutlich war es seiner Arbeit geschuldet, dass er sich inzwischen durchzusetzen wusste.

»So«, sagte Sophie, nachdem Henriette ihren Teller bis auf den letzten Rest leer gelöffelt hatte, »und nun erzählst du mir, was dich herführt. Du wolltest dich vor uns verstecken, richtig?«

Henriette seufzte. »Das vielleicht nicht gerade. Aber ich hätte gern mehr Zeit gehabt, um mich auf ein Wiedersehen vorzubereiten. Ich habe vom Unfall meines Onkels gelesen und dachte …«

Sie brach ab, und Sophie ergriff das Wort. »Das ist im Frühjahr ein Jahr her.«

»Ich habe erst später davon erfahren«, gab Henriette vage zurück, entschied dann jedoch, dass sie bei der Wahrheit bleiben würde. »Um genau zu sein, war es Juni, als ich davon erfuhr. Aber ich wagte mich nicht nach Hause. Nicht nach allem, was ich angerichtet habe.«

Sophie legte ihren Kopf schief und sah sie aufmerksam an. »Nun, das liegt viele Jahre zurück. Wie ist es dir ergangen? Man erzählt sich, du hättest ein Kind zur Welt gebracht?«

Henriette biss sich auf die Unterlippe. Sie hatte nicht damit gerechnet, an diesem Tag ausgerechnet von Sophie auf ihre kleine Gertrud angesprochen zu werden. Sie griff nach dem Mundtuch und tupfte sich umständlich die Lippen ab.

»Sie hieß Gertrud«, sagte sie leise und konnte die Tränen nicht zurückhalten.

»Du hast sie verloren?«, fragte Sophie entsetzt und griff nach Henriettes Hand. »Das tut mir leid, so unendlich leid. Wie es ist, ein Kind zu verlieren, das bereits auf der Welt war, bei dir lebte, dich zum Lachen und Weinen brachte, vermag ich mir nicht einmal vorzustellen. Mein tiefes Mitgefühl.«

»Danke.« Es war nur ein Flüstern, doch zu mehr war sie in dieser Sekunde nicht imstande. Würde sie auch nur ein weiteres Wort über Gertrud verlieren müssen, würde sie an Ort und Stelle in Tränen ausbrechen.

»Warte hier«, bat Sophie plötzlich. Sie verschwand in der Küche und kam kurz darauf lächelnd zurück. »Wir nehmen den Pferdeschlitten.«

»Wohin?«, fragte Henriette.

»Ich bringe dich nach Hause«, antwortete Sophie fest.

»Bitte nicht. Ich brauche noch etwas Zeit.«

»Du hattest Jahre. Es ist genug«, bestimmte Sophie, und es klang nicht danach, als würde sie eine Widerrede gelten lassen. »Der Moment des Wiedersehens wird heute nicht anders sein als morgen oder übermorgen. Du musst da durch. Und du bist doch gekommen, um genau das durchzustehen. Deine Eltern werden außer sich sein vor Freude.«

»Nun, das bezweifle ich.«

Sophie ging auf ihren Einwand nicht weiter ein, sondern erklärte stattdessen, dass es überhaupt nicht infrage käme, dass sie für eine Unterkunft zahlte, da sie doch unzählige Familienangehörige hatte, die es kaum erwarten könnten, sie wieder in die Arme zu schließen.

Geschickt lenkte Sophie Pferd und Schlitten durch die schmalen Gassen und plapperte, als wäre nie auch nur ein böses Wort zwischen ihnen gefallen. Obwohl sich Henriette für all die Neuigkeiten interessierte, schweiften ihre Gedanken immer wieder ab.

Als sie am Postamt vorüberfuhren, schlug ihr Herz bis zum Hals. Sie machte sich klein und hoffte, dass Carl nicht ausgerechnet in diesem Augenblick aus dem Haus trat oder zum Fenster hinaussah. Die Begegnung mit ihm wollte sie so lange wie nur möglich hinauszögern.

Henriette hatte Glück. Die Tür des Postamts war geschlossen, und von Carl war weit und breit nichts zu sehen. Trotzdem stieg ihre Nervosität, je weiter sie sich ihrem Elternhaus in der Rödergasse näherten. Ihre Hände und Lippen zitterten unkontrolliert. Fieberhaft suchte sie nach passenden Worten, doch ihre Gedanken brachten nicht den einfachsten Satz zustande.

In der Rödergasse band Sophie das Pferd an. Sie stiegen vom Schlitten, und die Freundin betätigte lächelnd den Türklopfer. Am liebsten hätte sich Henriette irgendwo versteckt. Doch es war zu spät. Die schwere Holztür öffnete sich, und im nächsten Augenblick sah sie in das gütige und gleichzeitig fassungslose Gesicht ihrer Mutter. Der Körper der um Jahre gealterten Frau begann zu zittern. Henriette und Sophie stürzten gleichzeitig auf Elisabeth Hartmann zu und packten sie unter den Armen, ehe sie auf die Treppe stürzen konnte.

Henriette konnte die Tränen nicht mehr zurückhalten, denn es war, als begriffe sie erst jetzt wirklich, was sie ihrer Mutter angetan hatte. Während sie sie auf den Zweisitzer im Wohnzimmer betteten, traf Henriette eine Entscheidung: Von nun an würde sie jeden verbleibenden Tag dazu nutzen, ihre Schuld abzutragen. Sie sah in das bleiche, tränenüberströmte Gesicht ihrer Mutter und versuchte ein Lächeln. Sie wollte um Vergebung bitten, doch sie brachte kein Wort heraus.

13

Donnerstag, 10. September 1903

Helen Der Beginn der goldenen Jahreszeit würde in diesem Jahr auf den 24. September fallen. Und obwohl dies ein Donnerstag war, ließ sich Helens Mutter nicht davon abhalten, ihren alljährlichen Herbstball zu veranstalten.

»Andere Gasthöfe brauchen Samstage, um zu feiern«, hatte sie mit leicht verächtlichem Unterton gestänkert, »da müssen wir uns doch von der Konkurrenz abheben. Feste muss man feiern, wie sie fallen. Wen kümmern da schon Wochentage?«

Bereits Wochen vor dem Ereignis hatte Helen alle Hände voll zu tun gehabt. Während ihre Eltern Henriette und Carl sich um das Wohl der Gäste kümmerten, die inzwischen extra für derlei Anlässe nach Rothenburg angereist kamen, was Henriette unentwegt betonte, musste Helen mehrere Dutzend Einladungen schreiben und dafür sorgen, dass sie rechtzeitig ankamen.

Anton hatte sie schon fast eine Woche nicht mehr gesehen, eine Tatsache, die ihre Laune von Tag zu Tag schlechter werden ließ. Hinzu kam, dass zwar seine Eltern auf der Gästeliste standen, er jedoch vergessen worden war. Wollte Helen den Herbstball mit ihm begehen, blieb ihr nichts anderes übrig, als darum zu bitten, der Liste einen weiteren Namen hinzufügen zu dürfen.

Sie fand ihre Mutter in der Lobby. In einem ihrer schönsten Kleider begrüßte sie gerade ein Gästepaar, das ihr offensichtlich besonders wichtig war, sonst hätte sie kaum dieses übertriebene Lächeln aufgesetzt. Als der Herr sich umwandte, erkannte Helen den Rothenburger Bürgermeister Karl Mann. Ihre Mutter winkte ihr hektisch zu und bedeutete ihr so, die Gäste zu begrüßen.

»Welche Ehre, Sie in unserem Haus willkommen zu heißen.«

»Es ist uns ein Vergnügen. Meine liebe Gattin hat mir den ganzen Sommer über in den Ohren gelegen, dass wir in diesem Jahr doch auch die Annehmlichkeiten einer Hotelübernachtung genießen sollten, statt in der Nacht des Balls noch nach Hause zu laufen. Wir sind in der Hoffnung gekommen, dass die Zimmer zum Herbstball noch nicht ausgebucht sind.«

»Ein großartiger Einfall.«

Helen wartete geduldig, bis Henriette die hochrangigen Gäste an den Empfang begleitet und ihren Rezeptionisten Franz Gerke instruiert hatte, ein außerordentlich schönes Zimmer für den Bürgermeister und seine Gattin zu reservieren.

»Mutter, ich möchte Sie um etwas bitten.« Helen lief eilig neben Henriette her, die schon wieder durch die Lobby eilte und offenbar nicht sehr glücklich darüber war, dass Helen ihr ihre kostbare Zeit stahl.

»Muss das jetzt sein, Liebes? Das Menü ist noch nicht zur Gänze abgesprochen, und die Bestellungen müssen durchgesehen werden. Es sind noch unzählige Dinge zu tun, und uns bleiben nur noch zwei Wochen.«

»Nur eine Minute.«

Ihre Mutter blieb abrupt stehen und sah Helen lächelnd an. »Du hast recht. Für dich sollte ich mir immer Zeit nehmen. Worum möchtest du mich bitten?«

»Heute gehen die letzten Einladungen an unsere Gäste. Ich würde gerne noch jemanden auf die Gästeliste setzen.«

Ihre Mutter zog langsam ihre Augenbrauen in die Höhe und sah sie abwartend an. Da Helen nicht recht wusste, wie sie noch weitere Erklärungen abgeben konnte, ohne sich und ihre Gefühle sofort zu verraten, schwieg sie.

»Du wirst mir sagen müssen, um wen es geht, wenn du eine Erlaubnis möchtest.«

Helen atmete tief ein und sah ihre Mutter an. »Nun, Lissi hat als Tochter von Sophie und Theodor eine Einladung erhalten. Allerdings haben wir es versäumt, dem Sohn deiner alten Freundin Hanna ebenfalls eine Einladung zukommen zu lassen. Ein Versehen, das ich gern beheben würde.«

Über das Gesicht ihrer Mutter huschte ein Lächeln. »Gehe ich recht in der Annahme, dass es dir weniger um das Versehen als solches als vielmehr um Anton geht?«

Helen schluckte und sah zu Boden. Den ganzen Sommer über war sie bemüht gewesen, ihre Treffen mit ihm geheim zu halten. Weder hatte er ihr im Hotel aufgewartet, noch hatte sie die Seifensiederei öfter aufgesucht, als aufgrund der Geschäftsbeziehungen zwischen ihren Häusern nötig gewesen wäre.

»Du dachtest doch nicht, dass die Tauberstädter diese Art von Klatsch für sich behalten. Irgendwer sieht immer irgendwas.«

»Wir waren sehr diskret«, murmelte Helen.

»Nicht diskret genug. Ausgerechnet Hans Gräber hat mir mit großer Empörung davon berichtet. Erbost sprach er davon, dass er nie für möglich gehalten hätte, dass du dich in eine bestehende Liebesbeziehung drängst.«

Helen atmete entsetzt ein und kniff ihre Augen zusammen. Sie wollte sich gerade verteidigen, doch Henriette schnitt ihr mit einer Handbewegung das Wort ab.

»Du musst dich nicht aufregen. Das habe ich schon für dich erledigt. Ich habe dem schnöseligen Gräber erklärt, dass er sich besser um seine Angelegenheiten kümmern sollte. Dass du ihn abgewiesen hast, gibt ihm nicht das Recht, Gerüchte in die Welt zu setzen und deinen Ruf zu ruinieren. Nie hättest du dich einer glücklichen Beziehung in den Weg gestellt. Es ist vielmehr so, dass Freundschaften so manches Mal neu überdacht werden müssen, bevor bindende Versprechen gegeben werden.«

Helen lachte glucksend auf und schlug sich erschrocken die Hand vor den Mund. »Das haben Sie nicht wirklich zu ihm gesagt, Mutter!« Am liebsten wäre sie ihr an Ort und Stelle um den Hals gefallen, so sehr liebte sie sie in dieser Sekunde.

»Selbstverständlich habe ich das. Der gute Hans Gräber war so beleidigt, dass er sogar daran dachte, die Geschäfte mit unserem Hotel aufzukündigen. Am Ende siegten Gier und die Einsicht, dass es wohl genug war, die Frau seiner Träume zu verlieren. Da musste ihm nicht auch noch Geld durch die Lappen gehen.«

Helen konnte sich nicht mehr zurückhalten. Lachend fiel sie ihrer Mutter um den Hals und bedankte sich. »Sie stecken voller Überraschungen.«

»Wenn du wüsstest«, gab Henriette geheimnisvoll zurück und schob Helen sanft von sich. »Ganz allein mein Verdienst ist es nicht. Du solltest dich bei Gelegenheit auch bei deinem Vater bedanken. Er hat mich ermahnt, dir freie Hand zu lassen. Ich hoffe nur, du lässt mich niemals bedauern, dass ich dir diesen Vertrauensvorschuss gewähre.«

Die Worte ihrer Mutter verstand Helen sehr wohl als das, was sie waren: eine Mahnung, sich in der Öffentlichkeit zumindest so weit zurückzuhalten, dass der Ruf des Hotels keinen Schaden nahm.

»Ich werde Ihnen keinen Kummer bereiten«, versprach Helen, obwohl sie sich ganz und gar nicht sicher war, ob sie Anton wirklich standhalten könnte, wenn er ihr irgendwann noch näher kommen wollte als ohnehin schon. Ihr Verlangen, das aufkam, wenn er sie küsste oder berührte, überraschte sie selbst am allermeisten.

»Und ich bestehe darauf, dass du mir bei nächster Gelegenheit erklärst, was genau dich mit Anton verbindet. Du darfst ihn selbstverständlich einladen«, sagte Henriette schließlich und rauschte davon.

Helen konnte den Verlauf dieses Gesprächs kaum fassen. Die Seite, von der sich ihre Mutter gerade gezeigt hatte, war ihr völlig neu. Was auch immer ihr lieber Herr Papa zu ihr gesagt hatte, trug offenbar Früchte. Henriette hatte nicht nur von dem Gedanken Abstand genommen, dass Helen den Brauereimeister heiratete, sondern sie hatte diesem auch deutlich zu verstehen gegeben, dass er es nicht wagen sollte, am Ruf des Hauses zu kratzen. Das war mehr, als sie ihrer Mutter je zugetraut hätte.

Helen war so aufgeregt, dass sie vier Anläufe brauchte, ehe die Karte für Anton geschrieben war. Sie schob diese letzte, besondere Einladung in ein Kuvert, schwang sich auf ihr Rad und machte sich auf den Weg in die Georgengasse. Der Abend war mild, die Sonne schien noch immer, und schon nach wenigen Metern musste sie anhalten, um ihren leichten Sommermantel auszuziehen und über den Lenker zu werfen.

Als sie den Verkaufsraum der Seifensiederei betrat, traf sie auf Antons Mutter Hanna. »So eine Überraschung! Sag bloß, euer Seifenvorrat im Hotel geht schon wieder zur Neige.«

»Guten Tag, Frau Schmieger. Nein, das nicht. Ich bin im Auftrag meiner Mutter hier. Wir würden uns sehr freuen, auch Anton auf dem Herbstball begrüßen zu dürfen. Sein Name stand versehentlich nicht auf Ihrer Einladung.«

Anton musste ihre Stimme gehört haben. Mit umgebundener Schürze kam er aus der Siederei in den Verkaufsraum gelaufen und strahlte übers ganze Gesicht.

Helen lächelte zurück und wandte den Blick ab, aus Angst, sich zu verraten.

»Stell dir vor, Helen hat persönlich deine Einladung zum Herbstball ins *Hotel Traube* vorbeigebracht«, sagte Antons Mutter langsam.

»Sehr schön«, antwortete Anton hölzern.

Hanna lachte plötzlich laut, und Helen und Anton zuckten gleichzeitig zusammen. »Ihr zwei«, sagte sie nur, nahm der völlig verdutzten Helen die Einladung ab und verließ mit den Worten »Er kommt sicher gern, ebenso wie wir, wenn es die Zeit erlaubt« den Raum.

»Was war das denn?«

»Wenn du mich fragst, hatte meine liebe Frau Mutter mich schon durchschaut, als ich es selbst noch nicht begriffen habe.«

»Wie meinst du das?«

Anton ging einen Schritt auf sie zu und legte behutsam seine Arme um ihre Taille. »Ich habe ihr schon an Pfingsten von meinem kurzen Abenteuer mit deinem Rad erzählt. Inzwischen bin ich fest davon überzeugt, dass Mutter schon damals wusste, was in mir vorging.«

»Wie schaffen Mütter so etwas nur?«, fragte Helen lachend und ließ zu, dass Anton sie sanft küsste.

»Ich habe dich so sehr vermisst«, sagte sie leise.

»So wie ich dich. Wirst du sofort wieder im Hotel erwartet?«

Helen schüttelte den Kopf. Ihren Teil der Vorbereitungen hatte sie erledigt, es würde sicher nicht weiter auffallen, wenn sie noch ein wenig blieb.

»Ich würde dir gern die Siederei zeigen«, sagte er und kratzte sich verlegen am Hinterkopf. »Natürlich nur, wenn es dich interessiert.«

»Ob es mich interessiert?«, fragte sie fast empört. »Wie könnte es nicht? Es ist das, was du ganz offensichtlich liebst. Zeig mir alles!«

Anton griff nach ihrer Hand, drückte sie kurz und presste dann liebevoll seine Lippen darauf. »Da ist sie wieder«, murmelte er, »diese unbändige Begeisterung, mit der du die ganze Welt anstecken kannst.«

Helen musste zugeben, dass es zu Beginn weniger Antons Handwerk war, das sie faszinierte, als vielmehr er selbst. Doch je mehr er sprach, umso mehr stieg ihre Neugier. Er erklärte nicht nur die unterschiedlichen Siedeverfahren, sondern nannte auch die verschiedenen Seifen, die dabei zustande kamen.

»Um eine starke Kernseife herzustellen, braucht es eine gänzlich andere Zusammensetzung der Zutaten als für eine Toilettenseife. Der Vorgang ist eine Wissenschaft für sich. In der Vergangenheit mussten meine Eltern das Sieden selbst allerdings einstellen. Sie waren lange nicht sicher, ob sie das Familienhandwerk womöglich aufgeben müssen.«

»Warum das?«, fragte Helen. »Die Rothenburger lieben eure Produkte. Die Schmieger Seifen und Talglichte sind in etwa so berühmt wie unser herrliches Schneeballgebäck.«

»Das mag schon sein, aber auf Dauer mussten wir einen Weg finden, um mit den Billigpreisen der Konkurrenz mithalten zu können. Die Herstellung hier ist sehr viel kostenintensiver als in großen, dampfbetriebenen Seifenfabriken. Also haben wir die fertige Grundseife zu günstigen Fabrikpreisen eingekauft, eigene Parfümkreationen und Farben beigemischt und sie in eigens für uns entworfene Formen gebracht.«

»Verstehe«, sagte Helen. Sie hatte keine Ahnung davon, wie schwierig die Zeiten für kleine Handwerksbetriebe waren. Die Seifenmanufaktur genoss einen ausgezeichneten Ruf, trotzdem sah auch sie sich durch große Fabriken bedroht, die die Preise drücken konnten. »Ihr solltet eine eigene Fabrik errichten.«

»Daran denken wir gerade, aber das ist nicht so einfach. Hier in der Georgengasse fehlt uns der Platz dafür.«

Helen wusste, warum Anton und ihr Onkel in letzter Zeit so oft in Gespräche vertieft waren. Sie hätte ihn gern gefragt, welche Chancen Theodor für ein Vorhaben dieser Größenordnung sah, doch sie wollte nicht indiskret sein.

»Ich würde dich gern einladen«, sagte Anton plötzlich.

»Wohin denn?«

»Hierher, in die Siederei. Wenn du keine anderen Pläne hast, komm doch am Samstagnachmittag zu mir. Wir schließen am frühen Nachmittag. Vater und Mutter wollten ins Tal, um sich das neu eröffnete *Hotel- und Kurhaus Wildbad* anzusehen. Da sie die große Eröffnung im Juni leider verpasst haben, wollen sie ihre Besichtigung nachholen.« Anton grinste. »Ich habe ihnen außerdem aufgetragen, sich bei der Gelegenheit auch gleich vorzustellen. Ein Hotel und Kurhaus verfügt sicher über jede Menge sanitäre Einrichtungen und braucht nichts so dringend wie Seife.« Er lächelte vergnügt, es war nicht zu übersehen, wie viel Spaß es ihm bereitete, neue Vertriebswege zu erproben. Abgesehen davon bedeutete seine Einladung, dass sie endlich wieder Zeit füreinander haben würden.

Helen spürte ein sanftes Ziehen in der Magengrube. »Ich komme liebend gern.«

Auf dem Nachhauseweg nahm sie einen Umweg. Das Wetter war herrlich, und da sie wusste, dass die kalte Jahreszeit das Radeln schon bald unmöglich machen würde, wollte sie die Gelegenheit nutzen. Sie fuhr die Galgengasse stadtauswärts, passierte das Galgentor und fuhr dann an der Stadtmauer entlang in Richtung Rödertor. Die Niedergeschlagenheit der vergangenen Tage war verschwunden, denn sie wusste, dass ihr nächstes Wiedersehen nicht lange auf sich warten lassen würde. Sie ahnte, fürchtete und hoffte, dass diesmal alles anders werden würde. Bisher hatten sie bei ihren Treffen stets darauf geachtet, keine Gerüchte aufkommen zu lassen. Berührungen oder vereinzelte Küsse hatten sie sich nur gestattet, wenn sie sich allein wähnten. Doch am Samstag würden sie sich nicht in der Öffentlichkeit treffen. Sie würden Seife sieden und dabei allein sein.

Helen bremste und lehnte ihr Gefährt gegen einen Baum. Ihre Hände zitterten so stark, dass sie befürchtete, ihr Rad nicht mehr lenken zu können. Sie dachte an die Nacht im Hotelsalon zurück. Seit damals hatte es keinen Tag gegeben, an dem sie sich nicht ihren Tagträumen hingegeben hatte. Nun würden diese Träume Realität werden.

14

Samstag, 12. September 1903

Anton Anton hatte schon am Vormittag mit den Vorbereitungen begonnen. Während sein Vater über der Buchhaltung brütete, was eigentlich seine Aufgabe gewesen wäre, und seine Mutter die Kunden im Laden bediente, hatte er sich in die Werkstatt verkrochen und die Zutaten abgewogen. Fett, Lauge und Natronsalz standen ebenso bereit wie Duftstoffe und Farben. Da sie nur kleine Mengen zur Probe herstellen würden, kramte er den alten Kupferkessel hervor, der noch aus Zeiten stammte, in denen seine Mutter Hanna das Siedehandwerk von ihrem Vater gelernt hatte. Er dachte sogar daran, eine zweite Schürze und eine Haube für Helen zurechtzulegen.

Als alles vorbereitet war, gesellte er sich zu seiner Mutter und übernahm die Kasse, während sie die Kundschaft bediente. Für einen Samstag Mitte September herrschte reger Betrieb, was ihm und seiner Aufregung sehr entgegenkam.

»Möchtest du mir vielleicht erzählen, was in dich gefahren ist?«, fragte seine Mutter, nachdem sie den letzten Kunden verabschiedet und die Ladentür verschlossen hatte.

Da er wusste, dass Helens nachmittäglicher Besuch

ohnehin nicht geheim zu halten war, immerhin lebten sie in Rothenburg, beschloss Anton, bei der Wahrheit zu bleiben. Heimlichtuerei war längst nicht mehr nötig, denn er hatte inzwischen auch Eva erklärt, warum eine Trennung unausweichlich war. Sie war am Boden zerstört gewesen, doch sie hatte auch verstanden, dass er seine Gefühle nicht steuern konnte. Dann hatte sie ihn mit den Worten verabschiedet, dass sie ihn von Herzen liebte und nur sein Glück wollte.

All die dunklen Wolken, die sich seit den Pfingsttagen immer wieder aufgetan hatten, weil sein Gewissen ihn quälte, waren verschwunden. Anton war bei der Wahrheit geblieben und hatte reinen Tisch gemacht. Nun gab es keinen Grund mehr, sich zu verstecken.

»Anton?«

Er zuckte zusammen und stammelte eine Entschuldigung.

»Genau das meine ich. Wo bist du nur mit deinen Gedanken? Ich habe gefragt, ob du mir nicht sagen möchtest, was in deinem Kopf vorgeht.«

»Ich bin aufgeregt«, sagte er geradeheraus. »Den heutigen Nachmittag werde ich mit Helen verbringen. Stellen Sie sich nur vor, sie interessiert sich für unser Handwerk. Ich habe sie eingeladen, mit mir gemeinsam Seife zu sieden.«

Antons Mutter zog langsam die Augenbrauen in die Höhe und schmunzelte fröhlich. »Soso«, sagte sie nur.

»Was soll das nun wieder heißen?«

»Ach, nichts weiter. Nur, dass es mich freut, dass euer Katz-und-Maus-Spiel endlich ein Ende hat.«

»Es war weniger ein Spiel als vielmehr Rücksicht«, gab er zurück, und seine Mutter nickte.

»Natürlich. Und das war auch richtig so. Immerhin warst du lange Zeit mit Eva, nun, sagen wir, befreundet. Und sie ist ein gutes Mädchen. Jede Rücksicht in dieser schweren Zeit hat sie mehr als verdient. Wann wird Helen hier sein?«

»Ich erwarte sie gegen vier.«

Hannas Blick ging zur Uhr, die über der Ladentür hing. »Schade, das reicht wohl nicht mehr.«

Anton sah seine Mutter fragend an, und sie ergänzte: »Es wäre schön gewesen, dich heute im *Kurhaus Wildbad* dabeizuhaben. Immerhin leitest du inzwischen die Siederei, und es hätte sicher einen guten Eindruck gemacht, wenn du die geschäftlichen Belange mit Herrn Hessing geklärt hättest.«

Anton biss sich auf die Unterlippe. Seine Mutter hatte recht. Es ging darum, ein überaus renommiertes Kurhaus mit Seifen zu versorgen. Sollte sich Friedrich von Hessing auf diese Zusammenarbeit einlassen, hätten sie damit einen Großkunden an Land gezogen, der möglicherweise nicht nur einmalig, sondern dauerhaft bei ihnen einkaufen würde.

Da er die Verabredung mit Helen nicht absagen wollte, machte er einen Gegenvorschlag. »Wie wäre es, wenn Vater und Sie das heutige Treffen als Vergnügung betrachten und Herrn von Hessing lediglich um einen Gesprächstermin bitten? Sie könnten sich die Räumlichkeiten ansehen, ein Stück Kuchen genießen und ein wenig plaudern. Morgen beim Frühstück beraten wir dann gemeinsam, welche unserer Produkte für das Kurhaus infrage kämen. Die könnte ich zu besagtem Termin gleich mitbringen und vorstellen. Was meinen Sie?«

»Ausgezeichnete Idee. Wann haben Louis und ich uns

das letzte Mal ein Stück Kuchen gegönnt? Ich kann mich schon gar nicht mehr daran erinnern, also muss es viel zu lange her sein. So, und nun lasse ich dich allein. Viel Vergnügen mit Helen.«

»Danke, Mutter.«

Helen kam auf die Minute pünktlich. Mit geröteten Wangen und zerzausten Locken stieg sie vor dem Laden von ihrem Rad und klopfte an der verschlossenen Tür.

Antons Herz schlug schneller. Wortlos zog er sie in die Arme und hielt sie fest. »Möchtest du etwas trinken?«

Helen nickte dankbar und plapperte drauflos. Sie berichtete, dass in der *Traube* helle Aufregung ausgebrochen war, weil Hans Gräber sich plötzlich doch weigerte, Getränke für den großen Herbstball zu liefern.

»Mutter meint, er hätte meine Ablehnung noch immer nicht verwunden.«

»Und nun?«, fragte Anton und bemühte sich darum, nicht allzu erfreut zu klingen. Schon während ihres Essens in der *Bierhalle* vor Monaten hatte er sich daran gestört, dass der Brauereimeister so offenkundig mit Helen schäkerte.

»Mutter stand kurz vor einem Nervenzusammenbruch. Es ist nur Vater zu verdanken, wenn die Katastrophe am Ende ausbleibt. Er ist jetzt auf dem Weg nach Reichelshofen, um die dortige Brauerei zu beauftragen.«

Anton verschloss das Ladenlokal wieder, und sie liefen gemeinsam in die Siederei hinüber. Bevor sie mit der Arbeit begannen, nutzte er die Gelegenheit, um Helen näherzukommen.

»Du solltest das hier tragen, um dein hübsches Kleid nicht zu ruinieren.« Er trat auf sie zu, legte ihr die Schürze an und band die Schleife im Rücken zusammen. Er wollte sie einen Augenblick festhalten, doch Helen hatte wie so oft ihren eigenen Kopf. Abrupt drehte sie sich um, stellte sich auf die Zehenspitzen und küsste ihn leidenschaftlich. Dann löste sie sich sofort wieder von ihm und lief um den Tisch herum, auf dem er die Zutaten zurechtgelegt hatte.

»Was war das denn?«, fragte er lachend.

»Dringend nötig?«, gab sie fragend zurück. Dann ergänzte sie: »Bitte entschuldige, aber ich habe deine Küsse unsagbar vermisst. Ich bin natürlich froh, dass wir uns überhaupt gesehen haben, aber das ständige Achtgeben war anstrengender als erwartet. Dich nicht berühren und küssen zu dürfen, obgleich du doch direkt neben mir stehst, ist äußerst quälend, ja fast schon unmenschlich.«

»Jetzt verstehe ich, warum ganz Rothenburg so begeistert von deiner Vorstellung beim Meistertrunk war. Du bist für die Dramatik geboren.«

Helen warf ihren Kopf in den Nacken und lachte. »Diese Bemerkung sollte ich dir eigentlich übel nehmen, unterstellt sie doch, dass ich fürchterlich übertreibe.«

»Nicht doch, du hast schon recht«, sagte er, trat auf sie zu und gab ihr einen sanften Kuss in den Nacken, »es war schrecklich. Und auch jetzt muss ich mich in Zurückhaltung üben, immerhin haben wir etwas vor.«

Helen verzog ihren Mund zu einer Schnute. »Na gut«, sagte sie, klatschte dann jedoch aufgeregt in die Hände. »Sag an: Was muss ich tun?«

In der nächsten Stunde klebte Helen förmlich an Antons Lippen. Dabei hörte sie nicht nur einfach zu oder tat, was er ihr zeigte, sondern sie fragte nach. Sie wollte wissen, warum die Zutaten so und nicht in einer anderen

Reihenfolge vermischt werden durften, erkundigte sich nach der richtigen Temperatur und wie er diese feststellen konnte oder fragte, was passierte, wenn das Mengenverhältnis nicht mehr stimmte.

»Bei zu viel Lauge wird entweder die Masse zu dick, oder die Verseifung tritt so plötzlich ein, dass der Kesselinhalt ansteigt und überläuft.«

»Dann müsstest du die gesamte Masse entsorgen?«

»Nicht unbedingt. Manchmal lassen sich die zu dicken Klumpen durch Zugabe von Lauge wieder lösen. Das gelingt allerdings nur, wenn man dabei zufälligerweise das richtige Mischungsverhältnis erreicht. Klappt das nicht, wird die Seife ranzig und ist nicht mehr zu gebrauchen.«

Nachdem Anton ihr die Herstellung der Grundseife gezeigt hatte, stellten sie die Masse zum Auskühlen beiseite. Um für Helen eine eigene Kreation herzustellen, griff er zu einem Seifenstück, das er bereits vor etwas über einer Woche hergestellt hatte und das er nun parfümieren und färben wollte.

»Was machen wir damit?«, wollte sie wissen.

»So sieht die Grundseife aus, wenn sie getrocknet und erkaltet ist. Jetzt kommt der Arbeitsschritt, der die Seifen teuer und wertvoll macht.«

»Der Geruch?«

»Genau. Und natürlich auch die Farbe. Komm unters Fenster«, bat Anton und deutete auf die Glasfläschchen mit Duftstoffen, die er vorbereitet hatte. »Such dir einen aus.«

Helen nahm sich Zeit, und er genoss es, sie zu beobachten. Konzentriert und mit geschlossenen Augen wartete sie darauf, dass er ihr ein Fläschchen nach dem anderen unter die Nase hielt. Sie schnüffelte, wiegte ihren Kopf hin und her, sagte mal Ja, dann wieder Nein. Nach einigem Überlegen deutete sie am Ende auf ein Fläschchen, dessen Duft ihr gefiel, den sie aber nicht zuordnen konnte.

»Die hier gefallen mir. Könnte ich mir meine Seife selbst machen, dann müsste es einer oder eine Mischung aus diesen Düften sein.«

Anton lachte und strich ihr liebevoll eine Haarsträhne zurück, die aus ihrer Haube gerutscht war. »Genau dafür sind wir da. Schon vergessen? Um deine ganz eigene Seife zu kreieren. Kokosöl, Lemongras und Patchouliöl also, gut. Ergänzt um einige weitere Öle ergibt das eine herrliche Patchouliseife. Und welche Farbe soll deine Seife haben?«

Helen tippte mit der Fingerspitze einige Male gegen ihre Lippen und entschied dann: »Grün. Wie die Hoffnung. Ich finde, Grün ist eine wunderschöne Farbe!«

Er stellte die Duftfläschchen und einen Behälter mit getrockneten Blättern, die der Seife ihre neue Farbe geben sollten, auf den Arbeitstisch und lief dann in den hinteren Bereich der Werkstatt. Helen folgte ihm, und noch ehe sie nachfragen konnte, begann er zu erklären.

»Dieses Ungetüm ist unsere Piliermaschine.« Er zerschnitt den Seifenblock in kleinere Stücke und gab sie in einen Einfülltrichter. »Siehst du die Kurbel?«, fragte er, und Helen nickte. »Drehst du daran, setzen sich die Zylinder in Bewegung, und die Masse wird zwischen den Walzen zerdrückt. Dabei wird sie weich, fast wie eine Paste. In diese Paste mischen wir dann Duft- und Farbstoffe, kneten die Masse nochmals und pressen sie in Form.«

Helen versuchte sich an der Kurbel, brachte die Walzen jedoch nicht in Gang.

»Gar nicht so einfach, was?« Anton trat hinter sie und

legte seine Hände auf ihre. »Anfangs ist ein großer Kraftaufwand nötig, bis das erste Stück durchrutscht und die Walzen in Bewegung kommen.«

Er trat viel näher an Helen heran, als es eigentlich sein müsste. Als hätte sie nur darauf gewartet, schmiegte sie ihren Rücken an seinen Oberkörper und seufzte leise. Anton legte seine Wange an ihr Haar und schloss die Augen, während sie die restlichen Seifenstücke pilierten.

»Ich löse mich nur ungern von dir«, sagte er schließlich, »aber jetzt wäre der richtige Zeitpunkt, um Duftfläschchen und Blätter zu holen.«

Helen bog ihren Rücken durch und salutierte lachend. »Aye, aye, Käpt'n«, kicherte sie, tauchte unter seinen Armen weg und holte die verbleibenden Zutaten.

»Wäre es nicht einfacher, das Duftöl in die flüssige Seife zu mischen und zu verrühren?«

»Einfacher schon«, gab Anton zu. »Nur leider verfliegt der Duft dabei viel zu schnell wieder. Das Auswalzen ist aufwendig, aber genau das macht eine teure Seife eben aus. Selbst wenn nur noch ein kleiner feiner Rest davon übrig ist, wirst du Kokos, Patchouli und Lemongras noch riechen können.«

»Du meinst, ich darf etwas von der Seife mitnehmen?«

»Aber natürlich. Und wann immer du sie benutzt, wirst du hoffentlich an mich und an den heutigen Nachmittag denken.«

Nachdem sie die letzten Zutaten eingeknetet hatten, gab Anton die hellgrüne Masse in eine Form und presste sie zusammen. »Jetzt wird es laut«, warnte er Helen und schlug die Form umgedreht so lange auf die massive Arbeitsplatte, bis die Seife schließlich herausfiel.

»Da rüber?« Helen deutete auf die Schneidemaschine,

und Anton nickte. Mit letzten geschickten Handgriffen zeigte er ihr, wie man die große Form einspannte und in kleine Stücke zerschnitt.

»Mach du das ruhig«, sagte Helen. »Ich mache hiermit weiter.« Sie hatte das Seidenpapier entdeckt, das in einer halb offen stehenden Schublade lag, und machte sich daran, die Patchouliseife einzuschlagen.

»Und was kommt nun?« Erwartungsvoll sah Helen zu ihm auf, und das verführerische Lächeln, das ihre Lippen umspielte, verriet genau, wonach ihr der Sinn stand. Unter normalen Umständen hätte er jetzt die Siederei aufgeräumt, doch das würde warten müssen. Wortlos griff Anton nach ihrer Hand und zog sie an sich.

»Genug Seife für heute«, murmelte er und vergrub seine Nase in ihren Haaren.

Helen legte ihre Hände um seinen Hals und sah ihn lange an. »Das, was du hier machst, ist wirklich bedeutend. Ich wünschte, meine Familie würde so etwas Großartiges zustande bringen.«

Anton küsste sie, ohne auf ihre Worte zu reagieren. Es verschlug ihm fast die Sprache, dass sie nach über drei Stunden Arbeit in der heißen Siederei noch immer begeistert von dem war, was er tat. Seine Hände glitten über ihren Rücken nach oben und blieben auf ihren Schultern liegen, ehe er mit den Fingerspitzen sanft ihre Schlüsselbeine entlangfuhr. Sie erschauderte unter seiner Berührung, griff nach seinen Händen und drückte sie.

»Möchtest du etwas trinken?«, fragte er, denn seine eigene Kehle war plötzlich trocken.

»Gern. Vielleicht könnten wir unser Getränk ja in dein Zimmer mitnehmen, was meinst du?«

Anton schluckte und nickte. Eilig holte er eine Karaffe

und zwei Gläser aus der Küche und deutete nach oben. Im Zimmer angekommen, schaffte er es gerade noch rechtzeitig, beides abzustellen, denn schon in der nächsten Sekunde flog Helen förmlich in seine Arme. Gierig wühlten sich ihre Hände unter sein Hemd, während sie ihn leidenschaftlich küsste. Unter ihrer Berührung zuckte er zurück, doch sie folgte ihm, bis er die Wand im Rücken spürte.

»Du bist kitzelig?«, fragte sie glucksend.

»Ja.« Die Heiserkeit in seiner Stimme überraschte ihn selbst. Er trank einen Schluck, dann hob er Helen hoch, als wäre sie federleicht, und trug sie zu seinem Bett.

»Endlich«, seufzte sie leise, als er sich über sie beugte. »Ich habe mich so nach diesem Augenblick gesehnt.«

Anton wusste nicht, was genau dieser Augenblick war, doch sie würde ihn sicher spüren lassen, wie weit sie zu gehen bereit war.

15

Freitag, 18. Dezember 1903

Lisbeth Kurz vor Weihnachten spürte Lisbeth zum ersten Mal so etwas wie Heimweh. Die Wochen seit ihrem Umzug in die Pension waren aufregend und neu gewesen. Außerdem hatte sie sich stets in Gesellschaft befunden. Doch nun lag eine Art Aufbruchstimmung in der Luft, denn ausnahmslos alle Frauen würden zum Weihnachtsfest zu Eltern und Familie fahren.

Nach anfänglichem Durcheinander im Herbst hatte sich nun so etwas wie Routine eingestellt. Die Arbeiten im Haus waren gerecht verteilt worden. Es gab Kochdienste, Putzdienste, Wasch- und Einkaufsdienste, und Lisbeth trug ihren Teil zu einem geordneten Zusammenleben bei.

Heute war der letzte Freitag vor der Winterpause. Bis ins neue Jahr hinein würde Elises Malschule geschlossen bleiben, und die meisten der Frauen würden schon morgen die Pension für Tage oder Wochen verlassen.

Während Lissi damit begann, ihre Tasche zu packen, machte sich würzig-herber Geruch im Haus breit, und kurz darauf ertönte die alte Kuhglocke, mit der in der Bronnenmühle zum Essen gerufen wurde.

Lissi ließ ihren halb gepackten Koffer zurück und

stürmte mit den anderen Frauen die Treppe hinunter. In der Küche erwarteten sie Emma und Elise.

»Es gibt Gluhwein«, sagte Emma. Sie war die Tochter eines amerikanischen Kunsthändlers, und ihr Akzent machte es ihr praktisch unmöglich, Umlaute auszusprechen.

Ein letztes Mal, bevor das Jahr zu Ende ging, saßen sie also bei Wein und Gebäck in der Küche zusammen, und Elise ergriff das Wort.

»Meine Damen, ich danke Ihnen allen für Ihre Arbeit und Ihre Lernbereitschaft in diesem Jahr. Ohne Frauen wie Sie wäre mein Traum von einer eigenen Malschule unerfüllt geblieben, und ich freue mich sehr auf das Jahr 1904. Ihnen allen ein gesegnetes Fest.«

Mit dampfenden Krügen stießen sie an, dann ergriff plötzlich Paula, die Tochter eines Würzburger Schneiders, das Wort und sprach Lisbeth direkt an. »Du darfst es uns nicht übel nehmen«, begann sie, blies in ihre heiße Tasse und trank einen Schluck Glühwein. »Du weißt, wir alle mögen dich. Aber ich möchte diese Gelegenheit nicht verstreichen lassen, denn wir müssen dir etwas sagen.«

Lissi schluckte und starrte in die Gesichter der Frauen, von denen viele so aussahen, als könnten sie kaum noch an sich halten.

»Was gibt es denn?« Ihr Herz raste, denn sie wusste nicht, was sie nun erwartete.

»Ich sage es freiheraus: Deine Kochkünste sind wirklich grauenvoll.«

Die ersten Frauen begannen zu kichern, und Lisbeth atmete erleichtert aus.

»Right!« Emma nickte bekräftigend und legte dann grübelnd den Finger an die Lippen. »Wir alle bitten dich darum, die Kusche nur noch zum Essen, Trinken oder Putzen zu betreten.«

Lisbeths Blick ging zu Elise. Sie hatte noch immer nicht ergründet, warum ihr so wichtig war, was die Künstlerin von ihr dachte. Elises breites Lächeln und die in die Höhe gezogenen Augenbrauen verrieten allerdings, dass sie sich prächtig amüsierte und sich nicht um irgendwelche Kochkünste scherte.

»Eine Ausnahme gäbe es noch«, überlegte Paula laut. »Wenn Emma kocht, darfst du ihr selbstverständlich über die Schulter schauen und versuchen, dir Rezepte oder hilfreiche Handgriffe einzuprägen.«

Lisbeth fiel in das Gelächter der Frauen ein und stimmte zu, sich vom Herd fernzuhalten und dafür den einen oder anderen Putzdienst mehr zu übernehmen.

Statt zu packen, wurde der Abend mit den Frauen laut und lustig. Schon nach kurzer Zeit saß Emma am Klavier und gab ein Lied nach dem anderen zum Besten. Lissi verstand die Texte zwar nicht, da sie in ihrer Muttersprache sang, doch Emmas Stimme war wundervoll, und mit ihrer fröhlichen Mimik nahm sie augenblicklich alle Frauen für sich ein.

Nach einem Lied, das sie als *Absence makes the heart go fonder* ankündigte, wandte sie sich um und rief: »Gluhwein bitte!« Doch die Pause war nur von kurzer Dauer. Sie stürzte das Gebräu hinunter, wischte sich mit ausladender Geste über den Mund und rief dann: »Das next Song heißt *A Bird in a gilded cage* und ist die Beweis, dass mit Geld allein Nobody glucklich wird.«

Sie sang und spielte Klavier und lachte und trank, und all die anderen Frauen taten es ihr gleich. Elise war die Erste, die nach einem Stuhl griff. Lisbeth wusste sofort, was sie vorhatte, und half ihr. Gemeinsam schoben sie Tische und Stühle beiseite und begannen zu tanzen. Schon bald stiegen ihr Glühwein und die ausgelassene Stimmung zu Kopf. Den anderen Frauen erging es nicht anders. Lachend, scherzend und tanzend lagen sie sich in den Armen, stießen miteinander an oder liefen für eine kurze Verschnaufpause in den Garten hinaus.

Auch Lissi brauchte irgendwann eine Pause. Ihr schwirrte der Kopf, und sie war vom Tanzen vollkommen außer Atem. Sie lief hinaus und starrte in den Sternenhimmel. Sie konnte sich nicht daran erinnern, je so ausgelassen und fröhlich und frei von Benimmregeln gefeiert zu haben.

»Und«, ertönte Elises Stimme hinter ihr, »gibst du schon auf?«

»Nur für einen Moment.« Lisbeth wandte sich zu ihr um und lächelte. »Ich bin so froh, dass ich den Schritt gewagt habe und in deine Pension gezogen bin.«

»Ist ein lustiger Haufen da drin, oder?« Elise deutete mit dem Kopf in Richtung Küche und nippte an ihrem Glühwein.

»Wusstest du von Emmas Talenten?«

Elise lachte auf und schüttelte den Kopf. »Ich hatte keine Ahnung, aber immer auf jemanden wie sie gehofft.«

»Darum das Klavier?«

»Genau.«

»Sie ist mit Stimme und Schauspielkunst gesegnet.« Lissi zog fröstelnd ihre Schultern hoch. »Ich sollte wieder hineingehen. So verschwitzt, wie ich bin, hole ich mir noch eine Erkältung.«

»Wirst du über die Weihnachtsfeiertage auch zu deinen Eltern gehen?«, fragte Elise, während sie wieder ins Haus zurückliefen. Im langen, schmalen Flur vor der Küche blieben sie noch einmal stehen.

»Ja. Allein hier unten im Tal würde ich mich ziemlich gruseln, fürchte ich.« Lisbeth wunderte sich selbst darüber, dass sie diese Angst so offen zugab. Vermutlich hatte der Alkohol sie geschwätziger gemacht, als sie eigentlich war.

»Ich hätte dich hier sicher nicht allein gelassen.« Elise sah sie ohne jede Scheu an und legte ihr dann behutsam die Hand auf die Wange. »Ich bin schließlich verantwortlich für euch.«

Lisbeth spürte ihren eigenen Herzschlag, und in diesem Moment war sie glücklich. Sie schmiegte ihren Kopf in Elises Hand und warf ihr eine Kusshand zu. »Das ist gut zu wissen. Aber ich werde trotzdem zu meinen Eltern in die Stadt gehen. Sie wären andernfalls tödlich beleidigt.« Ohne darüber nachzudenken, griff Lissi nach der Hand der Künstlerin, zog sie an ihre Lippen und drückte einen Kuss darauf. Bei jeder anderen Frau wäre sie vermutlich jetzt vor Scham im Boden versunken und hätte sich stammelnd entschuldigt. Doch Elise war nicht wie jede andere, das hatte sie längst gespürt. Die Künstlerin war offen und herzlich und hatte so viel Humor, dass es wohl für sie alle in diesem Haus reichen würde. Aber sie war auch geheimnisvoll, und genau das faszinierte Lisbeth an ihr.

Sie war alt genug, um ihre Gefühle einzuordnen. Das, was sie mit der Künstlerin verband, ging über eine gewöhnliche Freundschaft unter Frauen hinaus. Und obwohl sie sicher war, dass sie Max aus tiefstem Herzen liebte, wusste sie, dass sie Elises Nähe ebenso genoss.

Lisbeths Gedanken drehten sich im Kreis, und sie

vermochte nicht, sie festzuhalten. Elise schien zu ahnen, was in ihr vorging. Sie beugte ihren Kopf nach vorn und kam ganz nah an Lissis Ohr heran. »Solltest du dich langweilen, weißt du, wo du mich findest. Ich habe hier keine Familie. Ich würde mich über Gesellschaft an den Feiertagen freuen. Vor allem über die deine.«

Das Gesicht der Künstlerin war plötzlich ganz dicht vor ihrem. Lisbeths Herz raste, und sie hatte das Gefühl, der Flur, in dem sie noch immer standen, würde sich um sie drehen. Sie fühlte sich, als würde sie von außen gelenkt. Sie nahm Elises Gesicht zwischen ihre Hände und starrte sie sekundenlang an. Sie wusste genau, was sie sich in diesem Moment am allermeisten wünschte, doch sie brachte den Mut dazu nicht auf und senkte den Blick.

Elise griff unter ihr Kinn, hob es an und zwang Lisbeth so, sie wieder anzusehen. »Alles in Ordnung?«

Lisbeth biss sich auf die Lippen. »Ich bin mir nicht sicher. Das hier ist … Nun, ich kann es nicht einordnen.«

»Musst du das denn?«, fragte Elise. Und dann nahm sie Lisbeth die Entscheidung ab.

Behutsam trafen sich ihre Lippen. Als würden sie beide erst kosten müssen, ob ihnen das, was ihre Lippen nun berührten, auch schmeckte. Lissi schloss ihre Augen und ließ sich fallen. Ihr Kopf hatte sich einfach ausgeschaltet, und sie genoss die Gefühlsstürme, die in dieser Sekunde in ihr entfacht wurden.

Als sie sich voneinander lösten, tastete Lisbeth haltsuchend nach der Wand. Dann schüttelte sie fassungslos den Kopf. Sie hätte sich gern eingeredet, dass dieser Moment dem Glühwein geschuldet war, doch sie wusste es besser.

Schweigend sahen sich die Frauen an, und Elise war die Erste, die ihre Sprache wiederfand. »Verwirrend, aber genau so unfassbar zärtlich, wie ich es mir ausgemalt habe.«

»Du hast dir ausgemalt, mich zu küssen?«

»Ja. Du etwa nicht?«

Lisbeth dachte über ihre Antwort nach. Sie wollte Elise nicht verletzen, andererseits war sie es sich aber auch schuldig, bei der Wahrheit zu bleiben. »Nein. Ja, doch. Aber ich dachte nicht, dass es je dazu kommen würde. Ich war bisher immer nur an männlicher Gesellschaft interessiert, wenn man von Freundinnen einmal absieht.«

»Das muss sich auch nicht ändern. Gefühle sind selten wie erwartet und fragen nicht, ob sie einen überkommen dürfen. Was nutzt es schon, nach Erklärungen zu suchen?«

Lisbeth schwieg. Sie war nicht mehr in der Verfassung, klar zu denken. Und was auch immer dieser Moment hier zu bedeuten hatte, sie würde ihn wie einen Schatz in ihrer Erinnerung behalten. Sie dachte an Max, und Gewissensbisse überkamen sie. Andererseits wusste sie genau, dass sie diesen Kuss für nichts in der Welt eintauschen wollte.

»Ach, hier seid ihr!« Paulas Stimme riss sie aus ihren Gedanken. Elise trat unauffällig einen Schritt zurück, doch Paula war viel zu betrunken, um zu erkennen, was sich hier gerade abgespielt hatte. »Schau mal, wer da ist!«, rief sie mit schwerer Zunge. Sie trat beiseite, und hinter ihr kam Max' dunkler, verstrubbelter Lockenkopf zum Vorschein.

»Max!« Lissi konnte ihre Überraschung kaum verbergen und war heilfroh, dass der Flur im Halbdunkel lag.

Andernfalls hätte er vermutlich sofort gesehen, dass sie gerade rot anlief.

»Ich wollte dich überraschen und habe deine Eltern extra darum gebeten, mein Kommen nicht zu verraten.«

»Dann lasse ich euch zwei wohl besser allein.«

Lisbeths Magen verkrampfte sich, und in dieser Sekunde fühlte sie sich elend. Doch als sie Elise ansah, bemerkte sie, dass die Künstlerin lächelte. Ihre Augen strahlten noch die gleiche Wärme aus, mit der sie sie zuvor schon angesehen hatte. Elise legte ihr beide Hände auf die Oberarme, trat einen Schritt auf sie zu und gab ihr einen Kuss auf die Wange. »Frohe Weihnachten«, sagte sie ohne jeden Groll und verschwand zu den anderen Frauen in die Küche.

»Was machst du denn hier draußen?«, fragte Max, nahm Lisbeth überschwänglich in die Arme und wirbelte sie herum.

»Das Gleiche könnte ich dich fragen.«

»Ich wollte dich abholen. Ich konnte ja nicht ahnen, dass ihr hier euer eigenes vorgezogenes Pensions-Weihnachtsfest feiert.« Er stellte Lisbeth wieder auf die Füße und gab ihr einen Kuss.

»Ich kann meinen Eltern heute auf keinen Fall mehr unter die Augen treten.« Sie bemühte sich um eine feste Stimme, doch Max erkannte das Problem trotzdem sofort.

»Da hat wohl jemand zu viel Glühwein erwischt«, lachte er. »Also gut, dann fahre ich zurück in die Stadt und sage deinen Eltern, dass du erst morgen kommst, weil Fräulein Mahler so nett war, heute eine kleine Weihnachtsfeier für ihre Schülerinnen auszurichten.«

»Das würdest du tun?«, fragte Lisbeth erleichtert.

»Für dich würde ich alles tun.« Max küsste sie auf die Wange und verabschiedete sich. »Morgen Vormittag hole ich dich ab. Dann musst du deine Tasche nicht selbst den Berg hinauftragen.«

Als Lisbeth an diesem Abend in ihrem Bett lag, waren ihre Gedanken wieder klar, denn nachdem Max die Pension verlassen hatte, hatte sie den Glühwein stehen lassen und stattdessen tüchtig gegessen. Keine der Frauen war vor Mitternacht ins Bett gekommen. In den Stunden nach Max' Auftauchen hatte Elise nicht den Eindruck gemacht, als wäre sie enttäuscht.

Als Lissi gegen halb zwei zu ihrem Zimmer hinauflaufen wollte, hatte die Künstlerin sie zurückgehalten und noch einmal in den Garten gebeten.

»Es tut mir so leid«, hatte Lisbeth sofort begonnen, »ich hätte dir von Max erzählen müssen. Das alles kam so schnell, ich …«

»Lissi«, unterbrach Elise, »du musst nichts erklären. Glaubst du, ich habe deine Gespräche mit Anastasia während der Zeichenstunden im Ochsenbau nicht mitbekommen? Ich hätte schon taub sein müssen, um nicht zu hören, dass Max Peters zu deinem und sein Bruder Wastl zu ihrem Leben gehört.«

»Aber der Kuss?«

Elise lachte. »Du denkst zu viel mit dem Kopf. Dein Herz sollte dir immer wichtiger sein.«

»Und wenn das Herz nicht weiß, was es will?«

»Dann lass ihm Zeit, es herauszufinden.« Elise hatte sich einige Haarsträhnen aus dem Gesicht gestrichen und abrupt das Thema gewechselt. »Warst du schon einmal auf Capri?«

»Äh, was?«

»Capri. Ich war vor einigen Jahren schon einmal dort, um zu malen. Im Frühjahr werde ich wieder hinreisen.«

Lissis Herz raste, und sie vermochte kaum, ihr Entsetzen zu verbergen. »Aber was wird dann aus uns?«

»Ich habe würdigen Ersatz gefunden. Eine renommierte Künstlerin aus Hamburg wird mich im Ochsenbau vertreten.«

Lisbeth schluckte. Sie sollte sich darüber freuen, dass ihre Unterrichtsstunden weiterhin stattfinden würden. Doch sie war viel zu entsetzt. Sie war sich sicher, dass ihr die Malschule ohne Elise keinen Spaß machen würde. »Ich werde dich schrecklich vermissen.«

»Nun, das musst du nicht, wenn du nicht willst. Du kannst mich begleiten.« Lisbeth öffnete den Mund, doch Elise legte ihr die Hand darauf, bevor sie etwas erwidern konnte. »Lass dir Zeit zum Nachdenken. Ich weiß doch, wie schwer es dir fällt, Entscheidungen zu treffen. Wir sehen uns spätestens in der zweiten Januarwoche in der Malschule wieder. Bis dahin hast du sicher alles Für und Wider gegeneinander abgewogen. Ich würde mich jedenfalls freuen, eine großartige Künstlerin an meiner Seite zu wissen, und die Maler, die ich dort treffen und mit denen ich dort zeichnen möchte, wären begeistert von dir, dessen bin ich mir sicher. Und Lisbeth, es ist keine Lebensentscheidung. Ich hätte dich auch ohne diesen Kuss um jeden Preis dabeihaben wollen. Es ist eine Studienreise, und du bist meine beste Studentin.«

»Und Freundin, hoffe ich«, hatte Lissi ergänzt, und Elise hatte gelächelt.

Nun lag sie in ihrem Bett und fand keinen Schlaf. Doch anders als sonst, stand ihr Entschluss schon fest, bevor die Sonne aufging: Lisbeth wollte das Abenteuer Capri unbedingt, und das lag nicht nur daran, dass sie Elise auf eine ganz besondere Art ins Herz geschlossen hatte. Sie würde endlich etwas von der Welt sehen, das nicht in engen Stadtmauern eingeschlossen war. Ihre Mutter hatte ihr eine Tür geöffnet, und Lisbeth würde hindurchgehen.

16

Montag, 23. Dezember 1872

Henriette

Henriette war damit beschäftigt gewesen, ihre Mutter zu versorgen. Sie bat die völlig überrumpelte Dienstmagd Isabella darum, das Riechsalz zu holen. Dann befeuchtete sie Tücher und legte sie ihrer Mutter in den Nacken und auf die Stirn. Sie war so in Sorge gewesen, dass sie gar nicht bemerkt hatte, dass Sophie die Stube irgendwann verlassen hatte. Das ging ihr erst auf, als sie plötzlich gemeinsam mit Theodor auf der Türschwelle stand.

»Du bist also zurück.« Die Stimme ihres Bruders klang so vertraut, als hätte es die Jahre ihrer Abwesenheit nicht gegeben. Aufmerksam sah er sie aus seinen wässrig blauen Augen an. Henriette erhob sich. Sie hatte neben ihrer Mutter gekniet, die ausgerechnet in diesem Moment ihre Augen wieder aufschlug.

»Henriette.« Obwohl ihre Mutter nicht mehr als ihren Namen sagte, klang es, als würde sie gleichzeitig unzählige Fragen stellen.

»Wie geht es Ihnen?« Henriette griff nach den Händen ihrer Mutter und streichelte sie behutsam.

»Bitte entschuldige diesen unnötigen Schwächeanfall.« Sie riss ihre Augen auf und schüttelte den Kopf, als könnte sie selbst nicht fassen, dass ihre Beine ihr gerade den Dienst versagt hatten. »Ich habe mir diesen Moment Tausende Male ausgemalt. So lief er in meiner Fantasie nie ab.« Elisabeth lachte auf, und Henriette lächelte zaghaft zurück.

»Darf ich jetzt wohl meine lang vermisste Schwester in die Arme schließen?«

Henriette wandte sich zu ihrem Bruder um. Mit einem liebevollen Lächeln im Gesicht stand er vor ihr und schien nur darauf zu warten, dass sie sich in seine weit geöffneten Arme fallen ließ.

Der warmherzige Empfang ihrer Familie war zu viel für Henriette. Sie brach in Tränen aus und bat stammelnd und schluchzend um Vergebung. Endlose Minuten lang hielt Theodor sie umschlungen und strich ihr tröstend über den Rücken. Dabei hätte doch sie diejenige sein müssen, die Mutter und Bruder tröstete – war doch auch sie diejenige gewesen, die ohne ein Wort des Abschieds gegangen war.

»Ich habe Tee und Gebäck aufgetragen.« Isabella lächelte und deutete höflich in Richtung Speisezimmer. »Und es ist mir eine außerordentliche Freude, auch Ihren Platz wieder eindecken zu dürfen, Fräulein Hartmann.«

Henriette schluckte und wischte sich die Tränen aus dem Gesicht. »Danke, Isabella.« Sie lief auf das Dienstmädchen zu und griff nach ihren Händen. »Auch bei dir muss ich mich entschuldigen. Dafür, dass du so häufig diejenige warst, die meine schrecklichen Launen ertragen musste.«

Isabella lächelte. »Danke für Ihre Worte.«

Kurz darauf betrat Henriettes Vater Christian das Haus, und auch er brauchte einige Zeit, um die Rückkehr seiner Tochter zu begreifen.

Dann endlich saßen sie alle gemeinsam um den großen Esstisch herum. Jeder von ihnen hatte seinen angestammten Platz eingenommen, und es war fast so, als hätte es die Jahre voller Kummer nicht gegeben.

Die bedingungslose Zuneigung ihrer Familie führte dazu, dass Henriette offen und ehrlich alle Fragen beantwortete, die ihr gestellt wurden. Sie erzählte von ihrer Schwangerschaft, davon, dass Angst und Scham dazu geführt hatten, dass sie Rothenburg verlassen hatte, von ihrer glücklichen Zeit mit ihrer Tochter Gertrud und von deren tragischem Tod, den sie trotz aller Bemühungen nicht hatte verhindern können.

Eltern, Bruder und Schwägerin hingen an ihren Lippen und unterbrachen sie kaum. Erst als sie gestand, wo und unter welchen Umständen sie lebte, ergriff Theodor das Wort.

»Auf keinen Fall gehst du nach Ansbach zurück.« Die Entschlossenheit in seiner Stimme ließ Henriette aufhorchen. Ihr Bruder war tatsächlich ein anderer geworden. Er hatte an Willensstärke gewonnen, ohne dabei aufdringlich zu wirken, und es wunderte sie nicht mehr, dass er als Advokat einen hervorragenden Ruf genoss.

»Nun, ich sollte mich zumindest von Marga verabschieden«, überlegte sie. »Sie ist überhaupt erst der Grund dafür, dass ich meine Angst endlich überwunden habe.« Mit knappen Worten erklärte sie, dass die Freundin ihr keine Wahl gelassen und sich inzwischen sicher in einem der Rothenburger Gasthäuser einquartiert hatte.

»Dann werden wir uns bei dieser Frau bedanken müssen.« Christian Hartmann erhob sich und trat ans Fenster. Erst jetzt erkannte Henriette, dass ihr Vater humpelte.

»Sind Sie verletzt, Vater?«

Die betretenen Gesichter und das plötzliche Schweigen im Raum ängstigte Henriette. »Was ist passiert?«, fragte sie erneut.

»Doktor Schmieger ist sich nicht sicher. Er spricht von möglichen Entzündungen in den Gelenken und hat dazu geraten, einen Spezialisten aufzusuchen. Bisher weigert sich unser Herr Vater allerdings.«

»Was sollte ein zweiter Arzt bringen? Alles, was Doktor Schmieger bisher diagnostiziert hat, hat sich bewahrheitet. Die Schmerzen werden schlimmer, meine Gelenke werden steif, und irgendwann werde ich wohl nicht mehr laufen können. Kein Arzt kann Wunder bewirken, also werde ich mich damit abfinden müssen.«

Henriette sah ihren Bruder fragend an, doch der hob nur resigniert die Hände. Sie wollte etwas entgegnen, doch er schüttelte kaum merklich den Kopf und bedeutete ihr, nicht weiter nachzufragen.

»Nun«, wechselte ihre Mutter Elisabeth abrupt das Thema, »ich werde mich darum kümmern, dass Isabella dein Zimmer wieder herrichtet.«

»Das kann ich selbst tun.«

»Kommt nicht infrage. Ich hatte dich verloren geglaubt, doch du bist zurück. Nun lass auch zu, dass ich dich nach diesen schweren Jahren, die du ohne jeden Beistand zu ertragen hattest, ein wenig verwöhne. Warum begleitest du deinen Bruder und deine Schwägerin nicht in ihr Haus und siehst dir in aller Ruhe an, wie und wo Theo heute lebt? Abendessen gibt es zur üblichen Zeit. Ich erwarte euch alle bis dahin wieder zurück.«

Henriette nickte folgsam und konnte sich ein Grinsen nicht verkneifen. Ihre Mutter hatte noch immer das Sagen in diesem Haus, und weder sie noch ihr Vater oder Theo würden es wagen, ihr in derlei Angelegenheiten zu widersprechen.

Kaum hatten sie das Haus verlassen, bestürmte Henriette ihren Bruder mit Fragen. »Wovon leben Vater und Mutter? Er kann kaum noch laufen, wie ist es ihm dann möglich, im Hotel zu arbeiten? Sie werden …«

»Immer schön der Reihe nach«, unterbrach Theodor, half ihr und Sophie auf den Schlitten und legte die wärmende Decke über ihre Beine.

»Ich unterstütze sie nach Kräften«, begann er, während Sophie den Schlitten in Richtung *Gasthof Bären* lenkte, wo sie ihn zurückgeben und von dort aus zu Fuß zur Kobolzeller Steige laufen würden. »Doch es wird von Woche zu Woche schwieriger. Unsere Eltern hatten einige Ersparnisse, die inzwischen fast aufgebraucht sind. Dank meines angesehenen Klientenstammes verdiene ich nicht schlecht, doch es wird auf Dauer kaum ausreichen, um zwei Haushalte und zwei Familien zu versorgen.«

»Und das Hotel?«, fragte Henriette.

»Es bricht mir das Herz, das sagen zu müssen. Aber Vaters Weigerung, sich einer Behandlung zu unterziehen, wird schon bald dazu führen, dass unsere liebe Tante Elvira das Hotel endgültig verkaufen muss. Sie selbst kann und will es nicht mehr führen. Seit dem tödlichen Unfall unseres Onkels verlässt sie kaum noch ihre Räumlichkeiten. Ich kümmere mich um ihre Finanzen, und das Wasser steht ihr bis zum Hals. Wird das Hotel nicht schnellstens wieder eröffnet, bleibt nur ein Verkauf.«

»Die *Traube* ist geschlossen?« Henriette konnte ihr Entsetzen kaum verbergen. Die Vorstellung, dass sie nun verwaiste Flure und staubige Zimmer vorfinden würde statt des einst geschäftigen Treibens, ließ sie erschaudern.

»Ja. Nach dem Tod unseres Onkels hat sie die Gäste direkt und ziemlich unhöflich hinausbefördern lassen. Die meisten haben es ihrer Trauer zugeschrieben und zeigten Verständnis. Doch ein großes Haus wie dieses verursacht Kosten. Immer. Zum Verkauf konnte sie sich bisher nicht durchringen. Zur Wiedereröffnung allerdings auch nicht. Es ist ein Drama. Der Ort verfällt, und mit jedem Monat, den Elvira zögert, sinkt der Wert des Hauses und damit die Möglichkeit, zumindest eine ansehnliche Summe durch den Verkauf zu erzielen.«

Henriette schwieg und dachte über die Worte ihres Bruders nach. Sie musste die Gedanken in ihrem Kopf erst sortieren, ehe sie sie aussprechen wollte. Schon in dem Moment, als sie von dem Unfall erfuhr, hatte sie gewusst, dass Theodor nicht der Richtige war, um das Hotel zu leiten. Immer wieder hatte sie sich ausgemalt, dass dies möglicherweise ihre Aufgabe war – die Herausforderung, der sie sich stellen musste und für die sie geboren war.

Henriette überkamen Zweifel. Gleichzeitig spürte sie die Erregung, die sich in ihr ausbreitete. Je länger sie darüber nachdachte, desto logischer erschien ihr ihre Idee. Sie war gekommen, um ihre Familie zu unterstützen und das wiedergutzumachen, was sie angerichtet hatte. Sie hatte unzählige Ideen, wie sie das Hotel ins nächste Jahrhundert führen könnte: Sie würde angesehene Persönlichkeiten als Gäste gewinnen, rauschende Feste feiern und die *Traube* zum schillerndsten Gasthaus Rothenburgs machen.

Sie erreichten den *Gasthof Bären*, stellten den Schlitten ab und gingen zu Fuß weiter. Mit jedem Schritt, den sie durch die verschneiten Straßen Rothenburgs liefen, wuchs Henriettes Zuversicht. Sie war wieder zu Hause. Ihre Familie hatte ihr vergeben. Mehr noch: Statt ihr Vorwürfe zu machen, hatten sie Mitgefühl gezeigt und ihr zu verstehen gegeben, dass sie wünschten, sie hätte diese schweren Jahre nicht allein durchstehen müssen.

»Und wenn wir das Hotel nicht verkaufen?« Sie standen vor dem Haus ihres Bruders, der gerade die Tür öffnen wollte und sich nun umwandte.

»Ich dachte schon, du fragst nie!« Theo warf den Kopf in den Nacken und lachte. »Nun, dann haben wir wohl vor dem Abendessen bei den Eltern noch so einiges zu besprechen.«

Noch ehe er die Klinke herunterdrücken konnte, wurde die Tür von innen aufgerissen.

»Da seid ihr ja endlich!« Obwohl er sie inzwischen um fast einen Kopf überragte, erkannte Henriette Jacob sofort.

»Du erinnerst dich an Jacob?«, fragte Sophie.

Henriette nickte. »Aber natürlich. Der Waisenjunge, den deine Eltern einst in die Familie aufnehmen wollten.«

»Er heißt nun Jacob Hartmann«, erklärte Theo und fuhr dem Jungen liebevoll durch die Haare. »Und er ist in die Familie aufgenommen. Wir haben ihn adoptiert, was bedeutet, dass du nun Tante bist.«

Henriette hielt dem Jungen die Hand hin, überlegte es sich dann jedoch anders und schloss ihn in die Arme. »Es ist schön, dich wiederzusehen, Jacob.«

»Die Freude ist ganz meinerseits, werte Tante.«

Henriette schnappte nach Luft und verschluckte sich dabei. Sie hustete und lachte gleichzeitig. »Bitte nenn mich nie wieder werte Tante! Für dich einfach Henriette, ich bin schließlich keine fünfzig, sondern gerade mal vierundzwanzig Jahre alt.«

»Wo hast du dich rumgetrieben? Und wie waren die letzten zwei Tage für dich, Jacob?«, fragte Sophie, während der Junge ihr den Mantel abnahm.

»Wundervoll!« Jacob lächelte verklärt und presste seine zu Fäusten geballten Hände gegen die Brust.

Sophie und Theo sahen ihn überrascht an. »Was soll das denn heißen?«, fragte Theodor.

»Dass ich die Frau getroffen habe, die ich heiraten werde.«

Henriette, Sophie und Theodor begannen zu lachen, doch der junge Mann verzog keine Miene. »Ihr werdet schon sehen«, erklärte er mit feierlichem Ernst. »Sie weiß es noch nicht, aber das macht nichts.«

»Und wo hast du dieses wundersame Wesen getroffen?«, wollte Sophie wissen.

»Sie stieg gestern aus der Postkutsche, und ich habe ihr den Weg zum *Goldenen Greifen* gezeigt. Ich werde heute dort zu Abend essen und mich ihr als Fremdenführer anbieten.«

Henriette legte grübelnd den Finger auf die Lippen. »Sprichst du etwa von Margarethe?«

»Du kennst sie?« Jacob griff nach ihren Händen und drückte sie aufgeregt.

»Ja. Sie ist der Grund, warum ich hier bin. In Ansbach teilen wir uns eine Wohnung, und wir arbeiten …«

»Du musst mir alles über sie erzählen«, unterbrach der Junge, und seine Wangen waren plötzlich hochrot.

»So leid es mir tut, Jacob. Aber ich fürchte, sie ist zu alt für dich.«

»Ich bin schon siebzehn!«, widersprach er gekränkt.

»Sie ist über zwanzig. Das ist ein großer Unterschied.«

Jacob zuckte mit den Schultern und schob schmollend die Unterlippe vor. »Ihr werdet schon sehen«, murmelte er, ehe er sich entschuldigte und die Treppe hinauflief.

Sophie sah ihm milde lächelnd nach. »Ich fürchte, auf deine Freundin Margarethe kommen turbulente Zeiten zu. Jacob wird sich von seiner Idee nicht abbringen lassen. Solange ich denken kann, erklärt er mir, dass er sein Herz nur einmal verschenken wird. Selbst ein Altersunterschied von zwanzig Jahren würde ihn nicht daran hindern, sie heute Abend im *Greifen* aufzusuchen.«

Kurz darauf machten sich Sophie und Jacob gemeinsam auf den Weg zum Waisenhaus. Theodor bat Henriette derweil in sein Arbeitszimmer.

»Ich kann noch immer nicht glauben, dass meine Gebete erhört wurden«, begann er, griff nach Henriettes Armen, zog sie an sich und drückte ihr einen Kuss auf die Wange. »Du warst und bist die einzige Chance, die das *Hotel Traube* hat. Weder Vater, Mutter noch Tante sind dieser Aufgabe auf ihre alten Tage gewachsen. Du hast dir wahrlich lange Zeit gelassen.«

»Es tut mir so leid«, flüsterte Henriette und schluckte.

»Genug jetzt. Es liegt Arbeit vor uns. Wir müssen zügig überlegen, wie wir die *Traube* wieder mit Leben füllen. Du hast dir doch sicher deine Gedanken gemacht?«

Henriette nickte.

»Dann lass mal hören«, forderte Theodor sie auf, lehnte sich zurück und verschränkte die Arme vor der Brust.

*

Margarethe hatte einen anstrengenden Tag hinter sich. Sie kannte nun zwar sämtliche Straßen und Gassen Rothenburgs, war aber mit ihrer Suche noch nicht vorangekommen, weil das eisige Winterwetter dafür sorgte, dass die Tauberstädter in ihren Häusern blieben. Sie hätte sich natürlich im Hotel nach Theodor erkundigen können, entschied sich jedoch dagegen, um Gerüchte zu vermeiden. Und die wenigen Menschen, die ihr begegneten und die sie hätte fragen können, waren an ihr vorübergeeilt und hatten sich taub gestellt, wenn sie sie angesprochen hatte.

Nachdem sie sich frisch gemacht und ein sauberes Kleid angezogen hatte, begab sie sich zum Abendessen in die Gaststube.

»Da sind Sie ja endlich!«

Margarethe sah auf und blickte direkt in Jacobs leuchtende braune Augen. Überraschenderweise freute sie sich, ihn zu sehen. Vielleicht war ja er die Hilfe, die sie so dringend benötigte?

»Hast du auf mich gewartet?«, fragte sie und deutete auf den Stuhl gegenüber.

»Ja.« Er setzte sich, winkte die Wirtin Klara herbei und bestellte völlig selbstverständlich zwei Brotzeiten für sie.

Sie vermied es, ihn nach dem Grund seiner Anwesenheit zu fragen, und brachte stattdessen ihr eigenes Anliegen vor. »Ich bin hier, weil ich jemanden suche«, begann sie ohne Umschweife. »In diesem Ort lebt ein angesehener Advokat, den ich dringend sprechen muss.«

Sie griff nach ihrem Bier, prostete Jacob zu und trank einen kräftigen Schluck.

»Der einzige Advokat, den ich kenne, ist mein Ziehvater Theodor Hartmann. Aber Sie wollen doch sicher auch Ihre Freundin Henriette wiedersehen, oder? Sie ist Theodors Schwester und damit auch meine Tante.«

Überrascht riss Margarethe die Augen auf und stellte das Bier wieder auf den Tisch. »Das gibt es doch nicht!«, rief sie. »Ihretwegen bin ich hier. Ich meine, sie ist der Grund, warum ich mit Herrn Hartmann sprechen wollte.«

»Dann werde ich Sie nach dem Essen zu ihm bringen. Ich bin ohnehin da, um Ihnen meine Dienste als Fremdenführer anzubieten. Ich dachte, da Sie sich hier nicht auskennen …«

»Ich danke dir, Jacob. Aber ich habe den heutigen Tag genutzt, und so groß ist Rothenburg glücklicherweise ja nicht. Inzwischen finde ich mich ganz gut zurecht, denke ich.«

»In Begleitung ist es trotzdem netter«, beharrte Jacob. »Außerdem braucht eine Frau wie Sie jemanden, der auf sie achtgibt.«

Margarethe seufzte. Genau so eine Art von Interesse hatte sie befürchtet. Wenn sie sichergehen wollte, dass sich dieser nette Junge keine Hoffnungen machte, musste sie hier und jetzt deutlich werden.

»Ich danke dir, Jacob. Aber ich glaube erstens nicht, dass mir wirklich Gefahr droht, und zweitens bin ich nicht ganz sicher, ob du mich davor beschützen könntest.« Marga sah, dass Jacob seine Augenbrauen zusammenzog, und schob eilig »Ich weiß deine Sorge aber natürlich zu schätzen« hinterher.

»Ich bin siebzehn, also fast ein Mann«, sagte er fest. »Und bevor Sophie mich adoptiert hat, habe ich auf den Straßen dieser Stadt gelebt.«

Margarethe schluckte. Jacob war also in ihrem Alter, auch wenn das außer ihr niemand wusste. Nun war auch klar, woher der harte Ausdruck in seinem eigentlich noch jungen Gesicht rührte. Sein bisheriges Leben war dem ihrigen ähnlicher, als sie es vermutet hätte.

»Tut mir leid, das zu hören«, sagte sie und mahnte sich, seine Offenheit nicht zum Anlass zu nehmen, mehr über sich selbst preiszugeben. »Wenn ich mich in Gefahr wähne, weiß ich ja nun, an wen ich mich wenden muss.« Sie bemerkte das Lächeln, das sich sofort wieder in seinem Gesicht breitmachte, und fuhr fort: »Würdest du wohl so freundlich sein und mich gleich zu Theodor Hartmann bringen? Ich sollte mich wohl jetzt, wo Henriette in den Schoß ihrer Familie zurückgekehrt ist, bei ihr dafür entschuldigen, dass ich mich in ihre Angelegenheiten eingemischt habe.«

17

Donnerstag, 31. Dezember 1903

Helen Der Herbstball lag inzwischen drei Monate zurück, doch er war nicht zu dem Ereignis geworden, das Helen sich so sehr gewünscht hatte. Anton hatte mit einer Erkältung darniedergelegen, und so hatte sie mit Lisbeth und Anastasia gefeiert, die ebenfalls ohne Begleitung erschienen waren.

Doch die heutige Nacht würde anders werden. Erst gestern hatte sie mit Anton gesprochen, und er hatte ihr versichert, dass er kerngesund war. Dann hatte er ihr erklärt, dass er in Gedanken eine genaue Strichliste führen würde.

»Wozu eine Strichliste?«, hatte sie gefragt.

»Du willst noch immer nicht mit mir tanzen, richtig?«

»Kannst du es denn inzwischen?«

»Nein.«

Er hatte lachend den Kopf geschüttelt und ihr mit todernster Miene erläutert, dass er in diesem Fall auf je einen Kuss pro Namen auf ihrer Tanzkarte bestehen müsste. Helen hatte erwidert, dass ihr unter dieser Bedingung keine andere Wahl blieb, als mit allen Männern auf dem Ball zu tanzen. »Im Gegensatz dazu verstehst du dich nämlich aufs Küssen, und das muss ich auskosten.«

Ein Klopfen an der Tür holte Helen aus ihren Tagträumen. »Hereinspaziert«, rief sie.

»Du bist ja noch gar nicht angezogen!« Lissi schüttelte ungeduldig den Kopf und wandte sich zu Anastasia um, die hinter ihr in der Tür stand. »Hab ich es nicht gesagt? Sie ist noch nicht fertig.«

»Zum Glück bin ich nicht auf die Wette eingegangen«, gab Anastasia lachend zurück.

Helen stemmte die Fäuste in die Hüften und sah Lisbeth vorwurfsvoll an. »Du kennst meine Schwächen und wettest darum, recht zu behalten? Schäm dich!« Sie musste sich anstrengen, um nicht zu kichern, doch Lisbeth durchschaute sie auch so.

»Zu meiner Verteidigung sei gesagt, dass ich jeden noch so winzigen Geldsegen mehr als dringend nötig habe.«

»Geht das schon wieder los!«, warf Anastasia ein. Helen sah fragend zwischen ihren Freundinnen hin und her, denn sie verstand kein Wort.

»Auf dem Weg hierher hat sie von nichts anderem gesprochen als davon, dass sie Geld bräuchte. Wofür, hat sie allerdings nicht verraten.«

»Weil ich das erst in Helens Beisein tun wollte«, verteidigte sich Lisbeth. »Jetzt sind wir ja hier, und ich kann euch die Neuigkeit verkünden.«

Sie machte eine theatralische Pause, setzte sich dann auf Helens Bett und klopfte links und rechts neben sich auf die Matratze. Helen und Anastasia verstanden den Wink und gesellten sich zu ihr.

»Ich werde für eine Weile fortgehen.« In wenigen Worten erklärte Lisbeth ihre Reisepläne. Als sie geendet hatte, herrschte kurzzeitig Schweigen.

»Capri«, flüsterte Helen schließlich fast andächtig und seufzte. »Du kannst dir nicht vorstellen, wie sehr ich dich um dieses Abenteuer beneide.«

»Ich weiß nicht«, grübelte Anastasia. »Capri ist ziemlich weit weg. Ohne Wastl wäre das nur der halbe Spaß.«

Helen sah Lissi an und bemerkte ihren seltsam entrückten Gesichtsausdruck. Ihr Lächeln wirkte verklärt, und ihr Blick schien durch die Wände dieses Raumes hindurchzugehen. Helen wollte gerade fragen, woran sie dachte, doch Lissi presste die Lippen zusammen und schüttelte kaum merklich den Kopf. Sie kannten sich lange genug, und Helen verstand: Sie würde jetzt und hier nicht deutlicher werden. Anastasia war zwar inzwischen eine gute Freundin geworden, doch noch immer gab es Geheimnisse, die nur Helen und Lissi miteinander teilten.

»Ich kann es kaum erwarten, Wastl endlich wiederzusehen.« Anastasia hatte von dem Blickwechsel der beiden Frauen nichts mitbekommen. »Ich frage mich, ob er diesmal mit mir tanzen wird.«

»Vor all den Gästen, die heute Abend geladen sind, käme das einer öffentlichen Liebesbekundung gleich«, lachte Lisbeth, doch Anastasia schüttelte den Kopf.

»Nicht wirklich. Wastl wäre es zuzutrauen, dass er mit allen Mädchen tanzt, außer mit mir. Hinterher würde er mir dann erklären, dass er sich das Beste eben für den Schluss aufhebt, und mich fragen, ob er mich nach Hause bringen dürfte.«

»So ein nächtlicher Spaziergang kann überaus romantisch sein«, warf Helen ein, die geduldig still saß, während Lissi ihr die Haare flocht und aufsteckte.

»Eben nicht. Das wäre nur ein weiterer Beweis dafür,

dass er noch immer nicht zu mir steht. Das werde ich ihm aber diesmal nicht durchgehen lassen!«

»Und was hast du vor?«, fragte Helen.

»Hat er bis Mitternacht noch nicht mit mir oder zu viel mit anderen Frauen getanzt, werde ich ihm eine Lektion erteilen. Und dann werde ich ihn aus meinem Leben streichen. Endgültig! 1904 wird ein besonderes Jahr, und er hat die Wahl zwischen ganz oder gar nicht. Er ist nicht der einzige Mann, der ein Auge auf mich geworfen hat.«

»Was hast du uns verschwiegen?«, hakte Lissi sofort nach.

»Also – das glaube ich zumindest«, schob Anastasia kleinlaut hinterher und legte die Handflächen gegeneinander, als würde sie ein Stoßgebet zum Himmel schicken.

Lissi pfiff leise, doch Helen konnte nicht einordnen, ob das ihrer inzwischen fertigen Hochsteckfrisur galt oder der Kampfansage, die Anastasia soeben gemacht hatte.

»Wie auch immer: Wir werden einen fantastischen Abend haben«, entschied Helen. Die Frauen nahmen sich in die Arme und liefen dann gemeinsam hinunter in die Hotellobby.

Henriette hatte sich bei den Vorbereitungen selbst übertroffen. Helen kannte die übliche Dekoration, mit der sie die große Empfangshalle in einen Festsaal verwandelte. Blaue Blumen, die farblich auf Tischdecken und Hussen abgestimmt waren, dazu hell erleuchtete Kronleuchter, Fackeln vor dem Eingang und Kerzenständer, wo immer sich Platz dafür fand.

Heute aber erstrahlte der Saal nicht blau, sondern in tiefdunklem Rot. Hotelangestellte huschten in zu roter Tischwäsche passenden Uniformen durch den Saal, und die Blumen, die die Dekoration abrundeten, waren ebenfalls rot.

»Da seid ihr ja. Die Damen werden schon sehnsüchtig erwartet«, tönte Henriette fröhlich, drückte Helen kurz an sich und begrüßte dann auch Lisbeth und Anastasia herzlich.

»Sie haben gezaubert, Mutter!«, sagte Helen und deutete mit den Händen in den Saal hinein.

»Ja, nicht wahr?«, kam es wenig bescheiden zurück. »Und sind die Blumen nicht ein Traum? Ich kannte sie bisher nur von Bildern aus dem fernen Mexiko. Botaniker nennen sie Euphorbia pulcherrima.«

Helen zog die Augenbrauen in die Höhe und zuckte dann mit den Schultern. »Ich glaube nicht, dass ich mir den Namen merken werde, aber sie passen ganz wunderbar. Eine wahre Farbenpracht, Mutter.«

Henriette lachte und schob ihr roten Locken mit einer eleganten Handbewegung über die Schultern. »Ihr seid sicher nicht gekommen, um über Blumen zu sprechen. Anton, Max und Wastl warten auf der Terrasse, und Wastl hat inzwischen schon zum zweiten Mal gefragt, wann die Damen denn – ich zitiere – gedenken, ihre triste Welt zum Erstrahlen zu bringen.«

Anastasia griff hektisch nach Lissis Hand und drückte sie. Helen hatte vollstes Verständnis für die Aufregung ihrer Freundin. Sie erinnerte sich noch gut daran, wie groß ihre eigene Verwirrung nach dem Pfingstfest gewesen war. Jemanden zu mögen, ohne zu wissen, ob und wie dieser Jemand die eigenen Gefühle erwiderte, konnte zur Qual werden.

Mit klopfendem Herzen trat Helen hinter ihren Freundinnen auf die Terrasse hinaus. Max entdeckte sie als Erster, und sein »Na endlich« zeigte deutlich, dass auch er ungeduldig gewartet hatte.

Obwohl sie alle sich inzwischen lange und gut kannten, war die aufgeregte Spannung zwischen ihnen spürbar. Es war schließlich Wastl, der das Eis brach. »Ich dachte schon, wir müssten die Gläser ohne euch leeren.« Er wandte sich um und deutete auf das Terrassengeländer, auf dem fein säuberlich sechs kristallene Champagnergläser aufgereiht standen.

»Du hast damit gewartet?«, hauchte Anastasia und strahlte ihn überglücklich an. Anstelle einer Antwort reichte Wastl ihr ein Glas, nahm sich selbst eines und vergaß alle anderen dabei. »Natürlich. Ohne dich gäbe es für mich keinen Grund, überhaupt hier zu sein.«

Er hatte leise gesprochen, doch Helen und Lissi hatten ihn verstanden. Lissi zog Max auf die Tanzfläche, und auch Helen trat mit Anton beiseite, um Wastl und Anastasia genügend Raum zu lassen.

»Du siehst wunderschön aus heute Abend«, sagte Anton und stieß sein Champagnerglas gegen das von Helen. »Zum ersten Mal, seit ich denken kann, bedaure ich, dass es in mir keinerlei Rhythmusgefühl gibt.«

Helen nippte an ihrem Perlwein, stellte das Glas beiseite und trat näher an ihn heran. »Ich muss nicht tanzen. Der Abend wird sicher auch so unvergesslich.«

»Nichts da«, widersprach Anton. »Ich freue mich darauf, dich tanzen zu sehen.« Er legte seine Hand gegen Helens Wange und fügte dann hinzu: »Ich werde meine Augen nicht von dir lassen können, genau wie damals vor dem Brausebad.«

Helen horchte auf. »Vor dem Brausebad?«

Sie schmiegte ihren Kopf in seine Hand und sah ihn

abwartend an. Obwohl das Licht schummrig und sein eigenes Gesicht nur von Fackeln beleuchtet war, hätte sie schwören können, dass Anton in dieser Sekunde errötete.

»Nicht so wichtig. Ich sehe dich eben gern an.«

»Und das ist alles? Sag schon!«

Er zog Helen fest in seine Arme und vergrub seine Nase in ihrem Haar. »Du hast dagestanden. In diesem Hauch von einem Sommerkleid. Das Sonnenlicht schien hindurch und zeigte … Nun«, unterbrach er sich selbst, »dieser Anblick hat sich in mein Gedächtnis gebrannt.«

Noch vor ein paar Monaten hätte Helen den Blick wohl voller Scham abgewendet, doch heute lagen die Dinge anders. Neckisch zog sie eine Augenbraue in die Höhe, nahm sein Gesicht in beide Hände und fragte: »Dir hat gefallen, was sich unter diesem Kleid abgezeichnet hat?«

Anton sog die Luft scharf ein und legte den Kopf schief. »Du kennst die Antwort. Und du solltest deine Worte mit Bedacht wählen.«

Helen hörte das heisere Kratzen in seiner Stimme. Sie wusste, was es bedeutete, und dachte nicht daran, die Neckereien zu unterlassen. »Sonst was?«

Mit einer schnellen Bewegung legte Anton seine Hände um ihre Taille und zog sie fest an sich. »Sonst werde ich dich an einen anderen Ort bringen müssen.«

Helen stellte sich auf die Zehenspitzen, gab ihm einen hauchzarten Kuss auf die Lippen und fragte: »Und was würde an diesem Ort wohl passieren?«

Anton antwortete nicht mehr. Gierig presste er seine Lippen auf ihre, nur um sie kurz darauf von sich zu schieben. »Ich weiß nicht, wie du das schaffst, aber du raubst mir den Verstand.«

»Gut«, antwortete Helen leichthin. »Dann werde ich jetzt tanzen. Nur für dich.«

Max war der Erste, der sie auf die Tanzfläche führte. Lissi hatte ihre Zeichenlehrerin Elise Mahler entdeckt und war nun in ein angeregtes Gespräch mit ihr vertieft. Max hingegen machte ein so mürrisches Gesicht, dass Helen ihn während des Tanzens darauf ansprach. »Du hast dich doch an einem zauberhaften Abend wie diesem wohl nicht mit Lisbeth gestritten?«

»Das nicht«, gab er geknickt zurück. »Aber sie hat mich gerade in ihre Pläne eingeweiht.«

»Oh«, gab Helen zurück. »Du sprichst von Capri?«

»Offenbar bin ich der Letzte, den sie darüber in Kenntnis gesetzt hat.«

»Wann vor dem heutigen Tag hätte sie denn auch dazu die Gelegenheit gehabt? Du warst in München«, gab Helen behutsam zurück.

»Auch wieder wahr«, murmelte er, ohne besänftigt zu sein.

Helen schwieg, während Max sie geschickt an anderen tanzenden Paaren vorbeischob. Sie suchte den Saal nach Anton ab und lächelte still vor sich hin, als sie bemerkte, dass er seine Worte wahr machte und jede ihrer Bewegungen beobachtete. Sie spürte die Erregung, die sich in ihr breitmachte. Der Abend war noch jung, und sie würde sich gedulden müssen. Doch sie wusste, dass selbst dieser Moment eine Art Vorspiel für das war, was sie im Anschluss an die Silvesternacht erwartete.

Das schwermütige Seufzen ihres Tanzpartners holte Helen in die Gegenwart zurück. »Sieh es doch einmal so«, begann sie, »du wirst schon bald nach München zurückkehren. Ob sie nun hier auf dich wartet oder in Capri weilt, macht dabei doch keinen Unterschied.«

Max biss sich auf die Lippen. Helen sah, dass er noch immer nicht beruhigt war. »Es ist trotzdem etwas anderes«, gab er zurück. »Hier kennt sie jeden, und jeder kennt sie. In Capri wird alles anders und neu und aufregend sein.«

Nun endlich verstand Helen, was ihn sorgte. Sie hätte ihn nur zu gern beruhigt, doch sie kannte das einnehmende und lebensfrohe Wesen ihrer Freundin. Sie war mindestens ebenso begeisterungsfähig wie sie selbst, und es war gut möglich, dass Lisbeth Hartmann in der Ferne auf Menschen traf, die sie genauso in ihr Herz schloss wie Max.

»Sie wird nicht ewig wegbleiben«, sagte Helen tröstend. Kurz darauf war Lisbeth wieder zur Stelle, um mit ihr den Platz zu tauschen.

Helen sah sich nach Anton um, doch dort, wo er bis eben noch gestanden hatte, war er nicht mehr. Sie griff nach einem Champagnerglas, das einer der Kellner gerade auf einem Tablett an ihr vorbeitrug, und lief hinaus auf die Terrasse. Sie entdeckte Anton und wollte sich zu ihm stellen, doch er stand mit dem Rücken zu ihr und war in eine Unterhaltung vertieft.

Ihr Magen krampfte sich zusammen, als sie Eva Liebermann erkannte. Sie hatte nicht bemerkt, dass sich die Tochter des Krämers unter den Gästen befunden hatte. Offenbar hatte Eva den Moment abgepasst, in dem sie auf der Tanzfläche war.

Helens Hände waren schweißnass, gleichzeitig lief ihr ein eisiger Schauer über den Rücken. Da weder Eva noch Anton sie entdeckt hatten, lehnte sie sich hastig gegen die Hauswand, wo das Licht der Fackel nicht mehr hinreichte.

Sie wusste selbst nicht genau, warum sich ihr Vertrauen in Anton plötzlich in Luft aufzulösen schien. In den vergangenen Wochen und Monaten hatte er ihr zu keiner Zeit das Gefühl vermittelt, dass sie an der Echtheit seiner Liebesbekundungen zweifeln müsste. Er hatte nicht ein böses Wort über Eva verloren, gleichzeitig aber auch nie erwähnt, dass er sie oder ihre gemeinsame Zeit vermissen würde. Und doch war Helens Kehle jetzt wie zugeschnürt.

Ihre Augen hatten sich inzwischen an das Licht gewöhnt, und sie erkannte, dass Eva dünner geworden war. Offenbar hatte ihr die Trennung den Appetit geraubt. Helen hielt die Ungewissheit nicht mehr aus. Sie sagte sich, dass es keinen Grund gab, im Verborgenen zu warten. Anton und sie waren inzwischen viel mehr als nur Freunde, und Eva wusste das.

Mit einem lauten »Da bist du ja« lief Helen auf Anton zu. Er hatte mit dem Rücken zu ihr gestanden, und erst jetzt, da er sich zu ihr umwandte, sah sie, dass er Evas Hände hielt. Eilig trat Anton einen Schritt zurück, doch es war zu spät. Helen spürte die Eifersucht, die sich wie ein Stachel in ihr Herz bohrte.

Schweigend standen sie alle voreinander. Helen wartete darauf, dass Anton irgendetwas sagte, was die angespannte Situation entschärfte, doch er schwieg und schaffte es nicht einmal, ihr in die Augen zu sehen.

»Ich wusste gar nicht, dass du hier bist«, sagte Helen, um irgendetwas zu sagen und den schrecklichen Moment zu beenden.

»Warum solltest du jemanden wie mich auch bemerken?« Evas Stimme brach, und jetzt erkannte Helen, dass sie weinte. »Ich war doch schon im Herbst unsichtbar für dich, obwohl ich an Antons Seite stand. Warum sollte sich das nun geändert haben?«

»Bitte sei nicht ungerecht, Eva. Es war weder Helens noch meine Absicht, dich zu verletzen.«

»Schon gut. Ich sehe ein, dass es ein Fehler war, herzukommen.«

Helen stand hilflos daneben. Die tieftraurige Frau hatte ihr vollstes Mitgefühl, doch gleichzeitig wünschte sie sich in diesem Augenblick nichts mehr, als dass Eva das Hotel und den Silvesterball so schnell wie möglich verließ.

»Es tut mir leid«, murmelte Helen, wohl wissend, dass ihre Entschuldigung sicher das Letzte war, wonach Eva suchte.

»Das sollte es auch«, sagte Eva unter Tränen. Sie trat einen Schritt auf Helen zu und fuhr flüsternd fort: »Es ist ja nicht nur so, dass du mir den Mann genommen hast, den ich liebe. Ich habe auch meinen besten Freund verloren. Ich habe Anton schon geliebt, bevor ich wusste, was das eigentlich bedeutet. Wir sind zusammen aufgewachsen. Davon ist nichts mehr übrig. Während du hier also im Kreise von Freunden und deinem Liebsten das neue Jahr begrüßt, bleibe ich allein zurück. Du hast mir einfach nichts gelassen.«

Helen schluckte die aufkommende Wut hinunter. Auf keinen Fall sollte sie jetzt etwas erwidern, das wusste sie. Eva war verletzt und gekränkt, und alles, was sie jetzt sagte, würde die Wut, die die Krämerstochter auf sie hatte, nur verstärken.

»Ich warte in der Lobby«, sagte sie an Anton gewandt, drehte sich um und lief, ohne eine Antwort abzuwarten, zurück nach drinnen.

18

Freitag, 1. Januar 1904

Anton Nachdem Eva den Silvesterball verlassen hatte, bemühte sich Anton angestrengt darum, Helen aufzuheitern. Als er sie um kurz vor Mitternacht in den Arm nehmen wollte, um mit ihr gemeinsam das neue Jahr zu beginnen, musste er allerdings erkennen, dass von der ausgelassenen Stimmung, die zu Beginn des Abends noch zwischen ihnen geherrscht hatte, nichts mehr übrig war. Die Gäste zählten inzwischen die letzten Sekunden des alten Jahres herunter. Anton stellte sich hinter Helen und legte seine Arme um ihre Taille. Obwohl er fühlte, dass sich ihr Körper versteifte, zog er sie dicht an sich heran und flüsterte ihr Worte der Entschuldigung ins Ohr.

»Das alles tut mir unendlich leid«, begann er. »Es trifft mich, dass Eva leidet. Es sind inzwischen Wochen vergangen, seit ich sie das letzte Mal im Laden ihrer Eltern antraf. Sie so ausgemergelt und unglücklich zu sehen, hat mich aus tiefstem Herzen entsetzt. In diesem Zustand konnte ich ihr ihre Bitte um ein Gespräch nicht abschlagen. Verzeih mir.«

Es erschien ihm wie eine Ewigkeit, ehe Helen sich endlich zu ihm umwandte. Sie sah zu ihm auf, und er erkannte die Skepsis in ihrem Blick. Helen Ludwig war sich offensichtlich nicht mehr sicher, ob sie ihm trauen konnte.

»Ich wünsche dir ein glückliches neues Jahr«, sagte sie, ohne auf seine Worte einzugehen.

»Das wünsche ich dir auch. Bitte sag doch etwas.« Er hielt sie noch immer eng umschlungen, obwohl ihre Arme an ihrem Körper herabhingen. Es war, als würden all die fröhlich lachenden Menschen um sie herum nicht existieren. Der Moment schien wie eingefroren. Sie griff nach seinen Händen und schob sie von sich. »Ich verstehe es ja«, sagte sie endlich. »Es war auch für mich ein Schreck, sie hier und in diesem Zustand zu sehen. Sie ist noch immer sehr verletzt und gibt offenbar mir die Schuld am Ende eurer Beziehung.«

»Aber im Grunde ihres Herzens weiß sie, dass das so nicht stimmt.«

Helen zuckte mit den Schultern. »Glaub mir, Anton, ich würde das alles nur zu gern beiseiteschieben. In meinem Kopf hatte ich mir diese Nacht völlig anders ausgemalt. Doch nun ist sie verdorben. Weißt du, was sie mir zugeflüstert hat?« Er schüttelte den Kopf, und Helen fuhr fort: »Sie hat gesagt, sie hätte nicht nur den Mann verloren, den sie liebt, sondern auch ihren besten Freund. Sie ist vollkommen allein in ihrem Unglück.«

Anton schluckte. Eva war jemand, der mit Worten umzugehen und sie geschickt einzusetzen wusste – eine Eigenschaft, die er früher an ihr bewundert hatte. Dass sie diese Stärke nun allerdings einsetzte, um Helen zu treffen, machte ihn wütend. Natürlich hatte sie jedes Recht darauf, traurig zu sein. Doch Helen hatte sich nichts zuschulden kommen lassen, im Gegenteil: Sie war erst zu einem Teil seines Lebens geworden, nachdem er die Beziehung zu

Eva beendet hatte. »Es ist falsch, ihre Trauer bei dir abzuladen«, beharrte er.

»Ich weiß nicht. Da sie dich noch immer liebt, bleibt ihr doch nichts anderes übrig, als mich zur Feindin zu erklären. Das Schlimme ist, ich fühle mit ihr. Gleichzeitig denke ich nicht daran, dich wieder aufzugeben.« Sie funkelte ihn entschlossen an, und Anton atmete erleichtert aus.

»Gott sei Dank«, murmelte er eher zu sich selbst. Dann zog er Helen wieder in seine Arme, und endlich konnte auch sie wieder lächeln. »Du hast ihre Hand gehalten«, sagte sie plötzlich ohne jeden Zusammenhang.

»Ja«, gab er zurück. »Es tut mir leid. Ich werde ab jetzt darauf achten, Abstand zu halten.«

Helen nickte, und in den folgenden Stunden vermieden sie es, noch einmal über Eva zu sprechen.

Obwohl Anton froh darüber war, dass Helen ihm keine weiteren Vorwürfe machte, konnte er nicht verhindern, dass sich Evas trauriges Gesicht immer wieder in seine Gedanken schlich. Die Worte, die sie zu Helen gesagt hatte, waren ausgesprochen, und es gelang ihm nicht, sie zu vergessen.

Es stimmte: Solange er zurückdenken konnte, waren Eva und er Vertraute füreinander gewesen. Und es stimmte ebenfalls, dass auch das von einem Tag auf den anderen vorüber gewesen war. In diesem Moment gestand Anton sich ein, dass er sich nun, da sie ihren Kummer so offen gezeigt hatte, um sie sorgte. Er hatte mit Helen glückliche Wochen und Monate genossen und keinen Gedanken daran verschwendet, dass sein überstürzter Rückzug auch das Ende ihrer engen und langen Freundschaft bedeutete. Er selbst war viel zu abgelenkt gewesen, als dass er irgendetwas vermisst hätte. Doch sie war in ein tiefes Loch gefallen, und den Freund, der sie da hätte herausholen müssen, gab es nicht mehr.

»Du bist in Gedanken immer noch bei Eva.«

Er zuckte zusammen. Sein erster Impuls war, die Tatsache abzustreiten, doch er wollte nicht den Fehler machen, Helens Einfühlsamkeit zu unterschätzen. Wohl wissend, dass seine Worte den Abend ruinieren könnten, nickte er. »Ja. Es nimmt mich mit, sie so am Boden zu sehen.«

Helen griff nach seiner Hand, zog ihn aus dem Saal und weiter die Treppe hinauf in das Stockwerk des Hotels, in dem sich ihr Zimmer befand. Dort angekommen, bat sie ihn, sich an den kleinen runden Tisch zu setzen, der vor ihrem Fenster stand. Sie schenkte sich und ihm Wasser aus einer Karaffe ein und nahm ebenfalls Platz.

»Vermisst du sie?«, fragte sie rundheraus.

»Nicht auf die Art, wie ich dich vermissen würde.«

»Aber auf eine andere Art?«

Anton zuckte mit den Schultern. »Ich weiß nicht. Bis heute habe ich nicht darüber nachgedacht, dass sie einsam sein könnte. Aber sie hat sich noch nie mit vielen Menschen umgeben. Es reichte ihr immer, Zeit mit mir zu verbringen. Ich hätte zumindest ahnen müssen, dass sie leidet. Vermissen ist das falsche Wort. Aber womöglich hätte ich für sie da sein müssen.«

Helen erhob sich und starrte aus dem Fenster, als würde sie in der Dunkelheit nach Antworten suchen. »Dann sollte sie wieder ein Teil deines Lebens werden«, sagte sie leise. Ihr Gesicht zeigte eine Entschlossenheit, die Anton nicht erwartet hatte. Ehe er etwas erwidern konnte, fuhr sie fort:

»Ich weiß, was ich für dich empfinde, Anton. Aber du

und Eva habt eine Vergangenheit, die noch nicht geklärt ist. Wenn du sie in deinem Leben vermisst, werde ich lernen müssen, damit zu leben. Was immer dich mit ihr verband, du wirst herausfinden müssen, was davon noch übrig ist. Ich kann warten und mich gedulden, solange du mir versicherst, ehrlich zu mir zu sein.«

Anton sprang vom Sessel auf und zog sie in seine Arme. »Was redest du denn da? Du machst mir Angst.«

Helen griff nach seinen Armen und schob ihn zum zweiten Mal an diesem Tag von sich. Anton sah die Tränen, die ihr dabei in den Augen standen. »Es spricht nichts dagegen, wenn du mit ihr befreundet bleiben willst. Aber ob das überhaupt so ist oder ob deine Gefühle doch tiefer sind, als du es dir jetzt eingestehst, musst du erkennen. Was immer bei deinen Überlegungen herauskommt: Ich werde mich damit arrangieren. Aber ich werde mich nicht damit arrangieren, dass Eva auf ganzer Strecke als Verliererin zurückbleibt. Zumindest der Freund, der du ihr einmal warst, sollte noch für sie da sein. Auch wenn ich mir nicht vorstellen kann, wie ihr deine Nähe helfen soll, über eure Trennung hinwegzukommen.«

Mit einer verzweifelten Geste fuhr sich Anton durch die Haare. »Ich verstehe noch immer nicht, was genau du mir sagen willst, Helen.«

»Ich fürchte, das weiß ich selbst nicht so genau. Ich denke, ich möchte dir Zeit geben, um die Dinge mit Eva zu überdenken und selbst zu entscheiden, ob und wie viel Platz du ihr in deinem Leben einräumen möchtest. Willst du ihr nur als Vertrauter beistehen, dann werde ich mich wohl oder übel daran gewöhnen. Liebst du sie noch, gebe ich dich frei. Sollte das der Fall sein, hätte sich das früher oder später ohnehin gezeigt. Vielleicht sollten wir uns eine

Weile nicht sehen. So könntest du ihr zeigen, dass du auf die eine oder andere Weise noch immer für sie da bist.«

Anton konnte nicht glauben, was die Frau, in die er sich so unerwartet verliebt hatte, da von sich gab. Er hatte damit gerechnet, dass sie ihm Vorhaltungen machen würde, dass sie möglicherweise weinen oder toben würde. Doch nun stand sie vor ihm und zeigte Verständnis. Die Seite, von der Helen sich in dieser Sekunde zeigte, machte sie in seinen Augen nur noch begehrenswerter.

Wortlos sah er sie an und hatte plötzlich das Gefühl, als schnürte ihm jemand die Kehle zu. Sie wollte ihm Zeit geben, um seine Entscheidung zu überdenken. Doch da war nichts, was überdacht werden musste.

»Ich weiß nicht, womit ich dich verdient habe. Ich kann nicht fassen, wie geduldig du bist. Aber ich will, dass du weißt, dass meine Sorge um Eva nichts an meinen Gefühlen zu dir ändert.«

Anton trat auf Helen zu, griff nach ihren Händen und drückte sie. Wie gern hätte er ihr in diesem Augenblick gesagt, dass er sie über alle Maßen liebte. Doch er verbot sich selbst, diesem Drang nachzugeben. Hier und jetzt war der falsche Moment für solch schwerwiegende Worte. Sie war verunsichert, und er wusste, dass Anstand und Fürsorge es nötig machten, Eva jetzt nicht im Stich zu lassen. Wie könnte er Helen da noch mehr durcheinanderbringen, indem er ihr gegenüber von Liebe sprach?

Helen atmete tief ein und aus, entzog ihm ihre Hände und rieb sich damit erschöpft übers Gesicht. »Du solltest jetzt gehen, Anton. Und bitte sag Mutter, dass ich müde war und schon zu Bett gegangen bin.«

Anton zog Helen ein letztes Mal in seine Arme. Er wollte sie küssen, doch sie drehte den Kopf zur Seite.

Zurück in der Empfangshalle suchte er wie vereinbart nach Helens Mutter und verabschiedete sich dann von Lissi und Max, die noch immer über die Tanzfläche wirbelten, als wollten sie das Ende der Nacht so aufhalten. Von Wastl und Anastasia fehlte jede Spur. Vermutlich hatten sie sich in irgendeinen dunklen Flur des Hotels zurückgezogen und waren sich selbst genug.

Schweren Herzens machte sich Anton auf den Heimweg. Der Abend hätte ein wundervoller Beginn in ein glückliches Jahr werden sollen. Er hatte sich auf Küsse und Zärtlichkeiten gefreut, die Helen ihm so neckisch versprochen hatte. Doch davon war plötzlich nichts mehr übrig geblieben.

Als er in die Georgengasse einbog, wurde er von einem Schatten aufgeschreckt, der auf ihn zukam.

»Ich bin es.« Er erkannte Evas Stimme, noch bevor er ihr Gesicht sah.

Anton konnte seine Überraschung kaum verbergen. »Hast du etwa in der Kälte auf mich gewartet?«

Sie antwortete nicht. Unschlüssig blieb er vor ihr stehen. Er wusste weder, was er sagen sollte, noch was genau sie von ihm erwartete.

»Soll ich dich nach Hause begleiten?«, bot er an. Er stand nun direkt vor ihr und sah, dass sie enttäuscht ihr Gesicht verzog. Es war offensichtlich, dass sie darauf gewartet hatte, von ihm hineingebeten zu werden.

»Nicht nötig«, lehnte sie ab. »Ich wollte mich nur für mein Benehmen entschuldigen. Es war nicht meine Absicht, dich in Verlegenheit zu bringen.«

Anton sah Eva aufmerksam an, denn er war sich ganz und gar nicht sicher, ob sie ihre Worte wirklich ernst meinte. Er wusste, wie temperamentvoll sie sein konnte und dass das Bitten um Verzeihung nicht zu ihren Stärken gehörte.

»Du musst dich nicht entschuldigen.« Anton beschloss in dieser Sekunde, das wahr zu machen, was Helen vorgeschlagen hatte. »Ich hätte viel eher merken müssen, wie schlecht es dir wirklich geht.« Er machte eine kurze Pause. Da ihm keine taktvollere Möglichkeit einfiel, formulierte er seine Sorge ganz einfach als Frage: »Isst du denn überhaupt noch etwas? Du bist nur noch ein Schatten deiner selbst.«

Für den Bruchteil einer Sekunde zog Eva die Nase kraus. Anton kannte diesen eigenartigen Gesichtsausdruck an ihr und wusste, dass das, was sie gleich antworten würde, nicht der Wahrheit entsprach. »Nur eine Magenverstimmung. Nichts Besorgniserregendes.«

Anton kommentierte das Gehörte nicht weiter, sondern bot ihr den Arm, damit sie auf dem vom festgetretenen Schnee glatten Kopfsteinpflaster nicht ausrutschte.

»Danke.«

»Ich bin fast froh, dich heute noch mal zu treffen. Das erspart mir morgen den Weg zu dir.« Er sah sie von der Seite an und meinte, ein winziges Lächeln auf ihren Lippen erkennen zu können.

»Du hättest mich morgen aufgesucht?«

»Ja, und ob du es hören willst oder nicht: Der Grund dafür ist Helen!«

Evas Gesicht verfinsterte sich sofort wieder, und sie kniff die Lippen zusammen.

»Sie war ebenso erschrocken wie ich, als sie dich heute im Hotel sah. Ich weiß nicht, wie ich es dir erklären soll, ohne deine Gefühle noch weiter zu verletzen, also sage ich es freiheraus: Ich hätte für dich da sein müssen, wusste ich doch, dass du außer mir und deinen Eltern niemanden hast, der auf dich achtgibt. Aber das hätte gleichzeitig Helen verletzt. Nun aber sehe ich, dass mein Rückzug herzlos war.«

»Und darauf hat ausgerechnet Helen dich gebracht?«

»Ja. Deine Bemerkung, dass sie dir den einzigen Freund genommen hätte, hat Wirkung gezeigt.«

»Aber warum bist du nicht von allein darauf gekommen? Ich kann – oder muss – akzeptieren, dass deine Gefühle für mich heute andere sind als noch vor einem Jahr. Aber bedeute ich dir so wenig, dass es dir nicht einmal etwas ausmacht, mich als Vertraute zu verlieren?«

Sie hatten inzwischen den Lebensmittelladen erreicht, den Evas Eltern am Plönlein führten. Anton blieb stehen und schwieg einen Augenblick, um die richtigen Worte zu finden.

»Alles, was ich wollte, war, dich nicht noch weiter zu verletzen. Ich war davon überzeugt, dass es dich traurig machen würde, mich glücklich zu sehen. Immerhin hättest du zu jeder Zeit gewusst, dass nicht du, sondern Helen der Grund dafür war – und ist.«

»Nun«, sagte Eva mit undurchdringlicher Miene. »Da irrst du. Ich hätte alles ertragen, wenn du nur nicht völlig aus meinem Leben verschwunden wärst.«

Anton nickte, griff nach ihrer Hand und drückte sie. »In diesem Fall bin ich gern wieder ein Teil deines Lebens. Ich hatte befürchtet, du würdest mich eher zum Teufel jagen, jetzt wo ...« Er brach ab und biss sich auf die Lippen.

»Wo dein Herz für Helen schlägt. Sprich es ruhig aus.«

Einen Augenblick schwiegen sie und sahen dabei fast schon angestrengt aneinander vorbei. Dann machte Eva plötzlich einen Schritt auf ihn zu und drückte ihm einen winzigen Kuss auf die Wange. »Danke. Das bedeutet mir unendlich viel. Ich werde Helen deswegen nicht ins Herz schließen, aber richte ihr aus, dass ich ihr Verständnis zu schätzen weiß.«

Anton verabschiedete sich von Eva und sah ihr nach, wie sie durch die Tür verschwand. Das Licht im Laden ging an und wieder aus, und kurz darauf war das obere linke Fenster, das zu ihrem Zimmer gehörte, hell erleuchtet.

Aus reiner Gewohnheit blieb er an Ort und Stelle stehen und wartete ab, bis sie auch dort das Licht löschte.

Nach dem Gespräch mit Eva hätte er eigentlich mit einem versöhnlichen Gefühl ins Bett gehen müssen. Stattdessen war er noch immer aufgewühlt. Kurz bevor er in einen unruhigen Schlaf fiel, ging ihm auf, woran das lag: Eva hatte ihm heute eine Seite an sich gezeigt, die er nicht kannte und die sich am ehesten als eine Art finstere Entschlossenheit beschreiben ließ. Sie war uneingeladen auf dem Silvesterball erschienen, den ausgerechnet Helens Mutter ausgerichtet hatte. Und als wäre das nicht schon genug, hatte sie nicht nur Anton, sondern auch Helen auf subtile Art und Weise ins Gewissen geredet. So ungern er ihr auch eine böse Absicht unterstellte, doch in diesem Moment hatte er das Gefühl, dass Eva genau das erreicht hatte, was von Anfang an ihr Ziel gewesen war: Sie hatte sich in sein Leben zurückgekämpft. Doch anders als früher war er sich plötzlich sicher, dass dies zwar das Ende ihres Leids bedeuten könnte, ihm aber das Leben auf die eine oder andere Art schwer machen würde.

19

Montag, 2. Mai 1904

Lisbeth Bevor Max wieder nach München aufgebrochen war, hatte Lissi ihm versichert, dass sie ihm wöchentlich schreiben wollte, da ihr niemand so sehr fehlen würde wie er. Doch schon als sie am ersten Montag im Mai nach Capri übersetzten, ahnte sie, dass es schwer werden würde, dieses Versprechen zu halten.

Das, was sie von der Fähre aus sah, erschien ihr wie ein unwirklicher Traum. Schon von Weitem weckte Capris Anblick den Wunsch in ihr, zu Pinsel und Staffelei zu greifen. An schroffe Felsen, die sich aus dem Meer erhoben, schmiegten sich weiß getünchte Häuser. Das Meer lag friedlich und glitzernd vor dieser Kulisse, und vereinzelte Fischerboote rundeten die überbordende Romantik dieser Aussicht ab.

Elise und sie gingen mit ihren sieben Gepäckstücken von Bord und stiegen in eine Kutsche um. Der Kutscher redete unentwegt auf sie ein, doch da sie ihn nicht verstanden, begann Elise flüsternd zu erklären, worauf sie zuhielten.

»Siehst du diese Ansammlung von Häusern dort?«, fragte sie und deutete nach links. »Dort werden wir wohnen.«

Lisbeth sah treppenstufenartig angeordnete Häuser, die wie übereinanderliegende Terrassen im Felsen hingen und deren unzählige Rundbögen von Weitem den Eindruck erweckten, als handelte es sich um ein Schloss. Üppige Palmen und ein Meer aus Blüten machten das märchenhafte Bild perfekt.

»Das *Hotel Pagano*. Wahlheimat von Malern und Dichtern. Und Anlaufstelle ewig Suchender.«

»Und was davon sind wohl wir?«, fragte Lisbeth.

»Entscheide selbst. In mir steckt beides.« Elise griff nach einem leichteren Gepäckstück und ihrer Hutschachtel. Lisbeth tat es ihr gleich, doch sie wurden von einem Hotelpagen zurückgehalten, der leise, aber bestimmt auf sie einredete. Der Mann war sicher nicht älter als Lisbeth, trug eine schwarze Uniform mit vergoldeten Knöpfen und eine Pagenmütze, auf der der Name des Hotels in goldenen Lettern prangte.

»Ich verstehe kein Wort.« Sie sah sich Hilfe suchend nach Elise um, doch auch sie zuckte nur mit den Schultern. Der Page ließ sich davon nicht aus der Ruhe bringen. Er deutete auf das Gepäck, griff beherzt zu und lud es mit geschickten Handgriffen auf einen Gepäckwagen.

»Wir hätten uns besser vorbereiten sollen«, überlegte Lissi laut. »Es hätte wohl nicht geschadet, ein paar Brocken Italienisch zu lernen.«

»Wir werden uns schon zu verständigen wissen«, gab Elise zurück, trat an die Rezeption und nannte ihrer beider Namen.

Auf hübsch angelegten Außenwegen, die von halbhohen Mauern gesäumt waren und zu verschiedenen Gebäudeteilen führten, machten sie sich auf die Suche nach ihren Zimmern. Ihr Weg führte sie am großen Haupthaus vorbei und auf einer breiten Außentreppe in ein Nebengebäude.

Mit einer schnellen Handbewegung wischte Lissi sich den Schweiß von der Stirn. Verglichen mit Rothenburg im Mai waren die Temperaturen hier auf Capri bereits hochsommerlich, und sie war erleichtert, als sie endlich ihre Zimmernummern auf einem Schild entdeckten und aus der sengenden Sonne herauskamen.

Die Hitze, die auf der Insel herrschte, drang nicht durch die Mauern, und im Innern war es angenehm kühl. Die gewölbte Decke des Flurs vermittelte das Gefühl, als befänden sie sich in einem alten Weinkeller – mit dem Unterschied, dass die Steinwände des Hotels weiß gestrichen waren.

Ihre Zimmer lagen nebeneinander auf derselben Etage.

»Ich brauche einen Moment Ruhe«, erklärte Elise. »Dann sehen wir uns beim Abendessen?«

Lisbeth nickte. Sie war nach der langen Reise ebenfalls müde, doch sie wusste, dass sie kein Auge zutun würde, ehe sie sich nicht zumindest die weitläufige Hotelanlage angesehen hatte.

Eilig packte sie ihre Koffer aus. Dann machte sie sich frisch und stellte sich grübelnd vor ihren Kleiderschrank. Für ihren Geschmack war es viel zu heiß, um sich in ein Korsett zu zwängen, doch sie hatte schon beim Betreten des Hotels bemerkt, wie überaus elegant die Damen zurechtgemacht waren. In eng geschnürten Sans-Ventre-Korsetts, die jedes noch so winzige Bäuchlein verschwinden ließen und dafür das Hinterteil ausladend hervorhoben, flanierten sie durch den Garten, und wer es sich leisten konnte, wurde dabei von einem Bediensteten mit Sonnenschirm begleitet.

Lisbeth entschied sich gegen ein Korsett und schlüpfte stattdessen in ein weit geschnittenes, luftiges Reformkleid mit floralem Muster, in dem ihr zierlicher Körper nahezu verschwand.

Lachend betrachtete sie ihr Spiegelbild. Ihrer Mutter Sophie hätte dieser Anblick sicher gefallen, versuchte sie doch schon seit Monaten, ihr das Tragen eines Korsetts aus gesundheitlichen Gründen auszureden.

Lisbeth griff nach ihrem Strohhut und trat auf den Flur hinaus. Fast zeitgleich öffnete sich die Tür nebenan.

»Wolltest du nicht ruhen?«

»Nichts zu machen, mein Puls will sich einfach nicht beruhigen.« Elise sah lächelnd an Lisbeth hinunter. »Du siehst ganz zauberhaft aus.«

Lissi spürte ein sanftes Ziehen in der Magengrube. Zwar hatten sie nie wieder über den Kuss in der Bronnenmühle gesprochen, doch Lisbeth sehnte sich danach, einen Moment wie diesen noch einmal zu erleben. Inzwischen hatte sie es aufgegeben, ihre Gefühle ergründen zu wollen. Ebenso hatte sie damit aufgehört, sich selbst einzureden, dass es sich nicht gehörte, zwei gänzlich unterschiedliche Menschen auf diese Art und Weise zu mögen. Selbst wenn sie es wollte, könnte sie es nicht ändern, das wusste sie. War sie mit Max zusammen, war sie glücklich und wollte jede Sekunde auskosten, das Gleiche galt für die Zeit, die sie mit Elise verbrachte.

»Du denkst schon wieder«, sagte die nun, als könnte sie Gedanken lesen. »Lass es einfach bleiben.«

Lissi nickte, drückte ihren Strohhut fester auf ihr Haupt und lief voraus.

*

Die Uhren schienen auf Capri anders zu gehen. Während Wochentage in Rothenburg mit betriebsamer Geschäftigkeit begannen, erwachte die Insel erst in den frühen Abendstunden zum Leben. Die Vormittage verbrachten Lissi und Elise damit, die schönsten Flecken der Insel zu erkunden und zu zeichnen. Inzwischen wussten sie auch, dass vor allem die Morgensonne dafür das richtige Licht bot. Die Strahlen schoben sich durch Felsspalten und zwischen Palmen hindurch und zauberten ein verwirrendes Spiel aus Licht und Schatten, das sich in der Farbpracht der Blüten und auf dem glitzernden Meer widerspiegelte. An die Vormittage, die sie gänzlich ihrer Malerei widmeten, schlossen sich Nachmittage und Abende voller Leben an. Es wurde wild und laut diskutiert, getanzt, gesungen und Unmengen von Wein getrunken. Lisbeth verstand nun, warum Künstler und Dichter auf diese Insel flüchteten. Konventionen und gesellschaftliche Zwänge existierten hier nicht, es schien fast so, als lebten sie alle in einer Art Seifenblase. Während zu Hause um diese Jahreszeit die hektischen Vorbereitungen zum alljährlichen *Meistertrunk* begannen, herrschte auf Capri ein eigener Lebensrhythmus. Nach einigen Stunden künstlerischer Schaffensfreude in den Morgenstunden folgte eine Art entspannte Trägheit in den Nachmittagsstunden und mit Einbruch der Dunkelheit dann allabendliche Abstürze bei Wein, Absinth und Tanz. Dabei hatte Letzteres nichts gemeinsam mit den Bällen, die Lisbeth von zu Hause kannte. Die Menschen hier scherten sich weder um Benimmregeln noch um angemessene Kleidung. Hinzu kam, dass sich keiner der hier anwesenden Gäste daran störte, wenn Frauen Arm in Arm durch die engen Gassen flanierten oder ein Mann einem anderen lachend auf den

Hintern schlug und ihm im nächsten Moment einen Kuss auf die Lippen drückte. Niemand wurde ob seines Lebenswandels verurteilt, und genau das war offensichtlich der Grund, warum die Menschen hier Zuflucht suchten.

In der letzten Maiwoche war Lisbeth allein auf der Suche nach einem neuen Motiv. Ziellos spazierte sie über die Insel und traf auf einen Künstler, dessen Können sie mehr als beeindruckte. Der Mann stellte sich als Landschaftsmaler Karl Böhme vor. Mit seiner Staffelei stand er viel zu dicht an der steil abfallenden Felsenküste, und gerade als Lissi an ihm vorüberlaufen wollte, nahm er einen tiefen Zug aus einer Flasche Rotwein und riss anschließend ein Stück Brot von einem Laib.

Lissi konnte nicht anders. Bewundernd blieb sie vor dem detailgetreuen Abbild der Steilküste stehen, die genau vor ihr lag. Der Maler sah lächelnd zwischen ihr und seinem Werk hin und her und fragte sie dann mit vollem Mund, ob ihr gefiele, was sie sah.

»Gefallen ist gar kein Ausdruck«, sagte sie andächtig.

»Ich werde es *Brandung an der Felsküste von Capri* taufen. Ich war schon immer dafür, die Dinge beim Namen zu nennen.«

Er hielt Lisbeth seine Weinflasche vor die Nase. »Trinken Sie nur«, forderte er sie auf. »Was hat Sie auf diese Insel verschlagen?«

»Die Kunst«, sagte sie und nahm einen kräftigen Schluck. Inzwischen hatte selbst sie sich an die Unmengen von Alkohol gewöhnt, die allerorten konsumiert wurden. »Ich wünschte, meine Fähigkeiten würden nur halbwegs an das heranreichen, was Sie auf die Leinwand bringen.«

»So bescheiden?«, fragte Karl Böhme.

»Nun, ich habe die Malerei erst vor Kurzem entdeckt und muss gestehen, dass ich noch vor einem Jahr keinerlei Drang dazu verspürte.«

»Und nun glaubst du, keine echte Künstlerin zu sein? Oh, ich kenne das Gerede. Diese selbst ernannten Genies, die davon berichten, dass sie schon von Kindesbeinen an von der Malerei träumten und zeichneten, ehe sie überhaupt laufen und sprechen konnten. Nichts als überhebliches Geschwätz. Es kommt nicht darauf an, wann du – ich darf doch du sagen? – etwas beginnst. Wichtig ist allein, ob du es liebst und am Ende mit deinem Werk zufrieden bist. Bist du zufrieden?«

Er zog eine seiner buschigen Augenbrauen in die Höhe und sah sie mit kritisch gekräuselten Lippen an.

Lissi blinzelte lachend gegen das Sonnenlicht an und zog ihren Sonnenhut tiefer in die Stirn. »Ja, darfst du. Und ja, das bin ich seltsamerweise. Es hat mich überrascht, aber mir gefällt, was ich zu Papier bringe.«

»Dann lass mal sehen.«

Ohne eine Antwort abzuwarten, zog er einen Skizzenblock aus der Tasche und drückte ihn ihr zusammen mit einem Kohlestift in die Hand.

Lissi zuckte mit den Schultern und griff zu. Ehe sie begann, drehte sie sich einmal um sich selbst. Sie wollte nicht einfach den gleichen Ausschnitt der Felsenküste zeichnen, deswegen beschloss sie, den Anblick der Insel zu skizzieren, die hinter ihr lag.

Sie begann mit den Umrissen der Anhöhen, setzte Häuser davor, zwischen denen sich schmale Gassen schlängelten, skizzierte ein paar wenige Spaziergänger auf den Wegen und zeichnete eine Handvoll einsame Fischerboote, die auf dem sich sanft kräuselnden Meer neben der Insel lagen. Sie war so konzentriert bei der Sache, dass sie nicht nur die Zeit, sondern auch den Mann neben sich völlig vergaß.

»So«, sagte sie schließlich, »ich bin fertig.« Sie nahm ihren Strohhut ab, schob die Haarsträhnen zur Seite, die ihr während der Arbeit ins Gesicht gefallen waren, und setzte ihn wieder auf.

»Es hat weder dein Talent beeinflusst noch irgendwem geschadet, dass du die Kunst erst so spät für dich entdeckt hast. Ein Schaden wäre der Welt nur entstanden, hättest du diese Leidenschaft in dir nicht erkannt. Du bist wirklich gut mit dem Kohlestift und solltest dir überlegen, ob du nicht Postkarten zeichnen willst. Das könnte für jemanden mit deiner Begabung eine ausgezeichnete Einkommensquelle werden.«

Lissi strahlte übers ganze Gesicht. Obwohl sie den Mann gerade erst kennengelernt hatte und sicher nicht auf Komplimente aus war, freute sie sich über das ehrliche Lob des Malers. »Dankeschön.«

»Warst du schon in der *Blauen Grotte*?«, fragte Karl Böhme ohne erkennbaren Zusammenhang.

Lissi schüttelte den Kopf. »Nein, was ist das?«

»Das findest du selbst heraus. Aber nimm dir Zeit dafür. Fahre so früh wie möglich los und vergiss deine Farben nicht. Ein Kohlestift allein wird nicht reichen, vertrau mir.«

Lissi bedankte sich für den Hinweis und lief leichtfüßig zurück ins Hotel. Sie konnte es kaum erwarten, Elise von ihrer Begegnung zu berichten. Womöglich war ihr der Künstler ja sogar ein Begriff? Immerhin kannte Elise sich in der Welt der Kunstschaffenden aus. Außerdem wollte sie nicht unnötig Zeit verstreichen lassen. Gleich morgen würde sie sich auf den Weg zu dieser *Blauen Grotte* machen, und sie hoffte, dass Elise sie begleiten würde.

Noch vor Sonnenaufgang bestiegen Lisbeth und Elise eine Kutsche. Sie hatten sich ihr Frühstück für diesen Morgen einpacken lassen und waren nun gut gelaunt mit sämtlichen Malutensilien und Proviant unterwegs.

Sie wurden vom gleichen Kutscher gefahren, der sie auch vor Wochen schon zum Hotel gebracht hatte, und noch immer war er in seinem Redeschwall nicht zu stoppen. Lissi verstand auch diesmal nicht, was genau er erklärte, doch die Worte *la bellissima Grotta Azzura* verstand sie auch, ohne der italienischen Sprache mächtig zu sein.

Nach etwa einstündiger Fahrt hielten sie an einer Anlegestelle. Der Kutscher lud die beiden Körbe der Frauen ab und lief dann zu einem der Boote, die in Erwartung zahlender Kundschaft zum Ablegen bereit waren. Die beiden Männer unterhielten sich wild gestikulierend, dann winkte der Mann mit Kapitänsmütze, der sich als Matteo vorstellte, sie zu sich ins Boot.

Mit ruhigen und kräftigen Bewegungen ruderte Matteo sie aufs Meer hinaus. Sie erreichten drei Felsen, die imposant und zugleich seltsam bizarr aus dem Wasser herausragten. Als sich das Boot näherte, erkannte Lissi, dass einer der Felsen wie ein Tor geformt war. Vermutlich hatte das Wasser das Gestein über Jahrtausende hinweg ausgehöhlt. Matteo steuerte sie sicher hindurch und heran an eine Felswand. Erst als sie sich mit dem Boot direkt davor befanden, entdeckte Elise einen niedrigen Eingang. Matteo zeigte darauf und deutete dann an, dass sie ihre Köpfe einziehen sollten. Für einen kurzen Moment überkam Lissi ein beklemmendes Gefühl. Sollte der Wellengang stärker werden, würde es unmöglich werden, durch dieses Nadelöhr zurückzukehren.

Kaum waren sie im Innern der Höhle angekommen, schwieg Matteo. Er ließ ihnen Zeit, sich an die Dunkelheit zu gewöhnen. Im ersten Moment war Lissi enttäuscht, gab es in dieser Grotte doch nichts weiter als Wasser und Felswände. Doch dann wandte sie den Blick zurück zum Ausgang und verstand, warum Karl Böhme ihr diesen Ort empfohlen hatte.

Mit einer Mischung aus Faszination, Entzückung und Ungläubigkeit presste sie die Hand vor den Mund und starrte auf das tiefblaue Wasser, das, sobald man den Blick in Richtung Ausgang richtete, zu leuchten schien. Sie hielt ihren Arm ins Wasser, der im schimmernden Blau tiefschwarz wirkte.

»Das ist atemberaubend«, flüsterte Elise.

»Woher kommt nur dieses zauberhafte Leuchten?«

»Ich habe gehört, dass es unter Wasser einen weiteren Eingang geben muss. Durch diesen bricht sich das Sonnenlicht außerhalb der Höhle und lässt das Wasser hier drinnen blau schimmern.«

Lissi ließ ihre Hand immer wieder durchs Wasser gleiten. Dann lächelte sie plötzlich. »Hier ist niemand außer uns, richtig?«

Elise zog ihre Augenbrauen in die Höhe. Sie schien zu ahnen, woran sie dachte. »Nur Matteo und wir. Für weitere Touristen ist es wohl noch viel zu früh.«

Lissi nickte. Einmal mehr war sie froh darüber, dass sie sich auch heute nicht in ein Korsett gezwängt hatte. Sie streifte ihr weites Kleid ab, und noch ehe Matteo Einspruch erheben konnte, sprang sie kopfüber ins Wasser.

»No, no!«, rief der arme Mann, der offenbar mit der überschäumenden Freude, die die beiden Frauen in diesem Moment überkam, vollkommen überfordert war. Elise zog ebenfalls ihr Kleid aus und ließ sich prustend über den Bootsrand ins Wasser gleiten. Matteo erkannte, dass ihm wohl nichts weiter übrig blieb, als darauf zu warten, dass sie wieder einstiegen. Er winkte ab, zündete sich eine Pfeife an und ruderte an eine Felswand, während Lissi und Elise lachend und prustend durchs Wasser schwammen.

Schon nach wenigen Minuten war die erste Euphorie vorüber, und eine seltsam ruhige Gelassenheit machte sich breit. Lissi legte sich auf den Rücken, ließ sich von den sanften Wellen hin- und herschaukeln und schloss die Augen. Außer dem leisen Klatschen, mit dem das Wasser immer wieder gegen die Felswände platschte, herrschte völlige Ruhe.

Ein Stoß gegen den Kopf ließ Lisbeth zusammenzucken. Sie war mit Elise zusammengeprallt, die sich ebenfalls hatte treiben lassen. Lachend und hustend sahen sie sich an. Dann tauchte Lissi unter und zog Elise mit sich unter Wasser.

Obwohl das Wasser salzig war und ihre Augen brennen würden, öffnete sie sie. Elise trieb vor ihr im Wasser, ihre langen Haare hatten sich um sie gelegt wie ein Heiligenschein und bewegten sich sanft hin und her. Ihr ganzer Körper schimmerte bläulich. So mussten Meerjungfrauen aussehen, schoss es Lissi durch den Kopf.

Langsam tauchte sie wieder auf und schwamm einige Male um Elise herum. Dann hielt sie es nicht mehr aus. Mit einer kräftigen Armbewegung schwamm sie auf Elise zu und hielt sich an ihr fest. Sie brauchten einige Sekunden, um sich im gleichen Rhythmus ihrer schlagenden Beine über Wasser zu halten. Dann küssten sie sich.

Elises Lippen schmeckten salzig, und Lissi hörte das überraschte Pfeifen von Matteo. Es war ihr gleichgültig. Dieser Kuss würde diese Grotte nie verlassen, und was Matteo von ihnen dachte, spielte keine Rolle. Vermutlich war er, wie alle anderen Einheimischen auch, die verrückten Gäste längst gewohnt.

»Lass mich noch einen Moment die Atmosphäre aufsaugen«, bat Lissi, als Elise schließlich zum Boot zurückschwamm.

Ein letztes Mal legte sie sich aufs Wasser, doch statt die Augen zu schließen, sah sie sich um und versuchte, sich jedes noch so kleine Detail einzuprägen. Sobald sie Matteos Boot verlassen würden, wollte sie diesen Ort malen.

Ihr war klar, dass dies nicht weltbewegend neu war. Vermutlich kam jeder Maler, der die *Blaue Grotte* gesehen hatte, auf den Gedanken, ihre Schönheit in einem Bild einzufangen. Doch Lissi wollte den Vorschlag von Karl Böhme umsetzen und sich an Motiven in Postkartengröße versuchen. Vielleicht gelang es ihr ja tatsächlich, andere Gäste für diese handgemalten Postkarten zu begeistern. In diesem Fall könnte Lissi ihre schnell schmäler werdende Reisekasse in den nächsten Wochen ein wenig aufbessern. Außerdem wollte sie Max eine solche Karte schicken. Und ihren Eltern und Helen und Anastasia. Vermutlich würde sie nach ihrer Rückkehr einiges an Überzeugungsarbeit leisten müssen, um ihren Freundinnen klarzumachen, dass es diesen zauberhaften Ort wirklich gab und er nicht nur ihrer künstlerischen Fantasie entsprungen war.

20

Montag 23. Dezember 1872

Henriette

Henriette benötigte nicht viel Zeit, um ihrem Bruder zu beweisen, dass sie Visionen für das Hotel hatte. Schon seit Monaten machte sie sich fast täglich Gedanken darüber, wie die *Traube* zu einer echten Perle Rothenburgs werden könnte. Neben erlesener Kundschaft und besonderen Anlässen würde der Umbau wohl die größte Neuerung, aber auch gleichzeitig die größte Investition werden. Ginge es nach ihr, bekäme das Hotel einen Anbau, dessen Flachdach zu einer neuen, vergrößerten Terrasse werden könnte, die über dem Taubertal schweben sollte.

»Sitzmöbel und Teppiche würden wir in Blau halten, und die gesamte Terrasse wäre in Glas eingefasst, sodass auch bei schlechtem Wetter ein grandioser Ausblick gesichert ist. Die Fenster müssten sich weit öffnen lassen, sodass die Gäste in den Sommermonaten das Gefühl hätten, über dem Taubertal zu thronen.«

»Und warum gerade blau?«, fragte Theo.

»Ich wüsste nicht, welche Farbe besser zu einer Terrasse passt, die den Himmel berührt.«

Ihr Bruder schüttelte lachend den Kopf. »Da entdecke ich auf meine alten Tage also noch eine romantische Ader an meiner kleinen Schwester«, neckte er sie.

Henriette spürte, dass sie errötete. Sie zuckte mit den Schultern und war mehr als erleichtert, dass es genau in diesem Augenblick an der Tür klopfte.

»Ich werde das mit unserer Tante besprechen und finde, du solltest bei dieser Besprechung anwesend sein. Ich könnte mir vorstellen, dass deine Ideen die gute Elvira aus ihrem traurigen Tiefschlaf herausreißen. Weiterhin bin ich überzeugt davon, dass wir für eine lohnenswerte Investition wie diese auch die nötigen finanziellen Mittel auftreiben werden. Ich bin beeindruckt, Henriette. Das muss ich schon sagen.«

Sie liefen in die kleine Empfangshalle. Isabella hatte die Tür bereits geöffnet.

»Marga!« Henriette eilte die Treppenstufen hinunter und umarmte ihre Freundin stürmisch. »Du hast dich also wirklich davongeschlichen, um Angelegenheiten zu regeln, in die du deine Nase gar nicht hättest stecken dürfen?«

Margarethe gehörte nicht zu der Sorte Frauen, die demütig den Kopf senkten. Stattdessen hob sie die Schultern und erklärte: »Du hast mir keine Wahl gelassen. Ich sehe doch nicht dabei zu, wie du eingehst.«

Henriette lächelte und wandte sich an Jacob. »Danke, dass du sie geholt hast. Sie schläft natürlich im Gästezimmer.«

»Das ist nicht nötig«, gab Marga zurück. »Ich habe auch meinen Koffer noch im Gasthaus.«

»Kommt nicht infrage, dass du dein sauer verdientes Geld für ein Zimmer ausgibst. Wir haben hier genug Platz.«

»Ich werde das Gepäck holen«, erklärte Jacob mit fester Stimme. »Selbstverständlich werde ich die Wirtin Klara bitten, zu packen.« Er hob die Hand kurz zum Gruß und war in der nächsten Sekunde aus der Tür verschwunden.

»Er will wohl sichergehen, dass Sie es sich nicht noch anders überlegen«, feixte Theo und streckte dem Gast die Hand hin. »Ich bin Theodor Hartmann, und ich danke Ihnen von Herzen, dass Sie uns Henriette zurückgebracht haben.«

»Margarethe Hölzing, sehr erfreut.«

»Sei nicht so steif, Theo«, bat Henriette ihren Bruder. »Es wäre doch seltsam, wenn ich Margarethe duze, während du sie fortwährend siezt.«

»Natürlich gern.«

So, wie es im Hause Hartmann schon von jeher Brauch war, kam am folgenden Weihnachtsabend die Familie zusammen. Neben Sophie und Theodor hatten Elisabeth und ihr Gatte Christian auch Elvira Traub eingeladen, und überraschenderweise folgte die Tante diesmal der Einladung.

Trotz des festlichen Anlasses bestand Theodor darauf, die Gelegenheit zu nutzen und sie in die Pläne einzuweihen, die Henriette ihm erläutert hatte. Nach einem üppigen Abendessen zogen sich Theodor, Christian, Henriette und Hotelbesitzerin Elvira in das Arbeitszimmer zurück.

»Ich bin hocherfreut, dass du unsere Einladung angenommen hast, liebe Tante«, begann Theodor das Gespräch und schenkte der zierlichen Frau einen Likör ein.

»Mir kam zu Ohren, dass unsere Henriette endlich den Weg nach Hause gefunden hat. Das ist ein freudiger Anlass, und wenn ich mich in diesem Raum so umsehe, ahne ich, dass ihr mir etwas mitzuteilen habt.«

Henriette presste die Lippen zusammen, doch Theo lächelte ihr beruhigend zu.

»Das ist richtig«, antwortete er. »Henriette ist, wie ich meine, genau zur richtigen Zeit zurückgekehrt. Und ihre Vorschläge für das Hotel lassen auf Rettung hoffen.«

In der folgenden Stunde erklärte Henriette ihrer Tante bis ins kleinste Detail, was genau ihr vorschwebte. Elvira unterbrach ihre Nichte nur selten. Sie nickte, lief auf ihren Stock gestützt im Raum auf und ab, nippte an ihrem Likör und lächelte schließlich sanft vor sich hin. »Gefällt mir. Ich selbst hätte für Vorhaben dieser Größenordnung nicht mehr die Kraft, und wir alle wissen, dass weder mein kränkelnder Schwager – nichts für ungut, mein Lieber – noch mein gesetzesversessener Neffe das Hotel hätten übernehmen können oder wollen. Du bist im rechten Moment zurückgekehrt, Henriette. Und ich bin gewillt, dir freie Hand zu lassen. Solltest du die *Traube* wieder zum Erstrahlen bringen, werde ich dir die Geschäftsführung übertragen. Allerdings muss dir klar sein, dass eine Testamentsänderung nicht infrage kommt, solange du keine verheiratete Frau bist. Ein mondänes Hotel wie dieses braucht die starke Hand eines Mannes. In dieser Hinsicht bin ich unerbittlich.«

Henriette schluckte. Nichts war in diesem Moment so weit weg wie die Aussicht auf einen Ehemann. Sie hatte Jahre gebraucht, ihre Fehler der eigenen Familie gegenüber zuzugeben. Wie sollte sie je zu einem Mann ehrlich sein? Wer immer von ihrer schändlichen Vergangenheit erfuhr, würde wohl Reißaus nehmen.

Gegenüber ihrer Tante äußerte sie diese Zweifel natürlich nicht. Sie würde das Jahr, das Elvira ihr zu geben gedachte, nutzen müssen, um sich unentbehrlich zu machen. Vielleicht würde sie dann umdenken.

Es war herrlich, die Feiertage und den Jahreswechsel im Kreise ihrer Familie zu verbringen. Henriette nutzte die Zeit, um Margarethe ihre Heimat zu zeigen. All das tat sie mit einem festen Ziel: Auch die Freundin sollte nicht nach Ansbach zurückkehren, sondern stattdessen die Rolle der ersten Hausdame im *Hotel Traube* übernehmen. Ihre Eltern und ihren Bruder von dieser Idee zu überzeugen war ein Leichtes. Marga zum Bleiben zu überreden, gestaltete sich jedoch etwas schwieriger.

»Mein Leben ist bescheiden, aber glücklich«, erklärte sie. »Ich kann doch nicht einfach alles zurücklassen.«

»Was lässt du schon groß zurück?«

Marga zuckte lachend mit den Schultern, rollte ihre dunklen Augen zur Decke des Gästezimmers und gestand dann: »Darauf habe ich keine passende Antwort. Aber es geht eben nicht. Ich würde tief in der Schuld deiner Familie stehen, und das möchte ich nicht.«

Henriette stemmte ihre Fäuste in die Hüften und sah sie streng an. »Ach, aber dass ich in deiner Schuld stehe, weil du mich zur Heimkehr gezwungen hast, ist in Ordnung? Und wir schenken dir doch nichts. Du bist tüchtig. Das weiß ich, weil ich jahrelang Seite an Seite mit dir in der Wäscherei geschuftet habe. Du wärst ein Gewinn für das Hotel. Und keine Sorge: Täusche ich mich in dir, werde ich dich höchstpersönlich vor die Tür setzen.«

Margarethe starrte Henriette sekundenlang an und brach dann in schallendes Gelächter aus. »Ja, wenn das so ist, bin ich selbstverständlich beruhigt. Unter diesen Umständen …«

Weiter kam sie nicht, denn Henriette fiel ihr lachend und kreischend um den Hals.

Nachdem der Entschluss der Frauen feststand, machten sich beide daran, den Umzug ihrer wenigen Habseligkeiten zu organisieren.

»Theodor lässt mich keinesfalls nach Ansbach zurück«, überlegte Henriette. »Ich denke, ich werde Jacob um Hilfe bitten. Er ist kräftig und kann eine Kutsche lenken. Er wird sich mit dir auf den Weg nach Ansbach machen und dir dabei helfen, unsere restlichen Kleider zu holen.«

»Oh, bitte nicht!«, stöhnte Margarethe theatralisch, doch das winzige Lächeln, das ihre Lippen umspielte, strafte ihre Worte Lügen. »Aus irgendeinem unerfindlichen Grund hat er einen Narren an mir gefressen. Ich fürchte, er wird diese Angelegenheit als offizielle Verabredung missverstehen.«

»Auf den Mund gefallen bist du ja nun gottlob nicht«, gab Henriette zurück. Sie behielt für sich, dass sie durchaus der Meinung war, dass Jacob möglicherweise schon bald ein stattlicher Mann und als Mündel ihres Bruders eine gute Partie sein würde. Die drei Jahre Altersunterschied, die zwischen ihm und Marga lagen, würden spätestens dann keine Rolle mehr spielen.

Nachdem Margarethe und Jacob nach Ansbach aufgebrochen waren, machte sich Henriette auf den Weg ins Hotel. Nach dem ersten Entsetzen wegen des verfallenen Zustandes packte sie der Tatendrang. Sie sah schnell, dass viel Arbeit auf sie zukam, und sie konnte es kaum erwarten, damit zu beginnen.

*

Margarethe musste sich eingestehen, dass es ihr gefiel, Zeit mit Jacob zu verbringen, denn anders als erwartet, verhielt er sich ganz und gar nicht aufdringlich, sondern war im Gegenteil ein amüsanter Gesprächspartner. Während er die Kutsche unter einiger Anstrengung durch die winterlichen Straßen lenkte und jedes noch so ärgerliche Hindernis mit Humor und einigem Kraftaufwand hinter sich ließ, erzählte er ihr eine Anekdote nach der anderen, etwa von Taschenuhren, die er reichen Rothenburgern in früheren Jahren aus den Hosen gezogen hatte, ohne wirklich zu wissen, wie er diese teuren Gegenstände zu Geld machen sollte.

»Ich war vielleicht fünf, als ich mein wertvolles Diebesgut ausgerechnet zu Uhrmacher Pückhauer trug. Natürlich war ich nicht davon ausgegangen, dass er derjenige war, der die Uhr überhaupt erst an den Herrn verkauft hatte, den ich zuvor bestohlen hatte.«

Immer wieder hielt Marga sich die Hand vor den Mund, um ihr prustendes Gelächter zu unterdrücken. Jacob erzählte, wie der Uhrmacher ihn erst hinausgeworfen, es sich dann jedoch anders überlegt und ihn durch ganz Rothenburg gejagt hatte, ohne ihn zu fassen zu kriegen.

»Ich war so verängstigt, dass ich den Eltern von Sophie vor die Kutsche lief und fast unter die Räder gekommen wäre. Sophies Vater war ein gutherziger Mann. Er erkannte meine Not und brachte den atemlosen Herrn Pückhauer dazu, Gnade walten zu lassen. Die Uhr musste ich natürlich zurückgeben. Seit diesem Moment hielten Sophies Eltern regelmäßig nach mir Ausschau.«

Sein fröhliches Gesicht wirkte plötzlich verschlossen. Marga legte ihm behutsam die Hand auf den Arm. »Du musst mir das nicht erzählen, wenn du nicht möchtest.«

»Aber ich möchte ja«, gab Jacob zurück und schnalzte mit der Zunge, um das Pferd weiter anzutreiben. »Kurz darauf kam es zu einem verheerenden Brand, und ich erfuhr, dass der gute Mann, der mich vor der haltlosen Wut des Uhrmachers gerettet hatte, nebst seiner Gattin darin umgekommen war. Sophie hatte die Katastrophe nur durch einen waghalsigen Sprung aus dem Fenster überlebt. Sie hat sich meiner angenommen, mich bald wöchentlich mit Essen und abgetragenen Kleidern versorgt, und das Erste, was sie tat, als sie ein eigenes Zimmer in St. Leonhard bewohnte, war, mich zu sich zu holen. Ihr und ihrem Gatten verdanke ich mein Leben.«

Zum zweiten Mal, seit Margarethe auf Jacob getroffen war, verspürte sie den Drang, sich ihm anzuvertrauen. Sie ahnte, dass er sie nicht wegen ihrer Vergangenheit verurteilen würde. Andererseits war ihr Verbrechen auch weit schlimmer als ein Diebstahl. Es gab einen Menschen, der ihretwegen nicht mehr am Leben war. Sosehr sie sich auch manchmal wünschte, dieses Verbrechen beichten zu können, um sich zu erleichtern, so sehr wusste sie doch auch, dass nicht weniger als ihr eigenes Leben und ihre Freiheit auf dem Spiel standen. Ihr blieb nichts anderes übrig, als weiterhin zu schweigen.

»Da sind wir«, sagte sie und deutete die Straße hinunter. »Das Haus rechter Hand ist die Wäscherei, in der Henriette und ich geschuftet haben. Nur wenige Schritte dahinter befindet sich unsere Behausung.«

Jacob brachte das Pferd vor der Wäscherei zum Stehen und reichte Margarethe die Hand.

»Warum steigen wir hier aus?«, fragte sie überrascht.

»Weil du der Aufseherin doch sicher mitteilen willst, dass sie sich zwei andere Wäscherinnen suchen muss. Euch kann sie jedenfalls nicht mehr knechten.«

Margarethe lachte auf. Er hatte recht, die Vorstellung,

der verbissenen alten Frau sagen zu können, dass sie auf ihre Anstellung in der Wäscherei pfiff, hatte ihren Reiz. Doch natürlich wusste sie auch, dass sie ohne diese Arbeit niemals über die Runden gekommen wäre. »Ich werde höflich und freundlich bleiben.« Sie zog die linke Schulter zum Kinn und deutete einen vornehmen Knicks an. Dann lief sie in die Wäscherei und der Aufseherin direkt in die Arme.

»Du traust dich hier noch rein?«, schrie der alte Drachen sofort. »Sieh zu, dass du verschwindest. Ich habe für dich und diese schwächliche Henriette Ersatz gefunden. Jetzt könnt ihr zusehen, wie ihr zurechtkommt.«

Margarethe kochte vor Wut. Selbst diesen winzigen Moment der Genugtuung gönnte die Alte ihr nicht. Hinter ihr ging die Tür auf, und zu ihrer Überraschung stand Jacob vor ihr.

Galant zog er sich die Mütze vom Kopf und deutete eine Verbeugung an. »Fräulein Hölzing, wären Sie dann so weit? Ich möchte Ihren Verlobten Herrn von Stadel ungern warten lassen. Er wird mich ohnehin schon dafür tadeln, dass ich es zugelassen habe, dass Sie«, Jacob sah sich mit abfälliger Miene um, »einen solchen Ort betreten.«

Margarethe wäre ihm am liebsten um den Hals gefallen und musste sich zwingen, Haltung zu wahren. Sie setzte ein hochmütiges Gesicht auf. »Natürlich. Ich dachte, es würde sich gehören, sich zu verabschieden. Aber ich sehe doch ein, dass es einigen Menschen an einem Ort wie diesem an guter Kinderstube mangelt.«

Sie hob ihr Kinn, rauschte hinaus und schaffte es gerade noch, ihr Lachen bis vor der Tür zurückzuhalten.

»Das war unglaublich. Ich kann dir für diesen Auftritt gar nicht genug danken! Ich werde mich ewig an das dämliche Gesicht dieser garstigen alten Hexe erinnern.«

Jacob neigte leicht den Kopf, hielt ihr erneut die Hand hin und blieb seiner Rolle noch einen Augenblick treu: »Wenn ich Sie dann zu Ihrem Domizil geleiten dürfte, Gnädigste.«

»Aber bitte gern«, hauchte Margarethe, nahm auf dem Kutschbock Platz und ließ zu, dass Jacob ihr fürsorglich eine wärmende Decke über die Beine legte.

Als sie einen letzten Blick zur Wäscherei warf, sah sie voller Genugtuung, dass die Aufseherin tatsächlich mit ihrer neugierigen Nase an der Fensterscheibe klebte und sie mit offenem Mund anstarrte.

In der winzigen Wohnung, die sie mit Henriette geteilt hatte, wartete allerdings eine unangenehme Überraschung auf sie. Offensichtlich hatte sich jemand am Schloss der Tür zu schaffen gemacht. Margarethes Herzschlag schien für einen Moment auszusetzen, und sie lehnte sich Halt suchend gegen die Wand.

»O mein Gott«, hauchte sie leise, und die gute Laune war auf einen Schlag verschwunden. Ihr erster Gedanke war, dass die Polizei sie nach all den Jahren doch noch ausfindig gemacht hatte. Panisch schob sie Jacob beiseite, lief ins Zimmer und zerrte den Stuhl vor den Schrank. Sie nahm die hölzerne Schatulle hervor, öffnete sie und atmete dann erleichtert aus. Es war noch alles an Ort und Stelle, und es sah nicht danach aus, als hätten die Diebe diese Schachtel überhaupt entdeckt.

»Fehlt etwas?«, fragte Jacob besorgt.

Margarethe sah sich im Zimmer um, dann riss sie die Augen auf. »Ja«, sagte sie kopfschüttelnd. »Henriette und ich hatten lange für eine Kohleherd gespart. Der stand genau dort.« Sie deutete in den winzigen Nebenraum.

»Dann müssen wir die Polizei rufen.«

Margarethe schüttelte energisch den Kopf. »Bloß nicht«, entfuhr es ihr. »Wir hätten das schwere Ding ohnehin nicht hinaustragen können, und Henriette wird es nicht mehr brauchen. Hoffen wir einfach, dass es jemanden durch den Winter bringt, der Wärme dringend nötig hat.«

21

Sonntag, 22. Mai 1904

Helen

Als Helen am Pfingstsonntag in ihr Kostüm stieg, fragte sie sich mit klopfendem Herzen, ob Anton sein Versprechen wahr machen und diesmal im Publikum sitzen würde. Wie schon im letzten Jahr war ihr die Rolle der Bürgermeistertochter zugeteilt worden.

Anfangs hatte sie ihre Zusage hinausgezögert, denn das unklare Verhältnis zu Anton hatte ihr schwer im Magen gelegen, und sie hatte befürchtet, dass es kaum möglich sein würde, ihre Rolle glaubhaft zu spielen. Obwohl Anton sie an den Wochenenden regelmäßig zum Essen ausführte oder um Spaziergänge bat, war Helen noch immer verunsichert. Sie vertrauten sich zwar ihre Gedanken an, sprachen jedoch noch immer nicht darüber, wie die Dinge zwischen ihnen standen.

Anton erzählte von seiner Arbeit und davon, dass er inzwischen um die horrende Summe wusste, die er allein für die Maschinen würde aufbringen müssen. C. E. Rost aus Dresden sollte einen Großteil der Maschinen fertigen, mit dem Bau der hochwertigen Boudineuse-Peloteuse wollte er dagegen Wilhelm Rivoir aus Offenbach am Main, einen Spezialisten für Kühlmaschinen, beauftragen.

Nach Antons Ausführungen hatte es ein Dreivierteljahr

gedauert, ehe die Kostenaufstellung für den Maschinenpark nach hartnäckigen Preisverhandlungen vollständig war, und vor Kurzem hatte Theo endlich damit beginnen können, Kreditangebote einzuholen, während Anton noch alle Hände voll damit zu tun hatte, auch die nötige Büroausstattung zusammenzustellen. Aus Antons Erklärungen hatte sie geschlossen, dass es längst nicht so einfach war, Bankiers und Geldgeber von der Notwendigkeit einer solchen Fabrik am Rande Rothenburgs zu überzeugen. Vor allem die nahe gelegene *Seifenfabrik Ribot* in Schwabach führte immer wieder aufs Neue zu Ablehnungen der Kreditanfragen. Mit derartiger Konkurrenz in unmittelbarer Nähe wäre, so die einhellige Meinung der Bankiers, die Errichtung einer neuen Seifenfabrik unternehmerischer Wahnsinn.

Bei ihrem Treffen vor einer Woche war Anton besonders niedergeschlagen gewesen, denn auch die vorerst letzte Kreditanfrage war abgelehnt worden. Theodor hatte ihn zwar beruhigt und ihm erklärt, dass er seinen Radius nun eben bis nach Nürnberg und München ausweiten würde und es nur eine Frage der Zeit wäre, bis sie eine Zusage erhielten. Doch Antons Enthusiasmus und Vorfreude auf die neue Herausforderung waren fürs Erste getrübt.

In diesem Augenblick hatte Helen ihm empfohlen, doch der Vorstellung des *Meistertrunkes* im Kaisersaal beizuwohnen, um auf andere Gedanken zu kommen. Er hatte genickt, sie war inzwischen allerdings nicht mehr sicher, ob er in seiner Niedergeschlagenheit ihren Vorschlag überhaupt wahrgenommen hatte. Für sie selbst hatten sich die Proben und die damit einhergehende Ablenkung als Segen erwiesen. Zumindest in der Zeit, in der sie mit dem

Ensemble Szenen und Texte übte, hatte sie sich jede Grübelei verboten und konnte nun aus voller Überzeugung sagen, dass ihr die Arbeit mit der Truppe dabei half, ihren persönlichen Kummer zumindest eine Zeit lang beiseitezuschieben.

Nun stand sie wie schon im letzten Jahr in der Garderobe und hoffte inständig darauf, dass Anton sich für das Theater und gegen die Belagerungsszene, der er sonst mit Max und Wastl auf der Gemeindewiese beiwohnte, entschieden hatte.

In Gedanken ging Helen ihren Text wieder und wieder durch und versuchte, ihren Puls durch Hin-und-her-Laufen unter Kontrolle zu bringen. Es war zwecklos. Ihr Herzschlag würde sich erst beruhigen, wenn sie auf die Bühne trat.

Helen entdeckte Anton in dem Moment, in dem der Vorhang fiel, das Licht im Saal anging und die Schauspieler noch einmal auf die Bühne traten, um sich zu verbeugen. Ihr Puls beschleunigte sich, doch ihre Freude verschwand schon in der nächsten Sekunde wieder. Eva Liebermann saß neben ihm. Obwohl Anton begeistert klatschte und ihr zuwinkte, konnte sie darüber nicht hinwegsehen.

Mit zusammengekniffenen Lippen und gesenktem Blick lief sie von der Bühne. Die Freude, die sie in diesem Moment wegen des gelungenen Auftritts hätte empfinden müssen, war auf einen Schlag verdorben.

Anton war mit Eva erschienen. Wollte er ihr damit etwa zu verstehen geben, dass er sich trotz seiner anderslautenden Aussagen in den vergangenen Wochen gegen sie und für die Tochter des Krämers entschieden hatte?

Ein plötzliches Schluchzen entfuhr Helens Kehle.

Hektisch presste sie sich die Hand vor den Mund, eilte zurück in die Garderobe und zog sich um. Während die anderen Schauspieler lachend durcheinanderredeten und mit hochroten Wangen auf den Erfolg anstießen, schlich sich Helen aus dem Kaisersaal. Dabei stieß sie überall auf Menschen, die ihr auf die Schulter klopften, ihr die Hände reichten und sie zu der großartigen Vorstellung beglückwünschten. Nichts von alledem drang wirklich bis zu ihr vor. Gequält lächelte sie zurück, nickte und wischte sich verstohlen die Tränen aus dem Gesicht.

Anton und Eva, hämmerte es in ihrem Kopf. Ausgerechnet bei der Vorstellung, zu der sie ihn eingeladen hatte! Dabei hatte sie ihm den Besuch überhaupt nur vorgeschlagen, um ihn von seinen eigenen Sorgen abzulenken. Sie war darauf bedacht gewesen, ihm eine Freude zu machen. Und was tat er? Er trat ihre Gefühle mit Füßen. Wie konnte er ihr das nur antun?

Helen lief zum Seiteneingang des Rathauses, an dem sie ihr Rad abgestellt hatte. Überrascht bemerkte sie, dass ein großer Blumenstrauß in dem Korb lag, den sie inzwischen am Lenker oberhalb des Vorderrades befestigt hatte. Missmutig öffnete Helen die Karte. Sie würde die Blumen fortwerfen, sollten sie von Anton sein! Was sollte sie mit Blumen, wenn er ihr doch ohne irgendwelche Gewissensbisse das Herz brach?

Doch die Karte war nicht von Anton, sondern von Hans Gräber. Helen schluckte die Enttäuschung ebenso hinunter wie die Tränen, die gerade aufsteigen wollten. Nachdem Hans aus Wut und gekränktem Stolz heraus sämtliche Geschäfte mit dem Hotel ihrer Eltern aufgekündigt hatte, war ihm nun wohl doch daran gelegen, seine einträglichen Geschäfte als Hauslieferant des Hotels wieder aufzunehmen. Er gratulierte Helen zu ihrer Rolle und verwies darauf, dass er sich in der nächsten Woche zu einem Gespräch mit ihren Eltern einfinden würde. Helen warf die Karte achtlos in den Korb zurück und schnäuzte sich.

Gerade als sie aufs Rad steigen wollte, vernahm sie eine Stimme, die sie aufhorchen ließ. Eva! Sie unterhielt sich mit einer älteren Dame, die Helen als Freundin von Evas Mutter erkannte. Von Anton war weit und breit nichts zu sehen.

Helen drückte sich eng gegen die Rathauswand. Sie musste um jeden Preis vermeiden, dass Eva sie in diesem Zustand, verweint und mit verquollenen Augen, sah. Und obwohl sie nicht im Geringsten interessierte, was Eva dieser Freundin der Familie mitzuteilen hatte, konnte sie nicht verhindern, dass sie die Stimmen der Frauen hörte.

Evas glockenhelles Lachen ertönte. Dann erklärte sie: »Ich sagte doch, dass es noch nicht vorüber ist.«

»Also habe ich mich nicht geirrt. Anton Schmieger …«

»… hat mich zur Vorstellung begleitet«, beendete Eva den Satz. »Und nicht nur das. Während der Vorstellung hat er mir zugeflüstert, dass er noch immer tiefe Gefühle für mich hegt, und sosehr er sich auch bemühen würde: Er könnte mich einfach nicht vergessen.«

Helen presste die Hand vor den Mund, um nicht laut zu schluchzen. Sie hatte genug gehört und wollte nur noch weg. Ausgerechnet in diesem Moment sah die ältere Dame ihr in die Augen, und Helen meinte, ein winziges Zucken um deren Mundwinkel zu bemerken.

Eilig wandte sie sich ab und stieg aufs Rad. Es spielte keine Rolle mehr, ob Eva oder diese Frau sie bemerkten. Sie hielt es keinen Augenblick länger an diesem Ort aus. Mit kräftigen Bewegungen trat sie in die Pedale.

Vermutlich wäre es klüger gewesen, sich erst einmal zu beruhigen und daran zu denken, dass die Stadt gerade an den Pfingsttagen völlig überfüllt war. Doch Helen hörte nicht auf die warnende Stimme in ihrem Kopf. In halsbrecherischer Geschwindigkeit raste sie durch die engen Gassen und zurück zum Hotel.

»Vorsicht!« Der spitze Schrei ließ Helen zusammenzucken.

Helen griff nach dem Bremshebel, doch es war zu spät. Um den Spaziergänger nicht umzufahren, riss sie das Lenkrad herum und prallte vor dem *Gasthof Bären* gegen eine Kutsche. Sie stürzte, doch ihr Fuß blieb in den Speichen des Vorderrades hängen. Sie hörte noch ein Krachen. Dann schlug ihr Kopf auf dem Pflaster auf, und sie verlor das Bewusstsein.

Helen erwachte in einem Zimmer, das sie nicht kannte. Sie wollte sich aufrichten, doch ein stechender Schmerz im Kopf zwang sie auf ihr Kissen zurück. Sie stöhnte auf, griff sich an die Stirn und spürte den Verband.

»Nicht doch«, hörte sie die vertraute Stimme von Anastasia. Die Freundin hatte auf einem Sessel neben dem Fenster gesessen und trat nun an ihr Bett. »Was machst du denn für Sachen?«, fragte sie behutsam.

Helen wollte die Wortfetzen in ihrem Kopf sortieren, doch es gelang ihr nicht. »Warum?«, stammelte sie.

»Du bist im Spital«, erklärte Anastasia. »Ein Glück, dass du dir für den Zusammenstoß ausgerechnet die Kutsche der Hartmanns ausgesucht hast. Jacob hatte Sophie gerade vor dem *Gasthaus Bären* abgesetzt, wo sie bei der Armenspeisung helfen wollte. Er und seine Gattin Marga wären dann zur *Traube* weitergefahren, wo sie mehr als genug zu tun gehabt hätten. Dein Sturz hat alle Pläne zunichtegemacht. Statt der unzähligen Hotelgäste an Pfingsten Herr zu werden, haben sie dich notdürftig versorgt und hergebracht.«

»Wie lange war ich bewusstlos?« Helens Stimme war nur ein Flüstern. Ihr Mund war trocken, und jedes Wort kratzte im Hals, als hätte sie tagelang keinen Tropfen Flüssigkeit zu sich genommen.

»Nun, heute ist Montag. Die Zweitbesetzung springt beim *Meistertrunk* für dich ein. Dein gebrochener Fuß wird dich noch eine ganze Weile bewegungsunfähig machen.«

Helen schloss die Augen und atmete ein und aus. Langsam kamen die Erinnerungen zurück, und Trauer schnürte ihr die Kehle zu. Doch da war auch Wut: Sie hatte zugelassen, dass ihre Gefühle sie übermannten. Wie ein tollkühner Bursche war sie durch die Straßen gerast und hatte keinerlei Gedanken daran verschwendet, dass es ihre Gesundheit gewesen war, die sie aufs Spiel gesetzt hatte. Dabei hatte sie doch so großherzig getönt, dass sie jede Entscheidung, die Anton traf, akzeptieren würde. Nun, er hatte sich entschieden. Für Eva. Als wäre das nicht schon schmerzhaft genug, musste sie sich auf ihrem Niederrad wie eine Wahnsinnige gebärden – mit dem Resultat, dass nun nicht nur ihr Herz schmerzte, sondern auch ihr ganzer Körper.

»Danke, dass du hier bist«, sagte sie leise.

»Irgendjemand muss ja nach dir sehen.« Anastasia griff behutsam nach ihrer Hand. »Nun, Lissi weilt noch auf Capri, und deine Eltern sind in dem völlig überfüllten Hotel nicht abkömmlich, ebenso wenig wie meine oder Lissis. Es sind eben Pfingstfestspiele, und du weißt ja, was das bedeutet. Deine Eltern haben die Nacht über an deinem Bett gewacht. Sie werden heute Abend wieder nach dir sehen, wenn die Arbeit im Hotel es ihnen erlaubt. Jacob, Margarethe, ja selbst die drei Mädchen der beiden, versuchen ihr Bestes, um sie im Hotel zu entlasten, aber sämtliche Zimmer sind ausgebucht. Dazu die speisenden Tagesgäste – du weißt ja selbst, dass es um diese Jahreszeit zugeht wie im Taubenschlag. Aber sie alle schicken beste Grüße, Sophie und Theodor eingeschlossen.«

»Danke.« Helen spürte die Enttäuschung, die ihr durch sämtliche Glieder kroch. Alle Menschen, die ihr am Herzen lagen, hatte Anastasia erwähnt – mit einer Ausnahme: Anton. Vermutlich wusste er noch nicht einmal, was geschehen war. Nur zu gern hätte sie Anastasia nach ihm gefragt, doch sie schwieg. Anständig, wie Anton war, würde er sich am Ende noch verpflichtet fühlen, sie am Krankenbett zu besuchen. Das war zwar einerseits ihr sehnlichster Wunsch, andererseits würde sie seine Anwesenheit kaum ertragen. Nicht nach dem, was sie inzwischen über ihn und seine Gefühle für Eva wusste.

Anastasia bemühte sich nach Kräften darum, Helen auf andere Gedanken zu bringen. Sie erzählte, dass Wastl seit Neuestem wie ausgewechselt war. Er besuchte sie, wann immer sich die Gelegenheit dazu ergab, und war inzwischen auch bei ihren Eltern vorstellig geworden. Ganz offiziell hatte er darum gebeten, Anastasia bei seinen Besuchen in der Heimat ausführen zu dürfen.

»Dann ist er also endlich zur Vernunft gekommen.« Helen musste sich zwingen, ihre Freundin anzulächeln. Natürlich gönnte sie Anastasia ihr Glück von Herzen. Andererseits war sie genau jetzt nicht in der Verfassung, die euphorischen Geschichten ihrer Freundin anzuhören.

Sie schloss die Augen, und Anastasia verstand tatsächlich.

»Bitte entschuldige mein aufgeregtes Geplapper. Du hast sicher ganz entsetzliche Kopfschmerzen, und mein pausenloses Gerede ist vermutlich das Letzte, was dir guttut. Ich werde dich jetzt ruhen lassen. Bevor ich meiner Mutter im *Goldenen Greifen* zur Hand gehe, werde ich deinen Eltern und auch den Hartmanns Bescheid geben, dass du aufgewacht bist.«

»Ich danke dir.«

Anastasia winkte lachend ab, beugte sich hinunter und gab Helen einen winzigen Kuss auf die Wange. »Doch nicht dafür, Liebes. Bitte erhole dich, wir alle können es kaum erwarten, dir mit häuslichen Krankenbesuchen auf die Nerven zu fallen.«

Helen sah Anastasia schmunzelnd hinterher. Das Glück stand der einst ständig niedergeschlagenen Wirtstochter ganz hervorragend. Ihr Gesicht war ein einziges Strahlen, und sie schien irgendwie aufrechter zu gehen als sonst. Es war keine Frage, dass Sebastian Peters sie glücklich machte.

Sie musste weggedöst sein. Als sie wieder zu sich kam, schien die Abendsonne durch ihr Zimmerfenster. Eine Bewegung im Raum ließ sie zusammenzucken. Sie wandte sich zur Tür und sah direkt in Antons Augen. Mit zwei langen Schritten lief er zu ihrem Bett und griff nach ihrer Hand.

»Ich kann es einfach nicht glauben«, rief er atemlos. »Es war reiner Zufall, dass ich von Anastasia erfahren habe, was mit dir geschehen ist. Sonst würde ich noch immer nicht Bescheid wissen.«

Warum auch? Die Frage hämmerte in Helens Kopf, doch sie sagte kein Wort.

»Du warst nach der Vorstellung so schnell verschwunden, dabei hätte ich dir so gern zu diesem unglaublichen Erfolg gratuliert.«

Helens Puls beschleunigte sich. Die geheuchelten Worte ertrug sie keine Sekunde länger. »Da du in Begleitung warst, bin ich nicht davon ausgegangen, dass meine Anwesenheit erwünscht war«, gab sie zurück und konnte den giftigen Ton in ihrer Stimme nicht verhindern.

Anton zog fragend seine Augenbrauen zusammen, und diese aufgesetzte Unschuldsmiene brachte das Fass zum Überlaufen.

»Ich bin weder blind noch taub, Anton. Ich habe dich im Kaisersaal neben Eva gesehen, und als ich auf mein Rad gestiegen bin, habe ich gehört, wie sie einer Freundin berichtet hat, was du ihr während der Vorstellung zugeflüstert hast.«

Anton öffnete den Mund und schloss ihn wieder. Langsam verengten sich seine Augen, schließlich schüttelte er den Kopf. »Und was sollte das wohl gewesen sein?«

»Du hast ihr gesagt, dass du tiefe Gefühle für sie hegst und sie nicht vergessen kannst.«

Statt seine Worte zuzugeben, schnappte Anton wütend nach Luft. »Das hat sie erzählt? Nun, lass mich raten: Eva hat das in gerade so angemessener Lautstärke gesagt, dass du sie hören konntest.«

Helen verstand nicht recht, worauf er hinauswollte. »Ich wollte auf mein Rad steigen. Ich denke nicht, dass sie mich überhaupt gesehen hat.«

»Oh«, sagte Anton gefährlich leise. »Ich denke, das hat sie. Jedes Wort, das ich während der Vorstellung gesagt habe, galt dir und deiner unglaublichen Leistung auf der Bühne. Ich …«

»Anton«, unterbrach Helen. »Verschone mich mit Ausreden. Das habe ich nicht verdient. Du wolltest das Festspiel mit Eva genießen, und das akzeptiere ich. Aber jetzt, wo deine Entscheidung gefallen ist, habe ich Ehrlichkeit verdient. Das hatten wir so vereinbart, vergiss das nicht.«

»Ich bin ehrlich!« Mit einer verzweifelten Geste fuhr er sich durch die Haare. Dann zog er den Stuhl, der unter dem Fenster stand, neben ihr Bett, setzte sich und griff nach ihrer Hand. »Mein einziger Fehler war, ihr zu vertrauen. Ich nahm an, dass es nach unserer gemeinsamen Vergangenheit nur anständig wäre, auf ihre Einladung einzugehen und neben ihr Platz zu nehmen. Nachdem der Vorhang gefallen war, wollte ich zu dir eilen, doch du warst plötzlich wie vom Erdboden verschluckt. Ich habe auf der Rathaustreppe gewartet und nach dir Ausschau gehalten, aber du kamst nicht.«

»Mein Fahrrad stand am Seitenausgang.«

»Ich bin überzeugt davon, dass Eva das wusste. Ich habe sie unterschätzt, dachte, dass wir befreundet bleiben könnten. Doch nun sehe ich ein, dass das naiv und gutgläubig war. Ich werde noch heute mit ihr sprechen. Oder besser noch: Ich werde mit dieser Aussprache warten, bis du aus dem Spital entlassen bist. Dann kannst du selbst sehen und hören, was ich ihr sage. In meinem Beisein wird sie sicher zugeben, dass ich keines der Worte, die sie mir in den Mund gelegt hat, wirklich gesagt habe. Glaub mir, Helen. Ich hatte während der Vorstellung nur Augen für dich. Es war meine Bewunderung für dich, die ich geäußert habe.«

Wut und Trauer, die Helen bis eben noch gespürt hatte, lösten sich in nichts auf. Sie sah Anton ins Gesicht und wusste, dass seine Worte der Wahrheit entsprachen. Sie hatte den Blick und das seltsame Lächeln der Frau, mit der Eva gesprochen hatte, doch selbst gesehen. Nun passte alles zusammen. Die Krämerstochter hatte geahnt, dass sie zu ihrem Fahrrad gehen würde. Jeder in Rothenburg wusste, welches Rad sie fuhr, denn es gab nur eines, das mit einem Bastkorb mit bunten Schleifenbändern versehen war. Die Szene, die Helen gesehen hatte, war abgekartet gewesen und hatte einzig und allein zum Ziel gehabt, Zwietracht zwischen ihr und Anton zu säen.

»Wie konnte ich nur so dumm sein«, murmelte sie.

»Das gilt wohl für uns beide.« Anton griff nach ihrer Hand, streichelte über den Handrücken und drückte dann einen sanften Kuss darauf. »Du musst dich furchtbar gefühlt haben«, sagte er, dann riss er plötzlich entsetzt die Augen auf. »O mein Gott!«, rief er. »Ihre Lügen waren der Grund für deinen Unfall. Richtig?«

Helen wich seinem Blick aus. Es war ihr peinlich, ein solch kopfloses Verhalten ihm gegenüber zuzugeben. Anton schüttelte einmal mehr den Kopf.

»Ich kann nicht glauben, dass Eva zu einem solchen Intrigenspiel fähig ist. Nun wissen wir, woran wir sind. Meine Freundschaft zu ihr ist beendet. Endgültig. Sie wird nie mehr die Gelegenheit erhalten, sich zwischen dich und mich zu drängen. Und sollte sie je wieder Kontakt zu mir suchen, werde ich ihr sagen, dass deine Verletzungen ihre Schuld sind.«

Helen lächelte Anton liebevoll an und streichelte seine Hand. »Lass nur«, bat sie. »Den Unfall habe ich verursacht, sonst niemand. Im Gegenteil. Ich muss froh sein, dass ich in meiner blinden Wut nicht noch jemanden umgerissen und verletzt habe.«

Helen erzählte, dass sie dem Spaziergänger gerade noch ausweichen konnte. Andernfalls wäre womöglich er es gewesen, der heute in diesem Bett gelegen hätte.

Anton schien nicht überzeugt, doch er ließ das Thema schließlich fallen. Sie sprachen über Wastl und Anastasia und darüber, wie glücklich die beiden momentan schienen. Dann schlug sich Anton plötzlich vor die Stirn.

»Das hätte ich fast vergessen. Sieh nur.« Er zog eine Postkarte hervor und reichte sie Helen. »Die kam heute mit der Post. Von Lissi aus Capri. So, wie sie schreibt, erhält wohl ganz Rothenburg diese Postkarten.«

Helen vermied es, Lissis Zeilen zu lesen, waren sie doch für Anton bestimmt, und starrte stattdessen verträumt auf das Bild auf der Vorderseite.

»Das hat sie selbst gemalt, ganz sicher. Ich kann es kaum erwarten, meine eigene Karte in den Händen zu halten.«

Anton nickte. Dann beugte er sich über Helens Bett, sah sie sekundenlang schweigend an und küsste sie schließlich. »Und ich kann es kaum erwarten, dass du hier wieder rauskommst.«

Helen lachte auf. »Mein Fuß ist gebrochen. Du wirst nicht viel mit mir anfangen können.«

»Das werden wir ja sehen«, gab er zurück und zog grinsend seine Augenbrauen in die Höhe. »Ich könnte dich aus dem Hotel tragen, in eine Kutsche verfrachten und entführen. Und du könntest nichts dagegen tun.«

»Ich könnte schreiend um mich schlagen. Meine Arme sind ja nicht gebrochen«, widersprach Helen lachend.

»Danke für die Warnung«, gab Anton ernst zurück.

»In diesem Fall beschränke ich mich wohl besser auf Ausflüge, die wir mit deiner Zustimmung unternehmen.«

»Zu gütig, der Herr.«

Als die Tür aufging und die Krankenschwester das Zimmer betrat, war Helens Welt trotz der Verletzungen, die sie davongetragen hatte, wieder in Ordnung. Anton und sie waren vereint. Er war der Mann, den sie in ihr Herz geschlossen hatte, und nun hatte sie endlich auch die Gewissheit, dass es ihm ebenso ging.

22

Dienstag, 11. Oktober 1904

Anton Nach einem traumhaften Sommer, den er, wenn er nicht gerade über Plänen und Finanzen brütete, fast ausschließlich an Helens Seite verbracht hatte, war der Herbst regelrecht über Rothenburg hereingebrochen. Das Wetter war seit Tagen abscheulich, doch heute störte sich Anton nicht daran. Sein aufgespannter Schirm hielt den monsunartigen Regenguss kaum ab, und seine Füße waren inzwischen ebenso nass wie seine Hosenbeine. Trotzdem lief er beschwingten Schrittes zum *Hotel Traube.*

Er konnte es kaum erwarten, Helen die guten Nachrichten zu überbringen. Nach Monaten des Bangens hatten seine Gespräche endlich Früchte getragen. Das *Bankhaus Aufhäuser* in München würde ihm Kredit gewähren. Besonders stolz war er auf die Tatsache, dass er diese Zusage selbst herbeigeführt hatte. Statt Familienanwalt Theodor vorzuschicken, hatte er sich persönlich nach München begeben und mit Heinrich Aufhäuser verhandelt. Überraschenderweise war dem Bankier völlig gleichgültig, ob und welche Konkurrenz an Seifensiedereien es im näheren Umfeld Rothenburgs gab. Er nahm die Bücher der vergangenen Jahre in Augenschein und gab dann seine Zustimmung.

Helen erwartete Anton im Foyer des Hotels. Sie musste bereits an seinem Gesichtsausdruck erkannt haben, dass er erfolgreich gewesen war, denn sie sprang auf und fiel ihm lachend in die Arme.

»Also ist es geglückt?«, fragte sie atemlos.

»Aber ja.« Anton strich ihr eine Haarsträhne aus dem Gesicht, vergewisserte sich mit einem kurzen Blick, dass keiner der anderen Gäste Interesse an ihnen zeigte, und drückte ihr dann einen schnellen Kuss auf die Lippen.

»Herr Aufhäuser wird die Verträge aufsetzen und erwartet mich Ende des Monats zur Unterschrift.«

Helen legte ihre Arme um seinen Hals und lächelte ihn lange an. Es schien ihr nicht das Geringste auszumachen, ob sie von Hotelgästen angestarrt wurden oder nicht. Sie gab ihm einen weiteren Kuss und schmiegte sich dann fest in seine Arme. »Ich wusste, dass du das schaffst. Ich habe immer daran geglaubt, dass du einen Weg findest, den Traum von einer Seifenfabrik wahr werden zu lassen.«

Sie griff nach seiner Hand und zog ihn mit sich durch die Empfangshalle, vorbei am Treppenaufgang und in das Büro ihrer Eltern. Ihr Vater Carl saß rauchend am Sekretär und brütete über Papieren. Anton erfasste sofort, dass es um die Anmeldungen zum diesjährigen Herbstball gehen musste, denn Henriette diktierte ihrem Gatten gerade, welche der Gäste unbedingt eine Zusage erhalten müssten und welche aufgrund mangelnder Zimmerkapazitäten abgelehnt werden könnten.

»Helen, Anton«, unterbrach sie das Gespräch mit ihrem Gatten. »Was können wir für euch tun, und warum in aller Welt strahlt ihr so?«

Die Hotelbesitzerin zog kritisch eine Augenbraue in die Höhe, und Anton ahnte, dass sie gerade in dieser Sekunde wohl eher auf die Nachricht einer Verlobung hoffte, ein Szenario, das sie sich ganz offen wünschte. Um möglicher Enttäuschung vorzubeugen, ließ er Helens Eltern nicht länger im Unklaren.

»Meine Geschäftsreise nach München war erfolgreich. Das Bankhaus Aufhäuser gewährt mir die für den Bau einer Fabrik erforderliche Kreditsumme.«

Carl Ludwig klopfte seine Pfeife aus und erhob sich schwerfällig von seinem Stuhl. »Großartig, junger Mann«, sagte er knapp.

»Das ist alles?« Henriette schüttelte den Kopf, machte einen Schritt auf Anton zu und umarmte ihn überschwänglich. »Ich freue mich ganz ungemein über diese Nachricht. Und ich bin der Meinung, dass das gefeiert werden muss. Ich möchte dich bitten, nach Hause zu eilen und mit deinen Eltern zu uns zurückzukehren. Wir werden diesen besonderen Anlass bei einem ausgiebigen Abendessen feiern.«

Helen klatschte in die Hände und fiel ihrer Mutter um den Hals. »Eine fantastische Idee, Mutter. Ich werde sofort mit Marga sprechen und sie bitten, den kleinen Festsaal für uns eindecken zu lassen.«

»Das ist wirklich nicht nötig.« Anton war es unangenehm, dass seinetwegen solch ein Aufhebens gemacht wurde. Zwar war er stolz und glücklich über die neuesten Entwicklungen, doch waren sie kein Grund, den regulären Hotelbetrieb zu stören.

»Und wie es das ist«, widersprach Helen. Ihre Wangen waren bereits von einem zarten Rosa überzogen. Er erkannte in dieser Sekunde, dass weder sie noch ihre Mutter in ihrem Eifer zu bremsen sein würden, und Carl bestätigte diesen Verdacht sofort.

»Gib es auf, Anton. Haben sich meine Frauen etwas in den Kopf gesetzt, dann passiert das auch. Mit oder ohne dich, und in diesem Fall plädiere ich doch sehr für erstere Variante.«

Anton lachte fröhlich und hob beschwichtigend die Arme. »Also gut«, gab er sich geschlagen. »Dann mache ich mich auf den Weg in die Siederei und kehre mit meinen Eltern zurück.«

»Tu das. Und nimm die Kutsche für Hotelgäste«, bat Helen. »Sie ist geschlossen und verhindert, dass du dir bei diesem grauenhaften Wetter noch den Tod holst.«

Anton war überaus dankbar, dass Helen ihm die Kutsche angeboten hatte. Das Unwetter hatte beängstigende Ausmaße angenommen. Blitze entluden sich in kurzen Abständen über der Stadt, und die Menschen, die noch unterwegs waren, suchten eilig nach Schutz vor dem nicht enden wollenden Regen. Vermutlich wäre es klüger, das Haus heute nicht mehr zu verlassen, doch Anton war so voller Vorfreude, dass er den Gedanken schnell wieder beiseiteschob.

Das hektische Treiben, das sich vor ihm auf der Straße abspielte, bemerkte er erst, als der Kutscher unerwartet anhielt.

Anton warf einen Blick aus dem Fenster und erstarrte. Das Gefährt, das ihnen den Weg versperrte, war nichts anderes als eine Handdruckspritze. Männer mit Uniformen, die er nach einigem Überlegen der Feuerwehr zuordnen konnte, aber auch solche, die eben wohl noch als einfache Passanten ihres Weges gegangen waren, packten mit an. In Windeseile hatten sie alle eine Kette gebildet. Hastig wurden die Ledereimer am Seelenbrunnen gefüllt und von Mann zu Mann weitergegeben, um das Wasserbecken des hölzernen Feuerwehrwagens zu füllen.

Anton zögerte keine Sekunde. Er schlug den Kragen seines Mantels hoch und reihte sich zwischen die Männer ein.

»Was ist passiert?«, fragte er seinen Nebenmann.

»Blitzeinschlag«, kam es kurz und atemlos zurück.

Obwohl er innerhalb von Sekunden völlig durchnässt war, begann er schon nach dem dritten Wassereimer zu schwitzen.

»Wo?«, fragte Anton.

»Georgengasse.«

Anton hielt mitten in der Bewegung inne und starrte den Mann an. »Nimm, ich muss mich vergewissern …« Er drückte seinem Nebenmann den vollen Ledereimer in die Hände und rannte, so schnell es ihm das nasse Kopfsteinpflaster erlaubte. »Bitte nicht«, flehte er leise vor sich hin. »Alles, nur das nicht.« Er spürte, dass sein Magen sich verkrampfte. Er erreichte die Stelle, an der Galgengasse und Georgengasse ineinander übergingen, und erkannte, dass seine schlimmsten Befürchtungen wahr geworden waren: Das Haus, aus dem in dieser Sekunde die Flammen aus den geborstenen Fenstern loderten, war die Seifensiederei seiner Eltern.

»Mutter, Vater!« Anton brüllte, ohne sich um die Menschen um ihn herum zu scheren. Kopflos stürzte er an Passanten und Helfern vorüber und erreichte die Männer, die mit vollem Körpereinsatz zu viert die Handpumpe bedienten, um genug Druck für den Spritzschlauch zu erzeugen. Das Wasser lief ihnen von Stirn und Nase, und Anton wusste, dass es nicht nur der Regen, sondern auch der Schweiß ihrer schweren Arbeit war.

Er starrte auf das Haus, das sein Leben lang sein Zuhause gewesen war. Der Dachstuhl stand vollständig in Flammen. Kein Regenguss dieser Welt würde ihn noch retten.

»Ist noch jemand in dem Haus?« Seine Stimme überschlug sich, doch prasselnder Regen, loderndes Feuer und die Rufe der Menschen trugen seine Frage einfach davon. Voller Panik packte er einen der umherstehenden Passanten.

»Bitte, können Sie mir sagen, ob da noch jemand im Haus ist?«

Der Mann nickte, und seine vor den Mund gepresste Hand verriet, dass er selbst als Unbeteiligter unter Schock stand. »Eine Frau ist da hineingerannt. Es ging alles so schnell, dass niemand sie aufhalten konnte. Sie wird in den Flammen umkommen. Was hat sie sich nur dabei gedacht?«

Das konnte nur seine Mutter gewesen sein, schoss es Anton durch den Kopf. Er rannte zum Ladeneingang, der noch nicht in Flammen stand. In dieser Sekunde hörte er verzweifelte Schreie von innen.

»Hilfe. Hierher! Ich schaffe es nicht allein.«

Anton spürte die Hände, die ihn zurückhalten wollten, doch in seiner Angst entwickelte er ungeahnte Kräfte, stieß sie grob beiseite und stürzte ins Haus. Er presste sein Kinn hinunter, um hinter seinem nassen Mantelkragen Schutz vor dem beißenden Qualm zu finden, und kniff die Augen zusammen. Das Feuer hatte sich noch nicht im Laden ausgebreitet, doch die dahinterliegende Werkstatt leuchtete in einem dunklen Orange. Da der Verkaufsraum leer war, mussten die Rufe von dort kommen.

Das Bild, das sich ihm vom Flur aus bot, war grauenhaft. An Rock und Bluse erkannte er seine Mutter, die von ihm abgewandt am Boden lag. Eva hatte sie unter den Armen gegriffen und versuchte, sie fortzuziehen, doch ihre Kräfte schienen dafür nicht auszureichen.

»Eva?«, fragte Anton, ohne eine Antwort zu erwarten. Er ging in die Hocke und hob seine Mutter hoch, als hätte sie keinerlei Gewicht. Der Rauch hatte längst seine Atemwege gefüllt. Er hustete und röchelte und eilte hinter Eva her in Richtung Ladenlokal und Straße.

»Und Vater?«

»Ich weiß es nicht«, gab Eva verzweifelt zurück. »Deine Mutter war schon bewusstlos, als ich sie fand.«

Anton rannte hinaus, und der Kutscher, der ihn gebracht hatte, war der Erste, der mit anpackte und dabei half, seine Mutter in die Kutsche zu setzen.

»Ich fahre sie sofort ins Hospital.« Anton nickte und war mehr als dankbar, dass der gute Mann instinktiv wusste, was zu tun war. Er wollte gerade die Tür der Kutsche zuschlagen, als seine Mutter ein leises Röcheln von sich gab.

Anton stellte sich auf das Trittbrett und beugte sich noch einmal in den Wagen hinein. »Mutter, hörst du mich?« Er schlug ihr tätschelnd gegen die Wange. »Wo war Vater, als der Blitz einschlug?«

»Bestellungen für das Kurhaus Wildbad ausliefern«, gab sie matt zurück. Ihre Augenlider flatterten so sehr, dass Anton zweifelte, ob sie seine Frage überhaupt verstanden hatte.

»Sicher? Mutter, konzentrier dich. Du bist sicher, dass Vater nicht im Haus war, als das Feuer ausbrach?« Er hielt ihre Hand und spürte plötzlich den festen Druck der ihren.

»Keine Sorge. Er ist in Sicherheit.«

Anton wandte sich zum Kutscher um. »In diesem Fall fahre ich mit zum Hospital.« Er hatte nicht bemerkt, dass Eva in unmittelbarer Nähe stand.

»Fahr nur«, sagte sie. »Ich warte hier auf deinen Vater und sage ihm, dass ihr den Flammen entkommen seid. Nun fahr schon!«

Eine Woge der Dankbarkeit durchflutete Anton. Er legte seine Hand auf Evas Wange und sah sie sekundenlang an. Dann wandte er sich ab und stieg in die Kutsche.

Im Nachhinein konnte Anton nicht mehr sagen, wie lange er im Hospital gewartet hatte. Als der Arzt schließlich zu ihm trat und ihm erklärte, dass seine Mutter noch einmal davongekommen war, fiel er dem Mann in die Arme und weinte haltlos. Erschöpfung, Erleichterung und tiefe Dankbarkeit brachen aus ihm heraus, und er war nicht in der Lage, seine Gefühle unter Kontrolle zu halten.

Nachdem er sich vergewissert hatte, dass seine Mutter gut versorgt wurde und er sie am nächsten Tag besuchen konnte, machte er sich zu Fuß auf den Heimweg. Den Kutscher hatte er gebeten, ihn und seine Eltern für das geplante Abendessen zu entschuldigen. Jetzt musste er sich um seinen Vater kümmern und zuallererst eine Bleibe für sie finden.

Als Anton in die Georgengasse einbog, schlug die Turmuhr gerade neun. Überraschenderweise stand der Kutscher, dessen Namen er inzwischen erfragt hatte, wieder in der Straße und unterhielt sich leise mit seinem Vater.

»Vater!« Anton eilte auf Louis zu, umarmte ihn und hielt ihn sekundenlang fest.

»Ich kann es nicht fassen.« Die Worte seines Vaters

waren nur geflüstert, doch in ihnen lag die Verzweiflung eines Mannes, der an einem Tag alles verloren hatte.

Kutscher Willi hielt höflichen Abstand, und als Anton und Louis voneinander abließen, erklärte er: »Familie Ludwig wünscht, dass ich Sie und Ihren Sohn augenblicklich in die *Traube* bringe, Herr Schmieger. Während wir hier stehen, werden bereits drei beieinanderliegende Zimmer für Sie vorbereitet. Sie sind selbstverständlich Gäste der *Traube*, und bevor Sie gegenteilige Gedanken zulassen: Frau Ludwig gewährt Ihnen kostenlose Unterkunft, solange es auch immer nötig sein wird.«

Anton schluckte. Innerhalb eines einzigen Tages war sein Leben nicht mehr dasselbe. Während er noch heute Vormittag davon überzeugt war, dass er schon bald mit der konkreten Planung der Seifenfabrik würde beginnen können, hatte er nun nicht einmal mehr ein eigenes Dach über dem Kopf. Das gemeinsame Abendessen, das eigentlich ein Freudenfest hätte werden sollen, würde ihm zur Qual werden.

Seit Wochen war der Gedanke, um Helens Hand anzuhalten, in ihm gereift. Dass er es bisher noch nicht getan hatte, lag einzig und allein daran, dass er ihr noch nichts bieten konnte. Doch die Kreditzusage hatte das geändert. Er hatte das bevorstehende Weihnachtsfest abwarten wollen. Bis dahin wäre alles unterzeichnet gewesen, und womöglich hätte er bereits ein Grundstück für die Fabrik in Aussicht gehabt. Das wäre der richtige Moment für den Heiratsantrag gewesen! Bei einem romantischen Spaziergang oder einer Kutschfahrt durch das verschneite Rothenburg hätte er ihr die bedeutende Frage gestellt.

Doch worum sollte er Helen jetzt noch bitten? Zu ihm zu stehen, ihn zu heiraten und dadurch in völliger

Armut zu versinken? Er war jetzt ein Niemand. Ein armer Schlucker. Ein Mann, der noch nicht einmal sich selbst durchbringen konnte, geschweige denn seine Eltern oder gar Weib und Kind.

Anton seufzte. Er wusste in dieser Sekunde, dass er seinen Traum von einem gemeinsamen Leben mit Helen begraben musste. Jetzt ging es nur noch darum, sein eigenes und das Überleben seiner Eltern zu sichern.

»Hast du einen Überblick über noch offene Zahlungen unserer Kunden?«, fragte er.

»Es ist in keinem Fall genug. Uns bleibt nur zu hoffen, dass die Feuerversicherung den Schaden übernimmt.« Sein Vater hatte ihn auch ohne viele Erklärungen verstanden. Sie starrten aneinander vorbei. Der Schmerz über den Verlust dessen, was ihr ganzes gemeinsames Leben ausgemacht hatte, war zu groß, als dass sie es ertragen hätten, in die Augen des jeweils anderen zu sehen.

»Was ist mit dem Bankhaus in München?«, fragte Louis.

Anton schluckte. Er hatte seine Eltern noch gar nicht gesprochen, seit er aus München zurück war, denn er hatte diese Neuigkeit gleich mit Helen teilen wollen.

»Wir hätten den Kredit bekommen. Doch unser bestehendes Geschäft war die Sicherheit dafür.«

»Womöglich steht der Bankier ja trotzdem zu seiner Zusage«, sagte sein Vater und nickte kurz und kräftig, als glaubte er den eigenen Worten tatsächlich.

»Wohl kaum. Wir haben keinerlei Sicherheiten mehr zu bieten. Haus, Werkstatt und alles von Wert ist den Flammen zum Opfer gefallen.«

»Wir müssen abwarten, was die Versicherung zu dieser Katastrophe zu sagen hat. Aber du solltest …«

»Werde ich, Vater«, unterbrach ihn Anton. »Ich werde noch diese Woche nach München aufbrechen und Herrn Aufhäuser um eine weitere Unterredung bitten. Aber ich mache mir wenig Hoffnung auf einen positiven Ausgang. Der Bankier hat uns den Kredit aufgrund unseres guten Rufes und der Tatsache gewährt, dass wir seit vielen Jahrzehnten eine durchweg positive Bilanz aufweisen. Doch womit sollen wir nun Geld verdienen? Wir haben weder Rohstoffe noch fertige Produkte oder gar Maschinen. Uns ist ja nicht einmal mehr ein verdammter Kochtopf geblieben, mit dem wir uns eine eigene Seife sieden könnten.«

»Du wirst trotzdem fragen und die Versicherung erwähnen, deren einziger Zweck doch die Übernahme unserer Schäden ist«, sagte Louis fest. »Wir dürfen uns nicht entmutigen lassen, sondern müssen jetzt stark sein. Vor allem für deine Mutter. Die Siederei war ihr Leben, und wenn sie das Hospital verlässt, müssen wir ihr Hoffnung geben. Egal wie. Ich werde nicht zulassen, dass ein einziges schreckliches Unwetter unser aller Leben zerstört.«

Anton sah seinen Vater an, und obwohl Zweifel ihn plagten, sagte er mit fester Stimme: »Du hast recht, Vater. Wir werden einen Weg finden. Ich bin jung und tüchtig, und das Wissen in unseren Köpfen – unser Handwerk – konnte der Brand nicht zerstören. Wir beginnen zwar mit nichts, aber wir beginnen wieder von vorn.«

»So ist es!«, gab Louis zurück.

23

Samstag, 15. Oktober 1904

Lisbeth

Das Ende ihrer Reise vor sich zu haben, fühlte sich an, als müsste sie aus einem wunderschönen Traum aufwachen – wohl wissend, dass sich ein Abenteuer wie das zurückliegende niemals würde wiederholen lassen. Eigentlich hatten sie sich schon Ende August auf die Heimreise machen wollen, doch Lisbeth hatte Elise angefleht, diesen Termin noch einmal zu verschieben.

Nach ihrem Ausflug zur *Blauen Grotte* hatte sich alles zwischen ihnen verändert. Lisbeth hatte erkannt, dass ihre Verbundenheit mit Elise tiefer war als angenommen, und sie hatte diese Gefühle endlich offen zugelassen. Viel zu lange hatte sie sich eingeredet, dass sich ihre Zuneigung zu der um einiges älteren Künstlerin nicht gehörte. Doch nach dem gemeinsamen Bad im türkisblauen Wasser der Grotte waren diese Gewissensbisse verschwunden, und die Frauen genossen jede Sekunde auf dieser Insel in vollen Zügen. Sie wurden weder schief angesehen, wenn sie Hand in Hand durchs Hotel liefen, noch mussten sie sich irgendwem gegenüber erklären. Im Gegenteil. Es schien fast so, als hätten die Künstler, die in den vergangenen Wochen zu Freunden geworden waren, nur darauf gewartet, dass sie endlich mit dem Versteckspiel aufhörten. Lissi war mehr als einmal dabei gesehen worden, wie sie sich morgens aus Elises Zimmer zurück in ihr eigenes schlich, und es war schließlich Karl Böhme, der aussprach, was all die anderen ebenso zu denken schienen.

»Ich habe mich schon bei eurer Ankunft gefragt, warum ihr zwei Zimmer gebucht habt. So eine Geldverschwendung.«

Lisbeth hatte lächelnd mit den Schultern gezuckt und war direkt im Anschluss an die Rezeption gelaufen und hatte erklärt, dass sie in der letzten Woche ihres Aufenthaltes nur noch ein Zimmer benötigen würden.

Als Lisbeth nun ihr gemeinsames Zimmer betrat, standen ihre Koffer bereits gepackt unter dem Fenster. Ihnen blieb noch eine weitere Nacht auf Capri, dann kehrten sie in einen Alltag zurück, der ihrer Beziehung vieles abverlangen würde.

Elise saß auf einem ihrer Koffer und starrte aus dem Fenster.

»Alles in Ordnung?« Lisbeth stellte sich hinter sie und legte ihr die Hände auf die Schultern.

»Aber ja. Ich bedaure nur, dass wir nicht einfach für immer bleiben können.«

Lisbeth seufzte. Auch sie konnte sich noch nicht mit dem Gedanken anfreunden, die Menschen, die sie hier ins Herz geschlossen hatte, zu verlassen. Andererseits musste sie zugeben, dass sie inzwischen auch so etwas wie Heimweh verspürte. Sie vermisste ihre Eltern und ihre Freunde und wusste außerdem, dass sie schnellstmöglich ein klärendes Gespräch mit Maximilian führen musste. Sie hatte ihm zwar geschrieben, doch der feinfühlige Mann hatte zwischen den Zeilen herausgelesen, dass sich etwas geändert haben musste.

Während er in glühenden Briefen von ihrer gemeinsamen Zukunft träumte, waren ihre Antworten stets zurückhaltend gewesen. In seinem letzten Brief hatte er sie schließlich ganz direkt gefragt, ob es einen anderen Mann in ihrem Leben gäbe.

Anstelle einer Antwort hatte sie ihm eine ihrer gemalten Postkarten geschickt und nur einen einzigen Satz darauf geschrieben: *Ich freue mich auf unser Wiedersehen.*

Seltsamerweise war das nicht einmal gelogen. Ihre Abende hier waren geprägt von ausschweifenden Festen, denen Nächte voller Zärtlichkeit folgten, die sich mit wilden und zügellosen Intimitäten abwechselten. Und manche Nacht hatten Elise und sie tief in Gesprächen versunken zugebracht.

Und trotzdem wanderten Lisbeths Gedanken immer wieder auch zu Max. Er schlich sich in ihre Träume, als würde er ihr sagen wollen, dass er nicht daran dachte, sie kampflos aufzugeben. Und auch sie wusste beim besten Willen nicht, wie ihr Leben ohne ihn aussehen sollte. Das Wissen, dass sie irgendwann unweigerlich einen von ihnen aufgeben musste, um mit dem anderen leben zu können, schnürte ihr die Kehle zu.

»Traurig?«, fragte Elise.

Lisbeth beugte sich hinunter und gab ihr einen Kuss auf den Scheitel. »Ängstlich trifft es wohl eher«, sagte sie ehrlich.

Elise griff nach ihrer Hand, die noch immer auf ihrer Schulter lag, und drückte sie. »Ich möchte nicht in deiner Haut stecken«, sagte sie und bewies einmal mehr, dass sie sie auch ohne viele Worte verstand. »Die Entscheidung kannst nur du treffen.«

»Und was, wenn ich nicht will?«, fragte Lisbeth trotzig.

»Ich zwinge dich nicht dazu. Mein Leben war schon immer etwas anders als das aller anderen Menschen. Ich könnte damit leben, wenn du Max nicht aufgeben willst. Aber er wird eine Entscheidung erwarten. Und er hat Ehrlichkeit verdient, Lissi. So wie ich es deinen Erzählungen entnehme, ist er ein guter Mensch. Er ist freundlich und verständnisvoll, aber auch grundsolide.«

Und er wird mich nicht mit einer Geliebten teilen wollen, ergänzte Lisbeth in Gedanken. Laut sagte sie: »Ich schrieb ihm, dass ich mich auf unser Wiedersehen freue. Er ahnt sicher längst, dass etwas anders ist als vor unserer Abreise.«

Eigentlich hatten sie den letzten Abend auf Capri feiernd mit ihren Freunden verbringen wollen, doch weder Lisbeth noch Elise verspürten wirklich den Drang nach Gesellschaft.

»Lass uns auf dem Zimmer bleiben«, bat Lissi, trat auf Elise zu und begann damit, sie zwischen Küssen langsam zu entkleiden. »Wer weiß, wann ich deine Nähe das nächste Mal so unbeschwert genießen kann.«

»Nun, es gibt da einen Weg, das weißt du.« Sie nahm Lissis Kopf zwischen ihre Hände und küsste sie auf die Lippen. »Bleib bei mir. Lebe mit mir. Es geht niemanden etwas an, welche Art von Beziehung wir führen. Wir wären befreundete Künstlerinnen, die sich – um Kosten zu sparen – eine Wohnung teilen würden. Du weißt außerdem, dass ich nach unserer Rückkehr Großes vorhabe und dich dabei nur zu gern an meiner Seite hätte. *Mahler & Hartmann Kunsthandlung,* das klingt für mich nach Erfolg, nach Erfüllung und Spaß.«

Lisbeth nickte und ließ sich von Elise auf das gemeinsame Bett ziehen. Die Vorstellung, zusammen eine Kunsthandlung unter ihrer beider Namen zu führen, war aufregend. Es gab ihrem Leben und dem, was sie im vergangenen Jahr mit ihrer Kunst ganz neu begonnen hatte, Sinn und Ziel.

Sie erschauderte unter den Händen der Freundin. Elises zärtliche Küsse wurden intensiver, und als hätte Lisbeth jede Kontrolle über sich verloren, bäumte sich ihr Körper auf und reckte sich den Berührungen der Künstlerin entgegen. Sie schob alle Bedenken und Sorgen von sich. In dieser Sekunde wollte sie nichts mehr, als eins sein mit Elise.

*

Max hatte das folgende Wochenende nicht abwarten wollen. Lisbeth wusste, dass er kurz vor seiner Promotion stand, doch ihre Bitte, sich in dieser überaus wichtigen Phase seines Studiums nicht durch sie ablenken zu lassen, hatte er schon in seinen Briefen mit der Begründung abgeschmettert, dass er sich ohnehin auf nichts mehr konzentrieren könnte, seit sie fort wäre.

Nun stand sie also bereits einen Tag nach ihrer Rückkehr erwartungsvoll am Fenster ihres Zimmers in der Bronnenmühle und wartete auf ihn. Als sie seinen dunklen Lockenkopf zwischen den Bäumen auftauchen sah, beschleunigte sich ihr Puls. Hastig warf sie einen letzten Blick in den Spiegel, zupfte ihre Haare zurecht und biss so lange auf ihre Lippen, bis diese dunkelrot leuchteten.

Lisbeth hätte gern Haltung bewahrt, doch sie schaffte es nicht. Sie flog die Treppen hinunter, eilte ihm entgegen und warf sich in seine Arme.

Nach einer gemurmelten Begrüßung, deren Wortlaut Lisbeth sofort wieder vergessen hatte, hielt er sie umschlungen, als würde er sie nie wieder loslassen wollen. Sie spürte seine muskulösen Arme um ihren Körper, roch sein wohlvertrautes Rasierwasser und seufzte.

»Ich habe dich so sehr vermisst.« Sie spürte ihr eigenes Erstaunen, noch während sie die Worte aussprach. Das, was sie sagte, war wahr. Jetzt, da er leibhaftig vor ihr stand, wusste sie, dass sie ihn niemals freiwillig aufgeben könnte.

»Sollen wir hineingehen?« Max deutete lachend auf die Fenster, an denen sich Emma und Paula neugierig die Nasen platt drückten.

»Gute Idee.« Lisbeth lief voraus. Sie war sicher, dass Max keine Sekunde den Blick von ihr ließ, und noch ehe sie entscheiden konnte, ob ihr das gefiel oder nicht, spürte sie seine Hände an ihrer Taille. Er hielt sie fest, während sie die letzten Stufen nahm. In ihrem Zimmer zog er sie an sich, als wäre er ein Ertrinkender und sie sein Rettungsring.

Er bedeckte ihr Gesicht mit Tausenden Küssen, die von Sekunde zu Sekunde fordernder wurden, und sie schaffte es einfach nicht, sich dagegen zu wehren. Sie wussten wohl beide, dass diesem Moment eine unerträgliche Ernüchterung folgen würde, doch weder er noch sie dachten daran, diesen Augenblick zu zerstören.

»Schlaf mit mir«, bat Lissi.

Max hielt inne und sah sie überrascht an. »Was?«, fragte er, als hätte er ihre Worte nicht gehört.

»Ich will dich spüren. Jetzt, sofort.«

Lissi wusste, was dieser Gesichtsausdruck zu bedeuten hatte. Es war eine Mischung aus Ungläubigkeit, Erstaunen und Faszination.

»Du hast dich verändert«, sagte er mit kratziger Stimme.

»Weil ich ausspreche, was ich will? Das hätte ich schon viel früher tun sollen. Warum Gefühle und Verlangen für sich behalten, wenn ich doch sehe, dass es dir genauso geht?«

Hastig zog Max den Stoff ihres Reformkleides hoch und zog es ihr über den Kopf. In dünnen Unterkleidern stand sie vor ihm, lächelte und wartete darauf, dass er sich an ihr sattsah. Schließlich half auch sie ihm aus seinen Kleidern. Sie blendeten alles andere aus. Wie ein Sturm, der vom Meer auf Land traf und dort alles mit sich riss, was sich ihm in den Weg stellte, ließen auch sie sich von ihren Gefühlen mitreißen und schoben beiseite, was unausgesprochen noch immer zwischen ihnen stand.

»Hast du Hunger?«, fragte Lisbeth, während sie ihre Kleider zusammensuchte und sich anzog.

»Nein«, gab Max zurück. »Ich würde viel lieber mit dir durch die Stadt laufen. An all die Orte, die ich mit dir verbinde. Und dann reden wir.«

Lisbeth nickte. Der Moment der Wahrheit war da. Sie sah in seine hellblauen Augen und schluckte. Die nächsten Stunden würden alles ändern, das wusste sie. Und ihre Angst davor, Maximilian Peters für immer zu verlieren, war plötzlich übermächtig.

Sie verließen die Bronnenmühle und liefen schweigend hinauf in die Stadt. Am Hegereiterhaus blieb Max plötzlich stehen und griff nach Lisbeths Händen.

»Es ist die Künstlerin, richtig?«

Lisbeth riss die Augen auf. Dann nickte sie langsam.

»Ich wusste immer, dass du anders bist als alle anderen Frauen.«

»Wie meinst du das?«

»Wirklich erklären kann ich es nicht. Es war nur ein Gedanke, der mir irgendwann kam, nachdem ich merkte, dass du auf meine Fragen bezüglich anderer Männer auf Capri nicht geantwortet hast. Schon als wir uns vor Jahren das allererste Mal küssten, wusste ich um die Besonderheit deines Wesens. Andere Mädchen hätten darauf bestanden, über Gefühle zu sprechen, Klarheit oder irgendeine Art von Versprechen zu bekommen. Aber nicht du. Du bist einfach ganz selbstverständlich davon ausgegangen, dass sich die Dinge schon fügen werden. Auf die eine oder andere Weise.«

Lisbeth wusste nicht, was sie darauf erwidern sollte. Es stimmte, sie hatte Max nie zu irgendetwas gedrängt. Aber das hatte nichts mit ihren Gefühlen heute zu tun. Im zarten Alter von sechzehn hätte sie nie für möglich gehalten, dass sie einmal sinnliche Gefühle einer Frau gegenüber haben würde. Von Liebe ganz zu schweigen.

»Wo stehe ich bei alldem?«

Die Frage kam aus dem Nichts, und Lisbeth musste sich setzen. Das Holz der Bank, auf die sie sich fallen ließ, war kalt, doch ihre Knie waren zu weich, um jetzt stehen zu bleiben.

»Ich liebe dich«, sagte Lisbeth wahrheitsgetreu und sah ihn traurig an.

»Und Elise?«

»Sie liebe ich ebenfalls. Auf eine andere Weise und doch irgendwie gleich. Die Vorstellung, dich oder sie oder euch beide zu verlieren, ertrage ich nicht.«

Max nickte und schwieg minutenlang. Sie sah ihn von

der Seite an, sah die mahlenden Kieferknochen und das Blinzeln seiner Augenlider. Offenbar versuchte er, seine Tränen zurückzuhalten.

»Ich weiß nicht, ob ich das kann. Seit meiner Jugend träume ich von einer Zukunft mit dir an meiner Seite. Aber in diesen Träumen musste ich dich mit niemandem teilen.«

»Es war nie meine Absicht, dir wehzutun, Max.«

»Das ist mir schon klar. Glaub mir, wenn meine Zeit in München, unter all diesen lebenshungrigen und aufgedrehten Studenten, mich eines gelehrt hat, dann, dass sich Liebe und Zuneigung nicht immer lenken lassen. Das, was unsere Eltern uns vorleben, ist nicht die einzige Wahrheit. Dummerweise ist es die Wahrheit, die zu mir passt.«

Lisbeth spürte Tränen in sich aufsteigen, und als Max sich plötzlich neben sie setzte und sie in seine Arme riss, war sie nicht mehr in der Lage, sie zurückzuhalten. Arm in Arm saßen sie auf der kalten, halb verwitterten Bank vor dem Hegereiterhaus und weinten.

Irgendwann richtete sich Lissi trotzig auf. »Aber du könntest doch …«

»Nein«, unterbrach er sofort. »Ich bin nicht wie du. Das, was mich immer an dir fasziniert hat, was ich vom ersten Moment an geliebt habe, ist die unbändige Freiheit, die du ausstrahlst und die du dir völlig selbstverständlich nimmst, ganz gleich, was andere davon halten. Es macht dich zu Lisbeth. Aber es ist eben auch genau das, was mich am Ende zerstören würde. Ich kann dich nicht teilen. Weder mit einem anderen Mann noch mit einer Frau. Und ich kann auch meinen eigenen Traum von einem traditionellen Familienleben nicht aufgeben. Heim, Frau, Kinder. Das ist alles, was ich immer wollte. Ich wollte es mit dir, aber dich in so eine Realität einzusperren, würde dich zerstören. Wie wir es auch drehen und wenden – einer von uns würde daran zerbrechen.«

Lisbeth schlug die Hände vors Gesicht. Sie wusste nur zu gut, dass Max recht hatte. Ihr gemeinsamer Weg würde hier und heute enden. Obwohl sie es nie gewollt hatte, war die Entscheidung gefallen: Von nun an musste sie ohne Maximilian Peters zurechtkommen.

»Ich liebe dich, Lisbeth Hartmann«, sagte Max plötzlich feierlich. »Und solltest deine Gefühle für Elise enden und solltest du je spüren, dass du dich nach Ruhe, Beständigkeit und Geborgenheit sehnst, dann lass es mich wissen.«

»Aber dann wirst du verheiratet sein!«, rief sie trotzig wie ein Kind unter Tränen.

»Möglich. Aber wer weiß das heute schon sicher zu sagen.«

Max erhob sich, zog Lisbeth an sich und gab ihr einen letzten, stürmischen Kuss. Dann drehte er sich um und lief mit eiligen Schritten davon.

24

Sonntag, 1. April 1873

Henriette Mit Papier und Stift bewaffnet liefen ihre Tante Elvira und sie durch jedes einzelne Zimmer und notierten, wo welche Reparaturen zu erledigen waren. Dann inventarisierten sie den gesamten Wäschebestand des Hotels, eine Arbeit, die nicht weniger als eine Woche in Anspruch nahm. Selbige Aufgabe wartete auch noch in Küche und Speisesaal auf sie.

Henriette bemerkte schnell, dass schon unter der Leitung ihres Onkels dringend nötige Reparaturen und Anschaffungen nicht mehr getätigt worden waren. Bis Ende März kannte sie schließlich jedes einzelne Wäsche- oder Möbelstück des Hotels, eine Tatsache, die selbstverständlich von großem Vorteil war, konnte sie doch Handwerker, Möbeltischler oder Porzellanhändler stets entsprechend anweisen und ihnen genau sagen, welche Anschaffungen wann und wofür zu machen waren.

Am frühen Abend des 1. April machte sie sich erneut auf ins Hotel, um den Fortschritt der Renovierungsarbeiten zu kontrollieren. Sie erkannte den Mann, der vor der *Traube* auf und ab lief und immer wieder neugierig durch die Fenster lugte, sofort.

Henriettes Herzschlag beschleunigte sich, und für den

Bruchteil einer Sekunde dachte sie tatsächlich darüber nach, kehrtzumachen, um dieser Begegnung aus dem Weg zu gehen. Doch dann entschied sie sich dagegen, konnte sie doch schlecht von nun an bis ans Ende ihrer Tage vor Carl Ludwig flüchten. Inzwischen hatte sich längst herumgesprochen, dass sie wieder in der Stadt weilte, und ihm war sicher auch zu Ohren gekommen, dass sie mit der Leitung des Hotels betraut worden war. Ihre eigene Familie hatte sie wieder aufgenommen, damit war die schlimmste Hürde überwunden, und sie hatte nun auch die Kraft, sich dem Mann zu stellen, mit dem sie einst eine leidenschaftliche Affäre gehabt und den sie trotz seiner Güte für ihre Zwecke benutzt hatte.

»Guten Abend, Carl.«

Der Postbeamte schien nicht mit ihr gerechnet zu haben. Er bog das Kreuz kerzengerade durch und blieb sekundenlang regungslos stehen, ehe er sich zu ihr umwandte.

»Also doch«, sagte er leise, neigte leicht den Kopf und erwiderte ihr vorsichtiges Lächeln.

»Ja, ich bin zurück.«

Carl schwieg. Sein Blick ruhte undurchdringlich auf ihr, als wollte er jede noch so kleine Veränderung ergründen, die die Jahre ihrer Abwesenheit in ihrer Mimik hinterlassen hatten.

»Möchtest du es dir ansehen?«, fragte sie und deutete zur Eingangstür. Carl errötete, als hätte sie ihn bei etwas Verbotenem ertappt. Dann lächelte er plötzlich.

»Da du mich nun ohnehin schon dabei erwischt hast, wie ich meine Nase neugierig in deine Angelegenheiten stecke, wäre es wohl dumm, dein Angebot auszuschlagen. Sehr gern, es interessiert mich, was du mit dem Hotel vorhast.«

Henriette nickte, zog den Schlüssel aus ihrer Rocktasche und öffnete die Tür. Gemeinsam betraten sie die leer geräumte Empfangshalle, und sie begann damit, ihre Einrichtungsideen und Umbaupläne zu erklären.

Seltsamerweise fühlte es sich trotz all der Vorkommnisse, die ihre Beziehung vor Jahren zerstört hatten, vertraut an, mit Carl zu sprechen. Die vielen Fragen, die er ihr stellte, und die Begeisterung, die er ihren Plänen gegenüber äußerte, konnten nicht gespielt sein. Er interessierte sich ernsthaft für das, was sie sagte. Doch da war auch noch etwas anderes. Es lag eine Art Anspannung in der Luft, die Henriette sich damit erklärte, dass sie noch immer nicht zugegeben hatte, dass tatsächlich sie die Waschfrau gewesen war, der er vor Monaten in Ansbach seine Wäsche anvertraut hatte. Oder aber, und diese Erklärung ließ ihren Puls noch weiter in die Höhe schnellen, er entdeckte gerade die Art von Anziehung wieder, die vor Jahren zwischen ihnen geherrscht und die sie so achtlos zertrampelt hatte.

Abgesehen von den einzelnen Zimmern hatte Henriette Carl inzwischen alle wichtigen Räumlichkeiten gezeigt und ihre Umbaumaßnahmen erklärt. Als sie nach ihrem Rundgang das Foyer schließlich wieder erreichten, hielt sie seinen durchdringenden Blicken nicht mehr stand. »Was?«

»Ich wusste, dass du es warst«, sagte er.

Henriette legte ihre flache Hand auf ihr Brustbein, um ihren Herzschlag unter Kontrolle zu bringen. Es misslang. »Tut mir leid, dass ich nicht ehrlich war. Ich habe mich so geschämt.«

»Ich weiß. Und genau deshalb habe ich dich nicht weiter bedrängt. Aber ich war immer in deiner Nähe.«

Überrascht riss sie ihre Augen auf und presste ihre Hand vor den Mund. »Wie meinst du das?«

»Ganz einfach: Nachdem du wie vom Erdboden verschluckt warst und ich dich nur durch eine glückliche Fügung des Schicksals wiedergefunden habe, wollte ich sichergehen, dass es dir auch gut geht.«

»Glückliche Fügung?« Henriette zog das Wort *glücklich* in die Länge, sie konnte kaum glauben, was Carl da sagte.

»Ich hätte nie für möglich gehalten, dass du Rothenburg verlassen und nie mehr wiederkommen würdest. Als es so weit war, habe ich mir entsetzliche Vorwürfe gemacht.«

»*Du* hast dir Vorwürfe gemacht?« Sie schüttelte den Kopf, trat an ein Fenster und sah hinaus, damit er ihre aufsteigenden Tränen nicht sah. Tausende Gedanken schossen ihr durch den Kopf, und der lauteste darunter war die Frage, wie sie nur so blind gewesen sein konnte. Carl Ludwig mochte damals ein unbeholfener junger Mann gewesen sein, der ihren Reizen nur allzu schnell verfallen war. Doch er war vor allem ein guter Mensch, und das hatte sie in ihrer Arroganz ignoriert, als wäre es eine Selbstverständlichkeit.

»Ich hielt mich im Verborgenen«, fuhr er fort, »sah aber immer mal wieder nach dir. Hinter der Wäscherei war dieses verfallene Haus mit dem Bretterverschlag. Dort hielt ich mich versteckt und beobachtete dich beim Betreten oder Verlassen des Waschhauses, je nachdem, zu welcher Tageszeit ich es einrichten konnte. Als du kurz vor Weihnachten so krank wurdest, fasste ich den Entschluss, dich nach Hause zu holen. Doch dann warst du plötzlich wieder fort.«

Dass Carl auf diese Weise mit ihr sprach, irritierte sie,

denn es machte fast den Eindruck, als gäbe er sich die Schuld an ihrem Verschwinden. Das durfte sie nicht zulassen. Sie ganz allein hatte zu verantworten, was ihr widerfahren war. In diesem Augenblick beschloss Henriette, ihm die ganze Wahrheit zu sagen. Zeit und Ort waren richtig für solch ein Geständnis, und sie war sicher, dass sich diese Gelegenheit kein zweites Mal ergeben würde.

Mit einer schnellen Handbewegung wischte sie sich die Tränen aus den Augen, dann wandte sie sich zu ihm um. »Mein Benehmen war unverzeihlich. Und dass du mich zum Teufel gejagt hast, war das einzig Richtige. Was danach kam …«

»Ist nicht mehr wichtig«, unterbrach er sie.

Henriette schüttelte den Kopf. Sie musste sich ihre schändliche Vergangenheit von der Seele reden, nur dann würde sie unbeschwert wieder nach vorn und Carl Ludwig wieder in die Augen blicken können.

»Was danach kam«, begann sie erneut und sah ihn fest an, »habe ich mir selbst zuzuschreiben. Vielleicht war es sogar die gerechte Strafe für mein Verhalten. Ich wurde schwanger, Carl. Von einem Mann, dessen Nachnamen ich nicht einmal wusste. Mit dieser Schmach konnte ich in meiner Heimat nicht mehr weiterleben. Also ging ich, ohne irgendjemandem zu sagen, wohin. Ich hatte nie vor, zurückzukehren. Doch dann gabst du mir diese Nachricht vom Tod meines Onkels, und das änderte alles.«

»Wo ist dein Kind?«, fragte Carl behutsam.

Henriette presste ihre Handflächen gegeneinander und schluckte. »Die Diphtherie hat meine Gertrud dahingerafft. Ich fand eine Anstellung in der Wäscherei, und das Geld, das ich dort verdiente, reichte, um irgendwie über die Runden zu kommen.«

Völlig unerwartet machte der junge Mann einen Schritt auf Henriette zu und legte seine Hände auf ihre Schultern. »Dein Verlust tut mir sehr leid, Henriette. Einen solchen Schmerz hast du nicht verdient.«

Sie seufzte traurig und behielt für sich, dass sie das ganz anders sah.

»Dann hat dich die Nachricht vom Tod deines Onkels also umgestimmt?«

»Ab diesem Moment habe ich mit mir gerungen und darüber nachgedacht, zurückzukehren. Aber ohne Hilfe wäre ich wohl auch dazu zu feige gewesen.«

Mit knappen Worten erzählte sie, dass Margarethe ihr die Entscheidung schließlich abgenommen hatte.

»Und nun bleibst du?«

Henriette nickte. »Ich habe ein Jahr Zeit, um Elvira Traub davon zu überzeugen, dass ich die richtige Person für die Leitung unseres Hotels bin.« Sie verschwieg, dass dies an die Bedingung einer Heirat geknüpft war.

»Ich glaube kaum, dass dafür ein ganzes Jahr nötig sein wird.« Er lächelte und zwinkerte ihr aufmunternd zu. Dann lief er zum Ausgang. »Danke für die Führung.«

»Gern geschehen.«

In der Tür wandte er sich noch einmal um und sah sie nachdenklich an. »Du hast dich verändert.«

Sie hätte ihn gern gefragt, ob das etwas Gutes oder etwas Schlechtes war, doch sie wagte es nicht.

»Wenn deine Zeit es erlaubt, würde ich dich am Sonntag gern zu einem Spaziergang abholen«, sagte er plötzlich.

Henriette starrte ihn ungläubig an. Nach allem, was er nun über sie wusste, wollte er Zeit mit ihr verbringen?

»Ich verstehe nicht recht …«, begann sie, doch er winkte ab.

»Musst du auch nicht. Sag einfach Ja.«

Sie spürte das leichte Ziehen in ihrer Magengrube, als sie in seine fröhlichen Augen blickte. Die Lachfältchen, die sich um seine Mund- und Augenwinkel gelegt hatten, die vorwitzigen Sommersprossen und seine durcheinandergeratenen strohgelben Locken verliehen ihm etwas Jungenhaftes, und sie musste unwillkürlich lachen. Bilder aus der Vergangenheit tauchten plötzlich wieder auf, und sie spürte, dass sie errötete. In diesem Augenblick wünschte sich Henriette die Unbefangenheit zurück, die früher zwischen ihnen geherrscht hatte.

»Henriette?«

»Ja?«

»Schön, dann sehen wir uns am Sonntag.«

Verdutzt sah sie ihn an, dann lachte sie kopfschüttelnd. »Das war nur ein Ja auf dein …«

»Es war ein Ja«, unterbrach er sofort. »Mehr wollte ich nicht hören. Wir sehen uns am Sonntag um drei.« Ehe sie etwas erwidern konnte, war er zur Tür hinausverschwunden.

Henriette blieb bewegungslos im Foyer des Hotels stehen und lächelte. Ihr Herz war plötzlich ganz leicht, und zum ersten Mal seit Jahren hatte sie das Gefühl, dass sich ihr Leben doch noch einmal zum Guten wenden könnte.

Das Glücksgefühl war allerdings nur von kurzer Dauer. Als sie ihr Elternhaus in der Rödergasse betrat, hörte sie als Erstes die sich überschlagende Stimme ihrer Mutter. Hastig zog sie ihre Stiefel aus und betrat die Wohnstube. Neben Vater, Mutter und Margarethe waren zwei weitere Männer anwesend, die Henriette nicht kannte.

»Was ist denn hier los?« Das zornige Gesicht ihres Vaters und die verweinten Augen ihrer Mutter machten ihr schlagartig bewusst, dass etwas Furchtbares passiert sein musste.

»Sie sind meinetwegen da«, antwortete Margarethe, und zum ersten Mal, seit sie sich kannten, senkte ihre Freundin den Blick zu Boden. Sie war nicht nur einfach eingeschüchtert. Margarethe Hölzing war völlig verängstigt. Sie zitterte, und aus ihren Lippen war jede Farbe gewichen.

»Ganz recht. Und wenn Sie uns weiter bei unserer Arbeit behindern, verhaften wir Sie ebenfalls. Und nun treten Sie beiseite.«

»Verhaften?« Henriette konnte nicht fassen, was sich da vor ihr abspielte. Die Männer traten auf Margarethe zu und packten sie grob am Arm.

»Annabella Steuber, wir verhaften Sie wegen Mordes an dem Würzburger Polizeikommissar Johannes Winkler. Wir haben den Auftrag, Sie nach Würzburg zu überstellen, wo Ihnen der Prozess gemacht wird.«

Henriette bemerkte, wie ihre Freundin bei dem Namen des Polizeikommissars zusammenzuckte. Es war offensichtlich, dass sie ihn schon einmal gehört haben musste. Konnte es wirklich sein …? Henriette schob den Gedanken beiseite, bevor er sich in ihrem Kopf festsetzen konnte. Sie kannte Margarethe seit über zwei Jahren, und sie war ganz sicher keine Mörderin!

»Aber Sie haben die falsche Person!«, rief Henriettes Mutter Elisabeth sofort. »Das ist nicht Annabella, sondern Margarethe Hölzing.«

Die Männer blieben unbeeindruckt und zerrten Marga ohne ein weiteres Wort der Erklärung aus dem Haus.

»Keine Angst!«, rief Henriette der völlig verängstigten Freundin hinterher. »Ich eile sofort zu Theodor. Wir lassen dich auf keinen Fall im Stich.«

Margarethe reagierte nicht. Es schien fast so, als hätte sie keinerlei Hoffnung, dass irgendjemand sie retten könnte.

Als die Polizeikutsche fort war, wollte sich Henriette sofort auf den Weg zu Theo machen, doch ihr Vater und ihre Mutter dachten nicht daran, sie in dieser schweren Stunde alleinzulassen. Sie baten Isabella, eine Droschke herbeizurufen. Dann machten sie sich gemeinsam auf den Weg.

*

Margarethe war völlig in sich zusammengesunken. Wie durch einen Nebelschleier nahm sie wahr, dass sie eine Straße stadtauswärts nahmen. Die Wachmänner unterhielten sich feixend darüber, wie glücklich sie mit ihrem Fang waren und dass dieser Tag sicher dazu führen würde, im Ansehen des neuen Kommissars aufzusteigen.

»Was passiert jetzt mit mir?«, fragte sie leise, als die Unterhaltung der Männer schließlich abebbte.

»Dich erwartet genau das, was du verdient hast: der Galgen.« Der Ältere der beiden gab ein grausam wieherndes Lachen von sich und hielt sich den Bauch. Der Jüngere schien hingegen Freude daran zu haben, ihr ihre Zukunft in schaurigen Bildern auszumalen.

»Eigentlich ja schade um so ein hübsches Ding wie dich«, begann er. »Aber hinter den schönsten Frauen verbergen sich eben die grausamsten Hexen, nicht? Du kommst in Würzburg ins Verlies. Dann wird dir der Prozess gemacht. Du siehst nicht vermögend aus, also wirst du dir kaum einen guten Juristen leisten können. Gut für uns. Das Tageslicht wirst du noch genau ein einziges Mal erblicken, nämlich an dem Tag, an dem dein Todesurteil vollstreckt wird.«

Margarethe hätte den Männern gern entgegengeschleudert, dass das Urteil noch nicht gesprochen war und dass sie nicht vorhatte, sich einschüchtern zu lassen. Doch sie spürte, dass der Mut sie verlassen hatte. Tausende Fragen schossen ihr durch den Kopf, und die dringlichste war dabei die nach dem Warum. Warum jetzt? Warum hier? Warum nach all der Zeit? Sie war inzwischen um Jahre älter, ihren Namen hatte sie geändert, und sie lebte weit weg vom Ort des damaligen Verbrechens. Sosehr sie auch grübelte, sie fand einfach keine Erklärung für das, was heute über sie hereingebrochen war.

Als sie vor Monaten mit Jacob nach Ansbach zurückgekehrt war, um ihre wenigen Habseligkeiten zu holen, war in ihre Wohnung eingebrochen worden. Doch nichts, was auf ihre wahre Identität hätte hindeuten können, war gestohlen worden. Es hatte sogar den Anschein, als hätten die Diebe ihre Kiste auf dem Schrank nicht einmal bemerkt. Wer also könnte sie erkannt haben?

Aber spielte das überhaupt noch eine Rolle? Sie war enttarnt. Die Gattin des Kommissars würde sie vor Gericht erkennen, und damit wäre bewiesen, dass sie nicht Margarethe Hölzing, sondern niemand anderes als Annabella Steuber war, eine Diebin und Mörderin.

Das, was nun unaufhaltsam auf sie zurollte und wie eine Welle über ihr zusammenschlug, war genau das, was sie verdient hatte.

25

Sonntag, 30. Oktober 1904

Helen Die Ärzte hatten Antons Mutter Hanna länger im Spital behalten, als sie alle es erwartet hatten. Zwar war sie körperlich weitestgehend unversehrt geblieben, doch ihr Gemüt wollte sich in den Tagen nach dem schrecklichen Brand einfach nicht erholen. Der Oktober neigte sich fast dem Ende zu, als Hanna endlich vom Hospital in die *Traube* zog.

Um der Familie Schmieger Ruhe zu geben, hatte Helen ihre Mutter darum gebeten, den kleinen Festsaal sperren und als eine Art Familienzimmer herrichten zu dürfen. So konnten die Schmiegers von den anderen Hotelgästen ungesehen und ungestört ihre Mahlzeiten zu sich nehmen, ohne dabei rund um die Uhr auf ihren Zimmern bleiben zu müssen. Wann immer ihnen der Sinn nach Unterhaltung stand, gesellte sich ein Mitglied der Familie Ludwig zu ihnen und versuchte, tröstend oder aufheiternd zur Seite zu stehen.

Helen war schon immer ein pragmatischer Mensch gewesen. Ging es jemandem, der ihr am Herzen lag, nicht gut, war die erste Überlegung, was wohl zu tun wäre, um diesen Zustand zu ändern. Jetzt konzentrierte sie sich darauf, vor allem Anton, so gut es eben ging, zu unterstützen.

In der letzten Oktoberwoche war er wenig zuversichtlich nach München aufgebrochen. Helen hatte sich mit Vorhersagen zurückgehalten, doch sie ahnte, dass seine Angst vor einer Kreditabsage mehr als gerechtfertigt war. Deswegen hatte sie die Tage, an denen er in München weilte, für ein Gespräch mit ihren Eltern genutzt.

Sie wusste, dass der Mann, den sie liebte, vor lauter Kummer die einfachste Lösung nicht sah, doch das machte nichts. Sie war fortschrittlich genug, um ihn mit der Nase direkt darauf zu stoßen, wenn es sein musste. Ihre Eltern hatten ihrem Vorschlag begeistert zugestimmt, und nun war es an ihr, Anton von der Richtigkeit ihres Vorhabens zu überzeugen – wobei sie natürlich hoffte, dass nicht viel Überredungskunst nötig sein und er stattdessen begeistert zustimmen würde.

Anton traf am Sonntagnachmittag im Hotel ein, und ein Blick in sein trauriges Gesicht reichte aus, um zu wissen, dass seine Gespräche im *Bankhaus Aufhäuser* erfolglos geblieben waren.

»Möchtest du etwas essen?«, fragte Helen.

»Ich bin nicht hungrig«, sagte er niedergeschlagen, nahm seinen Hut ab und legte seinen Mantel über den Arm. »Ich bin erschöpft und möchte eigentlich nur noch in mein Zimmer, um mich zu verkriechen.«

Helen schüttelte energisch den Kopf. »Tut mir leid, das kann ich nicht zulassen. Ich werde dir eine Auswahl an Speisen aufs Zimmer bringen lassen und dann bei dir bleiben, damit du auch wirklich etwas isst. Währenddessen berichtest du mir.«

»Aber ich …«

»Verkriechen hilft nicht«, unterbrach sie ihn und strich

ihm liebevoll über die Wange. »Komm erst einmal zu dir. Wir essen und reden und finden eine Lösung.«

Anton lachte gequält auf, gab sich jedoch geschlagen und lief voraus in sein Zimmer, während sie in die Küche eilte, um bei einem der Zimmerkellner die Bestellung aufzugeben.

Kurz darauf saß sie mit ihm an einem voll beladenen Tisch neben dem Fenster. Er trank zunächst schweigend eine Tasse Tee, dann begann er stockend von seinen Verhandlungen zu berichten.

»Herr Aufhäuser gab sich untröstlich. Ich hätte sein vollstes Mitgefühl, doch unter diesen Umständen wäre die Gewährung eines Kredits dieser Größenordnung ganz und gar ausgeschlossen. Er fragte, ob ich nicht einen Bürgen hätte, jemanden, der mir möglicherweise als Gesellschafter Beistand und finanzielle Unterstützung leisten würde. Das musste ich natürlich wahrheitsgetreu verneinen. Er erklärte mir, dass ich nicht verzagen sollte. Mit der Summe aus der Feuerversicherung könnte ich das alte Geschäft wieder zum Leben erwecken. Nach zwei oder drei soliden Geschäftsjahren könnte ich gern wieder auf ihn zukommen.«

»So etwas in der Art stand zu befürchten.«

Anton nickte, starrte missmutig auf den Teller, auf dem er noch immer appetitlos herumstocherte, und schien nicht zu bemerken, dass Helens Laune längst umgeschlagen war.

Geduldig wartete sie darauf, dass er endlich den Blick hob und sie ansah.

»Du lächelst?«, fragte er erstaunt.

»Ja. Ich denke, ich habe allen Grund dazu.«

Anton fuhr sich durch die Haare und sah sie abwartend an.

»Du siehst den einfachsten Ausweg nicht. Es gibt eine Möglichkeit, diese Fabrik jetzt und nicht erst in einigen Jahren zu errichten und dir und deiner Familie ein neues Heim zu bauen.«

»Ach ja?« Er sprang auf und lief sichtlich erregt im Zimmer auf und ab. »Ich wüsste nicht, welchen. All meine Vorhaben kosten Geld. Das habe ich nicht, und niemand will es mir leihen.«

Plötzlich blieb er mitten im Zimmer stehen und vergrub sein Gesicht hinter beiden Händen. »Ich Narr«, murmelte er leise, doch Helen verstand ihn.

»Du Narr«, wiederholte sie lächelnd, erhob sich und nahm die Hände von seinem Gesicht. »Erkennst du es nun?«, fragte sie und küsste die Innenseiten seiner Handflächen.

»Aber ich bin praktisch mittellos.«

»Nur auf dem Papier. Ich weiß um deine Tüchtigkeit und um deine Ideen bezüglich der Fabrik. Wenn wir diesen Schritt gemeinsam gehen, wird alles, was wir von nun an tun, auch uns beiden zugutekommen. Es gibt dann kein Mein und Dein. Nur noch ein Unser. Heirate mich, Anton Schmieger!« Helens Stimme zitterte, doch das war ihr gleichgültig. »Heirate mich, und unser Hotel wird die Sicherheit sein, die dieser Herr Aufhäuser braucht, um Kredit zu gewähren. Ich werde mich mit einer großzügigen Einlage beteiligen und die stille Teilhaberin sein, nach der er gefragt hat. Nun, vielleicht nicht immer still. Wie du weißt, entspricht das nicht so ganz meinem Wesen.«

Anton sah sie verblüfft an, dann lachte er plötzlich. Er lehnte sich nach vorn, legte seine Hände auf ihre Wangen und küsste sie stürmisch. Dann trat er einen Schritt zurück und schüttelte ungläubig den Kopf. »Und du bist dir ganz sicher?«

»Ja«, sagte Helen schlicht, hatte dann aber das Gefühl, dass dieses eine Wort nicht ausreichte. »Ich bin mir ganz sicher. Ich habe mein Herz an dich verloren, als du damals auf meinem Rad ins Gebüsch gestürzt bist und ich dich retten musste. Lass mich dich wieder retten, denn damit rettest du auch mich. Ich habe nämlich längst erkannt, dass ich nur an deiner Seite glücklich bin.«

Anton ließ sich aufs Bett fallen und klopfte neben sich auf die Matratze. Helen verstand den Wink und setzte sich zu ihm.

»Es sollte umgekehrt sein«, sagte er leise. »Ich sollte um deine Hand anhalten, dich retten und beschützen.«

»Wer sagt denn das?«, fragte Helen trotzig zurück. »Wenn es dir so wichtig ist, erzählen wir aller Welt eben, dass du mich gefragt hast. Mir ist es gleich, solange ich den Rest meines Lebens an deiner Seite verbringen und dich glücklich machen kann.«

»Kommt nicht infrage«, rief Anton. Helen riss entsetzt die Augen auf und schlug die Hand vor den Mund, doch er beruhigte sie sofort.

»Ich meinte, es kommt nicht infrage, unsere Geschichte falsch herum zu erzählen. Ich werde mich keine Sekunde lang für meine selbstbewusste, wunderschöne Frau schämen. Es kann ruhig jeder wissen, dass du mich so sehr liebst, dass du nicht nur mich, sondern auch gleich noch meine Eltern mit vor dem Untergang bewahrst. Helen Ludwig, es wäre mir eine Ehre, dein Mann zu werden. Allerdings …« Er machte eine kleine Pause.

»Was?«

»Gib mir einen Augenblick.« Er wandte sich von ihr ab,

ging an seinen Nachttischschrank und zog ein Schmuckkästchen hervor. Helen saß noch immer auf dem Bett, er wandte sich ihr wieder zu, ging auf die Knie und öffnete das Kästchen, in dem ein schlichter goldener Fingerreif lag.

»Ich habe ihn schon vor vier Wochen gekauft. Ich wollte dich um deine Hand bitten, sobald die Kreditverträge unterzeichnet gewesen wären. Ich bin gottfroh, dass ich den Ring seit dem Tag des Kaufes immer bei mir getragen habe und er so den verheerenden Flammen entkommen ist. Helen Ludwig, bitte werde meine Frau.«

Obwohl er ihre Antwort längst kannte, hatte sie doch zuerst gefragt, rief sie: »Ja! Ja! Und nochmals ja!« Sie brachte gerade noch genug Geduld auf, um sich den Ring von Anton an den Finger stecken zu lassen. Dann fiel sie ihm um den Hals und warf ihn dabei um. Lachend und mit Tränen in den Augen kugelten sie über den Boden und küssten sich wieder und wieder.

»Helen Schmieger«, flüsterte sie leise und lächelte dann verklärt.

»Bald, meine wunderschöne Beschützerin. Bald.«

Helen drückte Antons Oberkörper auf den Teppich und setzte sich auf seinen Schoß. Das Funkeln in seinen Augen verriet ihr, dass er genau wusste, was nun folgen würde. Genüsslich verschränkte er die Arme hinter dem Kopf und sah ihr dabei zu, wie sie sich ihres Kleides und ihrer Unterkleider entledigte.

Seelenruhig öffnete sie Knopf für Knopf seiner Weste und nestelte dann seine Hose auf. Sie sprachen kein Wort. Als Helen ihre Lippen auf seine legte, packte er sie plötzlich, richtete sich auf, hob sie mit sich hoch und legte sie aufs Bett.

»Diesmal will ich dich ganz«, flüsterte sie.

Anton biss sich auf die Unterlippe, konnte sein gieriges Seufzen jedoch nicht unterdrücken. »Ich habe mich so danach gesehnt«, murmelte er, legte sich neben sie und begann, sie behutsam zu küssen und zu streicheln.

Helen schloss die Augen und ließ sich fallen. In dieser Sekunde war sie der glücklichste Mensch auf Erden.

Als sie am Abend den Speisesaal betraten, sah ihre Mutter sofort, wie die Dinge zwischen Anton und ihr standen. Mit einem spitzen Schrei sprang Henriette von ihrem Stuhl auf und stürmte auf Helen zu.

»Mutter, pst«, mahnte Helen, doch es war zwecklos.

»Nichts pst. Es dürfen ruhig alle wissen. Zeig her!« Sie griff nach der Hand ihrer Tochter und bewunderte den schlichten Verlobungsring. »Ein Traum geht in Erfüllung«, seufzte sie. Dann wandte sie sich an Anton und nahm ihn überschwänglich in die Arme.

»Möchtest du deine Eltern nicht zum Essen bitten? Ich denke, die heutigen Nachrichten werden endlich wieder ein Lächeln in das Gesicht deiner Mutter zaubern. Ich werde einen Pagen schicken, damit er Theodor und Sophie zu diesem besonderen Anlass ebenso dazuholt.«

Henriette behielt recht. Nachdem Antons Eltern begriffen hatten, dass es nicht nur eine Verlobung zu feiern gab, sondern dass die Verbindung beider Familien auch einen Neubeginn der Schmieger'schen Seifenmanufaktur zur Folge haben würde, konnte auch Hanna Schmieger endlich wieder lachen. Nach einem üppigen Essen, von dem Helen und Anton viel zu wenig zu sich nahmen, da sie ihn schon zuvor zum Essen genötigt hatte, besprachen sie bei Wein, Kaffee und Gebäck alle Einzelheiten.

»Da habe ich ja wohl einiges zu tun«, stellte Theodor zufrieden fest. »Meine Nichte – eine echte Fabrikantin. Wenn das kein Grund zum Feiern ist. Helen, Anton, ich erwarte euch beide nächste Woche Freitag in meiner Kanzlei. Bis dahin habe ich eine erste Bürgschaft aufgesetzt. Mit ihr steht dem Kredit nichts mehr im Wege. Zur Unterzeichnung in München wirst du, liebe Helen, selbstverständlich anwesend sein müssen. Wenn alles reibungslos läuft, sollten die Verträge bis Ende November besiegelt und ihr beide gleichberechtigte Geschäftsführer der neuen Seifenfabrik sein. Ich schlage vor, die vereinbarte Kreditsumme beizubehalten. Und wenn ihr mir diese kleine Einmischung erlaubt: Das Geld aus der Feuerversicherung könntet ihr zum Wiederaufbau des Hauses in der Georgengasse nutzen. Es wäre doch sicher schön, das kleine Seifengeschäft zusätzlich zur Fabrik beizubehalten. Rothenburger Bürger würden es euch sicher danken.«

Helen musste sich zusammenreißen, um nicht in Tränen auszubrechen. Obwohl es Freudentränen waren, die sich ihren Weg bahnten, wollte sie verhindern, vor ihren zukünftigen Schwiegereltern die Beherrschung zu verlieren. Sie schluckte und schniefte unauffällig.

Dann wandte sie sich wieder den Menschen in diesem Raum zu. Die Männer unterhielten sich angeregt über die Pläne zum anstehenden Fabrikbau. Gerade erklärte Anton, dass er bereits ein Grundstück vor den Toren der Stadt im Auge hatte und darauf hoffte, auch den zukünftigen Lebensraum seiner Familie dorthin verlegen zu können.

»Ich liebe meine Heimat«, sagte er verträumt, »doch es

wäre auch schön, der Enge dieser Gassen ein wenig entfliehen zu können und Platz zu haben.« Dann wandte er sich zu Helen um und zwinkerte. »Ein schöner Garten wird irgendwann sicher von Vorteil sein.«

Helen strahlte ihn an und warf ihm eine Kusshand zu. Sie hatten kein Wort darüber verloren, doch diese Bemerkung war kaum falsch zu verstehen: Auch er träumte davon, irgendwann einmal eigene Kinder zu haben. Nicht sofort, standen doch nun erst einmal andere Dinge im Vordergrund. Doch irgendwann in nicht allzu ferner Zukunft würden sie eine eigene Familie gründen, dessen war sie sich ganz sicher.

Helen nippte an ihrem Wein und schnappte dann einzelne Gesprächsfetzen auf, die zwischen ihrer Tante Sophie, ihrer eigenen und Antons Mutter hin- und hergingen. Während die Männer geschäftliche Dinge besprachen, waren die Damen in Sachen Hochzeitsplanung kaum zu bremsen. Gerade erklärte ihre Mutter ihrer zukünftigen Schwiegermutter, dass eine Heirat im Wonnemonat Mai wohl das Schönste wäre, was eine junge Braut sich vorstellen könnte.

»Äh, die Damen«, unterbrach Helen lachend. »Wie wäre es, wenn Sie mir die Federführung bei den Planungen überließen? Immerhin geht es doch um meinen großen Tag.«

Die Frauen sahen sich der Reihe nach an und brachen dann in glucksendes Gelächter aus, als hätte sich Helen einen ganz wunderbaren Scherz erlaubt.

»Seit wann«, kicherte ihre Mutter, »plant die Braut ihre eigene Hochzeit? Das wäre mir ja das Allerneuste. Ich weiß, du liebst deine Unabhängigkeit, und jeder hier kennt dich als durch und durch moderne Frau. Aber in diesem Fall muss ich dich leider bremsen.«

Ausgerechnet Antons Mutter Hanna sprang der ihrigen in diesem Augenblick zur Seite. »Henriette hat recht. Dieser Tag soll der schönste deines Lebens werden. Die anstrengenden Vorbereitungen überlass doch bitte uns. Damit entlastest du dich und tust uns obendrein auch noch einen Gefallen.«

»Wir versprechen«, mischte sich nun auch noch Tante Sophie ein, »dass wir deine Wünsche berücksichtigen werden!«

Die drei Frauen sahen Helen aus großen, erwartungsvollen Augen an und hielten sich nun auch noch bei den Händen. In diesem Moment ahnte Helen, dass die wenigen Erzählungen ihrer Mutter darüber, wie eng sie alle drei einst befreundet gewesen waren, wahr sein mussten. Hier im kleinen Festsaal der *Traube* waren Henriette, Hanna und Sophie vereint, als hätte es nie irgendein Zerwürfnis zwischen ihnen gegeben. Helen schluckte gerührt und beschloss, dass sie den Frauen diesen Gefallen tun würde. Es war ihre Hochzeit, doch wenn sie ehrlich war, interessierte sie sich ohnehin viel mehr für das, was die Männer gerade besprachen. Sich an der Planung und dem Bau der neuen Seifenmanufaktur beteiligen zu können, statt eine rauschende Hochzeit zu organisieren, war weit mehr nach ihrem Geschmack. Sie würde von Anfang an ein Mitspracherecht haben, und sie hatte nicht vor, darauf zu verzichten und ihr Leben als *Gattin von* an sich vorbeiziehen zu lassen.

»Wenn Sie sich so darum reißen …«, sagte sie schließlich und musste sich die Ohren zuhalten, weil die Frauen sofort in kindisches und ihrem Alter völlig unangemessenes Gekicher ausbrachen.

»Nur das Hochzeitskleid …«

»Aber natürlich darfst du das selbst aussuchen«, fuhr ihre Mutter sofort dazwischen.

»Nur wirst du Beratung brauchen«, gab Sophie zu bedenken.

»Und da sind wir natürlich zur Stelle«, beendete Hanna die Ausführungen.

»Zu großzügig«, gab Helen sich lachend geschlagen. Sie erhob sich und bedeutete Anton mit einem kleinen Kopfnicken, dass sie mit ihm reden wollte. Außer Hörweite der anderen erklärte sie ihm, was gerade passiert war. »Kannst du damit leben?«

»Ehrlich gesagt, wäre ich besorgt gewesen, wenn sie sich nicht eingemischt hätten. Nun, von meiner Mutter hätte ich vielleicht etwas mehr Zurückhaltung erwartet. Doch«, er wandte sich um und sah die drei schnatternden Frauen an, »wenn ich mir das so recht besehe, haben sie wohl nur auf eine Gelegenheit wie diese gewartet. Ich bin mir sicher, sie tun nichts, was wir beide nicht wollen. Also ja, es ist für mich in Ordnung.«

Erleichtert lehnte sich Helen an Antons Brust und genoss den kurzen Moment der Nähe. Zufriedenheit und Erleichterung machten sich in ihr breit. Ihrer ersten schweren Prüfung hatten sie sich gemeinsam gestellt. Und sie hatten sie auf eine Art gemeistert, die sie beide glücklich machen und die finanzielle Notlage der Schmiegers beheben würde.

26

Freitag, 2. Dezember 1904

Anton Der letzte Monat des Jahres 1904 hatte begonnen, und all die Sorgen und Ängste, die Anton noch im Herbst gequält hatten, gehörten der Vergangenheit an. Der gewährte Kredit war mehr als üppig, und er konnte es kaum erwarten, an die Arbeit zu gehen.

Nach reiflicher Überlegung waren er und Helen sich darüber einig geworden, dass der Einzug in ein eigenes Haus Vorrang vor dem Bau der Fabrik hatte, denn sie brauchten schlicht und ergreifend zunächst ein Dach über dem Kopf. Außerdem wollte Anton die Großzügigkeit seiner zukünftigen Schwiegereltern nicht überstrapazieren, wusste er doch, dass die Zimmer und auch der von ihnen genutzte kleine Festsaal für zahlende Gäste benötigt wurden. Außerdem musste er zugeben, dass er sich inzwischen sehr nach Ruhe sehnte. Es lag in der Natur der Sache, dass man in einem Hotel wie der *Traube* niemals wirklich allein war, ein Umstand, der ihm mehr und mehr zu schaffen machte.

Helen weilte nun seit einer knappen Woche in München, wo sie im Beisein von Sophie, Henriette und seiner Mutter ein Brautkleid aussuchen wollte. Und auch für ihn waren die vergangenen Tage aufregend gewesen – wenn auch aus einem völlig anderen Grund: Seit Wochen hatte er ein Grundstück im Auge, auf dem er für sich und Helen ein neues Zuhause errichten wollte, doch nun, da das nötige Geld endlich zur Verfügung stand, war das Land anderweitig verkauft worden.

Nach anfänglicher Enttäuschung und Ratlosigkeit eröffnete sich ihm heute allerdings eine ganz neue Perspektive, und die würde er nun in Augenschein nehmen.

Sein Weg führte Anton vorbei an der Brandruine der alten Seifensiederei. Das gemauerte Erdgeschoss war noch erhalten, und von einem erfahrenen Tischler des Ortes wusste er, dass ein Wiederaufbau auf diesem Fundament möglich wäre. Anton blieb auf der gegenüberliegenden Straßenseite stehen. Sein Magen verkrampfte sich, und er dachte an seine Mutter und daran, dass sie ihr gesamtes Leben in der Georgengasse verbracht hatte. Sie klagte zwar nicht darüber, doch da selbst er die heimelige Geborgenheit der alten Siederei an so manchen Tagen vermisste, konnte er ungefähr erahnen, wie schwer es erst seiner Mutter ums Herz sein musste.

Während er in Richtung Würzburger Tor stadtauswärts lief, dachte er an die Zukunft seiner Eltern. Die Entscheidung war gefallen, und er wusste, dass trotz der Arbeit, die vor ihnen lag, alles gut werden würde. Er würde das Haus in der Georgengasse mit dem Geld der Versicherung wieder aufbauen lassen und es seinen Eltern überschreiben! So wie früher schon, hätte auch der Neubau ein Ladenlokal und eine kleine Werkstatt im Erdgeschoss. Seine Mutter und sein Vater würden in kleinen Mengen Seifen sieden und Kerzen ziehen und diese als Handarbeit verkaufen können – zusätzlich zu einer Auswahl an Fabrikprodukten.

Beschwingten Schrittes passierte Anton das Tor und blieb stehen. Von hier aus konnte er direkt auf das Grundstück und die halb fertige Gründervilla blicken, die sein Interesse geweckt hatte. Den derzeitigen Bauherrn, so die Gerüchte, hatten waghalsige Investitionen in den Ruin getrieben, und nun stand es zum Verkauf. Anfangs hatte er gehofft, dass Fabrik- und Wohngrundstück direkt beieinanderliegen würden. Dass es nun doch anders kam, störte ihn inzwischen allerdings nicht mehr. So würde sein Feierabend wirklich auch das Ende des Tagwerkes bedeuten, und er käme nicht auf den Gedanken, eben noch dies und jenes zu erledigen.

Anton blieb stehen und ließ den Anblick auf sich wirken. Der Garten, der den Rohbau der Gründervilla umgab, war zwar noch wild und ungepflegt, doch die schiere Größe verschlug ihm bereits den Atem. Schmiedeeiserne Gartenstühle, ein hübsch angelegter Teich und bunte Blumenbeete würden ihn in ein Paradies verwandeln, das seinen Kindern irgendwann zugutekommen sollte.

Eine Berührung an der Schulter ließ Anton zusammenzucken.

»Entschuldige, ich hatte dich gerufen, aber du hast mich wohl nicht gehört.«

»Eva!« Anton überkam sofort ein schlechtes Gewissen. Er hatte sich noch nicht dafür bedankt, dass sie so selbstlos in das brennende Haus gestürzt war, um seine Mutter zu retten. Das musste und würde er umgehend nachholen.

»Verzeih«, sagte er und lächelte sie freundlich an. »Ich war tatsächlich in Gedanken. Aber es ist gut, dass wir uns treffen.«

Er sah das hoffnungsvolle Blitzen in ihren Augen und erkannte, dass er ihr lieber sofort sagen sollte, worum es ihm ging. »Ich habe es bisher versäumt, dir meinen Dank auszusprechen. Das würde ich gern nachholen. Ohne dich wäre Mutter in den Flammen umgekommen.«

Das Lächeln in Evas Gesicht erstarb wieder, und sie zuckte leichthin mit den Schultern. »Das hätte wohl jeder getan.«

»Ich möchte mich trotzdem gebührend bedanken. Vielleicht darf ich dich ja irgendwann zum Essen ausführen?«

»Wie wäre es sofort?«, fragte sie ohne jede Scheu. »Die Wochen vor dem Fest sind kräftezehrend, wie du weißt. Ich werde im Geschäft meiner Eltern kaum abkömmlich sein. Wenn du mir wirklich ehrlich danken willst, dann jetzt.«

Sie lächelte ihn freundlich an, und für einen Moment kamen ihm Zweifel. Eva jetzt gleich in eines der Gasthäuser auszuführen, bedeutete, sich hinter dem Rücken seiner Verlobten mit ihr zu treffen. Er war sicher, dass sie nichts dagegen haben würde, wenn sie davon wüsste. Aber so? Er würde es Helen nach ihrer Rückkehr aus München beichten müssen und wusste beim besten Willen nicht zu sagen, ob sie Verständnis zeigen würde.

»Aber wenn deine Verlobte etwas dagegen hat, muss das natürlich nicht sein.« Eva legte ihre Hand auf seinen Arm und lächelte verständnisvoll. »Ich möchte keine Zwietracht säen.«

Anton sah sie aufmerksam an. Er dachte an das Gerücht, das sie im Frühjahr nach den Pfingstfestspielen absichtlich in die Welt gesetzt hatte, und konnte nicht einschätzen, ob sie ihre Worte ernst meinte. Womöglich sollte er ihr jetzt, nach all den Monaten, noch sagen, dass er wusste, was sie damals getan hatte, doch er entschied sich dagegen.

Für eine Aussprache dieser Art war es längst zu spät.

Er war bald ein verheirateter Mann, und Eva hatte akzeptiert, dass sein Herz einer anderen gehörte. Seit Helens Fahrradunfall hatte sie nie wieder auf diese hinterhältige Art intrigiert, und Anton vermutete, dass ihr bewusst war, was sie angerichtet hatte.

Hier und heute überwog, dass sie seiner Mutter das Leben gerettet hatte, und dafür würde er ewig in ihrer Schuld stehen.

Anton lächelte schließlich. »Also gut, dann eben heute. Und nein, Helen macht das überhaupt nichts aus. Sie vertraut mir, und auch sie ist dir unendlich dankbar. Ich hätte dir schon viel früher meinen tief empfundenen Dank aussprechen müssen, aber die Dinge überschlagen sich im Moment und …«

»Verstehe schon«, unterbrach Eva ihn und legte erneut ihre Hand auf seinen Arm. »Ich habe von deinen großen Plänen gehört.« Vertrauensselig hakte sie sich bei ihm unter. »Und du bist sicher, dass das, was du ursprünglich vorhattest, warten kann?«

Er nickte. Die Gründervilla, die er besichtigen wollte, hatte bis morgen Zeit. Er hatte Theodor bereits damit beauftragt, dem jetzigen Besitzer ein Angebot zu unterbreiten. »Hast du einen Wunsch?«, fragte er, während sie das Würzburger Tor zurück in die Stadt nahmen.

»Ich war lange nicht mehr im *Kaffeehaus Schneider.*«

Es überraschte ihn nicht, dass sich der Nachmittag mit Eva vertraut anfühlte. Nachdem er sich aufrichtig bei ihr für die Rettung seiner Mutter bedankt hatte, plauderten sie über gemeinsame Erlebnisse und ihre Familien. Sie war schon immer ein umgänglicher Mensch gewesen. Und sie besaß Humor, auch wenn ihm früher im Gegensatz zu heute nie aufgefallen war, dass sie so manches Mal nicht mit, sondern über ihre Mitmenschen lachte. Ihm gegenüber gab sie sich freundlich und aufgeschlossen, und Anton kam zu der Überzeugung, dass es an der Zeit war, seinen Groll gegen sie aufzugeben und seinen Frieden mit ihr zu machen.

»Bringst du mich noch nach Hause?«, fragte sie, nachdem sie Teller und Tassen geleert hatten.

»Mit Vergnügen.«

Das Geschäft von *Liebermanns Lebensmittel und Kurzwaren* war bereits dunkel, als sie zurückkehrten.

»Meine Eltern sind nicht da«, sagte Eva wenig überrascht. »Das trifft sich gut, ich möchte dir etwas zeigen.«

Anton biss sich skeptisch auf die Lippe. Ihm kam in den Sinn, dass ihre heutige Begegnung möglicherweise gar nicht so zufällig gewesen war, wie es den Anschein erweckt hatte.

»Keine Sorge«, lachte Eva und rammte ihm ihren Ellbogen in die Seite. »Ich beiße nicht. Ich möchte nur, dass du einen Wein probierst, den wir neu ins Sortiment aufgenommen haben. Vielleicht wäre er ja eine gelungene Ergänzung für euer Weihnachtsfest.«

Anton zuckte mit den Schultern. »Warum nicht?«

Sie machten es sich im Hinterzimmer gemütlich, das Eva und ihre Eltern für die Büroarbeit nutzten. Eva schenkte ein und reichte ihm sein Glas.

»Der ist wirklich gut«, stellte Anton fest, nachdem er probiert hatte.

»Ich habe so viel geredet. Was ist mit dir? Erzähl mir von deinen Plänen, die bei den Tauberstädtern in aller Munde sind. Mich erreichen im Laden nur irgendwelche Gerüchte, was davon ist wahr?«

Sie sah ihn abwartend an, und ihre Wangen glühten voller Neugier. Anton fühlte sich geschmeichelt, trank einige Schlucke und begann zu erzählen.

Er bemerkte nicht mehr, wie die Zeit verging, und auch nicht, dass sie irgendwann die erste Flasche geleert hatten und bei einer zweiten angekommen waren. Als er sich endlich erhob, weil ihm aufging, dass es längst Zeit war, nach Hause zurückzukehren, schwankte er leicht. Lachend griff er nach der Stuhllehne. »Ich denke, das letzte Glas war wohl zu viel.«

Eva kicherte. »Vielleicht auch die letzten zwei.« Sie stand ebenfalls auf. Dabei verlor sie das Gleichgewicht und stieß gegen ihn. »Hoppla«, sagte sie, dachte jedoch nicht daran, auf Abstand zu gehen. Im Gegenteil. Sie schlang ihre Arme um seinen Hals und sah ihn aus halb geöffneten Augen an. »Danke für diesen Nachmittag«, flüsterte sie.

Anton spürte ein Klopfen in seiner Brust und vermochte nicht mehr zu sagen, wessen Herzschlag das war. Ihre Lippen kamen näher, und er wusste, dass er genau jetzt schnellstens den Raum verlassen sollte, doch die warnenden Gedanken schienen wie in Watte gepackt und drangen nicht bis zu seinem Verstand durch. Als ihre Lippen die seinen berührten, zog er sich nicht zurück, sondern erwiderte ihren Kuss. Ihr Körper war warm und vertraut, und das leise Seufzen, das sie von sich gab, erregte ihn.

Erst als sich ihre Hände unter sein Hemd schoben, kam er wieder zu sich. Fast panisch griff er nach ihnen. »Nicht«, sagte er und schob sie von sich. »Ich muss gehen.«

Eva lächelte und fuhr sich mit ihrer Zunge verführerisch über die Lippen. »Es tut mir leid«, sagte sie, doch Anton glaubte ihr kein Wort.

»Ich liebe Helen. Wir werden heiraten«, stieß er hervor und fuhr sich verzweifelt durch die Haare.

»Das weiß ich doch. Sei unbesorgt. Sie wird nie von diesem Kuss erfahren. Messen wir dem Ganzen nicht zu viel Bedeutung bei. Es ist nichts passiert.«

Anton sah sie schweigend an. Dann nickte er ihr kurz zu und verließ eilig das Haus.

Auf dem Weg zurück zur *Traube* verdrängte er das schlechte Gewissen, das ihn übermannen wollte. Eva hatte recht, redete er sich ein. Es war nur ein Kuss, zu dem sie sich hatten hinreißen lassen. Wäre der Wein nicht gewesen, hätte sich dieses flüchtige Gefühl von Vertrautheit kaum eingestellt, dessen war Anton sich sicher. Er würde Eva von nun an aus dem Weg gehen und nie wieder an den heutigen Tag denken.

Die kommenden Wochen waren anstrengender und aufreibender, als er es sich ausgemalt hatte. Er erkannte, wie naiv er gewesen war, als er noch im Herbst davon ausging, dass Helen und er einem einzigen großen Abenteuer entgegenblickten.

Tatsache war, dass die Arbeit ihn geradezu überrollte. Die Fertigstellung ihrer Gründervilla ging langsamer voran, als er es sich erhofft hatte. Inzwischen ahnte er, dass ein Einzug vor dem Sommer kaum zu schaffen war. Das bedeutete wiederum, dass Helen und er noch weitere sechs Monate im Hotel leben mussten.

Seiner Verlobten schien das nichts auszumachen, immerhin war sie in diesen Mauern, unter all den fremden Menschen, Kellnern und Zimmermädchen aufgewachsen.

Anton hingegen wurde von Tag zu Tag mürrischer und einsilbiger. Obwohl er wusste, dass es weniger Überwachung als vielmehr ernsthaftes Interesse an ihm war, störte er sich daran, dass jeder seiner Wege und Erledigungen hinterfragt wurde. Schon beim gemeinsamen Frühstück mit seinen und Helens Eltern ging es stets darum, was er wo erledigen, wann er zurückkehren würde und welche Botengänge man ihm wohl abnehmen könnte. Und als wäre dies nicht schon genug, drehte sich am Ende eines jeden Tages das Gespräch erneut nur darum, ob er seine Vorhaben auch in die Tat umgesetzt hätte.

Anton erkannte sich selbst kaum wieder. Die Stimme in seinem Kopf, die ihm sagte, dass sein seltsames Verhalten doch wohl eher mit Evas Kuss zusammenhing, den er zugelassen hatte, überhörte er. Stattdessen redete er sich ein, dass ihm die schiere Anzahl der Menschen, denen er tagtäglich in der *Traube* begegnete, zu viel war. Zwar liebte er es, mit Helen den Fortschritt der Arbeiten an ihrem Zuhause zu besprechen, doch all die anderen neugierigen Fragen rund um die Uhr und bei jeder Gelegenheit beantworten zu müssen, wurde ihm zu viel.

Helen bemerkte die Veränderung an ihm. Als die Festtage vorüber waren und auch das neue Jahr mit einem rauschenden Fest im *Hotel Traube* eingeläutet worden war, hielt sie es nicht mehr aus. Zwei Tage nach der Silvesterfeier bat sie ihn in den Salon, in dem sie noch vor Monaten übermütig zur Musik aus dem Phonographen getanzt hatten.

»Was bedrückt dich?«, fragte sie, während sie die Tür hinter sich abschloss, um sicherzugehen, dass sie nicht von einem Hotelgast überrascht wurden. Sie deutete auf einen der Sessel und nahm ihm gegenüber Platz.

Anton hätte am liebsten abgewiegelt, doch er kannte Helen gut genug. Fadenscheinige Ausreden würde sie nicht gelten lassen. »Ich bin erschöpft«, sagte er. »Um meine Geduld ist es nicht so gut bestellt, wie ich anfangs vermutet hatte.«

»Es geht dir zu langsam?«

»Ja.«

»Und weiter?« Sie legte den Kopf schief und sah ihn ruhig an. Anton lachte müde auf und rieb sich mit der flachen Hand über die Stirn. »Ist das denn nicht genug?«

»Nein.« Helen schüttelte den Kopf, erhob sich und setzte sich ganz selbstverständlich seitlich auf seinen Schoß. Antons Puls schoss in die Höhe, und für eine Sekunde war er davon überzeugt, dass Eva ihr von dem Kuss erzählt hatte.

»Ich sage dir, was dich noch bedrückt. Das hier«, sie machte eine Pause und deutete mit einer vagen Geste um sich herum, »ist dir zu viel. Zu laut. Zu voll. Zu viele Fragen. Zu wenig Ruhe. Du hast zuvor mit deinen wunderbar ruhigen Eltern in einem großen Haus mit Werkstatt gelebt. Nun wohnst du in einem zumeist ausgebuchten Hotel direkt neben deiner Verlobten, bist nie allein und hast nie Zeit für dich. Dazu die Arbeit und die Verantwortung, die auf deinen Schultern lastet.«

Anton schluckte. Es rührte ihn, dass die Frau an seiner Seite so liebevoll und besorgt um ihn war.

»Du hast recht.« Er griff nach ihrer Hand und küsste sie.

»Wie kann ich dir helfen?«

»Das ist es ja: Es geht eben gerade nicht anders. Solange unser Haus nicht bezugsfertig ist, bleibt uns nichts anderes übrig. Außerdem will ich nicht undankbar sein. Ohne deine Eltern hätten wir auf der Straße gestanden oder in einem der Gasthäuser absteigen müssen, was unsere schmale Kasse nur noch weiter hätte schrumpfen lassen. Es dauert ja nicht mehr lange«, versuchte er, sich selbst zu beruhigen. »Die wenigen Monate werde ich schon durchhalten.«

Helen schüttelte den Kopf, gab ihm einen schnellen Kuss und erhob sich dann. »Musst du nicht. Wir sagen den Eltern, dass es notwendig ist, das Voranschreiten der Bau- und Renovierungsarbeiten zu überwachen und dass du dazu direkt vor Ort sein möchtest. Eines der Zimmer ist doch sicher schon fertig oder kann provisorisch fertiggestellt werden. Ein Bett, ein Schrank, ein Tisch und ein Stuhl. Ich bringe dir morgens ein Frühstück, abends kommst du zum Essen, oder du isst in einem der Gasthäuser – je nachdem, ob dir nach Gesellschaft zumute ist oder eben nicht.«

»Aber …«

»Kein Aber«, schnitt Helen ihm sofort das Wort ab. »Ich werde auf keinen Fall dabei zusehen, wie du von Tag zu Tag einsilbiger wirst. Am Ende verderben dir all die Strapazen noch die Freude auf unsere Hochzeit.«

Anton erhob sich und zog Helen lächelnd an sich. »Ich kann nicht glauben, wie verständnisvoll du bist.«

»Ich auch nicht«, lachte sie kopfschüttelnd. »Aber diese ungewöhnlichen Monate stehen wir durch. Außerdem habe auch ich alle Hände voll zu tun, damit unsere Mütter und Tante Sophie es mit den Hochzeitsvorbereitungen nicht übertreiben und nur das tun, was ich oder wir uns für unseren großen Tag auch wünschen. Und wenn meine Sehnsucht nach dir am Abend zu groß wird, weiß ich ja, wo ich dich finde.«

Anton hielt Helen eine Weile schweigend im Arm und dachte über ihr Angebot nach. Der Gedanke, endlich etwas Zeit für sich zu haben, in Ruhe nachdenken zu können und nicht jede seiner Handlungen lang und breit erklären zu müssen, gefiel ihm. Andererseits wollte er nicht auf sie verzichten. »Und wenn du einfach mit mir kommst?«

Helen legte ihren Zeigefinger an die Lippen und klopfte einige Male dagegen. Dann schüttelte sie den Kopf. »Keine gute Idee. Damit würde ich meiner Mutter das Herz brechen. Im Gegensatz zu dir ist sie nämlich gottfroh, dass sich die Fertigstellung unseres Hauses noch ein wenig verzögert. Sie jammert jetzt schon, dass sie sich die *Traube* ohne mich gar nicht vorstellen könne.«

Anton legte seine Hände um das Gesicht seiner Verlobten. »Ich will ehrlich sein: Dein Vorschlag gefällt mir. Ich fühle mich regelrecht erleichtert. So kann ich kommen, wenn ich den Trubel dieses Hauses vermisse, und wegbleiben, wenn er mir zu viel wird oder ich zu müde bin.«

»Dann ist es entschieden«, sagte Helen.

27

Sonntag, 21. Mai 1905

Lisbeth Anders als in den vergangenen zwei Jahren nahm diesmal keiner von Lisbeths Freunden an den Pfingstfestspielen teil, da sich in diesem Frühjahr alles um die Hochzeit von Helen und Anton drehte. Abgesehen davon waren Elise und sie seit März damit beschäftigt, ihre Wohnräume im Obergeschoss der Bronnenmühle einzurichten.

Nachdem Max endgültig aus ihrem Leben verschwunden war, hatte Lissi ihren Schmerz wochenlang mit Alkohol betäubt und Elise von sich gestoßen. Wann immer sich eine günstige Gelegenheit ergab, hatte sie sich bis zur Schließung in Wirtshäusern aufgehalten und sich sogar auf eine lieblose Affäre mit einem Mann eingelassen, an dessen Namen sie sich nicht mehr erinnern konnte, obwohl sie ihn sogar in die Pension mitgebracht und sich dort mit ihm vergnügt hatte.

Irgendwann hatten die anderen Frauen sie im Beisein von Elise zu einer Unterredung gezwungen und ihr eröffnet, dass es so nicht weiterginge. Sie hatten ihr ein Ultimatum gestellt und mit dem Rauswurf aus der Pension gedroht, wenn sie ihr rücksichtsloses Verhalten nicht wieder in den Griff bekäme.

Die Drohung hatte gewirkt. Den Jahreswechsel hatte Lissi bei ihren Eltern verbracht. Sie war zur Ruhe gekommen, hatte Schmerz und Trauer über die Trennung von Max zugelassen und schließlich wieder begonnen, nach vorn zu schauen. Und mit jedem Tag, den sie nicht im Alkoholnebel zubrachte, spürte sie, wie sehr ihr das Zeichnen und das Zusammensein mit Elise fehlten.

Als sie Mitte Januar in die Bronnenmühle zurückkehrte, bat sie die Künstlerin um ein Gespräch.

»Ich muss mich bei dir entschuldigen«, begann sie, während sie in der Küche Platz nahmen. »Ich war nicht mehr ich selbst.« Und dann redete sich Lissi ihren Kummer von der Seele, als hätte sie nur auf diesen Moment gewartet. »Max zu verlieren, war schlimmer, als ich je für möglich gehalten hätte. Und irgendwie habe ich dir die Schuld dafür gegeben, dabei weiß ich doch, dass ich allein die Entscheidung gegen ihn getroffen habe.«

»Du hättest bei ihm bleiben können, das weißt du«, sagte Elise leise. »Es hätte mir das Herz gebrochen, aber ich hätte es überstanden.«

»Aber ich nicht. Nach Capri war ich mir sicher, dass du die Richtige für mich bist. Nie hätte ich für möglich gehalten, dass mein Schmerz über die Trennung von Max solche Ausmaße annehmen könnte.«

»Und nun?«

»Nun geht es mir besser. Ich habe mich wie eine Idiotin verhalten, statt meine Gefühle zuzulassen, habe ich sie betäubt. Ich möchte dich um Vergebung bitten.« Lisbeth griff nach Elises Händen und sah sie erwartungsvoll an. »Es würde mich nicht wundern, wenn du meine Entschuldigung ablehnst. Das, was ich in den vergangenen Wochen und Monaten getan habe, ist unverzeihlich.« Sie dachte an die Affäre, die sie vor aller Augen ausgelebt und mit der sie Elise sehr verletzt hatte, und schüttelte beschämt den Kopf.

Elise nickte gedankenverloren. »Du hast mir sehr wehgetan, das ist richtig. Andererseits weiß ich nur zu gut, wie du dich fühlst. Mir ging es in deinem Alter ähnlich. Gefühle können verwirrend sein, und selbst wenn man sie dann irgendwann versteht und akzeptiert, heißt das noch lange nicht, dass Beziehungen dadurch einfacher werden.«

Lisbeth schluckte gegen die aufkommende Rührung an. Das Verständnis, das Elise ihr entgegenbrachte, hatte sie nicht verdient, trotzdem war sie überaus dankbar dafür.

»Dann verstößt du mich nicht?«

»Wie könnte ich?«, fragte Elise zurück. »Du bist die Frau meines Lebens. Ganz gleich, ob es sich umgekehrt genauso verhält oder nicht, ich möchte dich nicht verlieren.«

»Du meinst …«

»Ich meine, mein Angebot steht noch immer. Ich möchte eine Kunsthandlung eröffnen, zusammen mit dir, und das Obergeschoss der Bronnenmühle in Wohnräume für uns beide verwandeln.«

Lisbeth schluckte und wich Elises Blick aus. Nur zu gern würde sie diesen Schritt gemeinsam mit der Künstlerin gehen, doch das Durcheinander ihrer Gefühle war noch lange nicht sortiert. Wenn sie allerdings einen echten Neubeginn wollte, musste sie jetzt ehrlich sein, das wusste Lissi.

»Nichts lieber als das«, sagte sie darum, »doch ich kann nicht versprechen, dass es zwischen uns je wieder so wird wie auf Capri. Ich weiß, ich sollte auf mein Herz hören. Dummerweise ist ebendieses gerade hin- und hergerissen.«

»Ich will dich ja nicht erschrecken, aber es besteht durchaus die Möglichkeit, dass das für immer so bleibt. Es gibt Menschen, die entscheiden sich nie für die eine oder die andere Art der Liebe, sondern leben stets beide Seiten aus. Du solltest aufhören, dich zu quälen, und akzeptieren, falls du zu dieser Sorte gehörst.«

»Aber verletze ich damit nicht alle um mich herum?«

»Nicht, wenn du ehrlich bist und demjenigen, dem dein Herz gehört, offen sagst, worauf er oder sie sich einlässt.«

»Und was, wenn dieser Jemand sich darauf nicht einlassen kann?«

Elise zog langsam ihre Augenbrauen in die Höhe und brach dann in schallendes Gelächter aus. »Dann musst du damit leben«, sagte sie und zuckte mit den Schultern. »Irgendwann geht das jedem so. Oder dachtest du, dass von nun an jeder Mensch, für den du Gefühle entwickelst, diese auch erwidern und sich auf dich einlassen wird? Tja, da muss ich dich enttäuschen. Auch eine wundervolle Frau wie du wird mit der einen oder anderen Abfuhr zurechtkommen müssen.«

Lisbeth fiel in das Gelächter ein, verzog dann schmollend ihre Lippen und streckte Elise schließlich die Zunge heraus, als wäre sie gerade fünf geworden. »Mach dich nur über mich lustig.«

»Entschuldige, aber das musste mal gesagt sein. Und jetzt hör auf, die Dinge so schwerzunehmen. Du hast eine große Liebe verloren und hattest Kummer. Da musst du eben durch. Aber nun ist es an der Zeit, wieder nach vorn zu sehen und deinem Leben die Richtung zu geben, die dir schon so lange vorschwebte. Lass uns die Kunsthandlung eröffnen. Deine Liebesverwirrung kannst und wirst du weder heute noch morgen gelöst kriegen, aber bis dahin schaden Ablenkung und Arbeit sicher nicht.«

Lisbeth und Elise nutzten das Frühjahr, um sich ihr eigenes Reich im Dachgeschoss der Pension zu erschaffen. Das hellste und geräumigste Zimmer wurde ihr gemeinsames Atelier, die beiden kleineren Kammern dienten jeweils als private Schlafräume, und ein gemeinsamer Raum wurde in eine gemütliche Wohnstube verwandelt. So konnten sie gemeinsam Zeit verbringen, sich aber auch jederzeit zurückziehen, wenn ihnen danach war.

Lisbeth erkannte einmal mehr, wie gut sie und und Elise miteinander harmonierten. Sie lachten viel, verstanden den anderen oft wortlos und genossen die Zweisamkeit ebenso wie das Zusammensein mit den anderen Frauen, die sie immer wieder unterstützten.

Entgegen ihrer Befürchtung, wohl noch bis lange in den Sommer hinein beschäftigt zu sein, waren sie schon am Tag vor Helens und Antons Hochzeit mit allen Arbeiten fertig.

»Freust du dich auf morgen?«, fragte Elise, und Lissi brauchte einen Moment, um zu begreifen, dass sie von der morgigen Hochzeit ihrer besten Freundin sprach.

»Ja. Ich werde nur nicht tanzen können. Ich bin so erschöpft von den letzten Wochen. Jeder einzelne Muskel schmerzt, und ich werde wohl den ganzen Abend lang auf meinem Stuhl sitzen bleiben.«

Elise lachte auf. »Das glaubst du doch wohl selbst nicht! Sobald die Kapelle zu spielen anfängt, bist du die Erste, die auf dem Tanzboden herumwirbelt.«

Lissi hätte es wissen müssen. Natürlich hatten Helen und Anton auch Max und Wastl zu ihrer Hochzeit eingeladen, waren sie doch nicht nur die engsten Freunde des Bräutigams, sondern Max, ebenso wie sie, auch die Trauzeugen. Darauf, dass Max zu diesem Tag in Begleitung einer wunderschönen Frau erscheinen würde, war sie allerdings nicht vorbereitet, und als sie das Paar nach der Trauung unter den Gratulanten sah, die vor der Kirche Spalier standen, drehte sich ihr fast der Magen um vor Eifersucht. Sie schaffte es nicht einmal mehr, sich an die Worte zu erinnern, die sie sich für das Brautpaar zurechtgelegt hatte. Also umarmte sie die Frischvermählten nacheinander und gab dann ihre unsortierten Gedanken zum Besten. »Ich freue mich so für euch! Wenn jemand es schafft, glücklich zu bleiben bis ans Ende aller Tage, dann ihr.«

»Danke, Lissi«, sagte Helen und strahlte die Freundin übers ganze Gesicht an. Lisbeth lächelte mühsam zurück und zwang sich dazu, sich nicht jetzt schon nach Max umzusehen.

»Du siehst wunderschön aus in deinem Brautkleid«, sagte sie und nahm Helen noch einmal in den Arm. »Es ist schön, dich glücklich zu sehen.« Lisbeth schluckte und war froh, als Elise sie sanft beiseiteschob und erklärte, dass da noch andere Gratulanten warten würden und sie doch bitte für den nächsten Platz machen sollte.

Sie lief weiter und stellte sich zu Anastasia. Erst hinterher ging ihr auf, dass dies keine gute Entscheidung gewesen war. Kurz darauf kam Wastl mit einem breiten Grinsen auf Anastasia zugelaufen – dicht gefolgt von seinem Bruder Max und dessen unbekannter Begleiterin.

»Mein Liebling«, rief Wastl überschwänglich, umarmte

Anastasia und wirbelte sie herum. »Es ist geschafft! Mein Studium ist beendet, und ich kehre endgültig nach Rothenburg und zu dir zurück.«

Anastasia gab einen spitzen Freudenschrei von sich und zog Wastl mit sich fort. Lisbeth blieb mit klopfendem Herzen zurück und sah Max unsicher an.

»Guten Tag, Max«, sagte sie förmlich und räusperte sich.

»Lisbeth.« Er deutete eine ungelenke Verbeugung an und wandte sich dann seiner Begleitung zu. »Das ist Christina Fuchs. Sie ist eine der wenigen weiblichen Studenten in München.«

»Sehr erfreut. Ach, Sie studieren?«, fragte Lisbeth, um möglichst unbefangen zu wirken.

»Pharmazie, ja«, sagte Christina.

Lissi musste sich zusammenreißen, um sich ihre Eifersucht nicht anmerken zu lassen. Max' Begleitung war nicht nur ausgesprochen hübsch anzusehen, sie war natürlich auch noch intelligent und selbstbewusst. Aber was hatte sie auch erwartet? Er war ein kluger, gut aussehender Mann, dem nun, nach Beendigung seines Studiums, alle Türen offen standen. Genau so, wie sie es bei ihrem letzten Treffen vorhergesagt hatte, würde er sicher nicht ein Leben lang allein bleiben. Allerdings hatte sie auch nicht damit gerechnet, dass er sich so schnell trösten würde.

Lisbeth wandte sich ab. Sie ertrug den Blick nicht, den Max ihr zuwarf. Es war eine Mischung aus Entschuldigung, Bedauern und Trotz.

Da Elise gerade von ihren Schülerinnen Emma und Paula in Beschlag genommen wurde, lief sie allein im Strom der Gäste in Richtung *Traube,* wo die Feier stattfinden sollte. Wastl und Anastasia hatten sich inzwischen wieder zu ihnen gesellt und waren gerade dabei, Christina auszufragen.

»Noch ist es nicht zu spät.« Max lief plötzlich neben ihr und flüsterte so leise, dass nur sie ihn hören konnte. »Ich wollte mir die Schmach ersparen, allein auf der Hochzeit meines engsten Freundes zu erscheinen. Und da ich nicht wusste, ob du nicht in Begleitung von Elise …«

»Schon gut, du musst dich nicht entschuldigen.«

»Ich weiß. Das tue ich auch nicht. Ich möchte nur, dass du weißt, dass ich deinen Gesichtsausdruck deuten kann. Du erträgst es kaum, mich anzusehen. Du bist eifersüchtig.«

Lisbeth bemerkte das winzige Lächeln, das seinen Mund umspielte, und wurde wütend. Es ärgerte sie, dass er sie so leicht durchschauen konnte und sie dabei auch noch ganz ungeniert mit ihren irrationalen Gefühlen konfrontierte.

»Es macht mir nicht das Geringste aus, dass du mit einer anderen Frau hier bist«, sagte sie und schob sich eine Haarsträhne hinters Ohr.

Max beugte sich zu ihr hinunter. »Oh, Lissi«, sagte er leise. »Wenn ich je merke, dass es dir wirklich egal sein sollte, dann weiß ich, dass ich dich endgültig verloren habe. Aber bis dahin werde ich weiter hoffen.«

Lisbeth schluckte und blieb stehen. Ihr Herz raste, und sie hatte einen Moment lang das Gefühl, keine Luft mehr zu bekommen. Während Max weiterlief und seiner Begleiterin den Arm bot, nahm Lissi sich vor, in der heutigen Nacht peinlich genau darauf zu achten, nicht mehr allein zu sein. Sie würde es nicht ertragen, wenn Max noch einmal auf diese Art mit ihr sprach.

Als Helen und Anton später den Hochzeitstanz mit einem Walzer eröffneten und sich dabei liebevoll anstrahlten, als wären sie allein in diesem Saal, liefen Lisbeth plötzlich Tränen über die Wangen.

28

Sonntag, 6. April 1873

Henriette So gern sie den Nachmittag auch mit Carl verbracht hätte, sie würde ihm absagen müssen. Margarethes Verhaftung lag inzwischen fünf Tage zurück, und Theodor war noch nicht aus Würzburg zurückgekehrt.

Er hatte von wenigen Tagen gesprochen, die er benötigen würde, um Marga zu besuchen und um herauszufinden, was es mit der Anklage auf sich hatte. Womöglich würde er genau in dem Moment zurückkehren, in dem sie unterwegs wäre, das konnte sie einfach nicht riskieren. Als Carl wie vereinbart um drei Uhr im Foyer des Hotels eintraf, erklärte Henriette ihm, dass sie ihren Spaziergang verschieben mussten.

»Das ist aber schade.« Trotz seiner Enttäuschung war er zu höflich, um nach einem Grund zu fragen.

»Ich bedaure es ebenfalls sehr. Doch es ist etwas Furchtbares passiert.« Sie erklärte ihm in wenigen Worten und mit der Bitte um Verschwiegenheit, was ihrer Freundin Margarethe widerfahren war, und ergänzte dann: »Ich darf auf keinen Fall Theodors Rückkehr verpassen.«

Carl ergriff mitfühlend ihre Hand. »Um Himmels willen, das sind ja schreckliche Neuigkeiten. Wenn du möchtest, warte ich hier mit dir auf deinen Bruder.«

Es vergingen weitere zwei Stunden, ehe Theodor endlich auftauchte. Sophie und Jacob waren an seiner Seite, und ihre bedrückten Mienen verhießen nichts Gutes. Zusammen mit ihren Eltern und Carl zogen sie sich alle in den Salon zurück und baten an der Rezeption darum, nicht gestört zu werden.

»Was hast du in Erfahrung gebracht? Konntest du mit Marga sprechen? Hat sich der Irrtum um ihre Person aufgeklärt?« Henriette lief unruhig im Salon auf und ab. Ihre Hände waren eiskalt, und sie hielt die Anspannung kaum aus.

»Der Reihe nach. Und setz dich bitte, dein Gerenne macht die Sache nicht leichter.« Henriette kam seinem Wunsch nach, dann begann Theo zu berichten.

»Zunächst einmal: Es geht ihr den Umständen entsprechend gut. Sie steht unter Schock, ist aber körperlich unversehrt. Allerdings haben wir einen weiten Weg vor uns. Ich muss euch leider mitteilen, dass die erhobenen Anschuldigungen zumindest zu einem Teil stimmen. Margarethe Hölzing gibt es nicht. Der wirkliche Name deiner Freundin ist Annabella Steuber. Im Übrigen stimmt auch ihr Geburtsdatum nicht. Sie wurde im Jahr 1856 geboren, ist also gerade erst siebzehn.«

Henriette schlug die Hände vor den Mund und starrte ihren Bruder fassungslos an. »Dann sind die Vorwürfe doch erst recht ein Missverständnis! Sie kann unmöglich als Kind einen Mord begangen haben.«

»Aber genau das wird ihr vorgeworfen. Angeblich lebte sie als Mündel im Haus des Würzburger Kommissars Johannes Winkler. Der Tod des Mannes fällt mit ihrer Flucht und dem Diebstahl von Schmuck zusammen.«

Henriette sank in sich zusammen. So, wie Theodor die Sachlage schilderte, klang es ganz und gar nicht danach, als bestünden irgendwelche Zweifel an der Schuld ihrer Freundin.

»Ich verstehe nicht, wie sie so plötzlich entdeckt werden konnte.«

»Das ist meine Schuld«, wandte Jacob ein. »Und das werde ich mir nie verzeihen. Niemals!« Er legte seinen Kopf in die Hände, und am Zucken seiner Schultern erkannte Henriette, dass er weinte.

»Nicht doch«, sagte sie, trat zu ihm und strich ihm beruhigend über den Rücken. »Du trägst ganz sicher keine Schuld an irgendetwas.«

»O doch!«, rief er aufgebracht. »Ich musste mich ja einmischen. Als ich Marga, ich meine Annabella, nach Ansbach begleitet habe, fiel mir auf, dass sie verängstigt war. Bei euch war eingebrochen worden, und der Herd fehlte.«

»Ich weiß, das hat sie erzählt«, sagte Henriette.

»Aber der teure Herd war ihr völlig gleichgültig. Ihr ging es nur um eine Holztruhe. Ein Blick hinein reichte ihr, um sich zu beruhigen. Ich war neugierig und habe in einem unbeobachteten Moment hineingesehen. Dabei habe ich ihre wahre Identität entdeckt. Ich war so glücklich, als ich erfuhr, dass sie im gleichen Jahr geboren wurde wie ich. Ich fand einen unglaublich liebevollen Abschiedsbrief, den ihre Mutter geschrieben haben musste, und setzte mir in den Kopf, dass ich sie aufspüren und die beiden wiedervereinen würde. Ich dachte, jetzt, wo Marga bei uns lebt und keine Gefahr mehr besteht, dass die Mutter sie nicht durchbringen kann, würde ein Wiedersehen sie glücklich machen. Ich wollte ihr edler Held sein und habe sie stattdessen ins Unglück gestürzt.«

Theodor legte dem verstörten jungen Mann seine Hand auf die Schulter. »Und damit hat er schlafende Hunde geweckt. Er durchforstete Würzburger Kirchenregister, und als er sich bei einem dortigen Pfarrer genauer erkundigte, wobei er auch den Namen Margarethe Hölzing erwähnte, muss er gehört worden sein. Der Fall Annabella Steuber war lange Zeit in aller Munde und in allen Zeitungen. Wer immer im Hause Gottes das Gespräch zwischen Jacob und dem Pfarrer belauscht hat, glaubte sicher, das Richtige zu tun, wenn er mit seinem Wissen zur Polizei ginge.«

Henriette schwieg einen Augenblick und dachte über das Gehörte nach. Sie verstand nun zwar, wie die Polizei sie gefunden hatte, doch all die Erklärungen gaben noch keinen Aufschluss darüber, wie jemand sie des Mordes beschuldigen konnte.

»Ganz gleich, ob sie nun Margarethe oder Annabella heißt, sie ist unschuldig. Mag sein, dass sie etwas gestohlen hat, aber sie ist ganz gewiss keine Mörderin.« Henriette straffte die Schultern und sah ihren Bruder ruhig an. »Ich will sie besuchen.«

»Das kann ich beantragen. Ich habe ihr gesagt, dass ich selbstverständlich ihre Verteidigung übernehmen werde, bin mir aber nicht sicher, ob das überhaupt bis zu ihr durchgedrungen ist. Ihre Verzweiflung ist wirklich groß, und wir sollten sie so schnell wie möglich dort herausholen.«

Henriette spürte, wie sich ihr Magen zusammenzog, und als Carl nach ihrer Hand griff, um ihr Trost zu spenden, spürte sie Dankbarkeit.

»Ich werde mit dir nach Würzburg fahren«, entschied er. »Diesen Weg kannst du nicht allein auf dich nehmen.«

»Und ich sollte mich schleunigst daranmachen, Beweise und Anklageschrift zu sichten, um mir eine Strategie für die Verteidigung zu überlegen. Am Dienstag werde ich wieder im Gefängnis erwartet, dann wird Marga… Annabella hoffentlich in der Lage sein, mir ihre Version der Geschichte zu erzählen.«

*

Margarethe hatte ihren Anwalt Theodor erwartet. Als sie stattdessen Henriette erkannte, konnte sie ihre Tränen nicht zurückhalten. Sie schlug eine Hand vor den Mund, um ihr Schluchzen zu unterdrücken, dann eilte sie zu dem Tisch, an dem die Freundin sie erwartete.

Henriette wollte aufspringen und sie umarmen, doch einer der Wärter schritt umgehend ein und fauchte, dass jeder Körperkontakt verboten wäre und sie sich sofort wieder hinsetzen sollte. »Ich bitte um Verzeihung«, sagte Henriette sofort. »Das wusste ich nicht.«

Der Wärter schien fürs Erste besänftigt, was sicher auch mit Henriettes umwerfendem Erscheinungsbild zu tun hatte.

»Meine liebe Mar… Ach herrje, wie soll ich dich denn nun nennen?«

»Margarethe. Ich habe das Leben von Annabella hinter mir gelassen. Margarethe ist mein zweiter Vorname.«

Die Frauen sahen sich minutenlang schweigend an. Marga erkannte die unzähligen Fragen im Gesicht der Freundin, doch es fiel ihnen beiden schwer, einen Anfang zu finden.

»Und du bist wirklich erst siebzehn?«, fragte Henriette plötzlich. »Das wird Jacob unglaublich freuen.«

Marga lachte kurz auf und winkte ab, doch sie spürte, wie ihr das Blut in die Wangen schoss.

»Hast du dich Theodor inzwischen anvertraut?«

»Ja. Er war gestern hier, wie du sicher weißt, und kennt nun alle Einzelheiten.« Margarethe schloss für einen Moment die Augen und presste ihre Lippen fest aufeinander. Dann setzte sie sich kerzengerade hin und sah Henriette ruhig an. »Du solltest von mir hören, was passiert ist. Das bin ich dir schuldig, nachdem ich dich all die Jahre belogen habe, was meine Identität betrifft.«

»Nun, das habe ich auch, falls du dich zurückerinnerst.«

Margarethe nickte. »Und doch ist das etwas ganz anderes. Du bist nur vor deiner Familie geflüchtet, ich habe ein Verbrechen begangen.«

Henriette riss die Augen auf. »Dann hast du wirklich einen Menschen ermordet?«

»Das war nie mein Plan, aber als sich die Gelegenheit ergab, habe ich es geschehen lassen. Mein Herz rast noch heute, wenn ich daran denke, wie knapp ich damals dem Galgen entkam. Ich wusste, dass sie mich hängen würden, wenn sie mich zu fassen bekämen. Und trotzdem bereue ich nichts von alledem.«

»Also war es Notwehr?«, fragte Henriette, die zu spüren schien, dass sie durch die Hölle gegangen war.

»Ich bin einem Martyrium entkommen und traf die Menschen, die mich so furchtbar gequält hatten, genau da, wo es ihnen wehtat. Du musst wissen, dass ich bei fremden Herrschaften aufgewachsen bin. Der Polizeikommissar nahm mich bei sich auf, angeblich als sein Mündel, um das er sich gutherzig zu kümmern gedachte. Doch die Realität war eine andere. Seine Frau und er behandelten mich wie Vieh. Meine Mutter war bettelarm und hatte mich in gutem Glauben an diese Leute übergeben, immerhin war der Hausherr doch ein angesehener Polizeikommissar in Würzburg gewesen.«

Margarethe machte eine Pause und starrte gedankenverloren an Henriette vorbei. Sie musste sich zusammenreißen, um nicht an diesem schrecklichen Ort in Tränen der Verzweiflung auszubrechen.

»Nun, der Schein trog. Der Mann, dessen Namen ich nie wieder erwähnen wollte, war der Teufel in Menschengestalt. Mir wurde im wahrsten Sinne des Wortes eingebläut, dass ich ein Nichtsnutz wäre, weniger Wert als ein räudiger Hund. Sie sagten mir, meine Mutter hätte mich für einen Hungerlohn als billige Arbeitskraft verschachert, und jemand wie ich hätte die Gnade eines so angesehenen und gutherzigen Mannes eigentlich nicht verdient. Ich sollte froh sein, dass ich hier ein Dach über dem Kopf hätte und als Hausmagd arbeiten dürfte.«

»Das klingt abscheulich«, murmelte Henriette entsetzt, griff nun doch nach Margas Händen und drückte sie kurz.

»Als kleines Mädchen bin ich nur gequält worden«, fuhr sie fort. »Doch irgendwann hat der Hausherr bemerkt, dass ich zu einer jungen Frau heranreifte. Er betrachtete mich als sein Eigentum und nahm mich unter den Augen seiner Frau, wenn ihm der Sinn danach stand.«

»Warum bist du nicht davongelaufen?«, fragte Henriette atemlos.

»Oh, das bin ich. Mehrfach. Doch wie entkommt man einem Mann, der den gesamten Polizeiapparat einer Stadt befehligt? Ich kam nie weit, ehe sie mich wieder fassten.

Und jedes Mal bestrafte er mich danach. Ich erzählte den Gendarmen, die mich einfingen, was mir im Hause von Johannes Winkler widerfuhr, doch die Männer lachten mich nur aus. Von da an schwieg ich. Ich wusste, dass nur ich selbst mich aus dieser Qual befreien konnte – oder niemand.«

»Und dann hast du einen Mordplan geschmiedet?«

»Nein. Mein Plan war es, mit dem Schmuck der Herrin und dem Inhalt des Tresors ein neues Leben unter falschem Namen zu beginnen. Der Kommissar dachte, er hätte mich gebrochen. In seiner Arroganz war er davon ausgegangen, dass eine so jämmerliche Kreatur wie ich nie auf den Gedanken käme, sich ihm zu widersetzen. Damals waren die Weihnachtsfeiertage gerade vorüber, und da die Hausherrin während dieser Zeit ihre Schwester besuchte, waren die Übergriffe des Kommissars besonders zahlreich gewesen. Doch er wurde auch nachlässiger. Er hatte sich angewöhnt, nach dem Akt eine Zigarre zu rauchen, und meine Aufgabe bestand dann darin, darauf achtzugeben, dass er nicht mit dem glühenden Stängel einschlief.«

Margarethe lachte bitter auf und verzog angewidert das Gesicht. »Der Gedanke, dass ich mich je gegen ihn zur Wehr setzen könnte, war ihm nie gekommen. Dabei war es so einfach: Er hatte geraucht und war wie immer eingeschlafen. Ich musste einfach nur die Zigarre an mich nehmen und mit dem glühenden Ende das Bettlaken anzünden. Dann ging ich mit ruhigen Schritten hinaus und verschloss die Tür.«

»Er ist verbrannt?«

»Nein. Erst tobte und schrie er, dann bettelte er um Gnade und versprach mir durch die geschlossene Tür, dass er mich reich belohnen und nie wieder anrühren würde, wenn ich ihm nur die Tür öffnete. Doch ich wusste, dass er log. Käme er je frei, nachdem ich die Tür zugesperrt hatte, hätte er mich umgebracht. Also nahm ich meine Tasche und verließ diesen schrecklichen Ort. Ich wähnte mich bereits in Sicherheit, doch dann bescherte mir dieses Scheusal eine allerletzte Schrecksekunde. In panischer Angst vor den Flammen war er aus dem Fenster gesprungen. Sein Schlafzimmer lag im dritten Stock. Er überlebte den Sturz nicht. Später erfuhr ich, dass die Polizei zunächst von einem Unfall ausging, weil der ehrenwerte Kommissar gern eine letzte Zigarre vor dem Schlafengehen rauchte. Doch natürlich war der Witwe der fehlende Schmuck aufgefallen, und dann hat man mich gejagt. Mit dem gestohlenen Geld beschaffte ich mir neue Papiere und wurde zu Margarethe Hölzing. Bei der Gelegenheit fälschte ich auch gleich das Geburtsjahr. So war es einfacher, eine Anstellung zu finden.«

Marga fuhr sich mit der Hand durch die zerzausten Haare und sah die Freundin unsicher an. »Ich würde es verstehen, wenn du mich nach diesem Geständnis nie wiedersehen willst. Es gibt keine Entschuldigung für das, was ich getan habe.«

»Falsch!«, rief Henriette laut, schlug aufgebracht mit der Hand auf den Tisch und wandte sich sogleich zum Wärter um. »Ich bitte um Verzeihung, das kommt nicht wieder vor. Falsch!«, sagte sie nun noch einmal etwas leiser. »Du brauchst keine Entschuldigung für das, was du getan hast. Ich bin mir sicher, dass es nur deinem Mut zu verdanken ist, dass du heute noch lebst. Ein Monster wie dieser Kommissar hätte doch nie aufgehört.« Sie sah Margarethe fest an und griff noch einmal nach ihren Händen.

»Wir werden alles tun, um dich wieder nach Hause zu holen. Ich werde sofort nach meiner Rückkehr mit Theodor sprechen, um zu erfahren, was er sich für deine Verteidigung überlegt hat. Wenn jemand einen Ausweg findet, dann mein Bruder.«

Margarethe spürte die Tränen, die sich ihren Weg bahnten, und schaffte es diesmal nicht, sie zurückzuhalten. »Danke«, flüsterte sie leise. »Ohne dich und deine Familie wäre es aus mit mir.«

»Verlier nicht den Mut, versprich mir das.« Henriette erhob sich und lief zum Ausgang. In der Tür drehte sie sich ein letztes Mal um und versuchte ein Lächeln.

Margarethe sah, wie erzwungen es war, doch sie lächelte tapfer zurück.

29

Freitag, 18. Mai 1906

Anton Am Morgen der großen Fabrikeröffnung fühlte sich Anton wie gerädert. Seine Glieder schmerzten, und der Blick in den Spiegel erschreckte ihn, denn seine Lider waren geschwollen, und er hatte tiefe Ringe unter den Augen – was nicht weiter verwunderlich war, wenn man bedachte, dass er erst gegen drei Uhr morgens in einen unruhigen Schlaf gefallen war.

Die Nacht hatte er bei seinen Eltern verbracht. Helen hatte ihn auf den Gedanken gebracht, seiner Mutter in diesen Stunden zur Seite zu stehen, weswegen er die Nacht im Gästezimmer des elterlichen Hauses verbracht hatte. Und sein Beistand war dringend nötig gewesen, denn die Aufregung seiner Mutter war enorm.

Immer wieder hatte sie Anton darum gebeten, den Ablauf der Feierlichkeiten mit ihm durchzusprechen. Und immer wieder war sie dabei von einer Schrecksekunde in die nächste gefallen, weil sie glaubte, dieses und jenes sei bei den Vorbereitungen vergessen worden.

»Haben wir genug Mädchen eingestellt, die Getränke und Häppchen reichen?«, fragte sie. Oder: »Wir haben doch bei den Einladungen niemanden übergangen?«

»Nein«, beruhigte Anton seine Mutter. »Jeder mit Rang

und Namen ist eingeladen. Und wer nicht eingeladen ist, kann ab fünfzehn Uhr zur offenen Besichtigung die Nase in unsere Fabrik stecken. Es wird alles gut gehen, seien Sie unbesorgt.«

»Und was, wenn ausgerechnet morgen unsere Maschinen ausfallen?«

»Warum sollten sie?«, fragte sein Vater, und Anton ergänzte:

»Jedes Gerät, jeder Tisch und Stuhl, selbst die Besen für die Reinigung der Räume sind brandneu. Zusätzlich hat C. E. Rost eigens einen Maschinenbauer zum Testlauf aus Dresden zu uns geschickt. Alles hat einwandfrei funktioniert. Nun beruhigen Sie sich, damit wir wenigstens noch drei oder vier Stunden Schlaf finden.«

Voller Verzweiflung ließ Anton irgendwann seinen Kopf auf die Tischplatte fallen, und seine Mutter sah endlich ein, dass es wohl an der Zeit war, den Dingen ihren Lauf zu lassen.

»Entschuldigt«, erklärte sie lächelnd. »Aber der Tag morgen muss einfach perfekt werden.«

»Du meinst wohl der heutige«, warf Antons Vater ein und gähnte herzhaft.

»Versteht doch: Ich hatte die Hoffnung auf eine eigene Fabrik schon fast aufgegeben. Der morgige Tag …«

»… ist die Erfüllung all deiner Seifenträume«, beendeten Anton und Louis ihren Satz gemeinsam.

Mit einem sauberen Handtuch und frischen Kleidern machte sich Anton auf den Weg in das neue, private Hausbad seiner Eltern. Im Nachhinein betrachtet, konnte man dem verheerenden Brand auch etwas Gutes abgewinnen: Das Gebäude in der Georgengasse hielt jetzt modernsten

Anforderungen an komfortables Wohnen stand. Es gab fließendes Wasser in Küche und Bad, elektrisches Licht in allen Zimmern, und im breiten Korridor zwischen Wohnbereich und Ladengeschäft hing nun sogar ein Telefonapparat an der Wand.

Anton beeilte sich mit seiner Morgentoilette, wusste er doch, dass auch sein Vater und seine Mutter ihre Zeit brauchen würden. Anschließend lief er in die Küche und machte sich daran, Kaffee aufzubrühen und Brot zu schneiden. Er beließ es bei wenigen fingerdicken Scheiben, war doch davon auszugehen, dass seine Mutter vor Aufregung sowieso nichts herunterbringen würde.

Drei Stunden später machten sie sich endlich auf den Weg. Vor den Toren der Fabrik warteten Helen, Henriette und Carl bereits auf sie und mit ihnen ein gutes Dutzend Mitarbeiter des *Hotels Traube*, die extra zum Anlass der Eröffnungsfeier in die Fabrik einbestellt worden waren. Kellner und Dienstmädchen hatten die Aufgabe, unauffällig hin und her zu huschen und die Gäste mit Speisen und reichlich Getränken zu versorgen.

»Louis, hast du meine Rede?«

Anton sah lächelnd zwischen seinen Eltern hin und her. Obwohl die Fabrik nun unter der Leitung von Helen und ihm stand, hatte er seine Mutter darum gebeten, die Gäste zu begrüßen. Immerhin war ihre Leidenschaft für die Seifensiederei überhaupt erst der Grund dafür, dass sie heute hier standen.

»Ja, Liebes. Sei unbesorgt. Du wirst deine Notizen ohnehin nicht benutzen, da du jedes Wort längst im Schlaf herunterbeten kannst.«

Hanna lachte und gab ihrem Mann einen schnellen Kuss auf die Wange. »Mag schon sein, doch sicher ist sicher.«

Um zehn Minuten vor zwei liefen Anton und Helen gemeinsam zum Fabriktor. Bevor er die Pforten mit ihr öffnete, atmete er einige Male tief ein und aus. Er musste zugeben, dass nun auch er nervös war, denn er hatte nicht die leiseste Ahnung, wie viele Gäste ihrer Einladung wohl gefolgt waren.

»Bereit?« Helen legte beruhigend ihre Hand auf seinen Arm und lächelte ihn voller Zuversicht an. »Das wird großartig, du wirst schon sehen.«

Anton nickte. »Bereit. Dann wollen wir mal.«

Gemeinsam öffneten sie die Tore, und beim Anblick der vielen Menschen, die nun hereinströmten und vor der Bühne stehen blieben, die auf dem Lagerplatz zwischen Remise und Hauptgebäude aufgebaut worden war, verschlug es ihm die Sprache.

Glücklicherweise fand Helen ihre Fassung schnell wieder. Mit einem strahlenden Lächeln und einem wiederkehrenden »Herzlich willkommen, welch eine Freude, Sie zu sehen« begrüßte sie die Schaulustigen und schüttelte unzählige Hände. Anton tat es ihr schließlich gleich, und nach fast zehn Minuten war der Vorplatz so voller Menschen, dass sich die restlichen Besucher vor den Toren gedulden mussten.

»Meine sehr verehrten Damen und Herren, werte Gäste und liebe Freunde«, ergriff seine Mutter Hanna wie vereinbart pünktlich um zwei Uhr als Erste das Wort.

Obwohl sie tapfer lächelte, hörte Anton das Zittern in ihrer Stimme. Mit einem Kopfnicken gab Anton Helen zu verstehen, dass es nun an der Zeit war, dass sie beide sich links und rechts neben seine Mutter gesellten. Sein Vater Louis folgte ihnen ebenfalls auf die Bühne.

Hanna lächelte ruhig in die Runde, faltete dann ihre Notizen zusammen und sprach freiheraus: »Ich habe heute, an diesem wunderschönen sonnigen Maitag, die große Ehre, Sie zur Eröffnung der *Seifenfabrik A. & H. Schmieger* zu begrüßen. Sie alle wissen, wer wir sind und wofür wir stehen. Wer meinen Gatten Louis und mich kennt, weiß, dass wir den Traum von einer eigenen Seifenfabrik hier in unserem wunderschönen Rothenburg schon lange träumen. Dem unbändigen Fleiß meiner lieben Schwiegertochter Helen und dem meines Sohnes Anton ist es zu verdanken, dass wir jetzt hier stehen und voller Stolz sagen dürfen, dass wir diesen, unseren, Traum wahr gemacht haben. Aus einer kleinen Seifen- und Lichtermanufaktur, die ich einst von meinem Vater übernahm und weiterführte, wird heute eine hochmoderne Fabrik. Allen, die uns auf diesem Weg begleitet haben, möchten wir von Herzen danken. Sie wissen, welch herber Rückschlag uns vor einiger Zeit traf, als der Blitz in unser Haus einschlug und es bis auf die Grundmauern niederbrannte. Doch wir haben einen Weg aus diesem Unglück herausgefunden.«

Hanna machte eine Pause und sah sich suchend um. Dann lächelte sie plötzlich, deutete in die Menge und sprach weiter: »Auch euch, Henriette und Carl Ludwig, Sophie und Theodor Hartmann, gebührt unser Dank. Eurer Güte und Großzügigkeit und eurem Beistand verdanken wir ebenfalls, dass wir hier stehen dürfen.«

Ihre Stimme brach plötzlich, und als Hanna sich wegdrehte, um unauffällig eine Träne aus dem Augenwinkel zu wischen, begann plötzlich jemand zu klatschen, und die anderen Zuhörer fielen ein. Hanna lächelte unter Tränen, schluckte ihre Rührung hinunter und klatschte dann ebenfalls.

»Das ist euer Applaus, werte Helfer, Gäste und Freunde. Ohne euch Handwerker, Maschinenbauer, Architekten, Planer und Tüftler, Motivateure und Freunde hätten wir uns diesen Traum nicht erfüllen können. Ich sage aus tiefstem Herzen Danke und übergebe nun das Wort an meinen Sohn Anton Schmieger.«

Anton lief auf seine Mutter zu, umarmte sie herzlich und trat dann ans Mikrofon, während Helen sich neben Hanna stellte und ihr mit dem gebotenen Arm Halt gab.

»Auch von mir ein herzliches Willkommen. Ich bin kein Mann gefühlsträchtiger Worte, deswegen möchte ich Ihre Aufmerksamkeit sogleich auf die sechs jungen Männer rechts neben dem Eingang lenken. Freundlicherweise haben sie sich bereit erklärt, Sie in Gruppen über das Gelände zu führen und all Ihre Fragen zu beantworten. Doch zu Ihrer Orientierung möchte ich Ihnen einen kleinen Überblick geben. Wenn Sie Ihre Augen nach rechts wenden, sehen Sie ein schickes rotes Backsteingebäude mit bodentiefen Fenstern. Das ist unsere Verpackungshalle, über der sich die Büroräume befinden. Rohstoffeinkauf, Vertrieb, Geschäftsleitung, Buchhaltung, was eben nötig ist für eine Fabrik dieser Größenordnung, werden hier von fünfzehn Mitarbeitern erledigt. Auch meine geliebte Frau und ich werden dort von nun an unser Bestes geben und die Geschicke der Fabrik lenken, während dreißig fleißige Verpackfräulein ihre Arbeit in der Halle darunter verrichten. Direkt hinter mir sehen Sie das eigentliche Herzstück der Fabrik: die hochmoderne Produktionshalle. Dreißig Angestellte kümmern sich hier um die reibungslose Herstellung all unserer Erzeugnisse: Seifen, Waschmittel, aber auch Schmierfette oder Schuhcreme werden von nun an zu unserer Produktpalette gehören. Dahinter schließt sich eine zweite Halle an, in der Rohstoffe gelagert werden und in der es außerdem ein Labor gibt, in dem neue Produkte entwickelt werden. Im Innern zeigen und erläutern Ihnen unsere Führer sämtliche Maschinen und Produktionsprozesse. Ach, und falls Sie sich fragen, was dahinten«, er deutete nach links, »rauchend in den Himmel ragt: Das ist unser frei stehender Kamin, denn natürlich arbeiten wir hier weitestmöglich mit Dampfbetrieb. Zu Ihrer Linken sehen Sie schließlich die für den Fuhrpark nötige Remise. Außerdem, doch das sind derzeit noch Zukunftsträume, hoffen wir, dort alsbald einen eigenen Gleisanschluss zum Abtransport unserer Produkte bauen zu können.«

Anton sah sich nach seiner Frau Helen um, die nun neben ihn trat. Mit einem hinreißenden Lächeln und einer ausladenden Handbewegung erklärte sie: »Und nun, werte Gäste, genießen Sie den Nachmittag. Sehen Sie sich um, fragen Sie nach – und nicht zu vergessen: Kaufen Sie ein. Selbstverständlich bieten wir Ihnen schon heute kleine Proben dessen an, was ab kommendem Montag in großem Stile produziert werden wird. Hanna und Louis Schmieger stehen Ihnen an unserem Verkaufsstand beratend zur Seite. Sie eröffneten bereits vor einigen Monaten das neu errichtete Geschäft in der Georgengasse wieder. Ab sofort können Sie dort nicht nur nach alter Handwerkskunst selbst hergestellte Seifen und Kerzen erwerben, sondern auch all unsere neuen Fabrikprodukte in kleinen Mengen für Ihren Haushalt. Ganz so, wie Sie es bisher gewohnt waren. Ich wünsche Ihnen allen viel Vergnügen.«

30

Montag, 4. August 1913

Helen Ihre Hochzeit lag inzwischen acht Jahre zurück, doch Helen konnte sich noch immer an viele kleine Einzelheiten erinnern: den Anzug ihres Mannes, die Kleider ihrer Freundinnen, den Blumenschmuck oder auch den Geschmack der Torte, der ihr Jahr für Jahr immer dann wieder auf der Zunge lag, wenn sie frische Erdbeeren aß. An ihrem Hochzeitstag hatte sie vor lauter Aufregung lange überhaupt keinen Bissen heruntergebracht. Als sich ihr Appetit schließlich in den frühen Abendstunden zurückgemeldet hatte, war es vor allem der Hochzeitskuchen gewesen, eine frische Erdbeertorte, den sie hinuntergeschlungen hatte. Der rote Fleck, den sie dabei auf ihrem Brautkleid hinterlassen hatte, war auch mit viel Mühen nie wieder ganz herausgegangen, und nach all den Jahren zog Anton sie noch immer mit diesem Missgeschick auf.

Inzwischen lebten sie gemeinsam in der Gründervilla vor dem Würzburger Tor. Anders als die Hochzeit selbst verschwammen die Tage vor dem Fest in Helens Gedächtnis. Sie erinnerte sich allerdings noch daran, wie sehr sie Anton vermisst hatte, nachdem er aus dem Hotel ausgezogen und in die halb fertige Villa eingezogen war. Während dieser Wochen hatten sie zum ersten Mal Zweifel beschlichen, denn der einst so aufgeschlossene und fröhliche Anton war schweigsam geworden.

Ihr Haus war erst im Herbst des Jahres 1905 bezugsfertig gewesen, und da sie bis dahin fast ein halbes Jahr getrennt voneinander gelebt hatten, mussten sie sich nach dem Einzug erst wieder aneinander gewöhnen. Dabei hatte sie eine Seite an Anton bemerkt, die sie so nicht vermutet hätte. Sobald er sich sorgte, und das war dank ihres großen Vorhabens oft der Fall, zog er sich in das Haus seiner Eltern zurück, das er samt Laden und Werkstatt wieder hatte aufbauen lassen. Zwar wusste Helen immer, wo er war und warum er Stille und Einsamkeit suchte, doch sie musste zugeben, dass es sie kränkte, wenn er sie aus seinen Gedanken ausschloss. Es war, als hätte er eine unsichtbare Mauer zwischen sich und sie gezogen, und sie hatte lange nicht gewusst, ob überhaupt und wie sie diese wieder einreißen sollte.

Sie hatte ihn mehrfach auf sein verändertes Verhalten angesprochen, doch er hatte jedes Mal abgewiegelt und seinen Rückzug damit erklärt, dass er eben erschöpft wäre und sich die Dinge sicher änderten, wenn der Fabrikbau nur erst abgeschlossen wäre.

Helen hatte lange Verständnis gezeigt und sich zur Ablenkung selbst in die Arbeit gestürzt. Nach der großen Fabrikeröffnung war Anton allerdings auch weiterhin in sich gekehrt gewesen. Er hatte dies mit dem Wunsch nach einem fabrikeigenen Gleisanschluss begründet, der ihn weitere Monate beschäftigt hatte. Heute stand die *Seifenfabrik A. & H. Schmieger* den modernen Manufakturen der Großstädte in nichts nach. Zusätzlich zu den neuen Gebäuden und dem modernen Maschinenpark hatte sich inzwischen auch der Fuhrpark vergrößert. Neben Kutschen und weiterem nötigen Fuhrwerk stand nun auch Antons ganzer Stolz, ein Ford Modell T, auf dem Fabrikgelände bereit.

An diesem ersten Montag im August des Jahres 1913 war ihr Ehegatte ungewöhnlicherweise schon zur Nachmittagsstunde zu Hause. Mit strahlendem Lächeln und geröteten Wangen setzte er sich zu Helen an den Tisch und griff nach einem Stück Erdbeerkuchen.

»So gut gelaunt heute?«

Anton nickte und sprach mit vollem Mund: »Wie könnte ich nicht an diesem herrlichen Tag? Manchmal kneife ich mich noch, weil ich nicht fassen kann, was wir zusammen geschafft haben.«

Helen lächelte, griff nach seiner Hand und drückte sie. »Es war eine harte Zeit, aber es hat sich gelohnt.« Sie sah ihren Gatten aufmerksam an, denn sie wusste nicht, wann sie ihn das letzte Mal so zufrieden und gut gelaunt erlebt hatte.

»Warum lächelst du?«, fragte Anton.

»Ich bin erleichtert.«

»Erleichtert? Du meinst sicher stolz und glücklich.«

»Das auch«, sagte Helen und beschloss in diesem Moment, dass es an der Zeit war, ihre Sorgen und Ängste offen auszusprechen. »Erleichtert bin ich, weil du endlich wieder fröhlich zu sein scheinst. Du lächelst, kommst früh nach Hause, und du sprichst mit mir. All das war lange Zeit anders.«

Anton zog die Augenbrauen zusammen und nickte einsichtig. »Du hast recht. Ich kann dir gar nicht sagen, wie froh ich bin, dass du in den letzten Monaten so verständnisvoll und geduldig warst. Danke, Helen.«

Sie erhob sich und stellte seinen Kuchenteller auf ihren. Anton griff nach ihrer Hand, stand ebenfalls auf und zog sie in seine Arme.

»Ich liebe dich, Helen. Von ganzem Herzen. Für dein Verständnis, für deine Tatkraft, für deine Klugheit und für deinen Humor. Ich könnte nicht glücklicher sein als in diesem Moment.«

Überrascht legte Helen ihre Hände um Antons Nacken und sah ihn an. Seltsamerweise waren es ausgerechnet die ehrlich ausgesprochenen Gefühle ihres Gatten, die sie stutzig werden ließen. Schnell schob sie ihre Skepsis beiseite und gab ihm einen Kuss auf die Lippen. »Und ich liebe dich«, sagte sie schlicht. »Und nun gibt es einiges, das wir besprechen sollten.«

Anton schob schmollend die Unterlippe vor. »Muss das sein? Genau jetzt steht mir der Sinn nach etwas gänzlich anderem.«

»Um diese Uhrzeit? Du beliebst zu scherzen!« Helen wollte sich lachend abwenden, doch Anton dachte nicht daran, sie gehen zu lassen. Ohne jede Vorwarnung schnappte er nach ihr, hob sie auf seine Arme und trug sie nach nebenan in den Salon, in dem ein gepolsterter Diwan stand.

Helens Puls beschleunigte sich. Das letzte Mal, dass sie mit ihrem Mann das Bett geteilt hatte, war schon Monate her, und das Wissen, dass er sie jetzt begehrte, machte sie tatsächlich nervös.

Möglicherweise würde sie ja nun auch endlich schwanger werden? Der Zeitpunkt könnte wohl kaum besser sein. Sie lebten in ihrem wunderschönen, eigenen Zuhause. Die Fabrik produzierte inzwischen im siebten Jahr, und nun war endlich auch das letzte große Vorhaben, ein eigener Gleisanschluss, abgeschlossen.

»Wo bist du nur mit deinen Gedanken?«, fragte Anton, der gerade die Schnüre ihres Unterkleides aufknotete und dabei offenbar auf ihre Hilfe gehofft hatte.

»Entschuldige.« Helen ging ihm zur Hand und schob die Gedanken an die Fabrik beiseite. Es würde später noch Zeit bleiben, um ihre Ideen vorzustellen. Jetzt wollte sie erst einmal genießen, dass ihr Ehemann plötzlich wieder ihre Nähe suchte.

Antons Berührungen waren ungestüm, fast schon zügellos. Helen gefiel diese Leidenschaft, doch sosehr sie sie auch genießen wollte, sie musste sich eingestehen, dass sie misstrauisch wurde. Sie war nicht anders als sonst auch, doch er verhielt sich plötzlich, als hätte er eine andere Frau vor sich. Bevor die Arbeit sie einander entfremdet hatte, war er ein zärtlicher Liebhaber gewesen, doch heute schien es, als wäre ihm die Geduld abhandengekommen. Mit Händen und Lippen erkundete er ihren Körper und küsste und liebkoste sie an Stellen, die er lange Zeit nicht mehr berührt hatte, und entkleidete sie dabei Stück für Stück. Eilig entledigte er sich seiner eigenen Kleider, zog sie vom Diwan, hob sie hoch und setzte sie auf den Tisch, auf dem er normalerweise seine Zeitung zu lesen pflegte und seine Korrespondenz erledigte. Mit einer schnellen Handbewegung schob er Papiere und Schreibzeug beiseite. Dann lehnte er sich über sie und vergrub sein Gesicht in ihrer Halsbeuge.

»Gott, ich habe dich so sehr vermisst!«, raunte er ihr ins Ohr und drang in sie ein. Mit ihren Beinen umklammerte Helen seine Hüfte, dann lehnte sie sich zurück und gab sich seinem Rhythmus hin. Er schien wie im Rausch, und seine plötzliche Gier steckte sie an.

»Was war das denn?«, fragte sie lächelnd, während sie ihre Kleider zusammensuchte.

»Hat es dir nicht gefallen?«, fragte Anton mit einem spitzbübischen Grinsen. Helen schwieg einen Moment und dachte über seine Frage nach. Doch. Es hatte ihr gefallen. Sehr sogar. Doch sie war auch misstrauisch. Anton schien wie ausgewechselt und sosehr sie sich darüber auch freuen wollte – ihre Sorge überwog.

»Es war himmlisch«, gab sie zu. »Aber du bist wie ausgewechselt, und ich frage mich, was das zu bedeuten hat.«

Das Lächeln in Antons Gesicht erstarb, und er kniff die Augen zusammen. »Was soll das schon zu bedeuten haben? Darf ich denn kein Verlangen mehr nach meiner Frau haben?«

Helen schluckte. Seien Reaktion war heftiger ausgefallen, als sie vermutet hatte. »Natürlich darfst du das. Aber nach all den Monaten ohne jede Intimität darf ich mich doch auch wundern.«

Sie wusste selbst nicht genau, woher ihr Zorn plötzlich kam, doch in der nächsten Sekunde liefen ihr die Tränen. »Du fragst dich, warum ich erstaunt bin? Hast du die letzten Monate nichts mitbekommen? Du warst praktisch nie da. Wenn wir miteinander gesprochen haben, ging es um Alltägliches oder um die Fabrik. Du tauschst dich schon lange nicht mehr mit mir über deine Gefühle oder Gedanken aus. Dann kommst du ganz plötzlich mitten am Tag nach Hause, fällst über mich her, als wärst du völlig ausgehungert, und bist am Ende wütend auf mich, weil ich es wage, nach dem Grund für dein Verhalten zu fragen?«

»Vergiss es einfach!«, fauchte Anton zurück, riss seine Hose vom Stuhl und zog sie an.

Mit offenem Mund starrte Helen ihn an. Sie verstand die Welt nicht mehr. Was war hier gerade schiefgegangen?

»Bitte geh nicht«, sagte sie leise. »Du kannst mich doch jetzt nicht einfach stehen lassen.«

»Warum denn nicht?«, gab er mürrisch zurück. »Anscheinend schaffe ich es nicht einmal mehr, dich glücklich zu machen. Was früher so besonders zwischen uns war, lässt dich heute misstrauisch werden.« Ohne ihre Antwort abzuwarten, verließ er den Salon und kurz darauf das Haus.

Helen ahnte, dass er die Nacht im Hause seiner Eltern verbringen würde. In Tränen aufgelöst blieb sie zurück. Inzwischen wurde es dunkel, doch sie machte kein Licht. Sie goss sich ein Glas Wein ein, überlegte es sich dann jedoch anders und lief mit der Flasche in der Hand durchs Haus. Sie trank einige Schlucke und beschloss, dass sie ihn diesmal zurückholen würde.

Sie wollte ihm sagen, dass er damit aufhören musste, das Haus seiner Eltern als Zuflucht zu sehen. Sie waren seit Jahren verheiratet, sie hatten alles, was sie sich je erträumt hatten, wenn man von einem Kind einmal absah, das aber sicher irgendwann folgen würde. Es war schlicht und einfach unangemessen, dass er sich davonstahl, statt sich mit ihr auseinanderzusetzen. Sie warf ihren Mantel über und lief entschlossen zur Tür.

Als sie sie öffnete, stand sie direkt vor Eva Liebermann.

»Oh«, sagte Helen überrascht und schob dann hinterher: »Wenn du zu Anton willst: Er ist nicht da.«

»Ich weiß. Ich habe ihn das Haus verlassen sehen.«

Helen schluckte. Sie hatte plötzlich das Gefühl, als lege jemand ein Seil um ihren Hals und zöge die Schlinge langsam zu. »Du willst zu mir?« Ihre Stimme zitterte. Das hörte sie, und das hörte sicher auch Eva. Trotzdem konnte sie es nicht verhindern.

»Ja. Darf ich hereinkommen?«

Helen nickte, trat wortlos beiseite und ließ Eva ein.

»Was ich dir zu sagen habe, geht schnell. Ich halte diese Situation nicht mehr aus. Es war nie ein Geheimnis, wie sehr ich Anton liebte und es noch immer tue.«

»Er ist ein verheirateter Mann«, sagte Helen und starrte die Frau aus zusammengekniffenen Augen an.

Eva lachte gehässig auf. »Glaubst du, das weiß ich nicht? Wie könnte ich das je vergessen!« Ihre Stimme war plötzlich eisig, und Helen wusste in dieser Sekunde, warum sie da war.

»Es mag sein, dass er dein Gatte ist. Aber mit mir teilt er das Bett. Er ist nur zu feige, dir die Wahrheit zu sagen, also tue ich das.«

»Verstehe. Wie lange schon?« Helen schaffte es nicht einmal mehr, in ganzen Sätzen zu sprechen.

»Was genau?« Eva lachte ihr offen ins Gesicht. »Den ersten Kuss hat er mir kurz vor eurer Hochzeit gegeben. Er hat sich bedankt, dafür, dass ich seine Mutter aus den Flammen gerettet habe. Zum Dank lud er mich zum Essen ein, brachte mich nach Hause, und dann küsste er mich.«

Helen spürte die Tränen, die ihr in die Augen stiegen, doch es war ihr gleichgültig. »Acht Jahre?«, fragte sie fassungslos, doch Eva schüttelte den Kopf.

»Nein, ganz so herzlos waren wir nicht. Nach dem Kuss fühlte er sich elend, und in den ersten Jahren eurer Ehe ging er mir konsequent aus dem Weg. Erst mein diesjähriger Geburtstag hat dazu geführt, dass er sich an seine Gefühle für mich erinnert hat.«

Helen kannte Evas Geburtsdatum nicht, doch das war

jetzt auch nicht mehr wichtig. Was spielte es noch für eine Rolle, ob Anton sie seit Wochen, Monaten oder gar Jahren betrog?

»Verlass mein Haus!«

Helen wandte ihre letzte Kraft auf, um erhobenen Hauptes zu Tür zu laufen und Eva hinauszukomplimentieren. Obwohl die unentwegt redete, erreichte nicht ein einziges Wort Helens Verstand.

»Raus!«, sagte sie laut und deutlich. Erst als die Tür ins Schloss fiel, erlaubte Helen sich, die Fassung zu verlieren. Sie lehnte sich gegen das kühle Holz, schlug die Hände vors Gesicht und brach in Tränen aus.

31

Montag, 4. August 1913

Anton Anton betrat die Fabrik, lief geradewegs in sein Büro und warf die Tür hinter sich zu. Er war außer sich vor Wut und wusste, dass er das nur sich selbst zuzuschreiben hatte. Hatte er wirklich gedacht, ein einziger, intimer Moment mit Helen würde die letzten, distanzierten Monate und sein egoistisches Verhalten ungeschehen machen?

Wieder einmal hatte er ihr sensibles Gespür unterschätzt, denn natürlich hatte sie recht: Es gab einen Grund, warum er so überschwänglich gewesen war. Bevor er sie so stürmisch geliebt hatte, war er von Gewissensbissen buchstäblich zerfressen worden, denn er hatte sein Gelöbnis vor Gott mit Füßen getreten. Vor weniger als drei Wochen hatte es diesen einen schwachen Moment gegeben. Und das, obwohl er sich nach dem Kuss kurz vor seiner Hochzeit vor acht Jahren nie wieder allein in Evas Nähe aufgehalten hatte. Ihr Geburtstag Anfang des Monats hatte alles verändert, denn er war schwach geworden und hatte sich ihr hingegeben.

Danach hatten ihn seine Schuldgefühle tagelang nicht mehr schlafen lassen, das hatte sich erst geändert, nachdem er heute zu einer Entscheidung gekommen war: Ein solcher Ausrutscher durfte sich niemals wiederholen, ganz gleich, wie die Dinge zwischen Helen und ihm standen.

Nach diesem Entschluss war sein Kopf ganz klar gewesen, und der Glaube, dass er mit seiner Frau bald wieder so glücklich sein würde wie zu Beginn ihrer Beziehung, hatte ihn beflügelt. Er war fast schon erleichtert gewesen, doch Helen hatte gespürt, dass etwas anders war. Und anstatt mit Ruhe und Besonnenheit zu reagieren, war er wütend geworden, hatte sich noch auffälliger verhalten und am Ende so getan, als hätte sie etwas falsch gemacht.

»Getroffene Hunde bellen eben doch«, murmelte er leise vor sich hin, griff nach dem Cognac, der neben dem Fenster stand, schenkte sich ein Glas ein und stürzte es hinunter.

Wie hatte er nur so dumm sein können! Schon der Kuss kurz vor seiner Hochzeit hatte ihm doch gezeigt, dass Eva jedes Mittel recht war, um ihn für sich zu gewinnen. Nicht umsonst war er seiner Jugendliebe danach aus dem Weg gegangen. Vor drei Wochen hatte er dann ihre Eltern getroffen und erfahren, dass sie ihren Geburtstag am 18. Juli allein feiern würde. Er hatte Mitleid gehabt und ihren Eltern versprochen, bei ihr vorbeizuschauen, um ihr wenigstens zu gratulieren. Er hatte sich eingeredet, dass ihre Beziehung doch Jahre zurücklag und dass sie heute sicher nicht mehr versuchen würde, sich ihm auf diese Art und Weise zu nähern.

Anton lief ruhelos in seinem Büro auf und ab, während er sich innerlich schalt. Wem wollte er hier etwas vormachen? Der Geburtstag war doch genau die Gelegenheit gewesen, nach der er gesucht hatte. Helen und er hatten sich voneinander entfernt, das war die Wahrheit! Neben all der Arbeit, bei der sie wunderbar harmonierten, war die Zeit für Zweisamkeit zu kurz gekommen. Schon vor der Hochzeit hatte sie ihn das erste Mal darauf angesprochen. Aber damals war sein schlechtes Gewissen wegen des Kusses so groß gewesen, dass er sie kaum hatte ansehen können. Die Hochzeit hatte die Wogen geglättet, doch dann hatte er zugelassen, dass die Arbeit in der Fabrik ihre Vertrautheit förmlich auffraß. Hinzu kam, dass ihre Intimität nicht von Erfolg gekrönt war. Auch acht Jahre nach ihrer Hochzeit war Helen noch immer nicht schwanger geworden. Aber anstatt in dieser Zeit die Nähe zu seiner Frau zu suchen, war er ihr aus dem Weg gegangen. Evas Geburtstag war eine willkommene Abwechslung gewesen, denn er hatte genau gewusst, dass sie nicht reden wollte. Sie würde nicht skeptisch fragen, warum er so anders war, so wortkarg, so verschlossen. Eva hatte sich so verhalten, wie er es sich von Helen gewünscht hätte: Sie hatte mit ihm getrunken, sie hatte mit ihm über Belanglosigkeiten gesprochen, und dann hatte sie ihn verführt. Und er hatte es zugelassen.

Erst am nächsten Tag war er wieder zu sich gekommen, und seither machten ihn Angst und Scham fast wahnsinnig. Es schien fast so, als hätte er diesen Verrat an seiner Frau gebraucht, um zu erkennen, wie sehr er an ihr hing. Er wäre nicht mehr derselbe, wenn er sie verlieren würde, das wusste er jetzt.

Anton verließ die Fabrik und beschloss, sofort ein klärendes Gespräch mit Eva zu führen. Er musste ihr ein für alle Mal sagen, dass sich nie mehr wiederholen würde, was an ihrem Geburtstag passiert war. Anschließend würde er Helen beichten, was er getan hatte. Sie hatte ein

Recht darauf, zu erfahren, dass ihr ungutes Gefühl sie nicht getrogen hatte: Er hatte wirklich etwas vor ihr verborgen, und wenn er wollte, dass seine Ehe mit der Frau, die er über alles liebte, funktionierte, würde er ehrlich sein müssen.

Als er *Liebermanns Lebensmittel und Kurzwaren* betrat, sah Evas Vater ihn verständnislos an. »Eva hat sich schon vor über einer halben Stunde auf den Weg zu dir gemacht, meinte, es gäbe etwas Wichtiges zu klären.«

Anton nickte und verließ wortlos den Laden. Einer Ahnung folgend, begann er zu rennen, doch er war zu langsam. Wie in einem Traum, in dem man zu fliehen versucht und doch nicht von der Stelle kommt. Er wusste in diesem Augenblick, dass es nur einen einzigen Grund geben konnte, aus dem Eva ihn sprechen wollte. Und die Tatsache, dass sie nicht auf ihn, sondern auf Helen treffen würde, schnürte ihm die Luft ab. Sein Herz raste, und zum ersten Mal seit Langem schickte er ein Stoßgebet zum Himmel – wohl wissend, dass er alles, was ihn nun zu Hause erwarten würde, mehr als verdient hatte.

Im Haus herrschte völlige Stille. Mit schweren Schritten lief Anton die Treppe hinauf in Richtung Schlafzimmer und fand Helen am Fenster sitzend. Obwohl sein Eintreten nicht zu überhören war, reagierte sie nicht auf ihn.

»Helen?«

Er betätigte den Lichtschalter und dachte unsinnigerweise daran, wie stolz sie beide darauf gewesen waren, jedes Zimmer ihres neuen Zuhauses mit elektrischem Licht ausstatten zu können. Zwar hatte das Rothenburger Elektrizitätswerk schon kurz vor der Jahrhundertwende den Betrieb aufgenommen, trotzdem war es noch längst nicht selbstverständlich, alle Räume elektrisch beleuchten zu können.

Er schob die absurden Gedanken beiseite, trat neben seine Frau und legte ihr eine Hand auf die Schulter. Er hätte wissen müssen, was passieren würde. Grob wischte sie seine Hand weg, stand auf und sah ihn aus verweinten Augen an.

»Deinem Gesichtsausdruck nach zu urteilen, weißt du, wer mich gerade besucht hat.«

»Eva.«

Helen sagte kein Wort. Sie nickte auch nicht. Sie starrte ihn an und schien auf eine Erklärung zu warten, darauf, dass er ihr versicherte, dass Evas Worte eine einzige Lüge und nur ihr Versuch gewesen waren, ihre Ehe zu zerstören. Doch genau diesen Gefallen konnte er ihr nicht tun. Jetzt nicht mehr. Er sah sie an und schwieg, und je länger die Wortlosigkeit zwischen ihnen dauerte, desto unerträglicher wurde sie. Schließlich liefen Helen Tränen übers Gesicht.

»Es ist also wahr«, flüsterte sie.

Die Gedanken in Antons Kopf überschlugen sich. Er wollte ihr sagen, wie sehr er seine Tat bereute, dass er niemanden so sehr liebte wie sie und dass er ihr seinen Fehler heute hatte gestehen wollen. Doch er wusste nur zu gut, dass jedes Wort, das er nun sagte, nach einer schalen Ausrede klingen würde. Nichts von alledem würde Helen ihm jetzt abnehmen, also schwieg er.

»Du schläfst im Gästezimmer«, sagte sie. Dann zeigte sie in Richtung Tür, und als Anton den Mund öffnete, schüttelte sie den Kopf.

Als Anton am nächsten Morgen das Speisezimmer betrat, saß Helen bereits am Tisch. Anders als sonst, hatte sie für ihn nicht mitgedeckt.

»Guten Morgen«, sagte er.

Anstelle einer Antwort sah seine Frau von ihrem Teller auf und nickte ihm kurz und freudlos zu. Anton lief in die Küche, die sich direkt an das Speisezimmer anschloss, griff nach einem Gedeck und nahm wie üblich gegenüber von ihr Platz.

Die Trauer in ihrem Gesicht raubte ihm jeglichen Appetit. Was hatte er nur angerichtet? In diesem Moment verstand er selbst nicht mehr, wie er es so weit hatte kommen lassen können. Dabei ging es nicht nur um den Ehebruch, den er begangen hatte. Schon in den Monaten davor hatte er sich verhalten, als wäre ihm ihr Glück gleichgültig. Doch seine Reue kam zu spät.

»Wie geht es nun weiter?«, fragte er leise, während er sich Kaffee einschenkte.

»Anastasia hat mir erzählt, dass Max derzeit bei ihr und Wastl in Rothenburg weilt.«

»Er will seinen neugeborenen Neffen besuchen, ja. Worauf willst du hinaus?«

»Nun, ich habe Max zu einem Gespräch eingeladen. Du weißt, dass er sich schon während seiner Studienjahre auf die Chemie spezialisiert hat. Wastl geht in seinem Lehrberuf auf, doch Max ist noch immer nicht recht angekommen, wie Anastasia erzählte. Seine beruflichen Aussichten sind eher dürftig, wenn man von der vorübergehenden und sehr schlecht bezahlten Dozentenstelle einmal absieht.«

»Und?«

»Und wir brauchen endlich einen Siedemeister, der sich

auch tiefergehend mit der Materie auskennt, in der Fabrik, wenn wir unsere Produktpalette erweitern wollen.«

Anton nickte, schluckte seine aufkommende Enttäuschung hinunter und sah Helen an. Sie hatte offenbar nicht vor, mit ihm über die gestrigen Ereignisse zu sprechen, aber immerhin redeten sie überhaupt noch miteinander.

Sie hatten schon häufiger daran gedacht, ihre Produktion zu erweitern. Die Idee, dafür einen der Peters-Brüder ins Auge zu fassen, war ihm bisher allerdings nicht gekommen, und er musste zugeben, dass ihm dieser Vorschlag gefiel. Max konnte und wollte zupacken, und die Tatsache, dass sie alle jahrelang befreundet waren, würde sich sicher als enormer Vorteil für die Fabrik herausstellen.

»Ein großartiger Einfall«, sagte Anton. »Wenn er sich diese Art von Anstellung vorstellen kann, hätten wir eine Sorge weniger. Und was die Erweiterung unserer Produktion angeht: Was genau stellst du dir vor?«

»Nun, wir produzieren neben den üblichen Kern-, Schmier- und Feinseifen auch Waschmittel, Schuhcreme, Bohnerwachs und Lederfett. Doch zusätzlich sollten wir auch über Maschinen- und Autoöl nachdenken. Dank der aufstrebenden Autoindustrie eröffnet sich hier ein ganz neuer Markt, den wir bedienen sollten.«

Anton nickte und schwieg. Unter anderen Umständen hätte er seine Frau genau jetzt in seine Arme gezogen und ihr erklärt, wie unfassbar stolz er auf ihren Geschäftssinn war. So, wie sie es schon vor der Hochzeit angekündigt hatte, war sie mit großem Eifer bei der Sache, und nichts war für sie wichtiger als der Erfolg ihrer Fabrik. Dieses Ziel stellte sie ganz offenbar auch über ihre eigenen Gefühle.

»Also bist du einverstanden?«, hakte sie nach.

»Aber ja. Wenn wir mit großen Konkurrenten wie Henkel mithalten wollen, müssen wir gehörig aufrüsten. Ich bin mehr als einverstanden.«

»Gut. Bliebe nur noch zu klären, wie wir zum Verband der Seifenfabrikanten stehen. Ich denke, dass die Mitgliedschaft über kurz oder lang vorteilhaft wäre. Noch vor zehn Jahren existierten über tausendfünfhundert Seifenbetriebe. Davon ist heute nicht einmal mehr die Hälfte übrig. Ich bin überzeugt davon, dass der Verband uns eine große Stütze sein könnte, sollte unser Betrieb irgendwann einmal in eine Notlage geraten.«

Anton dachte über Helens Worte nach. Er hatte es bisher immer abgelehnt, sich einem Verband oder einer Vereinigung anzuschließen, da er eine Einmischung in ihre geschäftlichen Belange und den Verlust ihrer Unabhängigkeit fürchtete. Doch die Dinge hatten sich geändert.

Die schnell wachsende Margarine- und Speiseölindustrie war inzwischen ihr größter Konkurrent auf dem Fettmarkt, und da dieser Industriezweig höhere Preise für seine Endprodukte verlangen konnte, waren auch steigende Rohstoffpreise für qualitativ hochwertige Öle und Fette kein Problem. Für die Seifenproduktion blieben immer häufiger nur minderwertige Fette übrig, da nur diese bezahlt werden konnten.

»Vermutlich hast du recht«, gab Anton zu. »Ein solcher Zusammenschluss aus Seifenmanufakturen könnte sicher mehr erreichen, als wenn jeder Fabrikant für sich allein kämpft.«

»Ich kümmere mich auch darum.«

Da Helen sich zum Gehen anschickte, wagte Anton einen behutsamen Vorstoß. »Vielleicht können wir heute

Abend in Ruhe miteinander reden? Ich möchte dir erklären ...«

»Nein«, unterbrach sie ihn barsch. »Es ist unwichtig, was du möchtest. Wenn du nach Hause kommst, werde ich nicht mehr da sein. Ich muss nachdenken, und das kann ich mit dir in meiner Nähe nicht. Nach dem Gespräch mit Max werde ich die Mitgliedschaft im Verband beantragen und danach Lissi und Elise aufsuchen und um eine vorübergehende Bleibe in der Bronnenmühle bitten.«

Anton presste seine Hand gegen die Lippen. Sein Mund war plötzlich trocken, und sein Herz raste. »Du verlässt mich?« Er starrte sie an und wartete auf eine Antwort. Als die nicht kam, sprang er von seinem Stuhl auf und lief vor dem Fenster auf und ab.

»Ich habe einen schrecklichen Fehler gemacht, Helen.« Er fuhr sich verzweifelt durch die Haare. »Bitte glaube mir: Ich wollte dir gestehen, was ich getan hatte. Aber Eva hat mir diese Möglichkeit genommen.«

»Als würde das jetzt noch eine Rolle spielen.«

»Es spielt eine Rolle! Der Schmerz wäre nicht kleiner, sicher. Aber du wüsstest immerhin, dass ich ehrlich bin.«

Helen lachte traurig auf. »Nach Wochen, ja. Und auch nur, weil dein schlechtes Gewissen dir keine Ruhe lässt.«

»Ich bitte dich, überstürze nichts. Ich schwöre, dass ich dich nie wieder so hintergehen werde.«

»Und was genau kann ich auf diesen Schwur noch geben? Du hast mir auch einmal vor Gott die ewige Treue geschworen, erinnerst du dich?«

Anton ließ sich seufzend auf seinen Stuhl fallen und stützte seinen Kopf in die Hände. »Du hast recht. Nichts von dem, was ich jetzt sage, wird dein Vertrauen zurückbringen.«

»So ist es.«

Er sah sie aus leeren Augen an. Zu gern hätte er sie gefragt, was genau ihre Worte zu bedeuten hatten, doch aus Angst vor ihrer Antwort wagte er es nicht. »Ich liebe dich, Helen. Bitte verlass mich nicht«, sagte er leise.

»Ich brauche Zeit. Hier und heute kann ich dir nicht sagen, welche Zukunft unsere Ehe noch hat. Wir sehen uns in der Fabrik, und du weißt, wo du mich findest. Mehr gibt es im Moment nicht zu sagen.«

32

Dienstag, 5. August 1913

Lisbeth

»Selbstverständlich kannst du bei uns bleiben, richtig, Elise?« Lisbeth lief aufgeregt in der sonnendurchfluteten Wohnstube unter dem Dach der Bronnenmühle hin und her und schüttelte immer wieder fassungslos den Kopf. »Ich kann einfach nicht glauben, dass du wirklich von Anton sprichst. Unserem verrückten Wastl hätte ich einen solchen Fehltritt zugetraut – zumindest vor seiner Ehe mit Anastasia und bevor er Vater wurde. Aber dem ruhigen und besonnenen Anton?« Mit einem schweren Seufzer setzte sie sich neben Helen, der noch immer Tränen über die Wangen liefen. »Wie konnte er dir das nur antun?«

Helen schnäuzte in ein Taschentuch. »Ich wusste, dass etwas nicht stimmte. Je weiter der Aufbau unserer Fabrik voranschritt, und je erfolgreicher wir dabei waren, umso mehr haben wir uns voneinander entfernt. Erst fehlte uns nur die Zeit füreinander. Dann aber auch Verständnis und Geduld. Vielleicht war Eva ja einfach eine willkommene Abwechslung zu mir und den Sorgen, die wir ständig mit uns herumtrugen.«

»Das klingt ja, als wolltest du ihn in Schutz nehmen«, rief Lissi empört.

»Nein, natürlich nicht. Ich versuche nur, eine Erklärung zu finden. Er hat gesagt, er liebt mich, und das glaube ich ihm sogar. Aber warum dann diese …« Helen brach ab und gab ein lautes Schluchzen von sich. »Ich weiß noch nicht einmal, was es eigentlich genau war. Eine länger andauernde Liaison? Ein einmaliger Seitensprung? Oder – und das wäre das Schlimmste von allem – ein Wiederaufflammen alter Gefühle?«

Die Frauen schwiegen eine Weile. Elise erhob sich und trat an einen Beistelltisch, auf dem allerlei Alkoholika aufgereiht standen. »Du brauchst etwas Stärkeres«, entschied sie und schenkte hellbraun schimmernden Branntwein aus einer Glaskaraffe ein.

»Bloß nicht«, sagte Helen, doch Lissi winkte ab.

»Trink einfach«, forderte sie und drückte der Freundin das Glas in die Hand.

»Und wie soll es nun weitergehen?«, fragte Elise.

»Wenn ich das nur wüsste! Selbst wenn ich ihn verlassen wollte: Wir führen gemeinsam eine Fabrik. Würde ich meine Einlagen herausziehen, wäre das sein Ruin.«

»Möchtest du das denn?«, fragte Lisbeth vorsichtig. »Ich hatte das Gefühl, dass dir die Arbeit nicht nur einfach Spaß macht, sondern dass du regelrecht aufblühst. Als wärst du zur Seifenfabrikantin geboren.«

Helen nickte, nippte an ihrem Branntwein und schüttelte sich dann. »Das Zeug ist widerlich. Tut mir leid, Elise.« Sie reichte das Glas zurück.

Elise warf lachend den Kopf in den Nacken. »Schon gut. Mehr für mich und Lissi.«

»Ich bin dafür geboren«, sagte Helen mit Nachdruck. »Und ich sehe überhaupt nicht ein, warum sein Fehler bedeuten soll, dass ich das aufgeben muss, was ich liebe.

Ich habe gerade erst … « Sie brach ab und biss sich auf die Lippe.

» Was? «, fragte Lisbeth, griff nach ihrer Hand und zog sie neben sich auf einen gemütlichen Zweisitzer.

» Entschuldige «, murmelte Helen. » Ich bin nicht sicher, ob das der richtige Zeitpunkt ist. «

» Raus damit «, forderte nun auch Elise.

» Es geht um Max. « Helen sah unsicher zwischen Lissi und Elise hin und her und kaute auf ihrer Unterlippe. » Bitte verzeiht mir, das war unsensibel. «

» Wieso denn? «, fragte Lisbeth und bog ihr Kreuz durch. » Nun erzähl schon. Was ist mit Max? «

» Ich hatte heute ein intensives Gespräch mit ihm. Er sucht noch immer nach einer dauerhaften und einträglichen Anstellung, und wir brauchen einen Siedemeister. «

» Verstehe. « Lisbeth hätte sich gern eingeredet, dass ihr diese Neuigkeit gleichgültig war, doch das war eine Lüge. Max und sie waren sich in der Vergangenheit aus dem Weg gegangen. Was sie heute noch über sein Leben wusste, hatte sie von seiner Schwägerin erfahren: Inzwischen war er seit fast fünf Jahren mit Christina Fuchs verlobt, hatte sich jedoch noch nicht zu einer Hochzeit durchringen können. Anastasia hatte kopfschüttelnd erzählt, dass seine Verlobte davon ausging, sein Zögern läge an der Tatsache, dass er noch immer nicht genug verdiente, um ihr ein sorgenfreies Leben bieten zu können. Dabei, so Anastasia, wäre er sich seiner Gefühle einfach nur nicht sicher genug.

Lissi schluckte schwer. Sollte Max die Stellung antreten, würde er zukünftig nicht nur ein gutes Auskommen haben. Er würde auch nach Rothenburg zurückkehren und mit ihm seine Verlobte. Aller Voraussicht nach würden sie auch hier ihre Hochzeit feiern, eine Vorstellung, bei der sich Lissi fast der Magen umdrehte.

Sie strich sich betont gelassen die Haare aus dem Gesicht und sah aus dem Augenwinkel, dass Elise sie beobachtete. »Und was sagt er zu deinem Angebot?«

»Es tut mir leid«, sagte Helen anstelle einer Antwort. »Ich hätte dir früher von meiner Idee erzählen sollen.«

»Warum? Deine geschäftlichen Entscheidungen gehen mich nichts an.« Lisbeth sah Helens hochgezogene Augenbraue und kniff die Lippen zusammen. Auch nach Jahren verstanden sich die Frauen noch wortlos. Helen wusste vermutlich genau, dass Lissi ihr in diesem Punkt zustimmen würde, wenn Elise nicht zugegen wäre. So aber sagte sie kein Wort, und Helen verstand im Gegenzug, dass die Nachricht sie aus dem Konzept brachte.

»Er hat sich unendlich gefreut und sofort zugesagt.«

»Verstehe«, gab Lisbeth zurück.

»Wisst ihr was?«, mischte sich Elise plötzlich ein. »Ich habe ganz vergessen, dass ich noch mal ins Atelier muss. Ihr habt sicher noch einiges zu bereden. Und du, Helen, mach es dir in einem der zwei freien Zimmer gemütlich. Du bist bei uns willkommen, solange du willst.«

»Sie ist unglaublich, findest du nicht?«, fragte Lissi, nachdem Elise das Haus verlassen hatte. »Ich weiß genau, dass sie das Thema immer wieder aufs Neue mitnimmt. Trotzdem geht sie, ohne mich über meine Gefühle auszufragen oder mich zu bedrängen.«

»Das liegt vielleicht daran«, wandte Helen ein, »dass sie deine Gefühle für Max kennt. Sie weiß, dass ein Teil deines Herzens immer ihm gehören wird, und es sieht ganz so aus, als hätte sie sich damit abgefunden.«

Lissi dachte an die unzähligen Nächte, die sie trinkend

und plaudernd mit Elise verbracht hatte und in denen immer wieder auch Max Thema gewesen war. Eigentlich war sie sich sicher gewesen, dass sie die richtige Entscheidung getroffen hatte, als sie sich für Elise und gegen Max entschied. Nun aber würde er nach Rothenburg zurückkehren. Sie würden sich kaum dauerhaft aus dem Weg gehen können, und Lisbeth hatte keine Ahnung, was das für ihre Gefühle bedeutete. Ohnehin spürte sie immer wieder eine kaum greifbare Sehnsucht in sich aufflammen. Im Alltag ließ sich dieses Gefühl verdrängen, doch Träume, in denen sie Max näherkam, gehörten zu ihren Nächten wie das Leben mit Elise zu ihren Tagen gehörte.

»Bist du besorgt?«, unterbrach Helen ihre Gedanken.

»Ein bisschen«, gab sie ehrlich zu. »Ich liebe Elise. Und ich liebe unser Leben. Unser Atelier mit Ausstellung und Café im Baumeisterhaus, unsere Kunstschule, dazu die neu gegründete Webschule. Das alles haben wir zusammen geschafft, und ich bin stolz auf das, was wir tun. Aber …« Sie zögerte und lachte dann trocken auf. »Ich kann es nur geradeheraus sagen: Es gibt unzählige Momente, in denen die Sehnsucht nach der Nähe zu einem Mann schier unerträglich wird. Ich bin mit Elise glücklich, träume aber trotzdem von Max. Dabei weiß ich doch genau, dass mein Leben ohne sie sinnlos wäre. Ich liebe sie.«

»Warum einfach, wenn es doch auch kompliziert geht, richtig?«

»Richtig! Aber jetzt genug davon. Du bist hier, und wir haben endlich wieder Zeit für uns. Bringen wir deine Sachen ins Zimmer, und dann beziehe ich dir das Bett.«

»Das schaffe ich selbst.«

»Was du nicht sagst!« Lissi lachte, griff nach Helens

Tasche und lief voraus. Im Stockwerk darunter gab es zwei freie Zimmer, und Helen wählte das mit Blick auf die Stadt.

»Sehen wir uns gleich beim Abendessen? Elise und ich speisen inzwischen nicht mehr in der Gemeinschaftsküche. Als ich hergezogen bin, waren all die Frauen noch in meinem Alter, wir waren Freundinnen. Inzwischen sind Mädchen nachgekommen, und sosehr mich diese Tatsache auch ängstigt: Sie siezen mich und sehen mich als ihre Lehrerin und Herbergsmutter an.«

Es beruhigte Lissi, dass Helen endlich in ihr Lachen einfiel, bedeutete es doch immerhin, dass sie ihren Kummer für einen kurzen Moment verdrängt hatte. Nachdem das Zimmer hergerichtet und Helens Gepäck verstaut war, verabschiedete sich Lissi von ihr.

»Ich muss noch mal ins Atelier. Die Anzahl der Sommertouristen wird stetig mehr. Elise ist in vielen Dingen sehr begabt, die Planung der Vorräte in unserem Caféhaus gehört leider nicht dazu.«

Lissi stieg die Kobolzeller Steige hinauf, verschnaufte einen Moment und lief dann weiter in Richtung Plönlein und Obere Schmiedgasse. Wie immer im Sommer waren die Straßen überfüllt mit Reisenden.

Lissi lächelte. Sie liebte diese Jahreszeit, denn die kauffreudigen Touristen verirrten sich regelmäßig auch in das Baumeisterhaus, das Elise und sie gemietet hatten. Als ihre Geliebte vor drei Jahren vorschlug, die Räumlichkeiten nicht nur einfach als Atelier zu nutzen, sondern zeitgleich ein Caféhaus und eine Ausstellung zu betreiben, war Lisbeth skeptisch gewesen. Heute wusste sie, dass dieser Vorschlag goldrichtig gewesen war. Einheimische und

Touristen ließen sich gleichermaßen gern bei ihnen nieder, und während sie Kaffee tranken und das traditionelle Schneeballgebäck aßen, besahen sie sich die Wände und entdeckten immer wieder auch Zeichnungen und Malereien von Elise und Lisbeth, die sie anschließend kauften. Der gute Ruf ihrer ungewöhnlichen Kunsthandlung hatte sich schnell auch außerhalb Rothenburgs herumgesprochen. Schon nach zwei Jahren verdienten die Frauen so gut, dass sie zusätzlich auch noch eine Webschule eröffnen und so jungen, mittellosen Frauen die Möglichkeit bieten konnten, ein eigenes Handwerk zu erlernen und damit für sich selbst zu sorgen.

Lissi betrat das Atelier. »Guten Tag, Ellen, wie läuft es?«, grüßte sie das Bedienfräulein, das inzwischen seit über einem Jahr bei ihnen arbeitete.

»Guten Tag. Hervorragend, um nicht zu sagen chaotisch. Seit dem frühen Nachmittag sind alle Tische belegt, und es sieht nicht danach aus, als würden mir die Gäste eine Verschnaufpause gönnen. Elise ist hinten, falls du sie suchst.«

Lisbeth nickte und warf Ellen ein anerkennendes Lächeln zu. Sie wusste, dass es auch ihrem fröhlichen Geschwätz zu verdanken war, dass das Café so gut lief. Menschen, allen voran die Tauberstädter, liebten Klatsch, und Ellen liebte es, ihn unter die Leute zu bringen. Dabei vergaß sie nie, die Gäste nach dem Bezahlen auf die wunderschönen neuen Kunstwerke hinzuweisen, die an den Wänden hingen und bei denen es sich immer um Unikate handelte.

Lisbeth grüßte höflich in die Gästerunde und lief dann zu Elise. Als sie die Küchentür öffnete, konnte sie sich das Schmunzeln nicht verkneifen. »Ich wusste, dass du dich an der Vorratsplanung versuchst.«

Elise wandte sich zu ihr um und verdrehte die Augen. »Und du wusstest Gott sei Dank auch, dass ich daran scheitern werde. Ich kann dir jedes Motiv zu Papier bringen. Aber wie um alles in der Welt plant man Einkäufe für Gäste, die unser Caféhaus vielleicht, aber vielleicht eben auch nicht, in der nächsten Woche oder doch später aufsuchen werden?«

Lisbeth zuckte mit den Schultern und nahm ihr Klemmbrett und Stift ab. »Sieh du nach der Post, ich mach das schon.«

Sie hatte Elise schon unzählige Male erklärt, dass diese Planungen nicht allzu schwierig waren, wenn man bedachte, dass sich Gäste meist zwischen einer halben und einer Dreiviertelstunde bei ihnen aufhielten. Bezog man dann noch die Öffnungszeiten und die Anzahl der Tische und Sitzplätze in die Überlegungen mit ein, waren die nötigen Einkäufe sehr gut einschätzbar. Und gingen Getränke oder Gebäck doch zu früh aus, dann war das eben so, und blieb etwas übrig, gab es immer hungrige Mäuler in der Stadt, an die das restliche Gebäck verteilt werden konnte. So unkompliziert Elise in vielen Dingen war, ging es um ihr Caféhaus, stand sie sich oft selbst im Weg.

»Was ist das denn?«, fragte Elise laut, und als Lissi sich zu ihr umsah, drehte sie einen großen Briefumschlag in ihren Händen, den sie öffnete.

»Da steht *The Excursionist.* Sieht aus wie eine Zeitung.« Elise blätterte durch das Heft und las den Namen, der in großen Lettern auf dem Deckblatt prangte: »Thomas Cook and Son. Noch nie von denen gehört.«

»Ein Reiseunternehmen«, erklärte Lisbeth. »Ich habe davon gelesen. Nilkreuzfahrten, Fahrten auf dem Sueskanal, Reisen nach Amerika – was immer dein Herz begehrt. Du kaufst einen Reisekreditbrief und musst dich um nichts kümmern. Für mich klingt das nach einem großartigen Geschäftsmodell.«

Elise schwieg und starrte auf die aufgeschlagenen Seiten, die vor ihr lagen. Noch ehe sie etwas sagte, begriff Lissi, was in ihr vorging, und die nächsten Worte ihrer Freundin bestätigten ihren Verdacht.

»Für mich«, sagte Elise und betonte jedes einzelne Wort, »klingt das nach unserem nächsten gemeinsamen Abenteuer.«

Lisbeth starrte Elise an. Sie wollte fragen, ob sie das ernst meinte, doch Elises entschlossener Gesichtsausdruck machte jedes weitere Wort überflüssig.

»Wir haben Rothenburg nach Capri kaum mehr verlassen, und wer weiß schon, wie viele Gelegenheiten sich noch bieten. Das hier ist eine. Wir sollten sie nutzen.«

Lisbeth lehnte sich gegen die geschlossene Tür und dachte nach. »Aber was wird aus unserer Kunsthandlung? Aus dem Café? Der Pension?«

»Arbeiten, die auch jemand anderes für uns übernehmen kann. Es finden sich immer vertrauenswürdige Kandidaten. Das Café beispielsweise wäre bei unserer Ellen in allerbesten Händen.«

Lisbeth dachte nach. Capri lag inzwischen über zehn Jahre zurück. Seit damals waren sie nie wieder weiter verreist als bis München. Sie bedauerte diese Tatsache nicht, denn das, was sie sich in den darauffolgenden Jahren aufgebaut hatten, konnte sich mehr als sehen lassen.

Sah man von den Stänkereien einiger weniger Tauberstädter einmal ab, die sich an der für sie undefinierbaren Beziehung der beiden Künstlerinnen nach wie vor störten, genossen sie einen hervorragenden Ruf. Ihre Kunden schätzten sie ebenso sehr wie die Touristen. Weder sie noch die Frauen, denen sie in ihrer Webschule oder ihrer Kunstschule eine Ausbildung boten, stießen sich daran, dass die Künstlerinnen es wagten, ein gemeinsames Leben zu führen, ohne Erklärungen dafür abzugeben oder sich gar zu entschuldigen.

Der Gedanke, all das, was sie sich gemeinsam aufgebaut hatten, hinter sich zu lassen und sich in ein solch großes Abenteuer zu stürzen, verursachte ein Magenkribbeln, das sich nicht mehr abstellen ließ. Sie hatte Angst davor. Wer wusste schon, wie es ihnen auf einer solchen Reise um die Welt ergehen würde? Womöglich wurden sie krank, hatten einen Unfall oder würden zurückkommen, und ihre Kunsthandlung wäre ruiniert. Andererseits wusste sie, dass sie sich eine solche Gelegenheit nicht entgehen lassen durfte. Es schien fast wie ein Wink des Schicksals, dass ihnen ausgerechnet jetzt diese Broschüre gesendet worden war. Ihr Café, die Webschule und auch die Pension, die sie in der Bronnenmühle betrieben, liefen quasi von selbst. Wenn sie jemanden mit der Führung der Geschäfte während ihrer Abwesenheit beauftragten, sollte es durchaus möglich sein, für eine Weile den engen Gassen Rothenburgs zu entfliehen.

Lisbeth lächelte verträumt vor sich hin. Sie erinnerte sich noch gut daran, wie sie zum ersten Mal von der Fähre aus auf das malerische Capri geblickt hatte, und das Fernweh, das sie genau jetzt überkam, nahm ihr fast den Atem. Sie wusste plötzlich, dass sie nichts mehr wollte, als eine solche Reise mit Elise zu unternehmen.

»Du hast recht«, sagte sie zu ihr, ging auf sie zu und küsste sie überschwänglich. »Lass uns zu den Pyramiden reisen.«

Elise schnappte hörbar nach Luft. »Ganz sicher? Ich warne dich: Ich steige gleich morgen in den Zug nach München und spreche persönlich beim Reiseveranstalter vor, wenn du jetzt Ja sagst.«

Lisbeth griff nach den Händen ihrer geliebten Freundin. »Ja«, sagte sie schlicht. »Ja, ja und nochmals ja.«

Elise machte ihre Aussage wahr und war schon am nächsten Tag auf dem Weg nach München. Verlief alles nach Plan, würde sie noch vor dem Wochenende zurück sein, um Lissi und Ellen während des großen Touristenandrangs im Café zu unterstützen.

Lisbeth nahm sich inzwischen die Zeit, um mit Ellen über ihre Reisepläne zu sprechen. Nachdem am späten Nachmittag der größte Ansturm vorüber war, bat sie die Bedienung an einen der Tische im Café.

»Es gibt etwas zu besprechen.«

Ellen presste die Hände vor den Mund und sah Lissi aus aufgerissenen Augen an. »Bitte nicht!«, rief sie entsetzt. »Du willst mich doch nicht hinauswerfen? Ich kann noch mehr arbeiten, wenn ...«

»Nicht doch«, unterbrach Lisbeth die aufgebrachte Frau sofort. »Das genaue Gegenteil ist der Fall.«

Und dann weihte sie Ellen in ihre Pläne ein und erklärte schließlich: »Wir werden eine Geschäftsführerin brauchen und wüssten dafür niemand Besseren als dich.«

Einen Augenblick lang herrschte Schweigen zwischen den Frauen. Dann bemerkte Lissi, dass Ellens Augen feucht wurden, und dann endlich breitete sich auch ein breites Grinsen auf dem Gesicht ihres Bedienfräuleins aus.

»Es wäre mir eine große Ehre und ein noch größeres Vergnügen.«

Lisbeth streckte der gleichzeitig lachenden und weinenden Ellen die Hand hin, um die Vereinbarung zu besiegeln.

»Ich werde gleich morgen meinen Vater aufsuchen. Er kann entsprechende Verträge für uns aufsetzen.«

»Wenn ich noch etwas anmerken dürfte?«

»Natürlich.«

»Ich werde Hilfe brauchen. Vielleicht nicht täglich, aber doch wenigstens stundenweise.«

»Das ist richtig. Aber bist du erst Geschäftsführerin, kannst und sollst du diese Entscheidungen selbst treffen.«

Ellen lehnte sich lächelnd zurück und verschränkte die Arme vor der Brust. »Geschäftsführerin des Cafés im Baumeisterhaus. Ich wusste, dass die Entscheidung, für dich und Elise zu arbeiten, richtig war.«

Lissi schmunzelte und nickte wortlos. Dass Ellen noch vor wenigen Minuten befürchtet hatte, dass sie sie hinauswerfen wollte, kommentierte sie in diesem Moment nicht mehr.

»Dann ist es also beschlossen. Sei dir unseres Dankes gewiss – ohne dich wären unsere abenteuerlichen Reisepläne nicht umsetzbar.«

Nachdem das geklärt war, machten sich beide Frauen daran, im Café aufzuräumen. Anschließend bot sich Lisbeth an, die Tagesumsätze für Ellen zur Spar- und Leihkasse zu bringen. Auf dem Weg dorthin konnte Lissi an nichts anderes mehr denken als an die bevorstehende Reise. Sie würde auf dem Nil fahren und vor den Pyramiden von Gizeh stehen. Und während der gesamten Zeit ihrer Reise würden sie zeichnen und so ihre inzwischen festgefahrenen Rothenburger Motive endlich wieder erweitern.

»Hallo, Lisbeth.«

Sie hatte gerade das Geld eingezahlt und die Spar- und Leihkasse verlassen, als sie die Stimme hinter sich hörte. Noch ehe sie sich umsah, wusste sie, dass Max hinter ihr stand, seine tiefe Stimme würde sie wohl unter Tausenden erkennen.

»Guten Abend, Max.«

»Euer Bedienfräulein sagte mir, dass ich dich hier finden würde«, erklärte er.

»Ich habe gehört, dass du zurück bist, und Helen hat mir auch von deiner neuen Aufgabe berichtet. Herzlichen Glückwunsch, ich freue mich sehr für dich.« Nach einer kurzen Überlegung schob sie »und für Christina« hinterher.

Einen kurzen Moment lang schwiegen sie. Max hatte seine Lippen aufeinandergepresst. Dann drückte er seine Schultern nach hinten und lächelte. »Ich möchte dich gern einladen.«

Überrascht zog Lissi ihre Augenbrauen zusammen. »Wieso das?«

»Sagen wir in einer Stunde im *Gasthof Bären*? Bitte, es ist wirklich wichtig«, erwiderte Max, ohne auf ihre Frage zu reagieren.

Lisbeth spürte ihren rasenden Puls und wusste nicht, wie sie auf diese Einladung reagieren sollte. Max, der Mann, der sie noch immer in ihre Träume verfolgte, stand hier vor ihr. Er bat sie um ein Essen, und sie wollte nichts mehr, als ihm zusagen. Doch natürlich ahnte sie auch, worum es gehen würde. Es war nicht schwer, sich zusammenzureimen, was ihm auf der Seele lag.

»Ich bin mir nicht sicher, ob wir das wirklich tun sollten.«

»Ich würde dich nicht bitten, wenn es nicht wirklich wichtig wäre. Tu mir den Gefallen.«

Lisbeth sah ihm direkt in die Augen und hatte plötzlich das Bedürfnis, ihn an sich zu ziehen und zu küssen. Sie wusste selbst nicht, woher dieser Impuls kam. Vermutlich war es nichts weiter als Wehmut und die Erinnerung daran, was sie beide einst verbunden hatte. Sie wusste, dass ihre Melancholie und das Bedauern, das sie empfand, wenn sie Max Peters gegenüberstand, niemals enden würden.

Es war, als hätte sie die Chance auf ein gänzlich anderes Leben gehabt, wenn sie sich für Max entschieden hätte. Vielleicht wäre sie längst Mutter, mit Sicherheit aber hätte er – wäre er mit ihr verlobt – keine fünf Jahre mit dem Jawort gezögert.

»Also gut. Ein Essen«, willigte sie schließlich ein.

33

Montag, 23. Juni 1873

Henriette

Margarethe hatte schon seit Tagen keinen Bissen mehr zu sich genommen, zu groß war die Angst vor dem ersten Tag der Verhandlung. Als sie am vorletzten Montag im Juni, nach über zwölf Wochen im Gefängnis, den Verhandlungssaal betrat, konnte sie sich kaum aufrecht halten.

Der Raum war voller Zuschauer, doch sie schaffte es nicht, einen genaueren Blick auf die Menschen zu werfen, denn sie schämte sich. Ihre Kleider waren schmutzig und zerschlissen und hingen an ihrem dürren Körper wie Fetzen.

Die Augen starr auf den Boden gerichtet, folgte sie der Stimme ihres Anwalts Theodor, der sie zu ihrem Platz geleitete und sich neben sie setzte.

»Wir schaffen das«, hörte sie ihn sagen, doch sie glaubte ihm kein Wort.

Kurz nachdem der Richter den Saal betreten hatte, verlas ein grimmig blickender, untersetzter Mann mit Backenbart die Anklage. Schon als es um den Diebstahl ging, waren zornige Zwischenrufe zu hören. Als der Staatsanwalt schließlich von angeblich heimtückisch geplantem Mord sprach, brach ein Tumult im Gericht aus. Menschen sprangen von den Sitzbänken auf und beschimpften Marga als heimtückisches Weibsbild, als Saat des Teufels und als Mörderin. In diesem Moment begriff sie, dass die Zuschauer nicht etwa einfach Schaulustige waren. Die Männer, die sie gerade mit hassverzerrten Gesichtern beschimpften, gehörten offenbar zum Würzburger Polizeiapparat, zumindest ließen ihre Uniformen diesen Schluss zu.

Marga wollte sich gerade abwenden, als sie Henriette, Carl, Jacob und Sophie unter den Anwesenden entdeckte. Sie alle hielten ihre Augen fest auf sie gerichtet, Henriette murmelte ihr etwas zu, das sie zwar nicht verstand, das ihr aber sicher Mut zusprechen sollte, und Jacob ballte seine Hände zu Fäusten und starrte finster in die Runde von Polizisten.

Wäre ihre Lage nicht so aussichtslos, hätte sie sich über diese Unterstützung gefreut, zeigte sie doch, dass es nicht nur Freunde gab, die sich um sie sorgten, sondern auch einen jungen Mann, der sie – zumindest erweckte seine Mimik diesen Eindruck – bei seinem Leben verteidigen würde.

Theodor und sie waren die Fragen und Antworten in den Wochen ihrer Gefangenschaft immer wieder durchgegangen, doch als sie nun aufgerufen wurde, war ihr Kopf völlig leer. Sie spürte das Schlottern ihres Körpers und hatte plötzlich das Gefühl, von einer eisigen Kälte ergriffen zu werden. Ein junger Mann, der sie schon zuvor mit besonders abscheulichen Flüchen belegt hatte, schrie ihr mit erhobener Faust entgegen, dass sie aufhören sollte, Schwäche vorzutäuschen, niemand im Saal würde ihr diese Scharade abnehmen, und sie würde schon bald am Galgen baumeln.

Marga hörte die Zurechtweisung, die ein Gerichtsdiener aussprach, doch das täuschte sie mitnichten darüber hinweg, dass, abgesehen von ihren Freunden, ausnahmslos alle in diesem Saal ihren Kopf rollen sehen wollten. Selbst die wenigen Frauen, die wohl ihre Gatten begleiteten, schienen kein Mitleid mit ihr zu haben und starrten den Büttel, der nichts weiter tat, als für Ordnung im Saal zu sorgen, aus wutverzerrten Gesichtern an. Eine Dame mit ausladendem Hut rief sogar: »Ihr steht auf der falschen Seite! Schämt euch!«

Marga senkte den Blick. Wenn sie nicht an Ort und Stelle zusammenbrechen wollte, musste sie aufhören, den Zuschauern Beachtung zu schenken, und sich auf ihre Aussage konzentrieren. Und obwohl es ihr falsch erschien, gleich in den Zeugenstand zu treten und zu lügen, wusste sie, dass ihr Anwalt genau das von ihr verlangte. Es war schlichtweg die einzige Chance, die ihr blieb.

Theodor begann damit, sie nach ihrem Leben im Hause des Würzburger Polizeikommissars zu befragen. Wahrheitsgetreu schilderte Margarethe, welche Tortur sie durchlitten hatte und wie schlimm die Dinge wurden, nachdem sie das zwölfte Lebensjahr erreicht hatte.

»Lügnerin!«, schallte es ihr aus den Zuschauerreihen entgegen, doch Margarethe ließ sich nicht beirren. Sie erzählte von den psychischen Qualen, den Beschimpfungen und Demütigungen und erläuterte dann, wann und bei welcher Gelegenheit der Kommissar zum ersten Mal übergriffig geworden war.

»Können Sie diese Übergriffe belegen?«, fragte Theo behutsam.

In diesem Augenblick hob Margarethe zum ersten Mal den Kopf und suchte den Saal ab. Ihr Blick blieb an der noch immer in Schwarz gekleideten Witwe des Kommissars hängen. »Nun, Frau Winkler, seine Gattin, war Zeugin. Ich bezweifle allerdings, dass sie für mich sprechen wird.«

»Eine schamlose Lüge!« Die Lippen der Witwe bebten, und Marga sah, dass ihr Gesicht dunkelrot anlief. Doch zum ersten Mal wurde es ruhiger im Saal.

»Andere Beweise dafür, dass Sie schon in diesem zarten Alter seine Gelüste befriedigen mussten, haben Sie nicht?«

Margarethe schluckte. Theodor hatte sie auf diese Frage vorbereitet, doch die Antwort unter vier Augen zu üben war etwas völlig anderes, als hier vor unzähligen Zuschauern zu sprechen.

»Der Polizeikommissar hatte eine sehr besondere Haut.«

»Was meinen Sie damit?«, fragte Theodor.

»Damals wusste ich nicht, wie man diese unterschiedlich gefärbten Flecken nennt.«

»Und heute?«

»Heute weiß ich, dass es Pigmentflecken waren.«

»Pigmentflecken?«

Margarethe hob den Blick und sah der Witwe des Kommissars fest in die Augen. »Die Haut des Kommissars wies dunkler gefärbte Flecken auf, eine Besonderheit, von der ich kaum wüsste, wenn ich ihn nicht völlig entkleidet gesehen hätte.«

Ein entsetztes Raunen ging durch die Zuschauerreihen, und die Tatsache, dass die Witwe des Kommissars in diesem Moment die Augen schloss, wirkte fast wie ein Schuldeingeständnis.

»Bitte verzeihen Sie die indiskrete Frage, Fräulein Steuber. Aber ich muss sie leider stellen. Welche Stelle des Körpers wies diese Flecken auf?«

Margarethe schluckte und griff mit beiden Händen in ihren Rock, als könnte der Stoff ihr Halt geben. »Sein Gential«, sagte sie schließlich fest. Dann atmete sie erleichtert aus.

»Verstehe. Ihnen ist also das Schrecklichste widerfahren, was einem unschuldigen Kind nur widerfahren kann. Haben Sie sich jemandem anvertraut? Um Hilfe gebeten?«

Margarethe nickte. »Ich wandte mich an die Gattin des Kommissars, erklärte mit den Worten, die ich damals eben hatte, was ihr Mann tat und dass ich das nicht wollte.«

»Wie hat Frau Winkler auf Ihren Hilferuf reagiert?«

»Sie hat gelacht.«

»Gelacht?«

»Ja, gelacht. Mir erklärt, ich sollte mir bloß nicht einbilden, dass ein angesehener Mann wie der Kommissar an einem widerlichen Balg wie mir Gefallen finden würde. Ich sollte ihr aus den Augen gehen und es nie wieder wagen, auch nur ein Wort an sie zu richten.«

»Haben Sie versucht, diesem Martyrium zu entkommen?«, fuhr Theodor mit der Befragung fort.

»Ja, mehrfach. Doch Männer in Uniformen wie diesen«, sie machte eine Pause und deutete auf die Männer im Saal, »fanden mich immer wieder und brachten mich zurück.«

Zum ersten Mal seit Beginn der Verhandlung herrschte nun absolute Stille im Saal. Marga hoffte, dass die Menschen in diesem Moment begriffen, dass sie damals, als Zwölfjährige, keine Chance gehabt hatte, ihrem Peiniger zu entfliehen.

»Brauchen Sie eine Pause?«, fragte der Richter plötzlich, und in seiner Stimme schwang so etwas wie Besorgnis mit.

»Nein danke. Es geht schon.«

»Kommen wir zur Todesnacht. Können Sie dem Gericht bitte schildern, was vorgefallen war?«

Sie nickte. Nun war der Moment gekommen, in dem sie eine ihrer schändlichen Taten – den Diebstahl – zugeben musste. Theodor hatte ihr erklärt, dass sich dies nicht vermeiden ließe. Zum einen machte es ihre Aussage glaubwürdig, immerhin belastete sie sich selbst, zum anderen kam niemand als sie für diesen Diebstahl infrage, und da sie sich mit dem Geld falsche Papiere beschafft hatte, wäre es für die Gegenseite auch möglich, dass sie den Fälscher als Zeugen aufgespürt hatten.

»Das kann ich«, begann Margarethe. »Es ist wahr, ich habe den Schmuck von Frau Winkler gestohlen und auch das Bargeld aus dem Tresor genommen. Die Herrschaften waren sehr sorglos beim Öffnen des Faches gewesen. Vermutlich war ihnen einfach nie in den Sinn gekommen, dass ich es wagen würde, sie zu bestehlen.«

»Also geben Sie den Diebstahl zu?«, hakte Theodor wie abgesprochen nach.

»Ja. Ich wollte, dass die Flucht diesmal gelingt, und dazu brauchte ich Geld. Nur so konnte ich zu einer anderen Person werden.«

»Wie kam es, dass Frau Winkler das Fehlen ihres Schmucks nicht bemerkte?«

»Es war kurz nach Weihnachten. Um diese Zeit besuchte sie immer ihre Schwester.«

»Sie waren also mit dem Verstorbenen allein?«

»Ja. Und diese Gelegenheit musste ich nutzen. Ich kannte die Abläufe, wusste genau, wann der richtige Zeitpunkt für meine Flucht gekommen war. Ich musste ihm auch in dieser Nacht zu Willen sein, und wie üblich befahl er mir danach, ihm seine Zigarren zu bringen.«

»Fräulein Steuber, ich frage Sie nun ganz direkt: Hatten Sie vor, den Kommissar zu töten?«

»Nein. Ich wollte nur weg von diesem grauenhaften Ort. Darum verschloss ich seine Zimmertür.«

»Sie setzten also nicht sein Bett in Brand, wie in der Anklageschrift behauptet?«

Margarethe sah dem Bruder ihrer besten Freundin fest in die Augen. Nun kam es nur noch auf sie an. Bis hierher hatte sie ausschließlich die Wahrheit gesagt, doch jetzt musste sie lügen und dabei so überzeugend wirken, wie es nur irgend möglich war.

»Nein. Auf sein Verlangen hin brachte ich ihm die Zigarre und verschloss dann leise die Tür von außen, damit er meine Flucht nicht verhindern konnte. Ich dachte, er würde rauchen, einschlafen und meinen Fortgang erst am nächsten Morgen bemerken. Da, so meine kindliche Hoffnung, würde ich dann aber schon über alle Berge und außerhalb der Reichweite seiner erbarmungslosen Polizisten sein.«

»Danke.«

Marga atmete tief ein und aus. Nun würde die Befragung durch die Gegenseite folgen, und sie wusste, dass – egal was auch zur Sprache kam – sie nicht von ihrer bisherigen Aussage abweichen durfte.

Die Strategie des Staatsanwaltes war nicht mehr als ein Infragestellen ihrer Glaubwürdigkeit. Allerdings hatte sie plötzlich das Gefühl, als wäre der vorher so verbissene Mann gar nicht mehr wirklich darauf aus, sie an den Galgen zu bringen. Auch die Menschen im Saal, allen voran die Frauen, schienen sie mit anderen Augen zu sehen. Ihre Mienen waren weicher geworden, und die eine oder andere sah die Witwe des Kommissars mit vor Wut zusammengekniffenen Augen an.

In diesem Augenblick begriff Marga, dass sie geschafft hatten, worauf Theodor die ganze Zeit gehofft hatte: Die unbändige Wut der Menschen hatte sich in Mitleid verwandelt. Jeder hier schien jetzt zu verstehen, warum sie aus dem Haus des Kommissars flüchten musste, und dass das Bett in Brand geraten war, schienen sie nicht mehr ihr, sondern dem Toten selbst zuzuschreiben.

»Hohes Gericht«, wandte sich Theodor an den Richter, nachdem Marga aus dem Zeugenstand entlassen worden war. »Um die Glaubwürdigkeit meiner Klientin zu unterstreichen, bitte ich um die Vernehmung einer weiteren Zeugin. Sie verließ das Haus der Winklers kurz vor Annabella Steubers Ankunft. Sie wird die Grausamkeit des Polizeikommissars bestätigen.«

Der Rest der Verhandlung ging völlig an Margarethe vorbei. Es war fast so, als hätten ihre verbliebenen Kräfte gerade so ausgereicht, um ihre eigene Aussage zu tätigen. Das Pulsieren ihrer Schläfen war so unerträglich laut, dass sie den Worten der Zeugin nicht mehr folgen konnte.

Sie suchte in der Zuschauermenge nach Jacob.

Er schien zu ahnen, wie es ihr ging. Nicht eine Sekunde lang wandte er die Augen von ihr ab. Er hielt ihrem Blick stand, als hätte er sofort begriffen, dass sie etwas – jemanden – brauchte, um Halt zu finden. Und er schien zu wissen, dass sie ebendiesen Halt in ihm fand.

*

Zum ersten Mal seit Langem verspürte Henriette wieder Zuversicht. Nach dem ersten langen Verhandlungstag hatte Carl sie trotz ihrer Aufregung dazu gezwungen, nicht gleich auf ihr Zimmer zu gehen, sondern gemeinsam mit Theodor, Sophie und Jacob etwas zu sich zu nehmen.

Nun saß sie in einem Würzburger Gasthaus vor einem dampfenden Teller. Der Geruch des kräftigen Eintopfs stieg ihr in die Nase, und sie spürte, dass sie tatsächlich hungrig war.

»Danke, dass du mich hierzu überredet hast«, flüsterte sie Carl zu.

»Gern geschehen. Irgendjemand muss ja auf dich achtgeben, wenn du es nicht tust.«

»Ich konnte vor lauter Aufregung einfach nicht mehr klar denken«, sagte Henriette und lächelte ihm entschuldigend zu.

»Wie stehen die Dinge, was meinst du?«, fragte Jacob in diesem Moment, und alle Augen richteten sich auf Theodor.

»Sehr gut. Der Staatsanwalt geht nach dem heutigen Tag von einem Unfall aus. Die Mordanklage wird fallen gelassen, und soweit ich das beurteilen kann, geht es nun nur noch um den Diebstahl.«

Henriette presste ihre flache Hand gegen ihr Brustbein und riss erschrocken die Augen auf. »Dann muss sie doch noch ins Gefängnis?«, fragte sie mit zitternder Stimme.

»Das könnte passieren«, gab Theodor zu. »Allerdings ist es genauso gut möglich, dass der Staatsanwalt auf eine Gefängnisstrafe verzichtet und lediglich eine Geldbuße fordert, etwa in Höhe des Wertes, den das Diebesgut hatte.«

»Die zahle ich«, riefen Henriette und Jacob wie aus

einem Mund. In diesem Moment brach an ihrem Tisch herzhaftes Gelächter aus. Es war nicht so, als wäre auch nur einer von ihnen zu Scherzen aufgelegt, doch die Erleichterung aller brach in dieser Sekunde aus ihnen heraus, und das gemeinsame Lachen nahm jedem die Last der vergangenen Monate von den Schultern.

Zwei Wochen später war der Albtraum vorüber. Margarethe kehrte nach Rothenburg zurück. An diesem sonnigen Julitag saßen die beiden Frauen auf der weitläufigen Blauen Terrasse des Hotels, tranken Kaffee und unterhielten sich über die Zukunft, die nun ohne lauernde Gefahren vor ihnen lag.

»Ich bestehe darauf, dass du weiterhin als erste Hausdame in unserem Hotel arbeitest«, sagte Henriette. »Die Monate ohne dich waren fürchterlich. Die Zimmermädchen und Kellner mühten sich redlich, aber ohne dich, die alles im Blick behält und wie durch Zauberhand an jede Kleinigkeit denkt, ist die *Traube* über kurz oder lang verloren.«

»Du übertreibst«, lachte Marga.

»Glaubst du? Nun, dann sieh dich gern in Vorratskeller und Wäschekammer um und sag du mir, wie es so weit kommen konnte.«

»Ist es wirklich so schlimm?«

»Ich kann die Male schon nicht mehr zählen, in denen der Koch den Gästen erklären musste, dass dieses oder jenes Gericht oder dieser oder jener Wein nicht mehr vorrätig sei. So etwas darf in unserem Haus einfach nicht passieren.«

Margarethe nickte und lächelte nicht ohne Stolz. »Ich bin gern bereit, meine Arbeit wieder anzutreten. Und du glaubst nicht, dass es dem Ruf des Hotels schaden wird? Immerhin bin ich eine verurteilte Diebin.«

»Das wissen die Gäste wohl kaum. Und das Personal ist, wenn ich es richtig herausgehört habe, eher stolz auf dich und deinen Mut. Und wer sich dennoch echauffiert, dem weise ich gern die Tür.«

»In diesem Fall beginne ich gleich morgen mit der Arbeit. Wenn es recht ist, würde ich wieder in mein altes Zimmer ziehen.«

»Nichts da«, entschied Henriette. »Wenn du dauerhaft bei uns bleibst, brauchst du mehr Platz. Im oberen Stock des Hotels gibt es zwei ungenutzte Kammern. Die sollen ab sofort dir gehören. Richte sie dir ein, wie du es möchtest, und sollte etwas für deinen kleinen Hausstand fehlen, dann lass es mich wissen.« Henriette lehnte sich zurück und sah voller Genugtuung in Margas glückliches Gesicht. All die Aufregung und Sorge um sie hatte sich in Wohlgefallen aufgelöst. Sie wusste in dieser Sekunde, dass sie immer auf die Freundin zählen konnte. Das und die unerschütterliche Freundschaft, die sie füreinander empfanden, war all die Anstrengungen und Mühen wert gewesen.

»Was ist das eigentlich zwischen dir und Carl?«, fragte Margarethe unvermittelt.

Henriette überlegte kurz, hatte jedoch keine Antwort. »Er war mir in den Wochen, in denen wir uns um dich sorgten, eine große Stütze.«

»Weißt du, was ich denke?« Marga griff nach ihrer Hand und drückte sie kurz. »Er könnte der Mann sein.«

»Was meinst du?« Henriette gab sich ahnungslos, doch sie wusste genau, worauf Marga anspielte. Kurz nachdem sie sich dazu entschlossen hatte, die Stelle im Hotel anzunehmen, hatte sie ihr erzählt, dass sie die Geschäftsführung der *Traube* dauerhaft nur behalten würde, wenn sie heiratete. Von dieser Bedingung war ihre Tante noch immer nicht abgewichen.

Marga grinste nur und nippte an ihrem Kaffee. Sie wusste wohl nur zu gut, dass weitere Erklärungen nicht nötig waren. Henriette hoffte, dass sie mit dieser Einschätzung richtiglag.

Inzwischen sahen sich Carl und sie mehrfach in der Woche, und Tage, an denen ihnen das aufgrund der Arbeit nicht möglich war, erschienen Henriette endlos. Auch er machte keinen Hehl daraus, dass er jede Sekunde an ihrer Seite genoss. Die Aufregung, das Herzklopfen und die Vorfreude auf gemeinsame Nachmittage waren beidseitig und sprachen eine eindeutige Sprache: Carl Ludwig und sie waren auf dem besten Weg, einander ins Herz zu schließen.

34

Donnerstag, 16. Oktober 1913

Helen Es war bereits Mitte Oktober, als Helen zum ersten Mal bemerkte, dass ihre Blutung längst überfällig war. Sie saß, wie so häufig in den vergangenen Wochen, in Lissis Wohnstube und ließ das aufgeregte Geplapper der Freundin über sich ergehen, die ihr gerade in allen Einzelheiten erläuterte, welch enormer Aufwand die Planung einer so großen Reise wie die nach Ägypten sei.

»Ich dachte, das übernimmt dieser Thomas Cook für dich«, gab Helen abwesend zurück.

»Das könnte er, wenn wir es wollten. Aber Elise und ich werden nur einmal solch ein Abenteuer erleben. Darum werden auch wir entscheiden, wo und wann wir welche Stopps einlegen und welche Route wir nehmen wollen. Sobald wir uns darüber einig sind, darf das Reiseunternehmen entsprechend unseren Wünschen planen.«

»Verstehe.«

»Und Elise und ich sind uns einig, dass wir im Anschluss auch in den Orient reisen und dort einem Harem beitreten.«

»Großartiger Einfall«, gab Helen zurück.

In diesem Moment schlug Lisbeth mit der flachen

Hand auf den Tisch. Helen zuckte zusammen, und die Freundin brach in lautes Gelächter aus.

»Schön, dass du wieder da bist«, sagte sie. »Ich habe gerade davon gesprochen, einem Harem beizutreten. Du hieltest das für eine gute Idee. Möchtest du mir vielleicht etwas mitteilen?«

Helen seufzte. »Ich fürchte, ich bin schwanger.«

»Oh.«

»Du sagst es. Es muss am Tag vor meinem überstürzten Einzug bei euch passiert sein. Ist das zu fassen? Wir waren monatelang nicht mehr intim miteinander. Dann dieses eine Mal, bevor ich von ihm und Eva erfuhr, und jetzt – nach all den vergeblichen Jahren – erwarte ich plötzlich ein Kind?«

Lisbeth nahm Helens Hand und strich ihr behutsam über den Handrücken. »Vielleicht wollte dir das Schicksal einen Wink geben?«

Helen zog mürrisch ihre Augenbrauen zusammen. »Was denn für einen Wink?«

»Dass es genug ist und du wieder zu ihm zurückkehren solltest«, antwortete Lissi leise. »Versteh mich nicht falsch. Ich habe dich gern in meiner Nähe. Aber ich sehe auch, dass es dir nicht gut geht. Du vermisst ihn, redest ständig davon, wie zuvorkommend er sich dir gegenüber verhält, wenn ihr euch in der Fabrik seht. Wenn du mich fragst, bereut er seinen Fehltritt zutiefst, und ich bin mir sicher, dass deine Gefühle für ihn stark genug sind, um ihm zu verzeihen.«

»Ich weiß nicht«, murmelte Helen.

»Aber ich weiß. Und selbst, wenn du noch weitere Monate brauchst, um ihm zu vergeben: Gerade jetzt solltest du bei ihm sein. Wie sicher bist du dir?«

Helen rechnete zurück. Dieser eine besondere Tag, an dem Anton sie so leidenschaftlich geliebt hatte, war im August gewesen, und sie hatte weder im September noch im Oktober ein Blutung gehabt. Im September erschien ihr das noch nicht besorgniserregend. Ihre Blutung war noch nie ganz regelmäßig gewesen, und sie hatte es auf die viele Arbeit in der Fabrik geschoben. Nun gab es allerdings keine andere Erklärung mehr.

»Ziemlich sicher. Natürlich muss ich noch einen Arzt für Frauenheilkunde aufsuchen. Aber fast zehn Wochen ohne Monatsblutung sprechen wohl für sich.«

»Wenn du möchtest, begleite ich dich zu einem Doktor.«

Helen erhob sich, lief zum Fenster und starrte hinaus auf die Stadt, die über ihnen zu thronen schien.

»Danke für das Angebot, aber das schaffe ich schon.«

Noch am selben Abend kehrte Helen in die Würzburger Straße zurück. Anton war noch nicht wieder da, und sie nutzte die Zeit, um ihren Koffer auszupacken und jeden einzelnen Raum zu inspizieren. Wie sehr sie ihr Zuhause vermisst hatte!

Anton war es neben all der Arbeit in der Fabrik nicht gelungen, anfallende Hausarbeiten zu erledigen, und er hatte eigens dafür ein Mädchen eingestellt. Ihr Name war Marie, so viel wusste Helen bereits, und sie kümmerte sich täglich von zehn bis sieben um den Haushalt und die Wäsche und bereitete außerdem ein warmes Abendessen zu.

Helen war inzwischen hungrig und neugierig, was Marie wohl für den heutigen Abend gekocht hatte. Sie lief in die Küche und linste in den Topf, der auf dem Herd stand. Duft und Anblick sorgten dafür, dass ihr das Wasser im Munde zusammenlief. Sie konnte sich kaum noch daran erinnern, wann sie zum letzten Mal einen kräftigen Linseneintopf gegessen hatte.

Sie machte sich daran, den Tisch zu decken, und gerade als sie das Brot aufschnitt, erschien Anton.

»Du bist noch da?«, rief er aus der Empfangshalle. »Es ist bereits halb acht, du hast längst Feierabend.«

Helen sagte kein Wort und wartete geduldig, bis ihr Gatte die Küche betrat.

»Helen!« Er starrte sie an, und wäre das Licht nicht so schummrig, hätte sie geschworen, dass er in dieser Sekunde errötete. »Guten Abend, Anton.«

Er nickte, setzte sich schweigend an seinen Platz und sah ihr dabei zu, wie sie den Eintopf noch einmal erwärmte und anschließend die Suppenteller füllte.

»Wenn ich gewusst hätte, dass du kommst …«, begann er.

»Ich wusste es bis heute Nachmittag doch selbst noch nicht.«

»Dann bleibst du also?«

»Ja.« Helen wusste nicht recht, wie sie das Gespräch beginnen sollte. In den vergangenen Wochen hatten sie sich mit freundlicher Höflichkeit behandelt, wenn sie sich in der Fabrik begegneten, und jeder von ihnen war seinen Aufgaben nachgegangen. Während Anton gemeinsam mit Siedemeister Max die Produktion im Auge behielt, die Qualität prüfte und neue Rezepturen ausprobierte, hatte es sich Helen zur Aufgabe gemacht, eine eigene Marke zu kreieren, denn sie war davon überzeugt, dass sich nur so eine dauerhafte Kundenbindung schaffen ließ. Welche Hausfrau sagte heute noch, dass sie Waschpulver benötigte? Sie sprach von *Persil*, und jeder wusste, worum es ging. Genau so etwas musste ihr mit den Produkten der Schmieger'schen Seifenfabrik gelingen.

»Bist du noch da?«

Helen zuckte zusammen und lächelte ihren Mann vorsichtig an. »Entschuldige, ich war in Gedanken.«

»Das ist mir nicht entgangen.« Anton lachte kurz auf und wiederholte dann seine Frage. »Heißt deine Rückkehr, dass du mir verziehen hast?«

Es war untypisch für ihn, dass er direkt mit der Tür ins Haus fiel. Heute war Helen ihm dankbar dafür. Und da sie nicht wusste, wie sie ihm die Nachricht schonend beibringen könnte, antwortete auch sie ganz direkt. »Meine Rückkehr heißt«, sie machte eine kurze Pause und strich sich gedankenverloren über den Bauch, »dass ich seit fast zehn Wochen überfällig bin.«

Anton starrte sie an. Sicher ahnte er, worum es ging, aber er wagte nicht, sie danach zu fragen.

»Noch war ich nicht beim Arzt, aber ich bin sicher, dass das Ausbleiben meiner Regelblutung nur bedeuten kann, dass wir ein Kind erwarten. Scheint fast so, als hätte dieser eine verhängnisvolle Tag im August nicht nur meinen Auszug zur Folge gehabt.«

Anton sagte noch immer nichts. Stattdessen ließ er seinen Löffel klirrend in seinen Suppenteller fallen, erhob sich und kam um den Tisch gelaufen. Helen schob ihren Stuhl zurück und ließ geschehen, dass Anton sich vor sie kniete und nach ihren Händen griff. Er strahlte übers ganze Gesicht, und Helen sah das verräterische Glitzern in seinen Augen.

»Das sind wundervolle Neuigkeiten. Du machst mich zum glücklichsten Mann der Welt, und ich verspreche dir, dass ich dich im Gegenzug dazu mindestens ebenso glücklich machen werde.«

Helen erhob sich. Zum ersten Mal seit Monaten schlossen sie sich in die Arme, und sie spürte große Zuversicht. Sie wusste, dass es richtig war, zurückzukehren. Nicht nur weil sie verheiratet waren und sie nun aller Wahrscheinlichkeit nach ein Kind erwartete. Es war richtig, weil sie Anton noch immer von Herzen liebte und weil sie in diesem Augenblick spürte, dass sie ihm tatsächlich verziehen hatte.

In den nächsten Tagen überwog die Nervosität im Hause der Schmiegers. Nachdem ein Arzt ihre Schwangerschaft bestätigt hatte, machte sich Anton eifrig an die Vorbereitungen. Er ging zwar täglich in die Fabrik, doch Helen wusste, dass er die Arbeit vertrauensvoll in Max' Hände übergeben hatte und ganz und gar in Planungen eines Kinderzimmers aufging.

Ihre eigene Vorfreude beflügelte sie ebenso. Wochenlang hatte sie gegrübelt, Ideen notiert und wieder verworfen. Am letzten Freitag im Oktober kam ihr schließlich der Einfall, auf den sie gewartet hatte: *Odor.* So sollte ihre Marke von nun an heißen. Was könnte ihren Seifen zu mehr Berühmtheit verhelfen als ein Wort, das nichts anderes bedeutete als Duft oder Wohlgeruch?

Helen musste sich zusammenreißen, um Anton nicht noch am selben Tag von ihrer Idee zu berichten, denn zunächst wollte sie Lissi und Elise bitten, ein Markenlogo zu entwerfen. Noch waren die Frauen nicht fort, und sie wusste beim besten Willen nicht, wer für diese kreative Arbeit besser geeignet sein könnte als die beiden bekanntesten Künstlerinnen der Stadt.

»Warum lächelst du so geheimnisvoll?«, fragte Anton sie beim Abendessen.

»Das erfährst du schon früh genug«, gab sie zurück und legte ihre Hand zärtlich auf die seine. »Du wirst sicher begeistert sein, aber noch möchte ich es nicht preisgeben.«

Anton verzog schmollend die Lippen und konterte: »Gut, dann habe ich von nun an auch Geheimnisse. Sie betreffen das Kinderzimmer, zu dem dir vom heutigen Tag an der Zutritt verwehrt wird.«

Helen schnappte theatralisch nach Luft und legte ihre Hand auf ihr Brustbein. »Wie kannst du mir so etwas antun?«, hauchte sie und fiel dann in das Lachen ihres Mannes ein.

Zwei Wochen später, es war inzwischen Mitte November, war Helen mit Lissi und Elise verabredet. Die Frauen hatten vorgeschlagen, sich im Café zu treffen, doch Helen war nach langen und anstrengenden Tagen in der Fabrik nach einem Spaziergang zumute, weswegen sie sich in der Bronnenmühle im Tal trafen.

»Wie geht es dir?«, fragte Lisbeth.

»Ich bin aufgeregt und sehr gespannt, was ihr für mich entworfen habt.«

Die drei Frauen liefen in das Atelier, und Lissi deutete auf drei Leinwände, die neben dem Fenster standen. Aufgeregt trommelte Helen ihre Fingerkuppen gegeneinander, trat an die Zeichnungen heran, besah sich jede einzelne von ihnen und blieb schließlich vor einer Skizze stehen.

»Ich kann nicht sagen, warum. Aber die hier gefällt mir am besten.«

Elise nickte und begann zu erklären. »Du weißt, dass

das nicht ganz unser Steckenpferd ist. Aber wir haben uns einige Firmenlogos angesehen und glauben zu wissen, worauf es ankommt. Der Schriftzug sollte hübsch sein, gleichzeitig aber nicht zu schnörkelig. Selbst wenn man nicht lesen könnte, muss auf den ersten Blick erkennbar sein, dass es um deine Marke *Odor* geht. Passend zur Thematik haben wir Jasminblüten als Motiv gewählt.«

»Die meisten Kunden«, fuhr Lissi fort, »zumindest die weiblichen, verbinden damit einen betörenden Duft. Außerdem sind die Blätter klein, fast zierlich und bilden ein dezentes Ornament, das den Schriftzug einrahmt.«

Helen seufzte, legte ihre Hand gegen den Mund und nickte. »Genau das ist es. Es gefällt mir unfassbar gut.« Sie wandte sich zu Lissi und Elise um. »Danke. Ohne euch hätte ich das nicht geschafft. Ich kann es kaum erwarten, dieses Logo auf unsere Verpackungsmaterialien zu drucken. Ich werde mich auch mit Anton beraten. Vielleicht können wir eine Art von Prägestempel herstellen, sodass Schriftzug und Ornament auch das Seifenstück selbst zieren. Ich danke euch von Herzen!«

Helen nahm Lissi und Elise nacheinander fest in die Arme und presste sie überschwänglich an sich.

»Das haben wir doch gern getan«, sagte Lisbeth.

»Genau«, pflichtete Elise ihr bei. »Es ist ja auch für uns eine Ehre, dass du uns dein Vertrauen geschenkt und uns diesen Auftrag erteilt hast.«

»Gibt es nur diese eine erste Skizze?«, fragte Helen.

Lisbeth kicherte, lief an den großen Zeichentisch und wühlte sich durch die kreuz und quer liegenden Papiere.

»Hier. Wir dachten uns schon, dass du sicher gleich eins mitnehmen möchtest, um es Anton zu zeigen.«

Helen nahm das etwa puderdosengroße Blatt Papier an

sich und steckte es ein. Die Frauen unterhielten sich noch eine ganze Weile, dann erklärte Helen mit Blick aus dem Fenster, dass sie wohl besser den Heimweg antreten sollte.

»Pfui«, rief Lissi und sah hinaus. »Wie freue ich mich da auf Ägypten. Der Reiseveranstalter hat uns erklärt, das Frühjahr wäre die schönste Reisezeit. Anfang März brechen wir auf und entkommen alldem hier. Das ist nun wirklich das scheußlichste Novemberwetter von allen. Grauer Himmel, grauer Regen, graue Welt.«

»Du übertreibst mal wieder«, rief Elise fröhlich. »Schau mal genau hin. Das ist kein Regen, das sind erste, winzige Schneeflocken.«

»Bäh«, gab Lisbeth zurück. »Das ist ja noch schlimmer. Mit einer schneeweißen Landschaft und Sonnenschein lässt sich die kalte Jahreszeit ertragen. Aber das da?«

»Ist leider nichts, was du beeinflussen kannst«, lachte Helen, zog Stiefel und Mantel an und verabschiedete sich.

Sie war in Gedanken versunken, als sie die Kobolzeller Steige hinaufstieg. Immer wieder machte sie kurze Pausen, um zu verschnaufen, war aber in ihrem Kopf längst bei dem, was sie Anton zu Lissis und Elises Skizze erklären wollte. Wie würde ihr Gatte wohl reagieren? Sie hatte ihm gegenüber mit noch keinem Wort erwähnt, woran sie in den vergangenen Wochen gearbeitet hatte, und sie hoffte inständig, dass er sich über den Namen und das Logo ebenso freute, wie sie es tat.

Helen hatte gerade die Hälfte des steilen Aufstiegs hinter sich gebracht, als sie zum ersten Mal mit dem linken Fuß wegrutschte. Schnee, Matsch und überfrierende Nässe hatten die letzten Meter gefährlich werden lassen, und just in dem Moment, als sie sich innerlich zu mehr Konzentration mahnte, stürzte sie.

Es war, als hätte ihr jemand den Boden unter beiden Füßen einfach weggezogen. Ihr Körper fiel nach vorn, während ihre Füße nach hinten wegrutschten. Zu spät kam ihr in den Sinn, sich mit den Händen abzufangen. Ohne den Fall bremsen zu können, schlug sie der Länge nach hin.

Wenige Sekunden danach setzte ein unerträgliches Ziehen im Bauch ein. Ohne einen Laut von sich zu geben, rannen ihr die Tränen über die Wangen. Sie hoffte, dass ihrem Kind nichts passiert war, doch der Schmerz, den sie verspürte, sagte ihr etwas anderes.

Statt nach Hause zu laufen, schleppte sich Helen auf direktem Weg in die Herrngasse. Antons Großvater, Konstantin Schmieger, lebte noch immer dort. Zwar führte er inzwischen keine Praxis mehr, doch sein medizinisches Wissen war ihm ja nicht verloren gegangen.

Helen betete, dass ihr eigener Bauch und die Höhle, in der ihr Kind lag, den Sturz abgefedert hatten. Möglicherweise hatte sie sich ja nur einen riesigen blauen Fleck zugezogen.

Sie klopfte gegen die Tür des ehemaligen Wundarztes und hielt sich dann ihren noch immer schmerzenden Leib.

»Helen! So eine Überraschung!« Der Wundarzt lächelte sie freundlich an, begriff dann jedoch, dass es kein Besuch war, der Helen vor seine Tür getrieben hatte. »Um Himmels willen, was ist passiert?«, fragte er, rief gleichzeitig nach seiner Frau und geleitete sie in das Behandlungszimmer, das noch immer so aussah, wie sie selbst es noch aus Kindertagen kannte.

»Ich bin auf der Kobolzeller Steige gestürzt. Es ging alles so schnell, ich konnte mich nicht einmal mehr selbst abfangen.« Wieder liefen ihr die Tränen, ohne dass sie es verhindern konnte. »Ich bin inzwischen in der dreizehnten Woche meiner Schwangerschaft.«

Konstantin Schmieger nickte kurz, sagte jedoch kein Wort. Er deutete auf die Liege und tastete ihren Bauch vorsichtig ab.

»Dein Bauch ist verhärtet«, sagte der Arzt mehr zu sich selbst als zu ihr. Helen presste ihre Lippen zusammen, um ihr Stöhnen zu unterdrücken, doch das täuschte den Arzt nicht darüber hinweg, dass sie Schmerzen hatte.

»Wir müssen kontrollieren …«

»Ich weiß schon«, unterbrach Antons Großmutter und schob behutsam ihren Rock nach oben.

»Da ist überall Blut.« Alma hatte leise gesprochen, trotzdem zerstörten die Worte den letzten Funken Hoffnung, an dem sich Helen festgeklammert hatte.

»Es tut mir so unendlich leid, mein Mädchen.« Der Arzt gab in diesem Augenblick seine professionelle Zurückhaltung auf, beugte sich über Helen und strich ihr liebevoll die Haare aus dem tränennassen Gesicht. »Ich wünschte, ich könnte etwas tun.«

Er beugte sich zu ihr hinunter, legte seine stoppelige Wange an ihre und verharrte in dieser Position.

»Weine nur«, murmelte er, und seine eigene Stimme, die sonst voller Güte war, brach ob der eigenen Trauer um den verlorene Urenkel. »Alma lässt nach Anton und deinen Eltern schicken. Wir alle sind in dieser schrecklichen Stunde bei dir.«

»Grauer Himmel, grauer Regen, graue Welt.« Immer wieder murmelte Helen die Worte, die Lissi noch vor Kurzem so unbedacht dahergesagt hatte. Dann schloss sie die Augen.

35

Montag, 9. März 1914

Lisbeth Am Tag vor ihrer Abreise trafen sich Lisbeth und Helen ein letztes Mal. Es war seltsam, die Heimat zu verlassen und dabei nicht zu wissen, in welches Rothenburg sie nach ihrer großen Reise zurückkehren würden. Wie ihre Kunst- und Webschule und das Café ihren Fortgang überstehen würden? Sie wusste es nicht zu sagen.

»Bist du sehr nervös?«, fragte Helen, während Lissi Kaffee einschenkte.

»Die Reisevorbereitungen und die Arbeit haben mich lange abgelenkt. Gott sei Dank. Aber nun, so kurz vor der Abfahrt, habe ich tatsächlich ein bisschen Reisefieber.«

»Hast du Max noch einmal gesehen?«, wechselte Helen abrupt das Thema. »Ich wollte dich schon längst danach fragen, aber nach meinem Unfall auf der Kobolzeller Steige und allem, was danach geschah …« Lissi griff tröstend nach der Hand ihrer Freundin und drückte sie.

Sie hatte geahnt, dass Helen sie irgendwann noch einmal nach ihren Gefühlen für Max fragen würde. Bisher hatte sie ihrer Freundin noch nicht von ihrem letzten Zusammentreffen, dem Essen, um das er sie so inständig gebeten hatte, erzählt. Wann hätte sie das auch tun können? Nachdem Helens Schwangerschaft auf so tragische Weise endete, hatte sich die Freundin zurückgezogen, und trafen sie sich doch einmal, empfand Lissi ein Gespräch über ihr eigenes Gefühlschaos als unangemessen.

»Ja. Er hat mich ein letztes Mal zum Essen eingeladen, und ich habe zugesagt.«

»Willst du darüber sprechen?«

»Da gibt es nicht viel zu erzählen. Max hat einen letzten Versuch gewagt und um meine Hand angehalten.«

»Aber ist er denn nicht mehr mit dieser Christina liiert?«

»Doch, er hat gesagt, dass sie noch immer Teil seines Lebens ist. Aber er sagte auch, ein Wort von mir würde genügen, und er würde diese Verbindung beenden. Da ich ihm nun auch die letzte Hoffnung genommen habe, wird er sie wohl heiraten. Er hat eine gut bezahlte Stelle als Siedemeister, und er hat sie lange genug hingehalten.«

»Verstehe«, murmelte Helen, doch Lisbeth hatte trotzdem das Bedürfnis, der Freundin von ihrer bisher wohl schwersten Entscheidung zu berichten.

»Er hat mir erklärt, wie unser Leben aussehen würde. Max Peters war schon immer ein besonnener Mensch, der sich nichts mehr als ein intaktes Familienleben ähnlich dem seines Bruders wünscht. Ihn zu heiraten hätte für mich ein Leben als Gattin und Mutter bedeutet.«

Helen schüttelte den Kopf, und ihre Mimik verriet Lissi, dass sie genau verstand, was sie davon hielt.

»Oh«, fuhr sie fort, »natürlich hätte er mir ein Atelier eingerichtet und mich zum Zeitvertreib malen lassen. Aber es klang nicht so, als würde er in dieser Beschäftigung mehr als das Hobby einer gelangweilten Frau sehen. Und ich habe mir auch nicht mehr die Mühe gemacht, ihn vom Gegenteil zu überzeugen. Sollte ich vorher Zweifel gehabt haben, so hat Max sie mit diesem Gespräch ausgeräumt. Ich will reisen. Ich will die Welt sehen. Ich will unabhängig bleiben und meine eigenen Entscheidungen treffen können. Und das gelingt mir nur an der Seite von Elise.«

»Ich bin sehr froh über diese Einsicht«, sagte Helen. »Sosehr ich Max mag, immerhin sind wir alle seit Kindertagen befreundet, er hätte dir auf die eine oder andere Weise deine Flügel gestutzt. Nicht, dass es dich unbedingt gleich unglücklich gemacht hätte. Ich weiß ja, was du für ihn empfunden hast und vermutlich immer noch empfindest. Aber du wärst nicht mehr Lissi gewesen.« Helen ließ die Schultern sinken und lachte kurz auf. »Ich höre selbst, wie seltsam meine Worte klingen.«

»Ich verstehe sehr gut, was du meinst. Und du hast recht. Ich habe mich entschieden und weiß jetzt, dass alles seine Richtigkeit hat.«

»Und Ellen betreibt euer Café weiter?«, fragte Helen.

»Genau.«

»Und die Bronnenmühle?«

Lisbeth griff nach einem Schneeballgebäck und biss hinein. »Das wird mir fehlen«, sagte sie mit vollem Mund und trank dann einen Schluck Kaffee hinterher, um das trockene Gebäck herunterzuspülen. »Um die Leitung der Pension haben wir Jacobs und Margarethes älteste Tochter Leonora gebeten. Sie ist tüchtig, und ich bin sicher, dass ihre Eltern sie nach Kräften unterstützen würden, wenn sie Hilfe bräuchte.«

Die Frauen schwiegen eine ganze Weile, und jede von ihnen hing ihren Gedanken nach. Sie würde die Freundin schmerzlich vermissen, das wusste Lissi. Andererseits war sie dankbar für dieses außerordentliche Abenteuer, das Elise und ihr bevorstand, und sie war voller Vorfreude.

»Und du?«, fragte Lisbeth und legte Helen die Hand auf den Arm. »Glaubst du, du kommst zurecht?«

»Ich muss«, murmelte sie leise. »Ich muss es einfach.«

36

Dienstag, 7. Juli 1914

Anton Auf den Winter voller Trauer war ein Frühling voller Schweigsamkeit gefolgt. Inzwischen schien es, als hätte seine geliebte Frau den schlimmsten Schmerz überstanden, sofern das überhaupt möglich war.

Dabei wäre er fast selbst an dem Verlust ihres ersten Kindes zerbrochen, und erst die eindringlichen Gespräche mit seiner Mutter hatten ihn wieder Mut fassen lassen. Sie hatte die quälende Trauer ihres Sohnes und ihrer Schwiegertochter nicht mehr mit ansehen können, Helen und ihn um ein Gespräch gebeten und ihnen eröffnet, dass ihr Ähnliches widerfahren war.

»Wir wissen nicht, warum manche Dinge gut gehen und andere ein so schmerzhaftes Ende finden müssen«, hatte sie erklärt. »Ihr werdet diese Trauer in eurem Herzen behalten. So gern ich euch auch etwas anderes sagen würde, sie wird für immer bleiben. Aber sie verblasst, und wenn ihr es nicht zulasst, werdet ihr auch nicht daran zerbrechen.« Sie hatte eine bedeutungsvolle Pause gemacht und dann etwas gesagt, das tatsächlich dafür gesorgt hatte, dass seine und Helens Wunden zu heilen begannen.

»Was ich jetzt sage, soll keineswegs zynisch sein. Aber wäre mir damals nicht dieses Unglück widerfahren, dann gäbe es dich heute nicht, Anton. Mein Leben wäre völlig anders verlaufen. Möglicherweise wäre ich glücklich geworden, wer weiß das schon zu sagen. Aber dich würde es so, wie du heute bist, nicht geben. Die Tatsache, dass ich ein Kind verloren habe, hat dazu geführt, dass ich irgendwann dich bekam. Natürlich dürft ihr trauern. Aber ihr müsst auch wieder nach vorn schauen. Mit der Zeit wird es besser, ich verspreche es.«

Danach hatten Helen und er lange beieinandergesessen, miteinander geweint und endlich auch wieder miteinander geredet. Gemeinsam beschlossen sie, das fertige Kinderzimmer lediglich zu verschließen. Sie waren sich einig und guter Hoffnung, dass sie es irgendwann mit Leben füllen würden.

Außerdem hatte Helen ihn gebeten, einen Winterjasmin im Garten anzupflanzen. Es erschien ihr heute wie ein kleines Wunder, dass ebendiese Pflanze ihr Markenlogo zierte.

»Weißt du«, hatte sie gesagt, »die zarten gelben Blüten zeigen sich ausgerechnet im November. Sie werden ein Lichtblick sein, wenn das trübe Grau uns auf die Stimmung schlägt, und uns Trost spenden, wenn die Erinnerungen an unseren Verlust wieder aufkommen.«

Von da an hatten sie beide wieder nach vorn geblickt und inzwischen sogar das eine oder andere Mal wieder miteinander lachen können.

Doch nun hing ein weiteres Damoklesschwert über ihrer aller Köpfe. Anton hätte sich nur zu gern eingeredet, dass seine Sorge übertrieben war. Doch all die Stimmen, die inzwischen von einem bevorstehenden Krieg sprachen, waren nicht mehr zu überhören.

An diesem ersten Dienstag im Juli war es ausgerechnet Max, der ihm zu verstehen gab, dass sich die Dinge für sie alle schon bald ändern würden. In der Mittagsstunde saßen die Männer vor dem Fabrikgebäude auf einer Holzbank, die Anton eigens für kurze Pausen aufgestellt hatte, und reckten ihre Nasen in die Sonne.

»So ein schöner Tag«, sagte Anton, und Max hörte die Resignation in seiner Stimme sofort heraus.

»Die Ruhe vor dem Sturm, wenn du mich fragst.«

Anton schluckte. Er wollte einfach nicht wahrhaben, dass sein bester Freund mit dieser Vermutung richtigliegen könnte.

»Du malst wieder den Teufel an die Wand. Warten wir ab.«

Max zuckte mit den Schultern. »Ich wünschte, es wäre anders. Aber nach dem Attentat in Sarajewo pfeifen es die Spatzen von den Dächern. Das Militär in Wien drängt bereits auf einen Vergeltungsschlag gegen Serbien. Deutschland wird sich entscheiden müssen, wo es steht.«

»Du glaubst, das Deutsche Reich stellt sich auf die Seite von Österreich-Ungarn?«, fragte Anton, obwohl er die Antwort längst kannte.

»Dessen bin ich mir sicher. Erklärt die Donaumonarchie dann Serbien den Krieg, werden wir ebenso involviert sein wie Russland.«

Anton schwieg. Kam es wirklich zum Krieg, würden auch sie beide um eine Einberufung nicht herumkommen. Sie waren gesund, kräftig und im richtigen Mannesalter.

Ihm wurde übel bei der Vorstellung, in einen Krieg und gegen Menschen ins Feld ziehen zu müssen, die er nicht kannte und die ebenso von Müttern, Ehefrauen oder Schwestern vermisst werden würden.

»Ich dehne meine Pause etwas aus«, erklärte er seinem Siedemeister. »Ein kurzer Fußmarsch hilft mir sicher dabei, den Kopf wieder freizukriegen.«

Kurz darauf lief Anton ziellos durch die Gassen seiner Heimatstadt, doch die Angst, die nach seinem Gespräch mit Max von ihm Besitz ergriffen hatte, ließ sich einfach nicht vertreiben. Er dachte an Helen und daran, dass sie diejenige sein würde, die die Fabrik allein weiterbetreiben musste, sollte es zum Krieg kommen. Sie war tüchtig, das wusste er. Und sie kannte Produktionsprozesse, Rezepturen und Abläufe in- und auswendig. Doch würde sie all die Arbeit wirklich allein stemmen können?

Inzwischen hatte die Fabrik achtzig Mitarbeiter. Neben Helen, ihm und Max gab es einen Buchhalter und dessen Schreibfräulein. Hinzu kamen vierzig Fabrikarbeiter in der Produktionshalle, fünfundzwanzig Frauen an der Verpackungsstation, drei Mitarbeiter, die für die Koordination und den reibungslosen Ablauf des Transports zuständig waren, sowie zwei Einkäufer für die Beschaffung der nötigen Rohstoffe und diverse Sekretärinnen.

Wie sollte Helen die Produktion aufrechterhalten, wenn außer dem Schreibfräulein, den Sekretärinnen und den Damen in der Verpackung niemand übrig blieb?

Anton seufzte. Er hatte inzwischen den Marktplatz erreicht und setzte sich auf eine der Stufen des imposanten Rathauses. Er war so in Gedanken versunken, dass er die Frau mit dem Kinderwagen erst erkannte, als sie direkt vor ihm stehen blieb.

»Guten Tag, Anton«, grüßte sie höflich.

Er sah sie an und erstarrte. Vor ihm stand Eva und schob einen Kinderwagen. Sein Herz raste, und trotz der Julihitze waren seine Hände plötzlich eiskalt. Er hatte sie seit Monaten nicht gesehen. Irgendwann hatten Anastasia und Wastl ihm erzählt, dass sie wohl kurz vor ihrer Hochzeit stand, doch da er Helen keinerlei Anlass zur Sorge geben wollte, hatte er seine Freunde darum gebeten, Gespräche über sie in seiner Gegenwart zu unterlassen. Er selbst hatte nicht nur das Lebensmittelgeschäft ihrer Eltern gemieden, sondern auch die Gassen und Plätze, an denen Eva für gewöhnlich anzutreffen war.

Nun stand sie vor ihm. Mit einem Kinderwagen.

»Guten Tag«, sagte er hölzern und erhob sich von den Stufen. Dann besann er sich und riss sich zusammen. »Ich habe von deiner Hochzeit gehört. Meinen Glückwunsch.«

»Danke. Mein Name ist nun Eva Ehrlich.«

Anton überlegte kurz und nickte dann. »Du hast also den Sohn des Metzgers geheiratet.«

Sie nickte und deutete dann auf den Kinderwagen. »Das ist Emma.«

Anton hatte nicht danach gefragt, doch die Tatsache, dass sie trotzdem das Bedürfnis hatte, über ihr Kind zu sprechen, machte ihn nervös. »Auch dazu meinen Glückwunsch.«

Eva sah ihn lange schweigend an. Anton fühlte sich unwohl unter ihrem eindringlichen Blick und wandte sich zum Gehen.

»Sie kam am 2. Mai zur Welt.«

Anton blieb stehen und schluckte. In Sekundenschnelle rechnete er zurück. Ihr Geburtstag, der Tag, an dem er mit ihr geschlafen hatte, war der 18. Juli gewesen. Wäre es sein Kind, hätte es im April zur Welt kommen müssen. Erleichtert atmete er aus, doch Eva schüttelte den Kopf.

»Ich habe übertragen. Das heißt, dass meine Emma es nicht sonderlich eilig damit hatte, auf die Welt zu kommen. Meinen Mann habe ich erst im Herbst des Jahres 1913 kennen- und lieben gelernt. Solltest du also gehofft haben, es wäre sein Kind, so muss ich dich enttäuschen. Aber du kannst unbesorgt sein. Mein Gatte Benjamin ist deiner Tochter der Vater, der du ihr nie sein wirst.«

Anton hatte plötzlich das Gefühl, den Boden unter den Füßen zu verlieren. An Ort und Stelle ließ er sich erneut auf die Stufen des Rathauses fallen und legte seinen Kopf in die Hände.

»Du hast mit keinem Wort erwähnt …«

»Was hätte es geändert? Du bist ein verheirateter Mann und ich die ehrlose Frau, die nicht nur fast deine Ehe zerstört hätte, sondern auch ohne die Güte eines fremden Mannes ein Balg in die Welt gesetzt hätte. Ich hatte Glück und will mich nicht beklagen. Doch du solltest wissen, dass du in meinem Leben bleibende Spuren hinterlassen hast.«

Anton konnte kaum fassen, was Eva ihm da eröffnete. Fast ein Jahr waren sie und er sich aus dem Weg gegangen und dabei so gründlich gewesen, dass er zwar von ihrer Hochzeit gehört, aber ansonsten nichts von ihrem Leben mitbekommen hatte.

Er erhob sich und rieb sich über das Gesicht. »Darf ich sie sehen?«, fragte er leise.

Eva nickte, nahm den Säugling aus seinem Wagen und hielt ihn so, dass er ihr Gesicht sehen konnte. Sie hatte die Augen geschlossen, und die dicken Pausbacken sprachen dafür, dass es ihr gut ging.

»Wann hättest du mir von ihr erzählt, wenn wir uns nicht zufällig getroffen hätten?«

»Kann ich dir nicht sagen«, gab Eva zu. »Aber du hättest es erfahren. Für mich besteht kein Grund zur Heimlichkeit, denn Benjamin weiß, dass er Emma nicht gezeugt hat.«

»Weiß er, dass ich ...« Anton brach ab. Es klang für ihn völlig absurd, von sich als Vater zu sprechen, nachdem seine Frau doch erst vor Kurzem ihr gemeinsames Kind verloren hatte.

»Dass du der Vater bist? Nein, das weiß er nicht, und er hat auch nie danach gefragt. Es spielt für ihn keine Rolle, denn er liebt Emma, als wäre sie seine Tochter.«

Antons Gedanken drehten sich im Kreis. Am liebsten hätte er sich auf der Stelle umgedreht und wäre zurück in die Georgengasse gelaufen, um sich in seinem Elternhaus zu verkriechen. Wie, um alles in der Welt, sollte er jetzt nur seiner Frau gegenübertreten? Nachdem er ihr einmal das Herz gebrochen und ihre Ehe aufs Spiel gesetzt hatte, konnte er ihr jetzt doch nicht erklären, dass er ein Kind hatte, während sie noch immer um das ihrige trauerte.

»Du musst kein Wort darüber verlieren«, sagte Eva, die zu spüren schien, was in ihm vorging. »Ich weiß, was du und Helen durchgemacht habt. Von mir wirst du jedenfalls nicht dazu gedrängt, ihr die Wahrheit zu sagen, denn dieser Schock ist vermutlich nur schwer zu verkraften. Ich hatte immer nur im Kopf, wie es mir bei alldem ging. Heute weiß ich, dass es falsch war, dich zu einer Beziehung drängen zu wollen, mit der du längst abgeschlossen hattest. Emma und Benjamin sind mein ganzes Glück, und wenn du nicht willst, musst du das deine nicht in Gefahr bringen.«

Evas Worte sollten ihn beruhigen, das wusste er. Doch er erkannte auch, dass nichts von dem, was sie sagte, richtig war. Wie könnte er dauerhaft mit einem solchen Geheimnis leben? Und wie könnte er nicht? Helen jetzt zu beichten, dass sein Seitensprung ein Kind zur Folge gehabt hatte, würde ihr ein weiteres Mal das Herz brechen, und er wusste nicht, ob ihre Ehe diesen Donnerschlag überstehen würde.

»Ich danke dir«, murmelte er.

»Wofür?«

»Dafür, dass du mich nicht dazu drängst, es Helen zu sagen. Ich weiß, dass dieser Tag irgendwann kommen wird. Kommen muss. Aber jetzt? Ich glaube nicht, dass sie diese Nachricht verkraften würde.«

»Es liegt bei dir. Von mir erfährt sie nichts, so viel kann ich dir versprechen. Du bist Emmas Vater, und du kennst nun die Wahrheit. Alles andere spielt für mich keine Rolle und ist und bleibt deine Entscheidung.«

*

Erst in den letzten Wochen hatte Anton sich angewöhnt, regelmäßig die *Münchener Zeitung* zu lesen. Das überregionale Blatt gab sich unparteilich, was ihn auf Neutralität hoffen ließ.

Am 7. August 1914 musste er schließlich erkennen, dass Max mit seiner Vorhersage recht behalten hatte. Die Zeitung hatte den am Vortag getätigten Kriegsaufruf des Kaisers an das deutsche Volk abgedruckt, und die Wortwahl ließ keinen Zweifel zu: Deutschland befand sich im Krieg.

Sein verzweifelter Gesichtsausdruck musste für sich gesprochen haben, denn Helen griff an diesem Freitagmorgen nach seiner Zeitung und las den beängstigenden Artikel ebenfalls.

»Dann ist es also so weit«, sagte sie leise und sah Anton schmerzerfüllt an.

»Ja«, antwortete er schlicht. Dann aber hatte er das Bedürfnis, seine Frau zu beruhigen. »Noch wurde ich nicht einberufen.«

»Richtig.« Helen straffte ihre Schultern, und ihre Mimik zeigte plötzlich Entschlossenheit. »Und in den kommenden Tagen und Wochen wird es nur noch darum gehen, dass ich auch die Handgriffe und Tätigkeiten erlerne, die bisher zu deinem und Max' Aufgabenbereich gehörten. Was immer unsere Männer erledigt haben, müssen möglicherweise schon bald wir Frauen erledigen. Auch die Frauen in der Verpackungshalle müssen in der Produktion eingelernt werden, sodass ich sie im Notfall flexibel einsetzen kann. Vielleicht wird es nicht sofort nötig, aber wir müssen auf diese Möglichkeit vorbereitet sein. Auf keinen Fall werde ich zulassen, dass wir alles, was wir uns erarbeitet haben, wieder verlieren.«

Anton lächelte sie müde an. Sie war schon immer die Pragmatischere von ihnen beiden gewesen. Gab es ein Problem, musste es gelöst werden, und die Augen davor zu verschließen, kam für sie nicht infrage. »Wenn es jemand schafft, dann du«, sagte er und nahm sie in den Arm. »Ich liebe dich mehr als mein Leben, Helen.«

»Und ich liebe dich mehr als das meine. Wag es nicht, mich allein zurückzulassen!«

Sie wussten beide, dass er ihr ein solches Versprechen nicht geben konnte, doch für den Augenblick gab ihnen der Trotz seiner Frau genau die Zuversicht, die sie in dieser schweren Zeit so dringend brauchten.

Sein Einberufungsbefehl erreichte ihn in der ersten Oktoberwoche des Jahres 1914. Kurz darauf musste er Helen und alles, was er von Herzen liebte, für ungewisse Zeit verlassen.

37

Donnerstag, 27. November 1873

Henriette Henriettes Tante Elvira war am ersten Freitag im November verstorben. Sie alle hatten damit gerechnet, denn nach einem schweren Sommergewitter hatte sie sich eine Lungenentzündung zugezogen und kaum noch das Hotel verlassen. Statt der erhofften Genesung, hatte sich ihr Fieber verschlimmert, und das Atmen fiel ihr von Tag zu Tag schwerer. Als ihr Leiden ein Ende fand, waren Henriettes Eltern, ihr Bruder und sie selbst fast dankbar, denn sie war am Abend eingeschlafen und einfach nicht mehr wieder aufgewacht.

Wie auch schon in den sorgenvollen Monaten von Margas Gefangenschaft war Carl zu keiner Zeit von Henriettes Seite gewichen. Dabei war er ihr nicht nur eine seelische Stütze, sondern machte sich auch im Hotel unentbehrlich. Er hatte sie zur Beerdigung begleitet und stand am Morgen der Testamentseröffnung schon früh in der Hotellobby, um ihr seine Begleitung anzubieten.

»Ich weiß doch«, sagte er, »wie sehr dir die alte Dame in den Monaten nach deiner Rückkehr ans Herz gewachsen ist. Ihr habt eine Leidenschaft geteilt – dieses Hotel. Sie war die gute Seele dieses Hauses, während du dein Bestes getan hast, um ihm wieder zu altem Glanz zu verhelfen.«

Carl nahm Henriette zärtlich in den Arm und strich ihr behutsam über den Rücken. Ihr kamen die Tränen, doch sie schämte sich dessen nicht. Im Gegenteil. Die Tatsache, dass sie den Tod eines geliebten Familienmitgliedes als so schmerzhaft empfand, zeigte ihr einmal mehr, dass sie das einzig Richtige getan hatte, als sie nach Rothenburg und in den Schoß ihrer Familie zurückgekehrt war.

Die Testamentseröffnung selbst empfand Henriette als eigenartig. Zwar hatte sie nie zuvor einem solchen Ereignis beigewohnt, doch die Tatsache, dass der Notar ihr zunächst einen Brief ihrer Tante übergab, ließ sie stutzig werden.

»Für mich?«, fragte sie überflüssigerweise und sah unsicher zwischen dem Notar und ihren Familienmitgliedern hin und her.

»Ihre Tante bat mich, Ihnen zunächst diesen Brief zu überreichen.«

»Danke.« Henriette wollte den Umschlag in ihre Tasche stecken, doch der Mann, der am anderen Ende eines riesigen Schreibtisches saß, schüttelte den Kopf.

»Wenn ich Sie bitten dürfte? Es war der ausdrückliche Wunsch Ihrer Tante, dass Sie diese Zeilen im Beisein aller laut vorlesen.«

Mit zittrigen Fingern öffnete sie den Umschlag, übergab ihn Carl und faltete den Brief auseinander. Dann atmete sie einige Male ein und aus und begann mit brüchiger Stimme zu lesen:

Meine liebste Henriette,
dass du diesen Brief im Kreise meiner und deiner Lieben laut vorlesen musst, kann nur bedeuten, dass du noch immer nicht verheiratet bist.

Und ich muss schon sagen: Das ist wirklich eine herbe Enttäuschung.

Henriette schluckte und schloss für einen Moment ihre Augen. Sie hatte gewusst, wie wichtig es ihrer Tante gewesen war, dass dieses Hotel in Familienhand blieb, und dies war ihrer Meinung nach nur möglich, wenn sie verheiratet war. Dabei hatte Henriette ihr Möglichstes getan, um sie auch ohne Ehegatten von ihrer Tatkraft zu überzeugen.

Die Räumlichkeiten erstrahlten in neuem Glanz, und die kürzlich erbaute Terrasse war eines der Gesprächsthemen unter den Touristen. So manch einer hatte ihr gestanden, dass er nur aufgrund des Rufes, der ihrem Hotel inzwischen vorauseilte, bei ihnen gebucht hatte.

Sie hatte alles richtig gemacht. Und doch hatte sie ihre Tante enttäuscht.

»Nur weiter«, bat der Notar und lächelte milde.

Henriette schluckte ihre Niedergeschlagenheit herunter und fuhr fort:

Ich weiß wohl, dass ich dir einst sagte, dass dieses Hotel nur dann unter deiner Leitung bleiben würde, wenn du eine verheiratete Frau wärst.
Nun, da ich jetzt tot sein dürfte, sage ich es freiheraus: Kümmere dich nicht um das Geschwätz deiner Tante. Es tut heute nichts mehr zur Sache.
Ich habe mit eigenen Augen erkennen dürfen, dass du für unsere Traube, *ihre Angestellten und die Touristen lebst und atmest. Wochenlang habe ich deine Tatkraft und deine Freude gesehen und bewundert. Was wäre ich*

doch für eine Närrin, wenn ich das nicht zu würdigen wüsste!
Liebste Henriette, in jungen Jahren hast du uns einige Schrecksekunden bereitet. Aber wir alle haben dich geliebt. Immer. Und das – so versichere ich dir – wird sich auch dann nicht ändern, wenn du unverheiratet und mit zehn Bälgern an deinem Rockzipfel durchs Leben gehen möchtest. (Nicht, dass ich das gutheißen würde! So viel Ehrlichkeit sei mir in meinem fortgeschrittenen Alter gestattet!)
Also ja, selbstverständlich wirst du meines und das Juwel deines Onkels erben.
Vielleicht wunderst du dich, warum ich dir das in diesem Brief mitteile, statt es durch den Notar vortragen zu lassen? Nun, auch das erkläre ich dir gern.
Die Tatsache, dass du diese Zeilen laut vorliest, hat etwas damit zu tun, dass Carl an deiner Seite sitzt. Und ja, du musst weiterhin laut lesen!

Henriettes Herz schlug ihr plötzlich bis zum Hals. Wie gern hätte sie sich in dieser Sekunde aus dem Staub gemacht. Sie sah vom Brief ihrer Tante auf und blickte in die Runde. Ihre Mutter hatte Tränen in den Augen. Ihr Vater schmunzelte tatsächlich vor sich hin.

»Wusstet ihr davon?«, fragte Henriette empört.

Theodor begann zu lachen. »Nein, Liebes. Wirklich nicht. Aber wir alle haben, wenn ich die Gesichter richtig deute, so eine Ahnung, was unsere liebe Elvira mit diesem Brief bezwecken wollte. Lies nur weiter!«

Henriette sah Carl an. Sein Gesicht war nicht halb so verwirrt, wie sie es erwartet hätte. Sie zog die Augenbrauen zusammen und wartete darauf, dass er etwas sagte. Doch den Gefallen tat er ihr nicht. Stattdessen sah er sie mit einem geheimnisvollen Lächeln an und deutete dann mit dem Finger auf den Brief.

Du bist ein blitzgescheites Mädel, doch in diesem Fall scheinst du dir selbst im Weg zu stehen. Die Scham über deine Vergangenheit ist so groß, dass du das Offensichtliche entweder nicht siehst oder einfach nicht den Mut hast, es als gegeben anzunehmen.
Carl Ludwig liebt dich!
Er ist der Mann, den du heiraten wirst.
Das sage ich zum einen, weil ich es mir erlauben kann (du kannst mich nicht mehr zurechtweisen, wie du weißt) und weil ich Augen im Kopf habe. Wir alle kennen deine Gefühle für Carl, und nun, meine liebe Nichte, kommt das letzte Geheimnis für heute:
Carl bat mich bereits im Sommer um meinen Segen. Er wollte sicher sein, dass ich keine Einwände gegen eure Verbindung habe. Er wusste, dass du seinem Antrag nie zustimmen könntest, wenn ich ihn nicht für den richtigen Mann an deiner Seite hielte und dich deshalb vor die Wahl zwischen ihm und dem Hotel stellte. Allein die Tatsache, dass er dir diese Entscheidung nicht zumuten wollte, zeigt mir, wie sehr er dich liebt. Hätte ich nicht meinen Segen gegeben, hätte er auf dich verzichtet, nur um sicherzugehen, dass du Geschäftsführerin des Hotels bleiben kannst und glücklich wirst.
Wenn du also die gescheite Henriette bist, für die wir alle dich immer gehalten haben, dann wachst du endlich auf und sagst Ja zu dieser einen Frage, die Carl dir hoffentlich schon bald stellen wird.
Und Liebes, sollte ich dich und deine Gefühle doch

völlig falsch eingeschätzt haben – Gott bewahre, was müsste ich in diesem Fall doch für ein Trottel gewesen sein, dann erbst du dieses Hotel trotzdem! Du verzeihst mir sicher, dass aus diesem Grund alle anderen Vermögenswerte an meine liebe Schwester und deinen Bruder Theodor gehen.
In Liebe,
Deine Tante Elvira

Henriette faltete das Blatt in ihren Händen zusammen und schaffte es einfach nicht, aufzusehen. Ihr liefen die Tränen, und sie war nicht mehr in der Lage, auch nur ein Wort zu sagen. In diesem Augenblick spürte sie, dass Carl nach ihrer Hand griff und mit der anderen liebevoll über ihren Handrücken strich.

Henriette schluckte ihre Rührung hinunter und sah ihn an. »Du bist ein verrückter Mann, und ich habe dich nicht verdient.«

»Das sehe ich anders, Liebste. Ganz anders. Du hast mich schon vor Jahren glücklich gemacht, doch das wussten wir damals noch nicht zu schätzen. Wenn du es heute zulässt, bleibe ich an deiner Seite bis ans Ende aller Tage.«

Henriette schluchzte auf und nickte.

Theo lachte als Erster laut auf. Er klatschte plötzlich in die Hände, und Sophie, ihre Eltern und sogar der Notar fielen ein.

»Gut«, sagte der Notar, nachdem wieder Ruhe in den Raum einkehrte. »Da das erledigt ist, kann ich nun auch den Rest meiner Arbeit verrichten. Theodor, auch Ihnen hat Ihre Tante letzte Worte gewidmet. Ebenso wie Ihnen, Frau Hartmann, als Ihre Schwester. Gott sei es gedankt bleiben Ihnen und mir das Vorlesen und all die damit verbundene Dramatik erspart.«

An keines der Worte, die der Notar noch gesprochen hatte, konnte sich Henriette danach mehr erinnern. Sie war vielmehr darauf konzentriert, nicht immer wieder in Tränen auszubrechen.

Carl hielt dabei unentwegt ihre Hand, und sie wusste, dass ein Leben an seiner Seite nicht nur das war, was sie sich von Herzen wünschte, sondern auch das, was sie immer schon gebraucht hatte.

38

Donnerstag, 4. März 1915

Helen

Sosehr Helen sich auch eingeredet hatte, sie wüsste, wie schwer die Wochen und Monate ohne Anton werden würden – nach einem halben Jahr ohne ihn musste sie einsehen, dass sie nicht die leiseste Ahnung gehabt hatte.

Noch immer erschien es ihr wie ein schlechter Traum, am Morgen allein zu erwachen und ohne ihn bei Tisch zu sitzen. Außerdem ertappte sie sich immer wieder dabei, dass sie auf den Stufen ihrer Eingangshalle saß und auf die Tür starrte, als würde er jeden Moment nach Hause zurückkehren.

Er schickte inzwischen regelmäßig Feldpost, die sie im Rothenburger Postamt holte – ebenso wie all die anderen Frauen, die auf Nachrichten von Gatten oder Söhnen warteten. Anders als etwa Wastl, der seiner Anastasia immer wieder genau berichtete, was er an der Front durchlebte, erwähnte Anton das Kriegsgeschehen mit keinem Wort. Zwar berichtete er von Kameraden, doch die Gräuel selbst ließ er unerwähnt. Stattdessen fragte er nach ihrem Befinden, nach dem Fortgang in der Fabrik und nach Familie und Freunden. Es war, als wollte er sie vor der grausamen Realität beschützen, die er seit Kriegsbeginn erleben musste. Doch aus dem, was den inzwischen zensierten Zeitungen zu entnehmen war, und dem, was Anastasia ihr berichtete, hatte sie längst eine Vorstellung davon entwickelt, was er durchlitt. Der Gedanke, dass er ebenso wie Wastl oder Max in einem dieser endlosen Gräben der Westfront lag und tagtäglich für wenige Hundert Meter Landgewinn Leben und Verstand riskierte, versetzte sie in eine solche Panik, dass sie sich in endlos lange Arbeitstage stürzte, um ihre Angst zu verdrängen.

Ihr eigener Alltagskampf war ein völlig anderer als der, den Anton führen musste. In diesem Frühjahr hatte sie sich dazu entschlossen, die gepflegte Rasenfläche ihres Gartens in Gemüsebeete zu verwandeln, und ihre Schwiegereltern Hanna und Louis gingen ihr dabei tatkräftig zur Hand. Noch war die Versorgung nicht gänzlich zusammengebrochen, doch es wurde schwieriger. Natürlich hatte sie das große Glück, dass die Hotelküche ihrer Eltern zu den bestversorgten Orten der Stadt gehörte. Doch auch das konnte sich schnell ändern, und darauf musste sie sich vorbereiten. Also hatte sie Saatgut gekauft und damit begonnen, Gemüse zu pflanzen. Kartoffeln würde sie im April aussäen, und wenn alles gut ging, würde sie zumindest so viel ernten können, dass sie sich auch dann noch versorgen konnte, wenn die Lebensmittel knapp wurden.

Und natürlich wirkte sich das Kriegsgeschehen auch auf ihre Fabrik aus. Die Hoffnung, die sie noch vor einem halben Jahr in ihre Marke *Odor* gesetzt hatte, schien von einem Tag auf den anderen für immer vergangen zu sein, denn Helen musste sämtliche Abläufe von Grund auf neu strukturieren.

Was noch vor Kurzem der Verband der Seifenfabrikanten gewesen war, war schon im November 1914 zur Köfas oder auch Kriegs-Öl und -Fettabrechnungsstelle geworden. Ende letzten Jahres hatte Helen Post von ebendieser Köfas erhalten. Für ihre Fabrik war eine Fettverarbeitungsziffer errechnet worden, die sich aus den verbrauchten Fettmengen früherer Monate ergab. Als dann im Januar 1915 der Kriegsausschuss für pflanzliche und tierische Öle und Fette seine Arbeit aufnahm, wurden die reglementierten Fettmengen nach ebendieser Ziffer verteilt.

Es war ihr Glück, dass sie noch kurz vor Kriegsbeginn auf einer Mitgliedschaft im Verband der Seifenfabrikanten bestanden hatte. Nur deswegen gehörten sie nun zu denen, die überhaupt noch mit Fett versorgt wurden. Innerhalb kürzester Zeit mussten Fabriken, die bei der Zuteilung nicht mehr berücksichtigt wurden, ihre Tore für immer schließen. Von vormals fast zweitausend Betrieben blieben knapp zweihundert übrig, und Helen dankte Gott dafür, dass die *Schmiegersche Seifenfabrik* dazugehörte.

In diesen schweren Monaten war ihre Schwiegermutter Hanna zu ihrer engsten Ratgeberin geworden. »Tu, was nötig ist, damit die Fabrik überlebt«, hatte sie ihr immer wieder gesagt, und auch an diesem sonnigen Donnerstag im März redete sie wieder gebetsmühlenartig auf Helen ein.

»Es ist nicht deine Schuld, und sie werden es verstehen.«

Helen wusste, dass ihre Schwiegermutter recht hatte. Sie würde Entlassungen vornehmen müssen, ihr blieb schlichtweg keine andere Wahl.

»Aber wovon sollen die Leute ihre Kinder ernähren?«, fragte sie, und in dem Moment, in dem die Worte ausgesprochen waren, liefen ihr auch schon die Tränen. Wie könnte sie die Frauen, die ihr seit Kriegsbeginn in der Fabrik treu zur Seite gestanden hatten, entlassen?

»Wovon willst du sie bezahlen?«, fragte Hanna zurück und legte ihr vorsichtig die Hand auf den Arm. »Produkte und Mengen werden dir vorgeschrieben. Damit kannst du deinen Umsatz nicht mehr beeinflussen. Du kannst es dir schlicht und einfach nicht leisten, sie noch weiter zu bezahlen.«

Helen nickte. Sie waren die Bücher wieder und wieder durchgegangen, und sosehr sie auch wünschte, dass es anders wäre: Fräulein Kuhnert, die als Schreibfräulein begonnen hatte und inzwischen, in Ermangelung ihres Buchhalters, die gesamte Rechnungsführung erledigte, würde bleiben, neben den drei Frauen, die sich in der Produktion am tüchtigsten erwiesen hatten. Für alle anderen Frauen hatte sie weder eine Verwendung noch die nötigen Einnahmen, um ihre Löhne zu bezahlen.

»Sie werden es verstehen«, wiederholte Hanna.

*

Noch eine Weile gelang es ihr, die nötigen Entlassungen hinauszuzögern. Doch als Fräulein Kuhnert Mitte April mit betretenem Gesicht und den Büchern in der Hand in ihr Büro kam, wusste sie, dass sie aufgeben musste.

»Wie schlimm ist es?«, fragte sie überflüssigerweise.

»Noch dieses Monatsgehalt für jede von ihnen. Dann ist Schluss.«

»Verstehe.« Schweren Herzens machte sie sich auf den Weg durch die Fabrik, um alle Frauen in die Produktionshalle zu bitten. Dann eröffnete sie ihnen, dass der nächste Monat ihr letzter sein würde.

»Ich hatte auf ein Wunder gehofft«, begann sie, und schon diese wenigen Worte reichten aus. Die ersten Frauen schlugen entsetzt ihre Hände vors Gesicht.

»Ihr wisst, dass mir in der Produktion genaue Vorgaben gemacht werden. Verbrauch und Absatz sind rationiert, und da ist nichts, was ich dagegen tun könnte. So gern ich auch würde: Ich kann euch nicht mehr weiter bezahlen.«

Helen hatte sich um Fassung bemüht, doch die quälenden Fragen in den Gesichtern der Frauen zu sehen, die ihr in all den Monaten beigestanden und die Produktion aufrechterhalten hatten, brach ihr das Herz. Ihr liefen die Tränen, ohne dass sie es verhindern konnte.

Der Abschied am Monatsende war leise und schmerzvoll. Sie versuchte, den Frauen Hoffnung zu geben, indem sie ihnen sagte, dass sie die Ersten wären, die sie wieder einstellen würde, sobald die Dinge anders lagen. Doch mehr als ein müdes Nicken brachten die meisten von ihnen nicht mehr zustande. Sie alle hatten Männer an der Front. Sie alle hatten auf ein schnelles Kriegsende gehofft. Und sie alle wussten inzwischen, wie naiv dieser Wunsch gewesen war.

Als Helen Ende April des Jahres 1915 abends die Tore der Fabrik schloss, war ihre Kehle wie zugeschnürt. Von nun an hingen das Überleben der Fabrik und ihr eigenes Auskommen an ihr, ihren Schwiegereltern, die ihr ab und zu ohne Entgelt zur Hand gingen, und den vier Frauen, die ihr geblieben waren.

*

Eigentlich hatte sie sich angewöhnt, immer freitags das Postamt aufzusuchen, um Antons Post abzuholen. Doch nach diesem letzten schrecklichen Tag an der Seite der Frauen in der Fabrik sehnte sie sich nach Trost.

Vergangenen Freitag hatte sie wieder einmal vergeblich nach Antons Briefen gefragt. Heute, am letzten Dienstag des Monats April, hatte sie endlich Glück. Sie griff nach dem hellbraunen Umschlag und erkannte seine Handschrift sofort. Sie war so konzentriert darauf, den Umschlag beim Öffnen nicht zu zerreißen, dass sie mit jemandem zusammenstieß.

»Ich bitte um Verzeihung«, sagte sie und blickte direkt in Evas Augen. Helen erschrak und wollte schon hinauseilen, besann sich dann aber eines Besseren. Eva war nicht der Feind. Sie war aus genau dem gleichen Grund hier wie sie.

»Guten Tag«, sagte Helen.

Eva nickte, und da sie die Nächste in der Schlange war, lief sie zum Schalter. Helen trat hinaus in die strahlende Frühlingssonne, doch noch ehe sie einen Blick auf Antons Zeilen werfen konnte, kam auch Eva wieder heraus.

Sie war kreidebleich, ihre Lippen erschienen unnatürlich grau, und ihre Hände zitterten so sehr, dass ihr der Brief zu entgleiten drohte. Helen überlegte nicht lange, packte sie unter den Armen, führte sie vom Eingang weg und setzte sie an Ort und Stelle auf die Stufen vor dem Postamt. »Um Himmels willen! Soll ich nach einem Arzt rufen lassen?«

Eva schüttelte wortlos den Kopf und deutete dann auf die andere Seite der Stufen, wo ein Kinderwagen stand.

»Ich mach das schon«, sagte Helen sofort, holte den Wagen und schob ihn direkt vor sie. Ein Blick hinein reichte, um zu erkennen, dass das Kind darin ein Mädchen war. »Hier ist sie«, sagte Helen und setzte sich neben die noch immer zitternde Frau auf die Stufen. »Was hast du denn? Ich kann dich so auf keinen Fall allein lassen. Du klappst mir ja auf offener Straße zusammen.«

Eva sprach noch immer nicht. Stattdessen übergab sie ihr den Brief, den sie in Händen gehalten hatte. Helen sah den offiziellen Absender und schluckte schwer. Natürlich wusste auch sie sofort, was dieser Brief zu bedeuten hatte.

»Bitte öffne du ihn«, flüsterte Eva. »Ich kann nicht.«

Helen riss den Umschlag auf, faltete den Brief auseinander und überflog ihn. Es war nicht nötig, etwas zu sagen. Wortlos legte sie den Arm um Eva und hielt sie, während sie ihren Tränen freien Lauf ließ.

Benjamin Ehrlich, der Mann, den Eva erst kurz vor dem Krieg geheiratet hatte, war gefallen. Helen spürte eisige Kälte, die ihr den Nacken hinaufkroch. Es hätte ebenso gut sie treffen können, und allein die Vorstellung, eines Tages selbst ein solches Schreiben zu erhalten, nahm ihr fast die Luft zum Atmen.

Eva richtete sich auf und schnäuzte sich. Dann sah sie Helen aus tränenverquollenen Augen an. »Es musste so kommen, nicht? Wenn Männer in den Krieg ziehen, dann sterben sie. So ist das eben.«

»Es tut mir so unfassbar leid«, sagte Helen aufrichtig.

»Danke.«

Sie schwiegen, und noch immer lehnte Eva Halt suchend an ihrer Schulter. »Was wird jetzt nur aus meiner Emma?«, fragte sie leise.

»Ein wunderschöner Name«, sagte Helen, um diesem Moment seine grausame Gnadenlosigkeit zu nehmen und zumindest etwas Positives zu sagen. Für einen kurzen

Moment schien es zu funktionieren, denn Eva lächelte matt.

»Wie alt ist sie denn?«

Eva sah sie undurchdringlich an und schwieg.

»Bitte entschuldige«, sagte Helen sofort. »Das geht mich natürlich nichts an.«

»Schon gut.« Eva starrte eine Weile vor sich hin, wandte sich dann langsam zu Helen um und beantwortete ihre Frage. »Sie kam im Mai 1914 auf die Welt.«

Es dauerte nur wenige Sekunden, bis Helen verstand. Eva sah sie unentwegt an und schien auf ihre Reaktion zu warten. Ihr Blick zeigte weder Genugtuung noch Gehässigkeit.

»Du wusstest es also noch nicht?«, fragte Eva.

»Nein«, flüsterte Helen und schloss die Augen. Sie wollte wütend werden, doch sie konnte nicht. Sie hatte Anton den Ehebruch verziehen. Ob sie das auch geschafft hätte, wenn sie Kenntnis von einem Kind gehabt hätte, wusste sie nicht.

»Ich habe es lange für mich behalten«, erklärte Eva, als würde das Antons Schweigen entschuldigen.

»Was steht in deinem Brief?«, fragte sie, vermutlich um das quälende Schweigen zwischen ihnen zu beenden.

Helen nahm ihn zur Hand und las. Eisige Kälte legte sich um ihre Brust, sie spürte ihre Tränen und schämte sich, denn sie hatte keinen Grund zu weinen. Anton lebte. Trotzdem konnte sie nicht aufhören zu schluchzen.

»Schlimm?« Nun war Eva diejenige, die nach Helens Hand griff.

»Anton hat seinen linken Arm verloren«, sagte Helen tonlos. »Er kommt nach Hause.«

Eva strich ihr über den Handrücken. »Das ist gut. Ein Arm ist nicht das Leben. Das ist gut, glaub mir.«

39

Sonntag, 3. Mai 1915

Anton

Dass Anton nach einem Granateneinschlag der linke Arm amputiert werden musste, hätte ihn in Verzweiflung stürzen sollen, doch Tatsache war, dass er sein Glück kaum fassen konnte. Er kehrte endlich nach Hause und zu Helen zurück und würde als Versehrter nie mehr an die Front geschickt werden.

Er hatte mit eigenen Augen gesehen, wie Soldaten sich das, was er durchlitten hatte, selbst antaten. In der Hoffnung, dem Albtraum in den Schützengräben, dem dauernden Artilleriefeuer, dem Hunger und den Seuchen, die sich immer wieder ausbreiteten, zu entkommen, hatten sie sich selbst verstümmelt. Manchen war die Heimkehr so gelungen, andere waren entweder nicht schwer genug verletzt oder sie erlagen ihren eigenen Verletzungen und starben fernab der Heimat.

Anton hatte einen Brief vorausgeschickt, er wusste jedoch nicht, ob dieser Helen erreicht hatte. Das wenige Hab und Gut, das er an der Front sein Eigen genannt hatte, steckte in seinem Soldatentornister. Es war lächerlich, dass er sich ausgerechnet von diesem nicht trennen konnte, hatte er doch als Einarmiger keine Verwendung mehr dafür.

Als sich die Tür öffnete, war die Frage, ob Helen von seiner Ankunft wusste, nicht mehr von Bedeutung. Wortlos stand sie vor ihm und starrte ihn aus weit aufgerissenen Augen an. Natürlich öffnete sie selbst, überlegte Anton, denn Marie, so hatte sie es in einem ihrer Briefe erklärt, hatte sie entlassen müssen.

Ihre wunderschönen roten Haare, von denen Anton immer wieder geträumt hatte, lugten wirr und wild unter der Haube hervor, die sie trug. Sie hatte wohl gerade das Abendessen zubereitet, denn sie hielt noch immer ein Messer in der Hand.

»Sag mir, dass ich nicht träume«, murmelte sie. Ihre Haut war plötzlich so aschfahl, dass Anton befürchtete, sie würde hier und jetzt das Bewusstsein verlieren.

»Du träumst nicht«, sagte er. »Ich bin zurück.«

Anton ließ den Tornister fallen, den er noch immer in seiner gesunden Hand trug, und ließ sich in die Arme seiner Frau fallen.

»Aber zu welchem Preis?«, murmelte Helen und strich über den linken Ärmel, der leer an seinem Oberkörper herabhing und dessen Ende er in den Hosenbund gestopft hatte.

»Es hätte mich so viel schlimmer treffen können«, sagte er und presste dann die Lippen fest aufeinander. Er ahnte, dass er irgendwann mit ihr über seine Kriegserlebnisse würde sprechen müssen. Doch das würde sicher nicht heute oder morgen passieren.

Sie standen noch immer auf der Eingangsschwelle, doch sie dachte nicht daran, beiseitezutreten, um ihn einzulassen. Sie ließ das Messer einfach fallen, legte ihre Hände auf seine ausgemergelten Wangen und sah ihn an. Dann küsste sie ihn. Nicht einmal, nicht zweimal, sondern wieder und wieder. Die Berührungen ihrer Lippen hatten nichts von einem freudigen Begrüßungskuss. Es war unendliche Verzweiflung, die aus ihnen sprach, und beiden liefen Tränen übers Gesicht.

Erst in diesem Moment wurde Anton wirklich bewusst, dass er das Grauen des Krieges hinter sich hatte – zumindest als Soldat. Was nun als Zivilist auf ihn zukam, vermochte er nicht im Ansatz einschätzen zu können, doch das würde er schnell lernen, lernen müssen.

»Komm herein«, sagte Helen, hob Messer und Tornister auf und ließ Anton eintreten.

Er hatte sich das erste Wiedersehen in unzähligen schlaflosen Nächten in allen möglichen Varianten ausgemalt. Doch nie wäre er auf die Idee gekommen, dass zunächst einmal ein fast schon unerträgliches Schweigen zwischen ihnen herrschen würde. Sie aßen, sahen sich an und wussten trotz ihrer Freude nicht, wie sie das Gespräch beginnen sollten. Immer wieder bemerkte er, dass Helen auf die Stelle starrte, an der früher sein Arm gewesen war.

»Frag einfach«, sagte er schließlich.

»Tut es weh?«

Anton lächelte. Das war seine Helen. Sie wollte zunächst einmal die Gewissheit, dass er keine Schmerzen litt.

»Nicht mehr«, sagte er wahrheitsgetreu. »Aber ich spüre ihn noch, und es war die Hölle. Eine Granate, die in unserem Schützengraben gelandet ist. Ich griff danach, Gott sei es gedankt mit der linken Hand, um sie weit wegzuwerfen, doch ich war nicht schnell genug. Was von meinem Arm übrig blieb, hing in Fetzen und hätte mich früher oder später getötet. Der Feldarzt musste amputieren.«

»Wir werden eine Prothese brauchen«, sagte sie, und wieder konnte sich Anton ein Schmunzeln nicht verkneifen. Probleme mussten gelöst werden. So war Helen, und glücklicherweise hatte sie diese Charaktereigenschaft nicht verloren.

»Und du musst nicht mehr zurück?«, fragte sie und sah ihn mit weit aufgerissenen Augen an.

»Nein. Nie wieder. Von nun an bleibe ich an deiner Seite, und was immer uns der Krieg noch abverlangt – wir werden es gemeinsam durchstehen.«

Nachdem Anton sich über eine Stunde Zeit gelassen hatte, um sich zu rasieren und zu waschen, verbrachten sie die erste gemeinsame Nacht miteinander. Und sosehr er sich auch nach Intimität mit seiner Frau gesehnt hatte, in dieser Nacht lagen sie nur beieinander. Es war, als hätten sie Angst, dass sie am Morgen aufwachen und wieder getrennt sein könnten. Sie lagen so dicht beisammen, dass sich ihre Nasenspitzen fast berührten, und redeten. Nach anfänglichen Schwierigkeiten fassten sie wieder Vertrauen zueinander.

Er erfuhr von der Entlassung ihrer Mitarbeiterinnen, von der knappen Zuteilung ihrer Rohstoffe und davon, dass das Geld, das sie damit verdienten, gerade reichte, um sie und Antons Eltern zu versorgen. Helens Eltern führten mit der *Traube* noch immer das am besten gebuchte Hotel am Platz, und noch trug diese Tatsache dazu bei, dass sie bisher von Hunger und Entbehrungen verschont geblieben war.

»Wie lange wir davon noch zehren können, weiß ich nicht«, gab sie schließlich zu. Sie legte ihre Hand auf seine Wange und strich behutsam darüber. Sie schien zu überlegen, was er daran erkannte, dass sie auf ihrer Unterlippe kaute.

»Was?«, fragte er.

»Wann wolltest du mir von Emma erzählen?«

Anton schluckte. Sein Herz raste plötzlich, und er hatte das Gefühl, als würde sich eine Schlinge um seinen Hals legen, die langsam enger wurde.

»Du weißt es also«, stellte er fest.

»Ja.«

»Ich konnte es einfach nicht«, brach es aus Anton heraus. »Wir hatten unser Kind verloren, und du warst gerade dabei, einen Weg aus deiner Trauer herauszufinden. Die Nachricht, dass mein Seitensprung nicht folgenlos geblieben war, hätte diesen kleinen Funken, der gerade wieder in dir zu glimmen begann, gelöscht. Ich hätte es dir gesagt. Natürlich hätte ich das. Aber in diesem Moment konnte ich einfach nicht. Meine Angst, dich zu verlieren, war zu groß.«

Anton machte eine kurze Pause und verbesserte sich dann.

»So habe ich das nicht gemeint. Hättest du dich gegen mich entschieden, so hätte ich damit leben müssen, schließlich war ich derjenige, der dich hintergangen hatte. Aber dich noch einmal an diese ungreifbare, nicht enden wollende Trauer zu verlieren – das hätte ich nicht ertragen.«

Helen drehte sich auf den Rücken und starrte an die Decke über ihnen. Der Mond schien längst und warf sein spärlich silbriges Licht in ihr Schlafzimmer. »Ich verstehe dich«, sagte sie plötzlich. Sie setzte sich auf ihre Unterschenkel und sah ihn ruhig an. »Wir haben so vieles durchgestanden. Wir schaffen auch das gemeinsam.«

»Wie hast du davon erfahren?«, fragte Anton.

Und dann erzählte Helen ihm, wie Eva auf den Treppen der Post vom Tod ihres Ehemannes erfahren hatte. »Ich konnte sie da nicht allein lassen. Wir sprachen auch über Emma. Als ich nach ihrem Alter fragte, waren weitere Erklärungen überflüssig.«

Anton presste seine verbliebene Hand gegen den Mund und schluckte schwer. »Also ist Eva Kriegswitwe und die kleine Emma nun eine Halbwaise.«

Helen nickte und sah ihn an. Anton hatte das Gefühl, als wartete sie auf etwas, und er ahnte, worauf. Ihnen beiden schien klar, was nun getan werden musste, sodass es eigentlich nicht mehr nötig war, es auszusprechen. Er tat es trotzdem.

»Ich weiß«, begann er, »es ist viel verlangt. Aber ich muss dich um etwas bitten. Und ich flehe dich an, mir diesen Wunsch zu gewähren.«

Helen sagte nichts und sah ihn stattdessen schweigend an.

»Ich muss diesem Kind unter die Arme greifen. Keine Sorge, ich möchte nicht als sein Vater auftreten. Das ist weder dir noch Eva gegenüber fair. Aber wir könnten sie doch finanziell unterstützen. Ich würde Emmas Mutter monatlich einen Betrag zukommen lassen, mit dem sie dafür sorgen kann, dass es Emma an nichts fehlt. Bitte, Helen, ich muss ...«

»Genau«, unterbrach Helen und küsste ihn zärtlich. »Du musst. Und ich wusste, dass du zu diesem Entschluss kommen würdest, denn es ist der einzig richtige. Ich liebe dich dafür, dass du das ganz genauso siehst.«

»Und ich liebe dich. Und«, er zögerte einen Moment und lächelte zaghaft, »ich weiß einfach, dass auch wir beide irgendwann ein Kind haben werden.«

»Daran habe ich keinen Zweifel«, antwortete Helen, beugte sich hinunter und verschloss Antons Lippen sanft mit ihren.

Nachwort

Liebe Leserin, lieber Leser,
vielleicht möchten Sie ja wissen, welche historischen Fakten meinem Roman zugrunde liegen. In diesem Fall habe ich hier einige interessante Informationen zusammengetragen:

Seifenwirtschaft

Das ausgehende 19. Jahrhundert war auch für die *Aula Seifenfabrik*, die als Vorlage für meinen Roman diente, mit großen Veränderungen verbunden. Wichtigste Neuerung war dabei, dass auf Holz als teuren Brennstoff verzichtet und stattdessen mit Dampf verseift wurde. Neben dem eigentlichen Siedeprozess kam Dampf auch als Antrieb für Maschinen, etwa Pressen und Schneidemaschinen, zum Einsatz.

Der 1. Weltkrieg und die damit einhergehende Gründung des »Kriegesausschußes für pflanzliche und tierische Öle und Fette« im Januar 1915 veränderte die Seifenwirtschaft grundlegend. Eine Fettverarbeitungsziffer, die sich aus den verarbeiteten Fett- und Ölmengen des Jahres vor Kriegsbeginn errechnete, bildete die Grundlage zur Berücksichtigung bei der Fettverteilung.

Von ehemals 20 000 Tonnen, die einst monatlich in der

Seifenwirtschaft verbraucht worden waren, wurden in den Jahren des Krieges nur noch 1500 Tonnen Fette und Öle an ausgewählte Betriebe verteilt. Dies hatte zur Folge, dass drei Viertel aller Seifenfabriken stillgelegt werden mussten.

Ob die *Aula Seifenfabrik* zu den Betrieben gehörte, die auch in Kriegszeiten weiterproduzieren konnten, lässt sich heute nicht mehr feststellen.

Tourismus und gesellschaftliches Leben in Rothenburg ob der Tauber

Im Jahr 1879 verfasste der Glasermeister Adam Hörber das historische Festspiel »Der Meistertrunk«. Das Stück beruht auf einer Legende, wonach Altbürgermeister Nusch während des Dreißigjährigen Krieges Rothenburg vor dem Untergang rettete, indem er einen über drei Liter fassenden Bierhumpen in einem Zug leerte und so Graf Johann T'Serclaes von Tilly, der die Stadt ausrotten wollte, milde stimmte.

Der *Meistertrunk* wurde an Pfingsten 1881 zum ersten Mal im Kaisersaal des Rathauses aufgeführt. Noch heute strömen jährlich Tausende Besucher zu diesem Spektakel, bei dem auch Lagerszenen aus dem Dreißigjährigen Krieg nachgestellt werden.

Rothenburg ob der Tauber wurde zu Beginn des 20. Jahrhunderts schnell zu einem Magneten für Touristen, was vor allem der mittelalterlich anmutenden Altstadt zu verdanken war, mit der es die Stadt sogar bis in die damals auflagenstärkste Leipziger »*Illustrirten Zeitung*« schaffte. Dabei kamen die Touristen nicht nur in Zügen über die

1873 eröffnete Eisenbahnlinie, sondern auch mit dem Fahrrad. Ein erster englischer Velozipedist wurde schon 1881 in Rothenburg gesichtet. Damals fuhr der Engländer noch ein Hochrad. Zwei Jahre später trafen bereits ca. zweihundert radelnde Reisende aus Bayern und Hessen ein. Auch sie wollten die Pfingstfestspiele sehen, weswegen die Räder in der Turnhalle im Mühlacker verwahrt wurden.

Schon während der Recherche kam mir der Gedanke, dass meine Hauptfigur Helen sich doch für ebendiese neue Fortbewegungsmöglichkeit begeistern und eine der ersten »radelnden Frauen« der Stadt werden könnte.

Erwähnt werden sollte an dieser Stelle auch Karl Mann, der 1885 Bürgermeister wurde und sich unermüdlich für infrastrukturelle Verbesserungen in Rothenburg einsetzte.

Ab 1893 versorgte ein neues Wasserwerk die Haushalte mit Wasser, und 1894 wurde das Volksbrausebad eingerichtet, das im Roman Erwähnung findet. Außerdem trieb Karl Mann den Ausbau von Straßen, die Verbesserung der Kanalisation und den Bau des Elektrizitätswerkes (1897) voran. 1899 hielt schließlich auch der Fernsprechapparat Einzug in die Stadt, und die Hotels »*Goldener Hirsch*« (Vorlage für mein *Hotel Traube*) und »Eisenhut« gehörten zu den ersten Abonnenten eines Telefons.

Kunst in Rothenburg ob der Tauber

Die Stillleben-, Landschafts- und Porträtmalerin Elise Mahler eröffnete 1896 ihre Kunstschule für höhere Töchter. Sie bewohnte zwei Räume im Hegereiterhaus und eröffnete im benachbarten Ochsenbau zwei Ateliers. Ab

1900 führte sie die Bronnenmühle im Taubertal als Pension für ihre Schülerinnen und gründete außerdem eine Kunsthandlung mit Webschule, Radierwerkstatt und Postkartenverlag. 1907 kam auch das im Roman erwähnte Atelier mit Ausstellung und Café im Baumeisterhaus hinzu.

Ihre enge Freundschaft zu der Künstlerin Maria Ressel, mit der sie etwa zwanzig Jahre zusammenlebte und arbeitete und auch nach Capri und Ägypten reiste (Letzteres allerdings 1908/1909 und nicht, wie hier im Roman, kurz vor Kriegsausbruch), sorgte für Gerüchte über eine unschickliche lesbische Beziehung der beiden. Diese dürften den Frauen zur damaligen Zeit sehr zugesetzt haben. Heute lässt sich jedoch nicht eindeutig sagen, ob sie nur befreundet waren oder tatsächlich eine Liebesbeziehung führten. Der Ausstellungskatalog von Julia Hümme, der sich mit den Arbeiten der Künstlerin beschäftigt, beantwortet diese Frage mit Nein.

Für meinen Roman habe ich mir allerdings die Freiheit genommen, die besondere Beziehung der beiden Frauen in Lisbeths Geschichte einfließen zu lassen. Dabei habe ich den Künstlerinnen eine romantische Beziehung auf den Leib geschrieben und so dafür gesorgt, dass Lissi sich gegen das konventionelle und für das abenteuerliche Leben an Elise Mahlers Seite entscheiden kann.

Danksagung

Was wäre ein historischer Roman ohne historische Details und Lokalkolorit? Um eine Lebenswirklichkeit abzubilden, die so nah wie möglich an die historischen Fakten heranreicht, wendete ich mich an Herrn Doktor Florian Huggenberger vom Stadtarchiv Rothenburg ob der Tauber.

Herr Dr. Huggenberger, Ihnen verdanke ich viele wertvolle Details, etwa die genaue Beschreibung des Volksbrausebades oder die Einzelheiten über Leben und Schaffen der Künstlerin Elise Mahler. Auch Ihre zahlreichen Literaturempfehlungen und die Möglichkeit, vor Ort Einsicht in Karten und Bilder zu nehmen, sorgten dafür, dass ich in die Geschichte der Stadt eintauchen konnte. Ich danke Ihnen herzlich für Ihre unkomplizierte und geduldige Beantwortung all meiner Fragen.

Ein weiteres Dankeschön geht an Christian Mittermeier. Während meiner Recherche vor Ort hatte ich die Möglichkeit, im *Mittermeiers Alter Ego* abzusteigen. Was heute ein modernes Hotel ist, war früher einmal die Villa des Rothenburger Seifenfabrikanten August Schmieg.

Herr Mittermeier, ich danke Ihnen, dass Sie sich die Zeit für ein ausführliches Gespräch mit mir genommen haben. Dank Ihrer Führung durch die Räume von »Mittermeiers Alter Ego« und dank Ihrer Erzählungen konnte ich mir ein Bild davon machen, wie die Familie Schmieg früher gelebt haben könnte.

Bedanken möchte ich mich auch beim Piper Verlag, hier ganz besonders bei meiner Lektorin Isabelle Toppe. Unsere vertrauensvolle Zusammenarbeit schätze ich sehr, und ich bin dankbar dafür, dass meine »Seifenmanufaktur« bei Piper ihr Verlagszuhause gefunden hat.

Sandra Lode, dir danke ich auch dieses Mal wieder für dein sorgfältiges Lektorat. Inzwischen sind wir ja ein eingespieltes Team, und ich habe so manchen Satz schon vorab umgeschrieben, weil ich zu wissen glaubte, welche Änderung du vorschlagen würdest.

Liebe Anna Mechler, ein Jahr mit abgesagten Buchmessen ist doof. Unsere gemeinsamen Agenturessen fehlen, und auch der Austausch mit anderen Autor*Innen kommt zu kurz. Umso schöner, dass wir uns trotzdem sehen und einen gemeinsamen Nachmittag mit unseren Familien genießen konnten. Du bist ja nicht nur meine Agentin, sondern auch meine Erstleserin und inzwischen eine wirklich gute Freundin. Danke für dein wertschätzendes Feedback und deine »Plot-Knoten-Löse-Ideen«.

Ich bin einfach unendlich froh, dich an meiner Seite zu haben, und ich wünsche mir, dass das genau so bleibt.

Seit ich mein erstes Manuskript vor fünf Jahren (2015) beendet habe, sind acht Bücher entstanden. Ohne meine großartige Familie wäre das niemals möglich gewesen. Jens und Laura, ihr seid meine Lieblingsmenschen, und

Quellen

Brede, Christina. *Das Instrument der Sauberkeit – die Entwicklung der Massenproduktion von Feinseifen in Deutschland von 1850 bis 2000.* Münster/New York/München/Berlin 2005

Dr. A. Willi. *Chemische Rezepte für die Fabrikation verschiedenster Artikel für den täglichen Gebrauch,* Chur 1953

Ertle, Heidemarie. *Die Aula Seifenfabrik in Rothenburg – eine Spurensuche.* In: *Die Linde.* Jahrgang 99-2017, Seite 57–72, Rothenburg ob der Tauber 2017

Kamp, Michael. *Die touristische Entdeckung Rothenburgs ob der Tauber im 19. Jahrhundert, Wunschbild und Wirklichkeit,* Schillingsfürst 1996

Moritz, Gabriele. *Rothenburg ob der Tauber im 19. Jahrhundert. Studien zur politischen, wirtschaftlichen, sozialen und kulturellen Entwicklung einer ehemaligen Reichsstadt am Rande des Königreichs Bayern.* Inauguraldissertation zur Erlangung des akademischen Grades Doktor der Philosophie an der kulturwissenschaftlichen Universität Bayreuth 1991

Feiner Kuchenduft weht durch die Straßen

* Cover- und Preisänderungen vorbehalten

Charlotte Jacobi

Die Patisserie am Münsterplatz – Zeitenwandel

Roman

Piper Taschenbuch, 464 Seiten
€ 11,00 [D], € 11,40 [A]*
ISBN 978-3-492-31648-4

Die köstlichsten Genüsse des Elsass kennenlernen – darauf hofft die neunzehnjährige Ida, als ihre Familie 1893 von Stuttgart ins vormals französische Straßburg umsiedelt. Am Münsterplatz eröffnen die Tritschlers ihre neue Feinbäckerei. Doch insbesondere die konkurrierende Patisserie Picard macht den Neuankömmlingen das Leben schwer. Als sich Ida ausgerechnet in deren Sohn Lucien verliebt, muss sie feststellen, dass eine Fehde zwischen ihren Familien herrscht, die weit über das Geschäftliche hinausgeht.

PIPER

Leseproben, E-Books und mehr unter www.piper.de